诗经图说

谦德书院——译

风

团结出版社

图书在版编目（CIP）数据

诗经图说 / 谦德书院译. -- 北京：团结出版

社, 2024.3

ISBN 978-7-5126-9059-2

I.①诗… II.①谦… III.①《诗经》—诗歌欣赏

IV.①I207.222

中国版本图书馆CIP数据核字(2021)第142579号

出版：团结出版社

　　（北京市东城区东皇城根南街84号　邮编：100006）

电话：(010) 65228880　　65244790　（传真）

网址：www.tjpress.com

Email：65244790@163.com

经销：全国新华书店

印刷：天宇万达印刷有限公司

开本：169×231　　1/16

印张：59

字数：450千字

版次：2024年3月　第1版

印次：2024年3月　第1次印刷

书号：978-7-5126-9059-2

定价：198.00元（全二册）

　　在中国几千年灿若星河的文学宝库中，诗歌是其中一块散发着独特魅力的瑰宝。《毛诗·大序》云："诗者，志之所之也。在心为志，发言为诗。"作为一种抒情言志的文学体裁，诗歌早在我国先秦时代就已出现了。《诗经》是我国第一部诗歌总集，收集了西周初年至春秋中叶500多年的诗歌，全面反映了西周至春秋时期的社会状况，被誉为我国古典文学现实主义传统的源头。

　　《诗经》在先秦时代称为《诗》，又称《诗三百》或《三百篇》，到西汉时被尊为儒家经典并列入"五经"，《诗经》一名遂沿用至今。《诗经》共收录诗歌311首，其中6首只有标题而无内容，被称为"笙诗六篇"。这6首诗分别为《小雅·鹿鸣之什》中的《南陔》《白华》《华黍》，以及《小雅·南有嘉鱼之什》中的《由庚》《崇丘》《由仪》。

　　《诗经》是经过长期、广泛地搜集编辑而成书的，除了少数篇目的作者可以考定或已有署名，如许穆夫人《国风·载驰》、孟子《小雅·巷伯》、尹吉甫《大雅·崧高》及《大雅·烝民》等，绝大部分篇目的作者已不可考。相传《诗经》为尹吉甫和孔子纂集而成，具体来讲，古人关于其成书经过主要存在三种观点：王官采诗、孔子删诗和诸侯献诗。现在通常认为，《诗经》是由各诸侯国协助周王室采集，而后由史官和乐师整理而成，孔子也参与了整理音乐的过程。

关于《诗经》的体例分类，有所谓"四始六义"之说。"四始"指《风》《小雅》《大雅》《颂》的四篇列于首位的诗。"六义"则为"风、雅、颂，赋、比、兴"，其中"风、雅、颂"是对《诗经》音乐类型的划分，"赋、比、兴"则是《诗经》中主要运用的三种表现手法。

《风》又称《国风》，一共收录了15组不同地区的160首民歌，称为十五国风，反映了当时百姓生活的方方面面，被视作《诗经》的主体和精华，故有后人将其与屈原的《离骚》合称为"风骚"。《雅》为正声雅乐，是正统的宫廷音乐，共有105篇（不计"笙诗六篇"），分为《大雅》和《小雅》两部分，创作者大多为公侯贵族及士卿大夫。《颂》主要是宗庙音乐，共有40篇，包括《周颂》《鲁颂》和《商颂》三部分，反映了周朝主流的宗教和哲学思想。总体而言，《诗经》的内容可以划分为以下几种类型：爱情婚姻类、战争行役类、劳动生产类、政治批判类、歌乐宴享类及祭祀史诗类。《诗经》广泛涉及政治、经济、社会、科学、文艺、道德、宗教等领域，因此又被誉为古代社会的"人生百科全书"。

在写作技巧和表现手法上，《诗经》开创性地运用了赋、比、兴三种方法。朱熹《诗集传》对此解释说："赋者，敷陈其事而直言之者也"，也就是俗谓的平铺直叙，直接描述一件事物或其经过，多见于《颂》和《大雅》；"比者，以彼物比此物也"，是运用比拟手法"托物拟况"，常见于《风》；"兴者，先言他物以引起所咏之词也"，是指"托物起兴"，即由一件事物为引联想到另外一件事物，多见于《风》和《雅》。

这本《诗经图说》除原诗外，还对每首诗做了题解、白话译文以及难字注音。原文以通行本为底本，反复校勘。在题解中几乎都罗列出《毛诗》小序的观点，然后参考其他古今论著予以分析。主要参考的古代书籍包括：《毛诗正义》、《三家诗》、朱熹《诗集传》、魏源《诗古微》、方玉润《诗经原始》、姚际恒《诗经通论》，还有司马迁《史记》、欧阳修《诗本义》、王质《诗总闻》、崔述《读风偶识》、陈继揆《读诗臆补》、马瑞辰《毛诗传笺通释》、龚橙《诗本义》、王士禛《带经堂诗话》等。此外还结合近现代学者闻一多、吴闿生、高亨、程俊英、陈子展、朱渊清等人的学术成果，形成融会各家而又独具一格的解读风格。解读从诗歌的本义出发，强调对诗歌内涵和精神的领会，不对各家在细节方面的分歧作烦琐考证，除了对一些主旨比较容易确定的诗歌进行说明外，一般将几种古今比较有影响的观点进行罗列，以供读者自己借鉴。白话译文不刻意追求对仗工整、字字对应，但求在尊重原意的基础上，以最通俗流畅的语言表达诗意，同时兼顾译文的形式和音韵，以便于读者理解阅读。

《诗经》有图谱由来已久，梁代有《毛诗图》二卷，唐代有《毛诗草木虫鱼图》二十卷，宋代有《毛诗图》三卷（马和之绘），但是这些古图现今都已亡佚。现在常见的《诗经》图谱只有清人徐鼎的《毛诗名物图说》和日本冈元凤的《毛诗品物图考》以及日本细井徇的《诗经名物图解》，这几种图谱性质类似，是读者阅读、研究《诗经》不可不备的重要典籍。

除此之外，还有清人高侪鹤的《诗经图谱慧解》（1713年），共计九十余幅绘图，其中作者自绘的有七十余幅，其他的则出自王翚、高简、戴峻等名家之手，其图寓意深远，赏心悦目。高侪鹤，生平不详，江苏长洲人，号蓼庄、后愚等，是清代初期知名画家高简的同族后人。他曾与王翚、戴峻等名士交游，仅存《诗经图谱慧解》一书传世。在《诗经图谱慧解》的后序中，他详述了此书的成书过程，他说："自庚午（康熙二十九年，1690年）至丁亥（康熙四十六年，1707年），绩思程课，得就粗稿。至己丑（康熙四十八年，1709年）冬，增修始毕，前后屈指已二十余年。"在此书卷十的尾题中他又说："康熙五十二年癸巳（1713年）五月十日长洲高侪鹤重订毕。"从"得就粗稿"，到"增修始毕"，到最终的"重订毕"，这期间高侪鹤不断重写、重校、重录、重摹，足见他创作态度的严谨。庚寅（康熙五十九年，1710年）七月二十七日他在《家训》中嘱咐后人："今人储仇、唐画一幅，悬之，见闻不加益，学问不加长，性情不终移，市美于人曰：'此千金之值也。'如愚著是编，耗二十余年，精卫穷稽博考，实使古圣贤正旨千载复章，使文人学士之心，一见而生兴感，且山川风物，展卷而得异趣。非千古以来之珍赏乎！以之世宝，曰某氏有传家物，是吾愿也。一是集不可假借于人，致遗失污损，令渠无限苦心为不肖子孙轻掷也。倘此书日后当见于世，必有深爱者抚摩，精致而雕画之，自宜公之同志，但不可换入俗解，失此真面目也。"高侪鹤感慨当时人人争相收藏悬挂仇英、唐寅等名士的画作，但那些画作并不能增长人们的见闻和学识，更无教化意义。因此，他耗费二十余年的精力，效法"精卫穷稽博考"，以"古圣贤正旨千载复章"为己任，以期文人学士能够读诗"兴感"，足见《诗经图谱慧解》与其他《诗经》图谱的不同。《诗经图谱慧解》中的绘画往往融会诗境，让人置身于画境中，清晰地感受到诗经所表达的意趣。然而，这样一部难得的《诗经》图谱读者现在已经难得一见。

《诗经图说》在整理过程中广泛收录上述相关的《诗经》图谱，并对图谱中所涉及的名物进行了简洁明了的注解，以期让读者能够更加直观地认识《诗经》中的一些名物。

《诗经》不但是我国的"诗歌之祖"，同时也开启了中国诗叙事、抒情的内涵，被誉为"纯文学之祖"。它确定了中国诗的修辞原则及押韵原则，是我国北方文学（黄河流域）的代表。因此，在当今这个时代，阅读《诗经》不仅可以让我们溯及祖国传统诗歌的肇端，感受数千年来受其浸润的文学作品的魅力源泉，还可以帮助我们培养语感，领略到古典文学作品中独有的音韵美、建筑美和意境美。

历代文化名人对《诗经》都有着极高的评价。孔子曾说："不学《诗》，无以言。"荀子则云："始乎诵经，终乎读礼。"司马迁又言："《诗》以达意。"近人梁启超更是提出"现存先秦古籍，真赝杂糅，几乎无一书无问题；其真金美玉，字字可信者，《诗经》其首也"，对《诗经》的推崇可谓无以复加。

后世因《诗经》而衍生出"诗教"和"诗学"，足见《诗经》一书的博大精深。编者虽欲竭尽心力使此版《诗经》臻于完善，然而囿于学识短浅、精力所限，书中一定存在不少疏漏之处，恳请广大读者和有识君子不吝赐教，予以斧正。

目录 |

1

国风

关
雎

题 解

　　《关雎》一诗是《国风》的第一篇，也是《诗经》中最为脍炙人口的一首诗作，在中国文学史上占据着特殊的地位。在《论语》中，孔子多次提到《诗经》，但仅对《关雎》一篇作了具体评价，谓之"乐而不淫，哀而不伤"。

　　这首短小的诗作，主要描写了一位君子爱慕并追求一位窈窕淑女的故事，因此常常被解读为表达古代青年男女委婉爱情的诗作。然而正如汉儒在《毛诗序》中所说"《风》之始也，所以风天下而正夫妇也"，古人认为夫妇为人伦之始，一切德行成就的根基在于夫妇之德，而《关雎》也正是因为在"厚人伦，美教化，移风易俗"方面具有典范作用，才被列为《国风》首篇。

　　作者以雌雄雎鸠的对鸣起笔，比喻儒家礼法下夫妻之间的伦常原则。此后重点刻画了娴淑温婉的"窈窕淑女"形象及君子追求淑女的曲折过程。窈窕淑女，几乎由此成为了古代儒家礼乐标准下理想的女子形象，也对后世"女德"修养的思想起到了奠基性和启发性的作用。而君子对于淑女的追求，虽然不免"寤寐求之""辗转反侧"，却仍能"发乎情，止乎礼"；在接近了淑女之后，也是以"琴瑟""钟鼓"的演奏来与她相识相知，体现了一位谦谦君子遵循礼法而又不失风雅的动人作风。

　　此诗意境清新优美，语言含蓄隽永，流露出上古民风的淳朴和乐，读来朗朗上口，余韵不绝。此外，文中反复交替出现采摘荇菜的情景，也为本诗增添了别样的灵动和生机。

关雎风始图

关关雎鸠，　　　　　　相对啼鸣的雌雄雎鸠，

在河之洲。　　　　　　就在河水中央的小洲之上。

窈窕淑女，　　　　　　娴静淑雅的女子，

君子好逑。　　　　　　是君子最好的配偶。

参差荇菜，　　　　　　长短不齐的荇菜，

左右流之。　　　　　　从左边或右边来回摘取。

窈窕淑女，　　　　　　娴静淑雅的女子，

寤寐求之。　　　　　　在白昼或夜晚常想追求。

求之不得，　　　　　　设法追求却还未得到，

寤寐思服。　　　　　　令人醒时梦时思念萦缠。

悠哉悠哉，　　　　　　此心此情悠长不绝，

辗转反侧。　　　　　　翻来覆去难以安眠。

参差荇菜，　　　　　　长短不齐的荇菜，

左右采之。　　　　　　从左边或右边逐一采摘。

窈窕淑女，　　　　　　娴静淑雅的女子，

琴瑟友之。　　　　　　演奏琴瑟来与她相交。

参差荇菜，　　　　　　长短不齐的荇菜，

左右芼之。　　　　　　从左边或右边轻轻摘取。

窈窕淑女，　　　　　　娴静淑雅的女子，

钟鼓乐之。　　　　　　演奏钟鼓来让她愉悦。

葛覃

题 解

　　《葛覃》一诗的主旨，显然落在文末"归宁父母"一句。然而对此历来却有着不同的解读，因为"归"字在古汉语中，既可以指女子出嫁，又可以指出嫁女子返回娘家。《毛诗序》认为此诗为赞美后妃出嫁前"志在女工之事，躬俭节用，服澣濯之衣，尊敬师傅"的美德，而余冠英等当代学者则主张这首诗抒写了一位贵族女子准备归宁省亲的期待之情。这两种说法，在文义上均可圆融。

　　舍去不同说法的论辩，单纯地从语境来品味这首诗，它呈现给我们的是三幅生动的画面：首先是漫山遍野蔓延生长的葛草，还有黄莺飞舞、栖止灌木并发出婉转动听的鸣叫，完全是一派草长莺飞、春意盎然的景致；在此情境的烘托之下，其次出场的就是本诗的女主人公：只见她割下葛藤，蒸煮之后织成葛布并穿在身上，对自己的劳动成果感到欣慰而满足；最后出现的是培养女子女红、女德等的"师氏"，女子急切地向她表达归宁之心，并开始清洗内外衣物为此做好准备，甚至如同自言自语地区分该洗和不该洗的衣物……。至此，一位具有传统女德又略带活泼性情的女子形象跃然纸上。

　　迫切中带着喜悦，局促中透着欢快，这颇具画面感的诗句，仿佛让我们的心也沉浸在归宁女子的情绪中，随她的喜乐而喜乐，随她的期待而期待……

后妃采葛图

葛之覃兮，　　　　　　　长长的葛草蔓延开来，

施于中谷，　　　　　　　遍布整个山谷郊野，

维叶萋萋。　　　　　　　藤叶繁盛而茂密。

黄鸟于飞，　　　　　　　黄莺不时飞来飞去，

集于灌木，　　　　　　　又降落栖息在灌木林中，

其鸣喈喈。　　　　　　　鸣叫的声音婉转动听。

葛之覃兮，　　　　　　　长长的葛草蔓延开来，

施于中谷，　　　　　　　遍布整个山谷郊野，

维叶莫莫。　　　　　　　藤叶繁盛而茂密。

是刈是濩，　　　　　　　收割了葛草然后蒸煮，

为絺为绤，　　　　　　　织成粗细不同的葛布，

服之无斁。　　　　　　　穿在身上从不厌倦。

言告师氏，　　　　　　　告诉女师我心中所想，

言告言归。　　　　　　　就是返回娘家去省亲。

薄污我私，　　　　　　　洗去我内衣上的污垢，

薄澣我衣。　　　　　　　也将我的外衣清洗干净。

害澣害否？　　　　　　　哪些要洗哪些不洗区分清楚，

归宁父母。　　　　　　　才好回家去看望父母。

卷
耳

题 解

  《卷耳》是一首抒发"怀人"之情的经典名作。"怀人"是这个世间永恒的情感主题，因为它可以跨越具体的人、事、境，甚至可以跨越时空而将其情传递给千百年之后的人们。后世歌咏"怀人"的名篇，如张九龄《望月怀远》、孟浩然《宿建德江》、王维《九月九日忆山东兄弟》、王昌龄《闺怨》等，或多或少体现出与《卷耳》一脉相承的咏志抒情之风。

  关于《卷耳》一诗的主题，历来众说纷纭。古人有"后妃怀文王""文王怀贤""妻子怀念征夫""征夫怀念妻子"诸说，今人朱渊清等认为第一章以思念征夫的妇女口吻来写，后三章则以思家念归的男子口吻来写，认为本诗"犹如一场表演着的戏剧，男女主人公各自的内心独白在同一场景同一时段中展开"。这些观点都有其合理之处，此处暂取"求贤"之意予以注译。

  此外，本诗中第二章和第三章用到了"复沓"的章法结构，这种略带变动的"复沓"结构在《诗经》中俯拾皆是，如同一种吟咏重唱，有力地渲染了诗作的抒情意境，再现了音乐的主题旋律。第四章结构与前两章相差较大，这种手法被称作"单行章断"，同样在《诗经》中层出不穷。几个连续的语气词"矣"进一步烘托出人困马乏、求贤不得的忧思和哀伤，读来荡气回肠，令人亦如主人公一样扼腕不已。

采采卷耳，   连续不断地采摘卷耳，
不盈顷筐。   斜口竹筐却还没装满。

卷耳图

嗟我怀人，　　　　　　　　　　我心中所怀想的人啊，

^{zhì} ^{háng}
寘彼周行。　　　　　　　　　　我想把他安置在朝官的行列。

陟彼崔嵬，　　　　　　　　　　攀登那怪石嶙峋的高山，

^{huī tuí}
我马虺隤。　　　　　　　　　　我的马儿神色已颓靡不振。

^{léi}
我姑酌彼金罍，　　　　　　　　我姑且先斟满青铜制成的酒器，

维以不永怀。　　　　　　　　　以慰藉我心中绵绵不绝的思念。

陟彼高冈，　　　　　　　　　　攀登那高峻峭拔的山冈，

我马玄黄。　　　　　　　　　　我的马儿毛色已黑黄斑驳。

^{sì gōng}
我姑酌彼兕觥，　　　　　　　　我姑且先斟满铸有兽头的酒器，

维以不永伤。　　　　　　　　　以免除我心中长久不散的伤怀。

^{jū}
陟彼砠矣，　　　　　　　　　　攀登那乱石林立的山丘，

^{tú}
我马瘏矣，　　　　　　　　　　我的马儿已疲乏不堪无法前进，

^{pū}
我仆痡矣，　　　　　　　　　　我的仆人也精疲力尽不能行路，

^{xū}
云何吁矣！　　　　　　　　　　奈何我长吁短叹又能如何！

樛
木

题 解

　　《诗经》中常常用到赋、比、兴三种表现手法，而"托物起兴"往往伴随着"因物为比"同时出现，因此又有了"比兴"的说法。《樛木》这首诗中，比兴的运用就十分明显。

　　全文只有三章，结构工整，每章都以葛藟萦缠攀附于樛木的意象起兴，而后以祥和安乐的君子获得福禄为兴体。每章只改动两字的"叠章"结构，形成逐层推进、回环往复的歌咏之势，从而使全诗赞颂的谦谦君子形象呼之欲出。此外，以葛藟萦附樛木"比"君子常得福禄相随，可谓构思精巧，形象生动。

　　《樛木》的主人公是一位"君子"，关于此"君子"也有各家不同的说法。《毛诗序》定此诗主旨为后妃和谐相处而无嫉妒之心，因此"君子"当指君王。而今人潘啸龙等认为此"君子"为新婚的新郎，此诗当是宾客众人对新郎的祝福之辞。另有学者认为此诗"讲了一位君子在没有嫉妒心之后的所作所为——看到别人有优点的时候，真心为别人高兴；看到别人有困难或不足的时候，无私地给予帮助"，即所谓"君子成人之美"。

　　本次注译舍去烦琐考据，回归到诗作的原始语境中，认为此诗旨在说明君子以其美德修养感召福禄相随。正是因为君子常常涵养学问德行，才能不断体会到其中的充实和快乐，才能有福禄到来使他安宁和顺，扶助他不断地自我修养和提升，并最终圆满成就他的才德智慧。相信这样的解读，对于我们今天完善和修养个人也是极具借鉴和启发意义的。

樛木图

南有樛^{jiū}木，　　　　　南方有种枝茎下弯的树木，

葛藟^{lěi lěi}累之。　　　　　葛藟的藤蔓攀附其上。

乐只君子，　　　　　那祥和快乐的谦谦君子，

福履绥之。　　　　　福气爵禄会使他安宁自在。

南有樛木，　　　　　南方有种枝茎下弯的树木，

葛藟荒之。　　　　　葛藟的藤蔓遍覆其上。

乐只君子，　　　　　那祥和快乐的谦谦君子，

福履将之。　　　　　福气爵禄会使他得到扶助。

南有樛木，　　　　　南方有种枝茎下弯的树木，

葛藟萦之。　　　　　葛藟的藤蔓萦绕其上。

乐只君子，　　　　　那祥和快乐的谦谦君子，

福履成之。　　　　　福气爵禄会使他成就德行。

螽

斯

题 解

周代设有采诗之官，负责在每年春天深入民间收集歌谣，把能够反映人民欢乐疾苦的作品，整理后交给音乐之官谱曲，并为天子演唱，作为其治国理政的参考。可以想见，《螽斯》就是以这样一种方式收录下来的民间诗歌。

螽斯在中国北方被称为蝈蝈，是一种田野间常见的昆虫，作者由螽斯振翅而鸣起兴，表明作者非常熟悉螽斯的生活习性，显露出非常浓厚的乡野气息。再由螽斯齐聚喧嚣为比，祝福对方子孙兴盛不绝，反映出中国古代"多子多福"的生育观和家庭观。在形容螽斯鸣声之时，用了"诜诜""薨薨""揖揖"三个叠词，生动地描摹出螽斯共鸣的景象；同样在形容子孙繁盛之时，也用了"振振""绳绳""蛰蛰"三个叠词，展现出上古祝词所具有的优美韵律。

关于此诗的主题，《毛诗序》仍围绕后妃之德与子孙之福展开，今人高亨在《诗经今注》中，则认为此诗以螽斯比喻剥削者，表达了人民对剥削者的讽刺和痛恨，实是将螽斯当作蝗虫的误读。

此诗文字简短，文笔质朴，叠章和叠词的反复运用增加了音韵的美感，读来仿佛使人置身上古原野之中，聆听那朴实农人的真诚祝祷。

zhōng sī	
螽 斯羽，	蝈蝈振翅而鸣，
shēnshēn	
诜 诜兮。	声音喧嚣震天。
宜尔子孙，	你的子孙后代，
zhēnzhēn	
振 振兮。	适宜兴隆昌盛。

螽斯图

螽斯羽，
hōnghōng
薨 薨兮。

宜尔子孙，
mǐnmǐn
绳绳兮。

螽斯羽，
jí jí
揖揖兮。

宜尔子孙，
zhí zhí
蛰蛰兮。

蝈蝈振翅而鸣，

声音轰轰齐发

你的子孙后代，

适宜延绵不绝。

蝈蝈振翅而鸣，

声音嘈杂纷乱。

你的子孙后代，

适宜繁盛不息。

螽斯

螽斯在中国北方被称为蝈蝈，长得像蝗虫。直翅目昆虫，身绿色或灰褐色，善跳跃，雄螽斯颤动翅膀能发声。商周时期，人们把蝈蝈和蝗虫统称为"螽斯"。

桃
夭

题 解

　　《桃夭》也是《诗经》中流传最为广泛的经典诗歌之一，清代学者姚际恒在《诗经通论》中说此诗"开千古词赋咏美人之祖"。首句"桃之夭夭，灼灼其华"可谓咏物写景的千古名句，也对后世大量以桃花为题材的诗词作品产生了深远的影响。如阮籍《咏怀·昔日繁华子》"夭夭桃李花，灼灼有辉光"，崔护《题都城南庄》"去年今日此门中，人面桃花相映红"，白居易《大林寺桃花》"人间四月芳菲尽，山寺桃花始盛开"，苏轼《惠崇春江晚景》"竹外桃花三两枝，春江水暖鸭先知"等等。

　　本诗抒发的是对一位即将出嫁的年轻女子的赞美和祝福，希望她出嫁后能"宜室宜家"，使夫妻家人之间都能安顺和美。诗的起句依然用了比兴的表现手法，以桃花的鲜妍明媚比喻女子的端庄秀美，"灼灼"二字尤为炫目，用以比喻女子光彩照人的仪容亦十分贴切。然而"女四德"中不仅要有"妇容"，还要有"妇德""妇言"，这样才能敦睦家眷、持家有方，最终兴旺家族而建立"妇功"。在后两章中，以桃树的累累果实和枝繁叶茂，象征女子因德行崇盛、持家有道，而开家族子嗣众多、绵延昌盛之局面。三章中连续强调宜室、宜家、宜人，也体现出家族兴衰的真正关键就在于女子内在的品德和修养。

　　《桃夭》文笔优美，构思奇巧，各章首句均以桃花起兴，继以花、果、叶兼作比喻，极有层次感。而花开到结果、果落到叶盛的渐次变化，也与桃花的生长规律相吻合，使得整个诗篇如水乳交融一般融为一体。《桃夭》中表现出的传统婚姻、家庭观念，也影响了后世礼乐文化数千年之久。

桃夭图

桃之夭夭，
灼灼其华^{huā}。
之子于归，
宜其室家。

桃花鲜妍又繁盛，
绽放的花朵光彩照人。
这个女子就要出嫁，
让夫妇之间相敬如宾。

桃之夭夭，
有蕡^{fén}其实。
之子于归，
宜其家室。

桃花鲜妍又繁盛，
结出的果实硕大众多。
这个女子就要出嫁，
让家庭之中安顺和乐。

桃之夭夭，
其叶蓁蓁。
之子于归，
宜其家人。

桃花鲜妍又繁盛，
生发的枝叶茂密成阴。
这个女子就要出嫁，
让家人之间幸福康宁。

兔罝

题 解

　　先秦时代，社会动荡，战事频繁，因此执政者对发展军事十分重视，而狩猎也成为军事操练的"武事"之一，体现出先秦军事"兵农合一"的特点。正如孔子所言："兵者凶事，不可空设，因蒐狩而习之。"这也应是《兔罝》一诗以张网捕兔而起兴的原因。

　　全诗共分三章，各章首句渲染出狩猎者设网待兔的紧张氛围。丝丝入扣的网目，叮叮咚咚的打桩声，路口林野施设的罗网，无不在昭示着狩猎者熟练的手法和勇武的胆魄。而正当"按网待发"扣人心弦的一刻，作者笔锋一转，开始赞美雄健勇猛的武士，并连用"干城""好仇""腹心"三词，层层递进，表现出"赳赳武夫"对于公侯治国经邦而言有着多重角色，是不可多得的股肱之臣，也从侧面反映出当时的统治者对于"赳赳武夫"的希求之心。

　　这首《兔罝》文字简短有力，字里行间流露出雄浑豪迈、壮志凌云的风采。展卷而吟，仿佛让人又回到了那个车毂交错、箭矢如雨的年代，随着"赳赳武夫"驰骋沙场的矫健身影而欢欣鼓舞、呐喊助威。

肃肃兔罝（jū），　　　　　　捕兔的罗网精严细密，
椓（zhuó）之丁丁（zhēngzhēng）。　布网打桩的声音叮叮咚咚。
赳赳武夫，　　　　　　　　那威武雄健的勇士，
公侯干（gān）城。　　　　　就是公侯的好护卫。

兔罝图

肃肃兔罝，　　　　　　　捕兔的罗网精严细密，

施于中逵。　　　　　　　布网之处就在九通路口。

赳赳武夫，　　　　　　　那威武雄健的勇士，

公侯好仇。　　　　　　　就是公侯的好帮手。
qiú

肃肃兔罝，　　　　　　　捕兔的罗网精严细密，

施于中林。　　　　　　　布网之处就在林野之间。

赳赳武夫，　　　　　　　那威武雄健的勇士，

公侯腹心。　　　　　　　就是公侯的好心腹。

芣苢

题 解

　　芣苢,就是俗称的车前草,这种植物春夏生长,遍布于荒野路边,其嫩叶可食,全草又可入药,可以说是一种易得又多用的植物。这首诗作,就是先秦时代的农人在田野间采摘车前草时所唱的歌谣,展现了农人劳作忙碌而欢快的场景。

　　虽然只是单一的采摘动作,但作者却使用了"采、有、掇、捋"四字去描绘,就连用衣襟兜装芣苢也用了"袺、襭"二字刻画,体现出作者对农人劳作过程细致入微的观察,同时也暗示作者可能具有非常丰富的乡间生活阅历。

　　《诗经》中重章叠句的运用十分普遍,而这首《芣苢》的叠章之甚可谓绝无仅有。全诗三章十二句,只有六字交替变动,其余全是重叠,看似单调复沓,实则别有韵味。在反复的吟咏之下,产生了简洁明快、回环往复的韵律感,读者虽然不见采摘芣苢之人,却依然能感受到他们采摘芣苢过程中紧张有序而又兴高采烈的情绪起伏。就连那株株的芣苢,也仿佛在这农人的歌唱声中鲜活灵动起来……

采采芣苢(fú yǐ),	接连不断地采摘芣苢,
薄言采之。	采了一株再采一株。
采采芣苢,	接连不断地采摘芣苢,
薄言有之。	得了一株再得一株。

乐世荼苢图

采采芣苢，　　　　　　　接连不断地采摘芣苢，

薄言掇之。　　　　　　　摘了一叶再摘一叶。

采采芣苢，　　　　　　　接连不断地采摘芣苢，

薄言^{luō}捋之。　　　　　　　将了一把再将一把。

采采芣苢，　　　　　　　接连不断地采摘芣苢，

薄言^{jié}袺之。　　　　　　　采来的芣苢用衣襟兜起来。

采采芣苢，　　　　　　　接连不断地采摘芣苢，

薄言^{xié}襭之。　　　　　　　摘得的芣苢用衣襟盛起来。

汉
广

题 解

　　《汉广》是《诗经》中咏物怀人的一首佳作，也《诗经》中仅有的几篇"刻画山水"的诗章之一。清代王士禛在《带经堂诗话》中对此诗评价颇高，甚至认为它是中国山水文学的发轫。

　　关于《汉广》一诗的主旨，主要有《毛诗序》"德广所及"说、三家诗"神女遗佩"说、清人方玉润"樵歌"说，以及今人多持的"情诗"说。鉴于《诗经》是一部真实全面地反映周代社会各个方面的百科全书，现实主义是其主要的创作特色，因此认为此诗反映周代普通人民的婚姻恋爱及礼仪风俗，当最为贴切。

　　全诗从结构形式上来看共有三章，前一章独立，后二章叠咏。三章的起兴之句围绕"木""薪""楚""蒌"各意象展开，暗示出本诗的主人公是一位青年樵夫，"刈"字更是直接点明了采樵的劳动过程。首章八句，四曰"不可"，把樵夫苦恋追求"游女"而不得的怅惘无奈表现得淋漓尽致。现实中的遥不可及，转而化为幻想中的称心如意，因此作者在二、三章中构建出"游女"出嫁、割草喂马的美好幻境，使主人公的夙愿终于得以满足。然而梦幻泡影终会破灭，当睁开现实的眼睛时，那烟波浩渺的汉水和波浪滔天的长江依然无法渡过，那梦中"游女"的彼岸依然无法企及。

　　清代陈启源在《毛诗稽古编》中把此诗的诗境概括为"可见而不可求"，类似于西方浪漫主义所说的"企慕情境"。主人公由希望到失望、由幻想到幻灭的心路历程，伴着对长江汉水一咏三叹的叠唱，为我们永远留下了一个可望而不可及的彼岸女子，一个虽然残缺却美得动人心魄的诗意境界。

汉南游女图

南有乔木，　　　　　　　　南方有种高大的树木，

不可休思。　　　　　　　　不可在其下乘凉休息。

汉有游女，　　　　　　　　汉水边有位出游的女子，

不可求思。　　　　　　　　不可追求来做我伴侣。

汉之广矣，　　　　　　　　汉水宽广而浩瀚，

不可泳思。　　　　　　　　不可只身游过去。

江之永矣，　　　　　　　　长江滔滔而不绝，

不可方思。　　　　　　　　不可乘筏渡过去。

翘翘错薪，　　　　　　　　野草茂盛而杂乱，

言刈其楚。　　　　　　　　用刀割取其中的荆条。

之子于归，　　　　　　　　这位女子就要出嫁，

言秣^{mò}其马。　　　　　　　应去喂饱她的马匹。

汉之广矣，　　　　　　　　汉水宽广而浩瀚，

不可泳思。　　　　　　　　不可只身游过去。

江之永矣，　　　　　　　　长江滔滔而不绝，

不可方思。　　　　　　　　不可乘筏渡过去。

翘翘错薪，　　　　　　　　野草茂盛而杂乱，

言刈其蒌。　　　　　　　　用刀割取其中的蒌蒿。

之子于归，　　　　　　　　这位女子就要出嫁，

言秣其驹。　　　　　　　　应去喂饱她的马驹。

汉之广矣，   汉水宽广而浩瀚，

不可泳思。   不可只身游过去。

江之永矣，   长江滔滔而不绝，

不可方思。   不可乘筏渡过去。

蒌

蒌蒿，多年生草本植物，多生水滨。

蘩

即白蒿，多年生草本植物，可食用。

汝
坟

题 解

  《汝坟》一诗的主旨，历来也是各家分歧、自持一说，影响较大的主要有《毛诗序》的"文王道化"说、刘向《列女传》的"周南大夫妻匡夫说"、《韩诗》的"贫者辞家禄仕"说等，而近当代学者的研究多认为这是一首妻子怀念远行丈夫的诗歌，而对于"赪尾""王室""如燬""父母孔迩"等词句的解释却大相径庭、莫衷一是。各派纷繁的观点，使得此诗的主旨更显扑朔迷离，对于此诗的理解也增加了不少难度。

  此次注译，在仔细甄别古今学者观点的基础上，结合当代一些学术论文，对于诗歌的主旨作了审慎的考定，同时避免了对争议较大的地方作过于细致的考据，认为此诗主题为"妻子怀夫"当属无疑。至于她的丈夫是为王室远征服劳役，还是为王室出仕效力，无关宏旨，故不细究。

  在《诗经》中，割草采樵的意象往往伴随着婚姻爱情的主题出现，如《周南·汉广》《齐风·南山》《唐风·绸缪》《王风·扬之水》等。这首诗也不例外，前二章起兴句皆写在汝水畔砍伐树木的情景。在形容思求丈夫而不得之时用"调饥"二字，传神地表达出妻子的忧思与渴望。第二章起兴，仍然是汝水畔采樵，只不过树木都已抽出新枝，暗示秋往春来又过了一年，而女主人公所盼望的人还未出现。等到见到"君子"之时，喜悦之余，又担心他再次远行，故有"不我遐弃"之语，充分表现出女主人公矛盾复杂的心理状态。最后一章独立于前二章，以鲂鱼淡红色的尾鳞喻夫妇之间真诚殷切的情感。而正在这美好的时刻，"君子"又要再次"遐弃"而去，为那"如燬"的王室效劳，女子自

遵彼汝坟图

然恋恋不舍，只好以"父母孔迩"为由相劝，希望以此挽留其夫，哀婉凄切之情溢于言表。

短短数行诗作，生动地刻画了女子从别离到思念、从满愿到担忧、从别离到哀求的波澜起伏的心理变化，可谓一波三折，扣人心弦。望夫女子的执着和不舍、欢欣和落寞折射了那个纷乱时代的别离之情，读来令人无比动容。

遵彼汝坟，	沿着那汝水堤岸，
伐其条枚。	采伐树木的枝干。
未见君子，	还没见到我的夫君，
惄如调饥。	忧思不绝如同清晨忍饥。
遵彼汝坟，	沿着那汝水堤岸，
伐其条肄。	采伐新抽的树枝。
既见君子，	已经见到我的夫君，
不我遐弃。	万望你不要再离我远去。
鲂鱼赪尾，	鳊鱼的尾鳞微微泛红，
王室如燬。	王室兴盛如熊熊烈火。
虽则如燬，	即使兴盛如熊熊烈火，
父母孔迩。	父母双亲就近在身旁。

麟之趾

题 解

　　麒麟是中国古代传说中的神兽，与凤、龟、龙并称为"四灵"。古人认为麒麟有蹄不踏，有额不抵，有角不触，寿命有两千年，且其出没之处必有祥瑞。后世亦常用麒麟比喻英杰超群、才德兼备之人。

　　《麟之趾》一诗，表达了对公侯子孙以仁厚之德传家治国的赞美和祝福。全诗共有三章，章章复沓，歌咏再三。各章分别以麒麟的足、额、角起兴，末句又再次出现"麟"的意象，表现出作者对"公子""公姓"和"公族"的礼赞和期冀，希望他们以"振振"之心成为英杰贤圣，为天下万民带来祥瑞之福。

　　"公子""公姓""公族"三词，意义当近。之所以变动用字，正如清代马瑞辰在《毛诗传笺通释》所说："此诗公姓犹言公子，特变文以协韵耳，公族与公姓亦同义。"在《诗经》中，这种通过改动个别字词以避免重复、协调音韵的用法十分常见，使得诗句表露的形式美、意境美和音韵美融为一体，美不胜收。

麟之趾，　　　　　　　　　麒麟的四足，

zhēnzhēn
振 振公子，　　　　　　　　仁厚的诸侯之子，

xū
于嗟麟兮。　　　　　　　　哎呀那麒麟啊！

麟之定，　　　　　　　　　麒麟的额头，

麟趾图

振振公姓，　　　　　　仁厚的国君之孙，
于嗟麟兮。　　　　　　哎呀那麒麟啊！

麟之角，　　　　　　　麒麟的顶角，
振振公族，　　　　　　仁厚的公侯族人，
于嗟麟兮。　　　　　　哎呀那麒麟啊！

鹊
巢

题 解

  《鹊巢》也是一首以"之子于归"即婚礼为主题的诗。《毛诗序》认为此诗写国君之婚礼，朱熹《诗集传》认为此诗叙诸侯之婚礼，结合诗中迎送车乘之盛况可知，此诗确为描写王公贵族之婚礼，当无疑义。

  全诗共分三章，章章互叠，结构不变。各章起兴之句描述的都是"鹊巢鸠占"的情景。根据古今学者考证，此"鸠"应指布谷鸟，又名杜鹃，其生活习性就是自不筑巢，而将卵蛋产于其他鸟禽巢窝，假借其力而代为孵化。喜鹊则与之形成鲜明对比，极擅筑巢，且其巢窝美观稳固、易守难攻，可以说是鸟界筑巢的权威。

  之所以选用此意象起兴，学界的解读争议较大。郑玄《毛诗笺注》中认为"鸤鸠因鹊成巢而居有之，而有均一之德；犹国君夫人来嫁，居君子之室，德亦然"，姚际恒《诗经通论》亦言"以鸠之居鹊巢，况女之居男室也"。而方玉润等人对此提出辩驳，认为"夫男女同类也，鹊鸠异物也，而何以为配乎？"有鉴于此，在理解此诗时，可将各章起句单纯地作为起兴之辞，以领会诗歌所传达出的精神义理为主。

  在古代的礼乐文化之下，一位女子，尤其是出身贵族的女子，她在出嫁之后，必定要修养"女子四德"，以自己的贤淑才德佐助夫君，同时化育后嗣，兴旺家族，这也应是本诗中"居""方""盈"三字所暗示的含义。

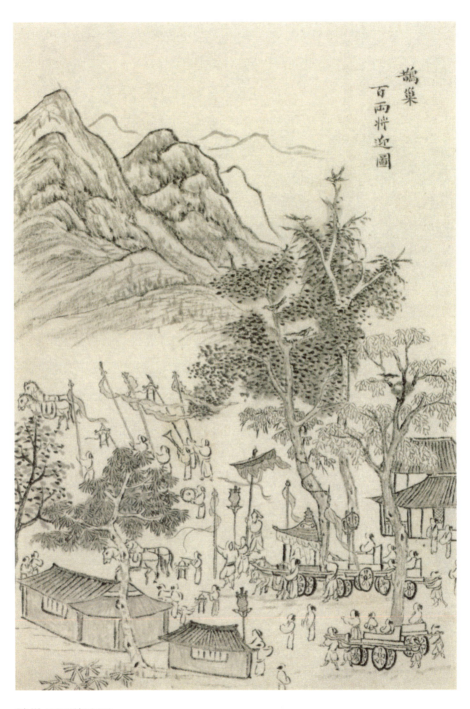

鹊巢 百两将迎图

维鹊有巢，　　　　　　　喜鹊筑有巢窝，

维鸠居之。　　　　　　　杜鹃前来居住。

之子于归，　　　　　　　这位女子就要出嫁，

百两御之。　　　　　　　百辆车乘前来迎接。
yà

维鹊有巢，　　　　　　　喜鹊筑有巢窝，

维鸠方之。　　　　　　　杜鹃前来依托。

之子于归，　　　　　　　这位女子就要出嫁，

百两将之。　　　　　　　百辆车乘送她离开。

维鹊有巢，　　　　　　　喜鹊筑有巢窝，

维鸠盈之。　　　　　　　杜鹃前来占满。

之子于归，　　　　　　　这位女子就要出嫁，

百两成之。　　　　　　　百辆车乘成全婚礼。

采

蘩

题 解

　　这是一首歌咏采摘白蒿以作祭祀之用的诗歌，而关于"采蘩"的主人公身份，历来却说法不一。《毛诗序》中说"采蘩，夫人不失职也；夫人可以奉祭祀，则不失职矣"，认为此诗为公侯夫人尽其本分行祭祀之事。朱熹《诗集传》中则说"诸侯夫人能尽诚敬以奉祭祀，而其家人叙其事以美之也"，认为此诗是诸侯"家人"对"诸侯夫人"的赞美之辞。当代《诗经》研究者多认为采蘩者是供公侯役使的"女宫"，此诗反映的是宫女为公侯祭祀而劳作忙碌。

　　此诗共有三章，前两章叠咏，后一章独立成文。前两章的句式，都是两个设问："于以采蘩"和"于以用之"。在对这两个问题回答的过程中，展现出这些采蘩女子劳作的情态，水池、河中的小洲，还有山涧溪水边都可以看到她们的身影。而当被人问到采蘩的用途时，她们也是十分简短地回答：诸侯之事和诸侯之宫。从中仿佛可以看到她们穿梭而过的匆匆身影。最后一章笔锋一转，场景从野外采摘切换到宗庙祭祀，女子们头上戴着华美繁盛的头饰，从朝至暮忙于祭祀典礼；等到仪礼完成，才舒缓安闲地踏上返回之路。"僮僮""夙夜""祁祁"寥寥数词，勾勒出女子们对祭祀大典的重视和操劳，以及完成任务后的轻松心情。

　　祭祀在上古时代是一件由国君公侯主持的国家大事，在其后几千年也一直作为儒家礼法的重要内容受到执政者的推崇和遵行，所以可以想见在公侯举办祭祀典礼之时，所要动用的大量人力、物力、财力。《采蘩》一诗，不管其主人公是诸侯夫人还是女宫，从字里行间我们依然可以感受到那个时代的人们，对于"慎终追远"的祭祀活动所持有的虔敬恭慕之心。

采蘩采蘋图

于以采蘩，　　　　　　　何处可以采摘白蒿？

于沼于沚。　　　　　　　在水池中和河洲边。

于以用之，　　　　　　　采来白蒿用在何处？

公侯之事。　　　　　　　公侯祭祀要用到它。

于以采蘩，　　　　　　　何处可以采摘白蒿？

于涧之中。　　　　　　　在山涧中的溪水边。

于以用之，　　　　　　　采来白蒿用在何处？

公侯之宫。　　　　　　　公侯居室要用到它。

　　bì　　tóngtóng
被之僮僮，　　　　　　　头戴饰物华美盛多，

夙夜在公。　　　　　　　早晚都为公事尽心。

被之祁祁，　　　　　　　头戴饰物体态安舒，

薄言还归。　　　　　　　礼成然后返回本处。

草虫

题 解

　　《草虫》一诗的主旨，《毛诗序》概括为"大夫妻能以礼自防也"，朱熹《诗集传》则在此基础上阐释为"诸侯大夫行役在外，其妻独居，感时物之变，而思其君子如此"，这个观点可以说是传统儒家的主流观点。此外，还有"大夫归心召公"说、"托男女情以写君臣念"说以及今人多持的"思妇念夫"说等，不一而足。

　　单纯从诗作的意境上来体味，作者为我们设定了一幅秋天的图景：蝈蝈塞窣齐鸣，蚱蜢跳跃不息，或许还有秋风带来点点凉意。自古以来，秋都是一个引发凄凉萧瑟或者别离之情的典型意象，在这首诗作中亦不例外。主人公没有见到君子之时的心情，三章各用"忧心忡忡""忧心惙惙""我心伤悲"三词表达，将求而不得的愁情忧思渲染得无以复加。采蕨、采薇暗示秋冬已去而今已是来年的春夏之交，而等待"君子"到来似乎仍然遥遥无期。

　　此后却笔锋一转，开始拟想"既见君子"之后的情景，形容自己的心情是"降""说""夷"。"降"含有下降、安定之意，仿佛是心中一块石头终于落地；"说"则是喜悦，仿佛是眉开眼笑、喜不自禁之貌；"夷"含有平和之意，心情最后又恢复平静和乐。主人公心理的起伏波动用寥寥数词形容得十分贴切。这种以虚衬实、虚实相间的表现手法在方玉润《诗经原始》中称为"透过一层法"，这种手法的运用使得全诗情感变化更加鲜明，读来也更有艺术感染力。

草虫

喓喓草虫，
tì tì fù zhōng
趯趯阜螽。

未见君子，

忧心忡忡。

亦既见止，

亦既觏止，

我心则降。

陟彼南山，

言采其蕨。

未见君子，
chuòchuò
忧心惙惙。

亦既见止，

亦既觏止，
yuè
我心则说。

陟彼南山，

言采其薇。

未见君子，

我心伤悲。

亦既见止，

亦既觏止，

我心则夷。

蝈蝈发出喧嚣的鸣声，

蚱蜢在草间来回跳跃。

还没见到那位君子，

我的忧思绵绵不绝。

如果已经见到了他，

如果已经遇到了他，

我心自会安宁和乐。

登上那座南山之巅，

前去采摘蕨菜嫩叶。

还没见到那位君子，

我的忧思不可排遣。

如果已经见到了他，

如果已经遇到了他，

我心自会愉悦喜乐。

登上那座南山之巅，

前去采摘巢菜枝芽。

还没见到那位君子，

我的心中哀伤愁悲。

如果已经见到了他，

如果已经遇到了他，

我心自会平和安怡。

采

蘋

题 解

  《采蘋》是一首与上古时期祭祀风俗有关的诗歌作品，古代学者多视之为贵族之女出嫁前去宗庙祭祀祖先的诗，如《毛传》说："古之将嫁女者，必先礼之于宗室，牲用鱼，芼之以蘋藻。"方玉润《诗经原始》说："女将嫁而教之以告于其先也。"现代学者大都认为，这首诗旨在描写女仆们为主人采办祭品以奉祭祀。这些说法虽然不同，但始终都离不开一个中心——祭祀。

  在上古时代，贵族之女在出嫁前确实需要去宗庙祭祀先祖，同时学习一些婚后的礼节。在这种情况下，像那些采办祭品、整治祭具、设置祭坛的任务就落在了女仆们的身上。本诗浓墨重彩描写的正是这一备祭过程。我们看到，祭品有"蘋""藻"，祭器为"筐""筥""锜""釜"，祭地为"宗室牖下"，祭者为"齐季女"，看似是非常烦琐复杂的祭祀流程，背后折射出的却是上古时期的人们对于祭祀的高度重视。

  "尸"字的本义是祭祀时代表死者受祭之人，后来引申为主持祭祀仪式之人，此处的"尸"字应依本义。本诗中担任"尸"这一任务的是一位"齐季女"，意即恭敬斋戒过的年幼女孩。文末"齐季女"的出现是全诗的"神来之笔"，透过这一句，仿佛可以感受到那奉祭少女诚敬恭穆的步伐和纯净无染的心地。

蘋

亦称大萍、田字草,多年生水生蕨类植物,茎横卧在浅水泥中,全草可入药。

藻

水藻,隐花植物的一大类,没有根、茎、叶等部分的区别,海水和淡水里都有。

于以采蘋，　　　　　　去哪里采摘白苹?

南涧之滨。　　　　　　在南边山涧的溪水边。

于以采藻，　　　　　　去哪里采摘水藻?

于彼行潦。　　　　　　在那沟渠中的流水边。
_{háng lǎo}

于以盛之，　　　　　　用什么盛装它们?

维筐及筥。　　　　　　用方形的筐和圆形的筥。
_{jǔ}

于以湘之，　　　　　　用什么烹煮它们?

维锜及釜。　　　　　　用三足的锜和无足的釜。
_{qí}

于以奠之，　　　　　　在哪里陈设祭品?

宗室牖下。　　　　　　在宗庙的窗户之下。
_{yǒu}

谁其尸之，　　　　　　谁来充当亡灵受祭?

有齐季女。　　　　　　有位庄重恭敬的少女。
_{zhāi}

甘

棠

题 解

从古至今，《甘棠》一诗的主旨都众口一词、十分明确，那就是后人为追思怀念召伯而作，正如《毛诗序》云："《甘棠》，美召伯也。召伯之教，明于南国。"召伯，是后人对西周初期著名的"三朝元老"姬奭的尊称，他曾辅佐周武王灭汤，又任周成王的太保，还帮助周康王实现了"成康之治"，可以说是一位功勋卓著的西周宗室。而他执政可谓顺应民心、政通人和，因此赢得了贵族和平民普遍的爱戴。

关于这首诗歌的创作背景，也有许多文献资料可查。朱熹在《诗集传》中说，召伯南巡之时，传布周文王的政治教化，有时在棠梨树下休息，后人感念其美德，故爱惜此树而不忍毁坏。郑玄在《诗经笺注》中，则更具体地道明，召伯暂居棠梨树下的主要工作内容之一是"听男女之讼"。在司马迁的《史记·燕召公世家》中则记载得最为详细，不仅提到了召公在棠梨树下"决狱政事"之事，且说明了召公治政的功效："自侯伯至庶人，各得其所，无失职者。"以及这首诗歌就是人民思慕歌咏召公的产物。

全诗共分三章，每章三句，皆用赋体铺陈。由睹物而思人，由惜物而及人，使得人、物、情交融一体，不可分离。诗中反复告诫人们对棠梨树不可修"翦"，不可"败"坏，不可"拜"除，可谓层层递进，深切的爱惜之心溢于言表。

从这里我们也可以体会到，正是因为召公关心民间疾苦，为百姓听讼决狱，且宁愿在树下暂居，也不愿去扰民借住，以此美德才能赢得身后的遐迩声

甘棠图

名和百姓的爱戴追慕。这首《甘棠》被近代吴闿生在《诗义会通》中评为"千古去思之祖"，确为古今追思怀人主题的名作。

蔽芾甘棠，　　　　　棠梨树枝繁叶茂，

勿翦勿伐，　　　　　不要去修剪或砍伐它，

召伯所茇。　　　　　召伯曾以此为草舍。

蔽芾甘棠，　　　　　棠梨树枝繁叶茂，

勿翦勿败，　　　　　不要去修剪或毁坏它，

召伯所憩。　　　　　召伯曾在这里休憩。

蔽芾甘棠，　　　　　棠梨树枝繁叶茂，

勿翦勿拜，　　　　　不要去修剪或拔除它，

召伯所说。　　　　　召伯曾在这里止息。

行
露

题 解

　　《行露》这首诗的主旨，古今说法纷纭不一，增加了理解和研究此诗的难度，以至于宋人王柏在《诗疑》中断言是别诗断章错入。《毛诗序》联系上篇《甘棠》的召伯听讼，解释此诗为"强暴之男，不能侵陵贞女也"。而《韩诗外传》《列女传》等认为此诗主旨是"申女许嫁之后，夫礼不备，虽讼不行"，近代亦有人承袭此说，此外还有"寡妇执节不贰""贫士却婚远嫌"诸说。当代学者多认为，此诗表达的是一个女子（或女子家长）对一个诉讼她的男子的斥责和拒绝。至于这个男子的身份，则或认为是女子的丈夫，或认为是强娶女子之人，或认为是已有妻室之人，其中当以"已有妻室的强娶之人"二说合解较为圆融。

　　全诗共有三章，第一章独立，第二、三章叠章。第一章首句即以"行露"起兴，交代出作诗的背景。然后就写到天寒露重，道路湿滑，所以要"夙夜"兼程，提早上路，以此暗示女主人公所处的险恶处境，也透露出她与之抗争的坚定意志。

　　第二、三章分别以雀角和鼠牙比兴，以雀虽有角而无穿屋之理，鼠虽有牙而无穿墉之理，说明你已有妻则无致我讼案之理。四个连续的反问句式形成字字含泪、步步紧逼之势，充分揭露了对方"速我狱讼"的卑劣行径，也自然表引出了她"室家不足""亦不女从"的坚定立场，可谓斩钉截铁，气势凛然。另外，清代张澍《读诗钞说》认为后两章并非现实，而是"预拟其变而极言之"的假设之辞，也颇有见地。

厌浥行露，　　　　　　潮湿的道路上露水浓重，

岂不夙夜，　　　　　　难道不需清晨就开始赶路？

谓行多露。　　　　　　否则就会担心行走时多露。

谁谓雀无角，　　　　　谁说鸟雀没有喙？

何以穿我屋？　　　　　不然怎么会啄穿我的房屋？

谁谓女无家，　　　　　谁说你没有成家？

何以速我狱？　　　　　不然怎么会给我招来官司？

虽速我狱，　　　　　　即使你给我招来官司，

室家不足。　　　　　　我还是不足以与你成家。

谁谓鼠无牙，　　　　　谁说老鼠没有牙？

何以穿我墉？　　　　　不然怎么会凿穿我的墙壁？

谁谓女无家，　　　　　谁说你没有成家？

何以速我讼？　　　　　不然怎么会给我招来诉讼？

虽速我讼，　　　　　　即使你给我招来诉讼，

亦不女从。　　　　　　我还是不会听从于你。

鼠

哺乳动物的一科，种类非常多。通称老鼠，有的地区叫耗子。

羔
羊

题 解

  《羔羊》一诗的内容十分简明清晰，结构复沓的三章只描写了一件精工细作的羔羊皮裘，和一位从公门回家吃饭的卿大夫雍容自得的神态。对于此诗的主题，古今主要有"赞美说"和"讽刺说"两种。

  清代以前传统的儒家学者，大多将此诗解读为赞美在位者的美德，如《毛诗序》云："召南之国，化文王之政，在位皆节俭正直，德如羔羊也。"薛汉《韩诗薛君章句》云："诗人贤仕为大夫者，言其德能称，有洁白之性，屈柔之行，进退有度数也。"清代牟庭首先明确提出"讽刺说"，认为本诗旨在"刺饩廪俭薄也"。恰恰相反，今人持"讽刺说"的多认为本诗讽刺的是士大夫尸位素餐，"在其位而不谋其政"的不作为之行。

  此外，对于本诗中一些关键字词释义的不同，也是造成诸家各执一说的重要原因之一。如"素丝"一词，《三家诗》的《齐诗》认为是"君子朝服"，《韩诗》则认为"素喻洁白，丝喻屈柔"；再如"退食"一词，《三家诗》皆认为是自公门退朝而就食，非谓退归私家，而《毛诗正义》认为是大夫因节俭而减食；还有"委蛇"一词，《毛传》解为"行可从迹"，郑玄《笺注》解为"委曲自得之貌"，而《韩诗》又解为"公正貌"。

  从结构上看，本诗三章，互为叠咏，且各章后两句的句序、词序颠倒变动，并未重复。吟咏之下，仿佛这位士大夫悠然自得、从容信步的情境就展现在我们眼前，难怪清人陈继揆称赞这种用法"随意变化，妙绝奇绝"。

羔裘退食图

羔羊之皮，   羔羊皮革做的衣袄，

素丝五<ruby>紽<rt>tuó</rt></ruby>。   白色的丝线交错缝制。

退食自公，   从公门而出回家吃饭，

<ruby>委蛇委蛇<rt>wēi yí</rt></ruby>。   心中感到怡然自得。

羔羊之革，   羔羊皮革做的衣服，

素丝五<ruby>緎<rt>yù</rt></ruby>。   白色的丝线细密缝制。

委蛇委蛇，   心中感到怡然自得，

自公退食。   从公门而出回家吃饭。

羔羊之缝，   羔羊皮革做的衣裳，

素丝五总。   白色的丝线精心缝制。

委蛇委蛇，   心中感到怡然自得，

退食自公。   从公门而出回家吃饭。

殷
其
雷

题 解

  《殷其雷》一诗的主旨，《毛诗序》概括为"召南之大夫，远行从政，不遑宁处，其室家能闵其勤劳，劝以义也"，意即表达一位妻子对外出从仕丈夫的勉励和思念。这一说法十分明确，古今诸家学说几乎都没有异议。

  全诗共有三章，只有各章第二句"阳""侧""下"三字及第四句中"敢""或""息""处"四字出现调序或变动，其余内容均保持不变，叠章复沓的结构可谓到达极限。各章首句均以"南山之阳"的轰轰雷声起兴，但雷响的地点却变易不定，暗示"君子"漂泊在外行踪无定的状态，所以才引出后文所说的不敢"遑""息""处"。这三个字是从女子反问丈夫"何斯违斯"之时带出的，也从侧面反映出这位丈夫忠于职守、不敢稍懈的精神品质。也正是由于丈夫为公事奔波操劳，所以一方面妻子不愿他远离而去，另一方面在他离去后又称赞他"振振君子"，且表达希望对方早归之意，矛盾心理由此展露无遗。

  关于"振振"一词，历来也有不同解释。《毛诗注疏》中解释为"信厚"，姚际恒《诗经通论》中解释为"振起、振兴、众盛意"，王先谦《诗三家义集疏》则解释为"振奋有为"。不论作何种解释，此词毫无疑问是这位妻子对丈夫奉公的赞美之辞。

  本诗语言简洁朴素，又有长短相错齐言口吻和设疑发问的语言模拟，极具情感张力和亲和力。展卷而读，仿佛这位等待丈夫归来的女子就出现在我们眼前，她朝着天际的南山望眼欲穿，不断地呼唤着：归来吧，归来吧！

殷其雷，　　　　　　　雷声隆隆，

在南山之阳。　　　　　在南山阳坡响起。

何斯违斯，　　　　　　为何此时要离开这里，

莫敢或遑？　　　　　　而不敢稍享片刻闲暇？

振振君子，　　　　　　仁厚信实的君子，

归哉归哉。　　　　　　归来吧，归来吧！

殷其雷，　　　　　　　雷声隆隆，

在南山之侧。　　　　　在南山侧面响起。

何斯违斯，　　　　　　为何此时要离开这里，

莫敢遑息？　　　　　　而不敢稍有空闲休息？

振振君子，　　　　　　仁厚信实的君子，

归哉归哉。　　　　　　归来吧，归来吧！

殷其雷，　　　　　　　雷声隆隆，

在南山之下。　　　　　在南山脚下响起。

何斯违斯，　　　　　　为何此时要离开这里，

莫或遑处？　　　　　　而不愿稍作短暂停留？

振振君子，　　　　　　仁厚信实的君子，

归哉归哉。　　　　　　归来吧，归来吧！

摽有梅

题 解

　　《摽有梅》是一首以女子口吻表达尽早成婚之愿的诗作，这种情感大胆又殷切，真挚而动人。正如《毛诗序》所云："召南之国，被文王之化，男女得以及时也。""男女及时"也就是当今所谓的适龄婚嫁，此四字基本点明了此诗的主旨和风俗背景。《周礼·媒氏》中说："仲春之月，令会男女，于是时也，奔者不禁。"展现的就是上古先民这一质朴的婚嫁风俗。

　　本诗共有三章，各章均以"梅子落地"的意象起兴。第一章中梅子落地，留在树上的尚有七分，暗示女子正值青春妙龄，韶华方好；第二章中树上梅子转眼只剩三分，暗示女子芳华即逝，唯恐迟暮；第三章中成熟的梅子纷纷落地，要用竹筐去盛，暗示女子择偶成家、寻觅归宿的终极意愿。随着不断增多的"落梅"而来的，是女主人公对"求我庶士"层层递进的呼唤。从"迨其吉"到"迨其今"，再到"迨其谓"，急切的心理层层渲染，终于到达淋漓尽致之境。清代龚橙《诗本义》中评论此诗说："《摽有梅》，急婿也"，一个"急"字，可谓抓住全篇基调。

　　家庭是社会最基本的组成单位，因此男女婚姻关乎社会稳定和国家大局，我国古代对此尤为重视，"男女及时"作为国家政策之一被长期推行。这首女子期盼婚姻的诗作，读来颇有唐代《金缕曲》"花开堪折直须折，莫待无花空折枝"的意味，然而其质朴清新的风格又丝毫没有违背"思无邪"的原则，使人在掩卷之余，仿佛能感受到女子那真诚殷切的内心独白。

摽梅待吉图

摽^{biào}有梅，　　　　　　成熟的梅子落下来，

其实七兮。　　　　　　留在树上的还有七成。

求我庶士，　　　　　　追求我的众位男子，

迨其吉兮。　　　　　　要趁着良辰吉日。

摽有梅，　　　　　　　成熟的梅子落下来，

其实三兮。　　　　　　留在树上的只有三成。

求我庶士，　　　　　　追求我的众位男子，

迨其今兮。　　　　　　就趁着此时此刻。

摽有梅，　　　　　　　成熟的梅子落下来，

顷筐塈之。　　　　　　用斜口竹筐来装取。

求我庶士，　　　　　　追求我的众位男子，

迨其谓之。　　　　　　就趁着现在开口吧！

小 星

题 解

　　《小星》一诗的主旨，《毛诗序》认为是"夫人无妒忌之行，惠及贱妾，进御于君，知其命有贵贱，能尽其心矣"，而《韩诗外传》卷一引"夙夜在公，实命不同"一句，谓此诗主题为"家贫亲老，不择官而仕"。古今学者多认为韩婴之说更符原意，意即此诗咏叹了一位远行的小臣日夜兼程、为公事而奔走不息的形象。

　　全诗只有两章，结构上是工整的复沓。各章以熠熠发光的小星起兴，暗示了主人公的身份比较低微，也暗示了他长期披星戴月、"夙夜在公"的生活状况。在描写小星时，作者明确提到了同属二十八宿的参宿和昴宿，"三五"的含义或认为就是参宿和昴宿，因为古人认为二宿分别有三星、五星；或认为是言星的数量，形容其稀少之貌。在形容征人出发的疾速动作之时，用了叠词"肃肃"，仿佛模拟出征人衣襟之间呼呼的风声，十分贴切而形象。

　　"抱衾与裯"一句中，"抱"字应为古"抛"字，但也有人认为就是本意，指行人或役夫随身携带着被褥行帐，此说并不可取。正是从征人抛下被衾床帐这个举动，进一步渲染了他在睡意未消之时就不得不起身赶路的仓皇匆促，并由此发出了"寔命不同""寔命不犹"的无限感慨，透露出上古时期人们所具有的某种"宿命观"，略带悲怆色彩的叩问和质询极富艺术感染力。

嘒彼小星，   小小的星微光熠熠，

三五在东。   参宿和昴宿在东方。

肃肃宵征，   尚在夜晚就匆忙出行，

夙夜在公。   从朝至夕只为奉公。

寔命不同。   这确实是命运不同。

嘒彼小星，   小小的星微光熠熠，

维参与昴。   原来是参宿和昴宿。

肃肃宵征，   尚在夜晚就匆忙出行，

抱衾与裯。   抛下棉被还有被单。

寔命不犹。   这是命运不如别人。

江有汜

题 解

　　《江有汜》这首诗歌的主旨，历来也解释不一。《毛诗序》言："有嫡不以其媵备数，媵遇劳而无怨，嫡亦自悔也"，认为是一位随嫁的媵女因未被"嫡妻"带上同行而发的感慨。郑玄《笺注》、朱熹《诗集传》等皆附会此说，清代陈奂《诗毛氏传疏》则在此基础上作了进一步发挥，认为"媵有贤行，能绝嫡之嫉妒之原故美之"。近当代学者多认为这是一首弃妇诗，然而鉴于《诗经》中凡出现"之子归"或"之子于归"，一般均指女子出嫁或回家省亲，此一说法亦有待商榷。

　　山水是古人寄情抒怀的永恒素材。这首诗就是以长江支流和中心小洲而起兴的：流水离析又再汇入，沙洲之上烟波浩渺。此情此景，最易勾起人的愁情忧思。不论此诗主人公是何身份，她的埋怨和不满的情绪是显而易见的。全诗三章之中都出现了倒装用法，即"我以""我与""我过"，连续不断地斥责了对方不带自己同行的"失礼"，同时运用顶真手法重复上句，并假设对方这种行为会给自己招致的后果——"悔""处""歌"，可谓字字珠玑，一气呵成。

　　此外，"啸"字本义是嘬口作声，即打口哨，在此诗中主要有三种解释，已作释义，总之应指以负面情绪歌咏，如此方能与前文之意一贯相承。方玉润《诗经原始》中认为"啸歌"者为弃妇，是她自我排遣的一种表现，联系上下文语境，可知此说并不足信。

　　全诗结构严整，用字精当，韵律优美，笔法自然而浅近，是一首艺术性很强的抒情佳作。女子的诉说, 愤懑中有哀婉, 柔弱中有刚强, 在那暮霭沉沉的江水之畔向我们传递她真实的心声。

江有汜,	长江支流分出又汇入,
之子归,	这个女子就要出嫁,
不我以。	却不将我也带上。
不我以,	她不将我也带上,
其后也悔。	以后一定会后悔。
江有渚,	长江中间有小片沙洲,
之子归,	这个女子就要出嫁,
不我与。	却不和我一同前去。
不我与,	她不和我一同前去,
其后也处。	以后一定会忧愁。
江有沱,	长江支流一条又一条,
之子归,	这个女子就要出嫁,
不我过。	却不到我这里来。
不我过,	她不到我这里来,
其啸也歌。	一定会哀歌不止。

野有死麕

题 解

　　《野有死麕》这首诗，历来有着多种不同的解读，主要的观点有以下三种。第一种是"厌恶无礼"说，以《毛诗序》为代表，其中说："天下大乱，强暴相陵，遂成淫风。被文王之化，虽当乱世，犹恶无礼也。"郑玄《笺注》对此作了进一步发挥，认为此诗描述的是一位女子对一位男子不以礼法而胁迫成婚的行为的厌恶之情。欧阳修《诗本义》则认为此诗反映的是"纣时男女淫奔以成风俗"，表达了对男女不以礼法自由结合的鞭挞，此一观点也得到朱熹、王柏等人的支持。

　　第二种是"拒招隐"说，以清代方玉润《诗经原始》为代表。他对传统的"恶无礼""淫诗"诸说提出批驳，认为此诗以"如玉女子"喻隐逸之士，以"吉士"喻求贤者，表明纵然求贤者不断相"诱"，力请隐者出山，隐者仍不为所动，拒绝出仕。这种观点，不失为解读《诗经》的一个新奇视角。

　　第三种是"情诗"说，以清代姚际恒《诗经通论》为代表，近当代学者亦多持此观点，认为此诗反映的是上古时期山野之民及时缔结婚姻之事。女子怀春，男子相诱，言其婚恋及时；吉士，玉女，言其身份相当。男子应为猎人，将其猎物"麕"和"鹿"以白茅捆扎，作为求亲之礼，反映了上古时期的一种婚俗。最后一章写的是"定情之夕"，女子叮嘱男子不要过于心急，要"舒而脱脱"，从容而为；并接连使用叹句加重语气，让其不要"感帨"，莫使"尨吠"，表现了先民真挚、率性、淳朴的婚恋观念。

066

鹿

哺乳纲鹿科动物的通称。有梅花鹿、坡鹿、麋鹿等

本诗共分三章，前两章联系较为密切，第三章结构相对独立。用语朴实自然，精当贴切，寥寥数语间就包含着几个不同意象，且文末口语化的词句吟咏起来极具韵律感，不觉就如同回到了那个数千年前质朴无华的时代。

野有死麕，　　　　野地里有只死獐，

白茅包之。　　　　用白茅将它包起来。

有女怀春，　　　　有位少女怀春思嫁，

吉士诱之。　　　　男子前来引诱于她。

林有朴樕，　　　　树林中有灌木丛，

野有死鹿。　　　　野地里有只死鹿。

白茅纯束，　　　　用白茅将它捆起来，

有女如玉。　　　　献给如玉的少女。

舒而脱脱兮，　　　　舒缓而又安然啊！

无感我帨兮，　　　　不要碰到我的佩巾，

无使尨也吠。　　　　不要使多毛的狗吠。

何彼襛矣

题 解

　　《何彼襛矣》一诗的主旨争议较少,古代学者多从《毛诗序》"美王姬"之说,认为此诗所写"虽则王姬,亦下嫁于诸侯。犹执妇道,以成肃雍之德也"。近现代学者大都认为本诗旨在讥刺王姬出嫁奢侈铺排之风,另有袁枚等人认为此诗为男女表达爱情之歌咏,诗中"王姬""平王""齐侯"诸词并非实指,仅是代称或溢美之词。

　　全诗三章,各章均为四句,第一章独立,后两章叠咏。前两章均浓墨重彩地以艳丽繁茂的唐棣花起兴,暗示了后文"王姬"的尊贵身份。

　　"曷不肃雍"二句是从路人的角度,道出王姬车马队伍的规模浩大、喧嚣不息,进一步渲染了这次婚礼场面的豪华壮观。第二、三章中"平王之孙""齐侯之子"虽然解释不一,但无疑点明了成婚双方的确是出身不凡、门当户对。第三章中还特别提到了以"丝"和"缗"钓鱼的意象,被认为是男女合婚的暗语,至此一场隆重奢华的贵族婚礼终于落下帷幕。

　　全诗各章中均出现了设问句式,数问数答,如吟如唱,具有非常鲜明的民俗色彩。诗人的视角从道路旁观望"王姬之车",再到流水边垂钓之景,随着婚礼过程的变化而不断转移,正如陈继揆在《读诗臆补》中所说"通篇俱在诗人观望中着想"。然而也正是从诗人的这种"观望"中,我们才得以窥见上古时期王族婚礼的冰山一角。

唐棣

唐棣

落叶小乔木，梨果近球形或扁圆形，栽培供观赏，树皮可供药用。

何彼襛矣，

是什么那么纷繁茂盛？

唐棣之华。

原来是唐棣绽放的花朵。

曷不肃雍，

为何不能肃穆而安和？

王姬之车。

原来是王姬出嫁的车马。

何彼襛矣，

是什么那么纷繁茂盛？

华如桃李。

它的花朵就像桃花李花。

平王之孙，

那是平王的儿孙啊，

齐侯之子。

还有齐侯的子嗣啊！

其钓维何，

钓鱼要用什么东西？

维丝伊缗。

要用丝绳作为鱼线。

齐侯之子，

那是平王的儿孙啊，

平王之孙。

还有齐侯的子嗣啊！

驺
虞

题 解

　　《驺虞》是一首简短而富有意趣的诗作,历来对此诗主旨有着不同的说法。《毛诗序》秉承一贯的宣扬教化观点,认为此诗与《鹊巢》相应,表现了"天下纯被文王之化,则庶类蕃殖,蒐田以时"的和谐景象,并评论说"仁如驺虞,则王道成也"。朱熹《诗集传》在此基础上作了进一步发挥,认为此诗正是诗人作以赞美南方诸侯推行文王之化的德政。此外还有"乐贤者众多""怨生不逢时"及今人多持的"赞美猎人"等说法。

　　此诗之所以出现各种不同的理解,也与此诗中"一""五""驺虞"等词的不同解释有关。尤其是"驺虞"一词,出现了三种大相径庭的释义,让人难以把握。其中以"驺虞"为猎官或猎人之说更合诗意,如《鲁诗》解"驺"为天子之囿,释"虞"为司兽之官,这样的解释使得上下文义方可贯通。

　　全诗只有两章,每章三句,两章结构相叠。二章首句中初生芦苇和蓬蒿的意象,已经点明了此次田猎的场景是在春季的山野之中。春天是草长莺飞、花木葱郁的时节,在漫山遍野的芦苇和蓬蒿之中,猎人竟然可以"壹发五豝""壹发五豵",高超娴熟的技艺由此可见一斑,也难怪诗人会连连发出"于嗟乎驺虞"的感叹。全诗只截取了猎人田猎的两个场景,寥寥数词就勾勒出猎人引弓出箭、箭落物中的生动情境,读来意趣盎然,令人回味无穷。

驺虞图

彼茁者葭，
壹发五豝，
于嗟乎驺虞。

那芦苇刚刚从地面生出，
拉弓放箭射中多头母猪，
哎呀那猎官啊！

彼茁者蓬，
壹发五豵，
于嗟乎驺虞。

那蓬蒿刚刚从地面生出，
拉弓放箭射中多头小猪，
哎呀那猎官啊

柏舟

题 解

　　《柏舟》是一首寄意抒情的好诗，然而此诗为何人因何事而作，古往今来一直争论不休，迄今尚无定论。统而言之，大约可分为两派，一派认为是"男子不遇于君"之作，如《毛诗序》云："卫顷公之时，仁人不遇，小人在侧。"另一派认为是妇人之诗，如《鲁诗》主张此诗为"卫宣夫人"之作，《韩诗》、刘向《列女传》、朱熹《诗集传》等亦同此说。近当代学者中均有两派观点的支持者，不一而足。

　　全诗共有五章，每章六句，共三十句，在《诗经》中属于篇幅较长的作品。首章以"柏舟泛流"起兴，一派潇洒飘逸的风采，然而随后便笔锋一转，引出"耿耿不寐"、忧思不断的现实心境。一个"忧"字，可谓全诗"诗眼"，五章诗句都贯穿了此字。不论是借酒消愁还是遨游四方，此忧如影随形，始终难以排遣。第二、三两章中，诗人三次设喻，说自己的心非镜可鉴、非石可转、非席可卷，而且说自己去向兄弟倾诉却遇对方正在气头上，连至亲之人亦不能慰藉于我，反而雪上加霜，其凄苦愁闷可以说已达无以复加的地步。然而即便如此，自己也要"威仪棣棣，不可选也"，又表现出主人公正气凛然、不可侵犯的气概。

　　诗的最后两章揭示了诗人愁情满腹的原因——"愠于群小"，即得罪了很多小人，而这也导致主人公后来备受舛难凌辱。在静心思量之际，他不由得捶胸顿足，痛心疾首，忽然之间恍如有悟。最后一章对于日月轮替、阴晴圆缺的叩问，体现了诗人对于世界和生命的哲学思考。然而那忧思却始终挥之不去，

柏舟图

诗人形象地将其比喻为脏衣未洗；而且即便再次沉思省悟，也还是"不能奋飞"，沮丧无助之情溢于笔端。

本诗抒写的忧思之深，无以诉，无以遣，无以解，无以出，环环相扣，一气呵成。用语委婉幽抑，情感真切鲜明，比喻等修辞手法的运用也使此诗增色不少。此外，从"无酒""敖游""威仪""奋飞"等用词流露的精神气质来看，诗人身份更有可能为男子；而从"群小""觏闵""受侮"等词描绘的诗人遭际来看，使得《毛诗序》"仁人不遇"的说法更可采信。

泛彼柏舟，　　　　　　泛起那柏木做的船儿，

亦泛其流。　　　　　　也在河中间随波漂流。

耿耿不寐，　　　　　　心事重重难以入眠，

如有隐忧。　　　　　　如同饱含深深忧思。

微我无酒，　　　　　　并不是我没有美酒，

以敖以游。　　　　　　这才出去四处遨游。

我心匪鉴，　　　　　　我的心儿并非明镜，

不可以茹。　　　　　　无法清楚猜测一切。

亦有兄弟，　　　　　　我也有那长兄小弟，

不可以据。　　　　　　但他们都难以依靠。

薄言往愬，　　　　　　本想前去倾诉我心，

逢彼之怒。　　　　　　却遇他正怒气冲冲。

我心匪石，　　　　　　我的心儿并非石子，

不可转也。　　　　　　不能转动而又回还。

我心匪席，　　　　　　我的心儿并非坐席，

不可卷也。　　　　　　无法将它滚卷起来。

威仪棣棣，　　　　　　威严仪容雍容闲雅，
<small>dài dài</small>

不可选也。　　　　　　不能低三下四屈从。

忧心悄悄，　　　　　　忧心忡忡难以排遣，

愠于群小。　　　　　　却为众多小人恼恨。

觏闵既多，　　　　　　遇到患难已经很多，

受侮不少。　　　　　　遭受侮辱也不算少。

静言思之，　　　　　　静下心来仔细寻思，

寤辟有摽。　　　　　　捶心击胸恍然醒悟。
<small>pì　biào</small>

日居月诸，　　　　　　天空中的太阳月亮，
<small>jī</small>

胡迭而微。　　　　　　为何轮替又有圆缺？

心之忧矣，　　　　　　心中忧愁绵绵不绝，

如匪澣衣。　　　　　　如同衣服未被清洗。
<small>huàn</small>

静言思之，　　　　　　静下心来仔细寻思，

不能奋飞。　　　　　　不能振翅翱翔高空。

绿
衣

题 解

  《绿衣》一诗的主旨，《毛诗序》认为是"妾上僭，夫人失位，而作是诗也"，朱熹《诗集传》在此基础上进一步发挥，认为是"庄公感于嬖妾，夫人庄姜贤而失位，故作此诗"。然而从后世学者文中"古人"一词的考证结果来看，此诗当属一首悼念亡人的作品。而"绿兮丝兮，女所治兮"一句，则暗示了所悼念的亡人极有可能就是诗人的妻子。

  本诗共有四章。前两章运用了重章叠句的手法，以"绿衣""黄里""黄裳"起兴，暗示了诗人从上到下、由表及里地反复翻看着这件衣服，进而引生了心中绵绵不绝、不可忘怀的忧伤之情。第三章起，由绿衣再进一步观察到缝制衣服的绿丝，不由得睹物思人，联想到那已经亡去的"古人"。这一针一线是她亲手缝制的，如今却物在人亡，不禁更添一分悲凄之感。第四章以粗细葛布起句，打开了诗人的回忆闸门。

  他想到亡妻平素的贤德使他少犯过失，她的关怀体贴深入其心，如今二人阴阳相隔，留下的只有穿衣而过的簌簌冷风了吧！

  这首诗作所抒发的无尽悲忧之情，与《长恨歌》"天长地久有时尽，此恨绵绵无绝期"颇相近。而此诗也对后世悼亡主题的文学作品产生了较大影响，如西晋潘岳《悼亡诗》、唐代元稹《遣悲怀》等，在其内容主旨和表现手法上都可找到《绿衣》一诗的影子。

绿兮衣兮，　　　　　　绿色的上衣啊，

绿衣黄里。　　　　　　绿上衣是黄色里。

心之忧矣，　　　　　　心中忧伤不绝，

曷维其已？　　　　　　何时才可停止？

绿兮衣兮，　　　　　　绿色的上衣啊，

绿衣黄裳。（cháng）　　绿上衣配黄下衣。

心之忧矣，　　　　　　心中忧伤不绝，

曷维其亡？　　　　　　何时才可忘怀？

绿兮丝兮，　　　　　　绿色的丝线啊，

女所治兮。（rǔ）　　　是你亲手纺成的。

我思古人，（gù）　　　我思念那亡故之人，

俾无訧兮。（bǐ yóu）　是她使我不犯过失。

绤兮绤兮，（chī xì）　细葛布及粗葛布啊，

凄其以风。　　　　　　风过生起点点凉意。

我思古人，　　　　　　我思念那亡故之人，

实获我心。　　　　　　是她确实深得我心。

燕
燕

题 解

  《燕燕》是一首语言优美、情感充沛的送别诗，而对于送别者和被送者的身份判定，历来却无一致的说法。《毛诗序》言："《燕燕》，卫庄姜送归妾也。"郑玄《笺注》则更具体地指出"归妾"就是陈女戴妫，言其在儿子桓公死后"大归"，而"庄姜远送之于野，作诗见己志"。刘向《列女传》、魏源《诗古微》承袭了此说法，却认为被送者应为桓公之妇。此后学者大多基于《毛诗序》观点进行发挥阐释，唯有宋代王质《诗总闻》、清人崔述《读风偶识》等对此提出质疑，认为此诗所写为"兄送其妹出嫁"。

  全诗共有四章，前三章运用了叠章手法，且都是以飞舞的燕子作为起兴句，形象地描绘出燕子参差振翅、上下飞翔、高低鸣叫的情景，也点明了此诗所作正值春风送暖的时节。写到远送出嫁女子直至南方郊野之时，三次使用"瞻望弗及"，留恋不舍之心跃然纸上。此后不仅是"泣涕如雨"，还要伫立停留，以至于最后劳心伤神，情感的表达从外到内，由大至微，显得无比细腻真切。最后一章介绍了女子的身份和她的种种美德，表达了对她出嫁后生活的殷切祝福，也由外在的送别转移到内在的自省，希望对"先君"的怀念可以转化为自己奋发的动力，使得依依惜别的主调转而带上令人耳目一新的积极色彩。

  此诗语言清新优美，措辞委婉含蓄，极富艺术感染力。此诗可说是我国诗史上最早出现的送别诗之一，因此对后世送别题材的诗文，如李白《送友人》、白居易《赋得古草原送别》、苏轼《怀渑池寄子瞻兄》、张先《相思令·苹满溪》等，可谓影响深远。清代王士禛甚至推举此诗为"万古送别之祖"，由此看来并非言过其实。

燕燕于飞，　　　　　　　　　　燕子飞翔在那空中，
差池其羽。　　　　　　　　　　张开羽翅参差不齐。
cī

之子于归，　　　　　　　　　　这位女子就要出嫁，
远送于野。　　　　　　　　　　远行送她直至郊野。

瞻望弗及，　　　　　　　　　　瞻望直至人影不见，
泣涕如雨。　　　　　　　　　　涕泪交加犹如落雨。

燕燕于飞，　　　　　　　　　　燕子飞翔在那空中，
颉之颃之。　　　　　　　　　　飞上飞下来去不定。
xié　háng

之子于归，　　　　　　　　　　这位女子就要出嫁，
远于将之。　　　　　　　　　　远行送她离开此地。

瞻望弗及，　　　　　　　　　　瞻望直至人影不见，
伫立以泣。　　　　　　　　　　伫立良久涕泣不已。

燕燕于飞，　　　　　　　　　　燕子飞翔在那空中，
下上其音。　　　　　　　　　　鸣叫之声忽高忽低。

之子于归，　　　　　　　　　　这位女子就要出嫁，
远送于南。　　　　　　　　　　远行送她前往南方。

瞻望弗及，　　　　　　　　　　瞻望直至人影不见，
实劳我心。　　　　　　　　　　实在使我心忧神劳。

仲氏任只，　　　　　　　　　　我那二妹姓氏是任，

其心塞<ruby>渊<rt>sè</rt></ruby>。　　　　她心笃实见识深远。

终温且惠，　　　　不但温婉而且和顺，

淑慎其身。　　　　自身善美而又谨慎。

先君之思，　　　　每当思念已逝先父，

以勖寡人。　　　　就可对我勉励有加。

燕燕于飞

傅燕燕乱也
集傅谓之燕
燕者重言之
也。身轻小
名紫而多声
越燕斑黑
胸白而声大
名胡燕

燕

鸟纲雀形目燕科鸟类的统称。燕的体型形较小，翅尖窄，凹尾短喙。属候鸟。

日
月

题 解

　　《日月》一诗，《毛诗序》联系对前《绿衣》《燕燕》的阐释，解读为卫庄姜"遭州吁之难，伤己不见答于先君，以至困穷之诗也"。朱熹《诗集传》亦承袭此说，认为是卫庄姜被庄公遗弃的伤怀之诗。今人则多认为是一首弃妇埋怨丈夫变心的诗。不过，这两种观点的相同之处，就是此诗的主人公是一位女子，表达的是哀伤幽怨的情感。

　　全诗共有四章，每章六句，前三章运用了叠咏手法。各章首句均以日月东升、照临大地起兴，似乎渲染的是一种光明和希望的情境，然而后文笔锋一转，开始抒写女子哀怨不已的心理状态，与起兴之句形成鲜明对照，使得内心的矛盾和情感的冲突显得更加激烈。三章中诗人先是将对方过去和现在截然不同的言语行为作了一番对照，然后以三个反问句"胡能有定""宁不我顾""宁不我报"和一个祈使句"俾也可忘"对对方发出了血泪的控诉。最后一章的"父母"应非实指，是诗人借以斥责对方"畜我不卒"的表现手法，这也折射出诗人内心中实际还有对方"畜我以卒"的一分渴求。

　　对于对方不循道义、不知回报的行为，诗人虽然表达了极度的愤慨和不满，而从中却也流露出一丝的迷惘和无奈。方玉润《诗经原始》中曾评论此诗"一诉不已，乃再诉之，再诉不已，更三诉之"，非常精当地点明了女子那倾诉不尽、排遣不完的哀怨和忧伤。

日居月诸，　　　　　　太阳和月亮，

照临下土。　　　　　　光芒照耀在大地上。

乃如之人兮，　　　　　然而像这个人啊，

逝不古处。　　　　　　却不能以故旧之道相处。

胡能有定，　　　　　　为何还能心安理得？

宁不我顾？　　　　　　竟然不再顾念于我？
（nìng）

日居月诸，　　　　　　太阳和月亮，

下土是冒。　　　　　　大地笼罩在其光中。

乃如之人兮，　　　　　然而像这个人啊，

逝不相好。　　　　　　却不能如原来那般交好。

胡能有定，　　　　　　为何还能心安理得？

宁不我报？　　　　　　难道不再思报于我？

日居月诸，　　　　　　太阳和月亮，

出自东方。　　　　　　每天都从东方升起。

乃如之人兮，　　　　　然而像这个人啊，

德音无良。　　　　　　美好的言语变为不善。

胡能有定，　　　　　　为何还能心安理得？

俾也可忘。　　　　　　使人也可将其忘却。

日居月诸，　　　　　　太阳和月亮，

东方自出。　　　　　每天都从东方升起。

父兮母兮，　　　　　父亲还有母亲啊，

^{xù}
畜我不卒。　　　　　没能从始至终爱我。

胡能有定，　　　　　为何还能心安理得？

报我不述。　　　　　不依义理将我回报。

终
风

题 解

　　《终风》这首诗歌的主旨，古今学者也有着不同的判断。《毛诗序》的解读紧承前文诸篇，认为是卫庄姜"遭州吁之暴，见侮慢而不能正"的伤己之作，朱熹《诗集传》则认为"终风且暴"比喻的是庄公的"狂荡暴疾"，庄姜乃受丈夫庄公欺侮而作此诗。近当代学者大多认为这是一首弃妇诗，与庄姜之事无关。

　　全诗共分四章，每章四句，前三章首句和三、四章后两句运用了叠章手法。首句以狂风大作的意象起兴，暗示了主人公内心复杂不定，犹如汹涌波涛。接着就进入回忆之城，见他"顾我则笑"，眉目多情，又是戏谑欢笑，喧闹连天。这一切似乎都令人沉醉不已，然而此时主人公心中却蓦地生出一种忧惧之情，故事也许已经出现转折。果不其然，第二章开始对方还是"惠然肯来"，却立刻就转入"莫往莫来"的状态，由此引发了诗人此后的无尽忧思。此后各章用"霾""曀""阴"等词，将风尘蔽日、天昏地暗的景象渲染到了极致，再加上"虺虺"作响的雷声，想必诗人的内心也是山河黯淡、日月失色，又怎能在这漫漫长夜安然入眠？既然无法安睡，醒着却又喷嚏不断，不知是身体着凉还是思虑过度，只有那不绝如缕的思念仍然浮上心头，如影随形。

　　全诗用语质朴自然，表情达意独具一格，以"终风"和"虺雷"比兴的艺术手法兼具视觉和听觉上的震撼力，也从侧面映衬出主人公挣扎起伏的内心世界和凄惨落寞的人生遭际。

终风且暴,　　　　　　　大风刮起狂暴无比,
顾我则笑。　　　　　　　见我他就眉开眼笑。
谑浪笑敖,　　　　　　　戏谑放浪笑语连天,
中心是悼。　　　　　　　心中却生担忧恐惧。

终风且霾,　　　　　　　大风刮起尘沙遮天,
惠然肯来。　　　　　　　顺心他才愿意前来。
莫往莫来,　　　　　　　自从断绝往来之后,
悠悠我思。　　　　　　　我的思念悠悠不绝。

终风且曀^{yì},　　　　　　　大风刮起天色阴沉,
不日有曀。　　　　　　　不见太阳黯淡无光。
寤言不寐,　　　　　　　夜晚醒着无法入睡,
愿言则嚏。　　　　　　　殷切思念打出喷嚏。

曀曀其阴,　　　　　　　天地昏暗失去光华,
虺虺^{huǐ huǐ}其雷。　　　　　　　空中雷声隆隆作响。
寤言不寐,　　　　　　　夜晚醒着无法入睡,
愿言则怀。　　　　　　　殷切思念又上心头。

击鼓

题 解

　　《击鼓》是一首经典的战争诗，字里行间流露的是诗人对战争的厌倦抵触，对故乡的殷切思念和对战友的深厚情谊，表达了诗人在战乱动荡的时代对个体生命获得尊重和幸福的呼唤，体现了先民真挚朴素的人文关怀精神，也开创了后世以战争别离为题材进行文学创作的先河。

　　关于此诗所表达的精神主旨，古今学者观点多无分歧，然而就此诗创作的时代背景和具体事件则说法不一。《毛诗序》云："卫州吁用兵暴乱，使将，而平陈与宋，国人怨其勇而无礼也。"认为是鲁隐公四年，卫国公子州吁联合宋、陈、蔡三国伐郑之事。清代姚际恒《诗经通论》云："此乃卫穆公背清丘之盟，救陈为宋所伐，平陈宋之难，数兴军旅，其下怨之而作此诗也。"指为鲁宣公十二年，卫穆公出兵救陈之事，今人亦大多赞同此说。

　　全诗共有五章。第一章由战鼓之声和练兵之景起兴，点明征战在外的现实背景。继而又说众人虽服劳役修筑城池，犹在国内；独我一人孤身赴战，南行陈国，其艰苦凄楚更难道尽。乃至"平陈与宋"之后，仍然无法归来，忡忡忧思自然难绝。第三章中，诗人不仅让马跑失，仿佛自己也迷失其中，不知所归。然而马失易得，终在林下找到，可是与同心战友定下的生死誓约，"执手偕老"的美好愿景是否还可实现？第五章中对此给出答案：彼此阔别，天各一方，何以相聚，又何以履约？哀苦悲叹，空留余恨，至此战争造成的生命色彩的缺失和个体理想的破碎，已力透纸背，流露无遗。

　　诗中"执子之手，与子偕老"一句流传广泛，可谓人尽皆知。此句已脱离了其原本含义，而被用来表达对待爱情或婚姻坚定忠贞的态度。这从侧面也反映出此诗语言优美，对后世的人文精神有着深刻影响。

击鼓其镗(tāng)，　　　　击鼓之声咚咚作响，
踊跃用兵。　　　　　　战士鼓舞操练兵器。
土国城漕，　　　　　　都在国都修筑漕城，
我独南行。　　　　　　只我一人向南而行。

从孙子仲，　　　　　　我跟随着公孙文仲，
平陈与宋。　　　　　　陈宋两国得以交合。
不我以归，　　　　　　但我不被允许回家，
忧心有忡。　　　　　　忧心忡忡不可断绝。

爰(yuán)居爰处，　　　而我此刻身在何处，
爰丧其马？　　　　　　马儿跑失又在哪里？
于以求之？　　　　　　何处可以找回它来？
于林之下。　　　　　　就在那片山林之下。

死生契阔，　　　　　　此生生死聚散之事，
与子成说。　　　　　　我已与你早有誓约。
执子之手，　　　　　　我要拉起你的手来，
与子偕老。　　　　　　和你一起直至老去。

于嗟阔兮，　　　　　哎呀如今却又分离，

不我活兮。　　　　　你再不能与我相聚。

于嗟洵兮，　　　　　哎呀我们天各一方，

不我信兮。　　　　　让我如何信守誓言！

马

奇蹄目马科马属草食性动物。中国早在 6000多年前便把野马驯化成了家畜，此后很长一段时间，马都是交通运输的主要工具之一。

凯
风

题 解

  《凯风》无疑是一首牵涉到中国传统"孝"文化的诗歌，然而对于此诗中表达的"孝"意，历来却有着不同的解读。《毛诗序》认为此诗创作的背景是"卫之淫风流行，虽有七子之母，犹不能安其室"，因此这是一首"七子能尽其孝道，以慰其母心，而成其志"的"美孝子"之诗。朱熹《诗集传》在此基础上进一步发挥，认为七子通过"婉词几谏，不显其亲之恶"之举成其孝行。清末魏源、王先谦等认为此诗所写乃七子孝事其继母，近代闻一多则认为这首诗"名为慰母，实为谏父"。今人多认为这首诗表达的是儿子对母亲的歌颂和对自己的诘责，结合诗意这种理解似乎更为妥切。

  全诗共有四章，前两章运用了叠咏手法，以南方来的凯风吹拂"棘心""棘薪"起兴，比喻母亲对七子的抚养。母亲就如和煦的微风，精心照料这些"夭夭"的幼孩，直至"棘心"长成"棘薪"，幼孩得以成人。然而她虽劬劳辛苦又圣明贤善，我却没有成为有德的"令人"，委婉地表达出孝子反躬自责之心。诗的后两章，分别选取浚下寒泉和好音黄鸟两个意象进行比兴。清泉甘冽，暑夏可解人渴乏；鸟音婉转，栖木可悦人心耳，而我等七子却始终"莫慰母心"，再度渲染了对劳苦母亲的悯惜和对自己"无能"的叹息。

  本诗文笔清新优美，尤其善用比兴，如凯风、棘树、寒泉、黄鸟等意象不仅暗示出由春入夏的时序变化，也蕴含着七子对母亲一片殷切的孝心。此诗对后世文学影响较大，六朝之前为妇女作的挽词、诔文乃至皇帝诏书，皆常用"凯风""寒泉"以表达母爱，宋代苏轼在为胡完夫母亲周夫人所作的挽词中，还有"凯风吹尽棘有薪"这种从此诗直接化用而来的诗句。

凯风自南，　　　　　　　　和煦的风从南边而来，

吹彼棘心。　　　　　　　　吹在那棘树的树心上。

棘心夭夭，　　　　　　　　棘树之心还很柔嫩，

母氏劬劳。　　　　　　　　母亲却是勤苦操劳。
qú

凯风自南，　　　　　　　　和煦的风从南边而来，

吹彼棘薪。　　　　　　　　吹在那棘树的枝条上。

母氏圣善，　　　　　　　　母亲明理而又贤善，

我无令人。　　　　　　　　我却不是美德之人。

爰有寒泉，　　　　　　　　有股寒凉的清泉水，

在浚之下。　　　　　　　　就在卫国浚邑之下。

有子七人，　　　　　　　　儿女纵然共有七人，

母氏劳苦。　　　　　　　　母亲仍然劳苦不息。

睍睆黄鸟，　　　　　　　　黄雀鸣声清亮婉转，
xiànhuǎn

载好其音。　　　　　　　　悠扬之声传到耳边。
zài

有子七人，　　　　　　　　儿女纵然共有七人，

莫慰母心。　　　　　　　　但却不能宽慰母心。

雀

通常为小形鸟类，羽色多为褐色且有羽干纹，也有不少种类具有美丽的黄、赤等色泽，并
有夏羽和冬羽之分。

雄
雉

题 解

　　《雄雉》是一首音韵优美、意味绵长的短诗。《毛诗序》言其为"刺卫宣公"之作，批评卫宣公"淫乱不恤国事，军旅数起，大夫久役，男女怨旷，国人患之而作是诗"。清代方玉润《诗经原始》则认为此诗主旨为"期友不归，思而共勗"。今人大多认为此诗"怨旷"之情有之，而"刺卫宣公"之说无据，应为妇人思念其远役丈夫而作。

　　本诗共有四章，前两章皆以"雄雉于飞"起兴，言其舒羽振翅、婉转而鸣，可是自己所怀念之人却不在身旁，劳心伤神也只是自寻烦恼而已。第三章以瞻望日月交替更迭为兴，比自己所怀之人久久不归；以日月亘古不易为比，喻自己思念之情悠悠不绝。而且千里迢迢的路途，似乎就暗示着"君子"难以归来的宿命。最后一章却笔调一变，转为诗人对"百尔君子"的殷殷劝导：希望他们远离"忮求"之心，涵养贤善的德行，自然可得和顺美好的结果，从中也寄托着诗人对所怀之人的真挚祝福和谆谆告诫。

　　雉就是俗称的野鸡，古人认为其是"耿介之鸟"，所以常用以比拟君子的品性。本诗句式工整，文笔晓畅，尤工比兴，极具历史感和画面感。特别是最后一章，突破了个人情感的局限，使全诗的境界提升至另一高度。

雄雉于飞，
yì yì
泄泄其羽。

雄雉飞舞而起，

振动它的羽翅。

雄雉之诗

我之怀矣，
自诒伊阻。

雄雉于飞，
下上其音。
展矣君子，
实劳我心。

瞻彼日月，
悠悠我思。
道之云远，
曷云能来。

百尔君子，
不知德行。
不忮不求，
何用不臧？

我有思念之情，
却是自寻烦恼。

雄雉飞舞而起，
鸣声忽高忽低。
就是那位君子，
真正使我忧心。

瞻望太阳月亮，
我思悠悠不绝。
路途多么遥远，
如何能够归来？

你们众位君子，
不知德行修养。
若不嫉妒贪求，
哪会不善不美？

097

匏有苦叶

题 解

  《匏有苦叶》刻画了一位在济水边等待其"友"的人的形象，全诗都贯穿着"涉水"这个意象。关于此诗的主旨，《毛诗序》认为是讽刺卫宣公"与夫人并为淫乱"的作品，清代姚际恒《诗经通论》亦附会此说。当今学者多认为，此诗所写的是一位年轻女子等待情人或未婚夫到来的焦急心情。

  全诗共有四章，每章四句。首章以"匏之苦叶"起兴，有学者认为这暗示了此诗与婚姻有关，因古代男女新婚，即是用剖开的匏瓜作为饮交杯酒的酒器。接着就进入出济水"深涉"的场景，而且诗人指出了渡水的办法："深则厉，浅则揭。"就是希望能尽早与"我友"相见。然而济水涨潮，汪洋浩瀚，再加上雌雉求偶的声声鸣啼，更增添了几分诗人心中的迷惘和渴盼。第三章起句以鸣雁起兴，点明此时已经天色拂晓，旭日东升，诗人劝那娶妻之"士"要趁早出行，莫待冰消雪融。最后一章可谓全诗灵魂所在，诗人写船夫"招招"揽客渡河，自己频频摇头拒绝，只是看着他人远去，直至末句方才点明其因"卬须我友"，诗人等待之人显然重要非常，焦急而又期盼的情绪流露无遗。

  此诗用语质朴自然，笔法平铺直叙，并未运用《诗经》常用的复沓结构，然而末章"人涉卬否"的叠咏颇有民风口语色彩。闻一多对此诗评价颇高，认为此诗接近唐人之后的古诗之风，而且是近代诗歌形式的肇端。

匏

一年生草本植物，果实比葫芦大，对半剖开可做水瓢。

<table>
<tr><td>

páo
匏有苦叶，

济有深涉。

深则厉，

qì
浅则揭。

</td><td>

匏瓜叶子带有苦味，

济水边有幽深渡口。

水深就要连衣渡过，

水浅只需提衣渡过。

</td></tr>
<tr><td>

有弥济盈，

yǎo
有鷕雉鸣。

济盈不濡轨，

雉鸣求其牡。

</td><td>

沧茫济水汪洋恣肆，

传来雌雉声声鸣叫。

济水盈满不湿车辙，

雌雉鸣叫寻求雄雉。

</td></tr>
<tr><td>

yōngyōng
雝 雝 鸣雁，

旭日始旦。

士如归妻，

pàn
迨冰未泮。

</td><td>

大雁鸣声和谐安然，

朝阳初升天空破晓。

男子如果准备娶妻，

要趁还未结冰之时。

</td></tr>
<tr><td>

招招舟子，

áng
人涉卬否。

人涉卬否，

卬须我友。

</td><td>

船夫吆喝又打招呼，

别人渡河我却不渡。

别人渡河我却不渡，

我要等待我的伴侣。

</td></tr>
</table>

谷风

题 解

　　《谷风》一诗，与前面的《江有汜》《日月》《终风》等诗类似，也是以弃妇口吻表达被弃的痛苦，斥责丈夫的无情。《毛诗序》亦认为此为"刺夫妇失道"之诗，表现的是"卫人化其上，淫于新昏而弃其旧室，夫妇离绝，国俗伤败焉"。与《氓》中女子的坚决果敢不同，此诗中的女子虽然愁怨万分，却始终没有愤恨激烈的指斥，从始至终都保持了一种温和柔弱的气质。

　　全诗共有六章，每章八句，共有四十八句，篇幅较长，且各章在结构上均保持一定独立性。全诗采用倒叙手法，第一章以习习谷风、成阴致雨的意象起兴，使全诗的意境已经笼罩了一层淡淡的忧愁。采摘葑菲却不要根茎，比喻对方丢弃根本，视宝为废，也比喻"黾勉同心""及尔同死"的美好誓言最终都化为梦幻泡影，毕竟成空。第二、三章中以荼苦荠甘、泾浊渭清和"宴尔新昏"前后不同的对照，反衬出主人公哀伤不已的心绪，引发了她"我躬不阅，遑恤我后"的深深忧虑。第四、五、六三章，回忆了诗人自己对于这个家庭"黾勉求之"的巨大贡献，对周围百姓"匍匐救之"的善行善德，以及"及尔颠覆"度过穷困的历史。如此的付出本应得到对方的爱惜支持，得到的却是不解其意、视若毒物的回应，甚至在"宴尔新昏"之时"以我御穷"，贻我苦事，全然不念昔日慰藉于我之情。正如陈子展《诗经直解》中引孙缄语："道情事实切，以浅境妙。末两句道出受病根由，正是诗骨。"

　　本诗用语质朴，作比贴切，善用对照手法，叙写了往昔信誓旦旦、如今背信弃义，过去贫穷美好、当前富足凄惨，自己尽善尽德、对方冷漠无情的种种

菁

又名蔓菁、芜菁等, 形似萝卜, 根茎可食。俗称大头菜。

巨大反差，折射出主人公内心交织翻涌的无穷苦痛悲戚，也体现出一种"物变人非"世事无常的人生幻灭感，读来颇有意味。

习习谷风，　　　　　和煦的东风拂来，

以阴以雨。　　　　　天色转阴而降雨。

黾勉同心，　　　　　二人勤勉同心力，

不宜有怒。　　　　　本不应该有怒气。

采葑采菲，　　　　　采摘蔓菁和萝卜，

无以下体。　　　　　却不使用其根茎。

德音莫违，　　　　　美好话语莫背弃，

及尔同死。　　　　　与你偕共赴死门。

行道迟迟，　　　　　缓缓走在道路上，

中心有违。　　　　　心中含有怨恨意。

不远伊迩，　　　　　路途不远离得近，

薄送我畿。　　　　　送我直至门槛内。

谁谓荼苦，　　　　　谁说荼菜味道苦，

其甘如荠。　　　　　其味甘甜如荠菜。

宴尔新昏，　　　　　安然快乐新婚时，

如兄如弟。　　　　　你我亲密如兄弟。

泾以渭浊，　　　　　泾因渭入变浑浊，

103

荼

这里指的是一种苦菜。

湜湜其沚。
shí shí

水中小洲却清澄。

宴尔新昏，

安然快乐新婚时，

不我屑以。

却不将我洁净饰。

毋逝我梁，

不要去往我鱼堰，

毋发我笱。
bá   gǒu

不要打开我渔器。

我躬不阅，

我自身就不被容，

遑恤我后。

何能顾及我后嗣？

就其深矣，

接近河流渊深处，

方之舟之。

船筏小舟来渡河。

就其浅矣，

接近河流微浅处，

泳之游之。

浮游即可渡过去。

何有何亡，
wú

什么拥有什么无，

黾勉求之。

勤勉有加以求之。

凡民有丧，

但凡百姓有困难，

匍匐救之。

尽心尽力救济他。

不我能慉，
xù

不能支持辅佐我，

反以我为雠。
chóu

反倒视我为仇敌。

既阻我德，

既已拒绝我心意，

贾用不售。
gǔ

犹如东西卖不出。

昔育恐育鞠，
jū

往昔生活惧贫寒，

荠

荠菜，一说甜菜。荠的药用价值很高，被誉为"菜中甘草"。

及尔颠覆。 与你一同度患难。

既生既育， 生活既已有好转，

比予于毒。 却视我为恶毒物。

我有旨蓄， 我有美食积蓄好，

亦以御冬。 也是为了御严冬。

宴尔新昏， 安然快乐新婚时，

以我御穷。 却以我来御贫穷。

有洸(guāng)有溃(kuì)， 波光粼粼水冲流，

既诒我肄(yí)。 劳苦之事全给我。

不念昔者， 全然不念往昔情，

伊余来墍(jì)。 还忆彼时慰我心。

式微

题 解

　　《式微》一诗的主题,《毛诗序》认为是"黎侯寓于卫, 其臣劝以归也", 刘向《列女传》则认为是卫侯之女嫁黎国庄公, 却不为其所纳, 有人劝以归, 她不肯接受, 作此诗以明志。所说之事虽然不同, 但都认为这是一首"劝归"之诗。今时学者多从余冠英等的说法, 认为此诗表达的是苦于劳役的百姓对统治者的怨怼和控诉。

　　全诗只有两章, 每章四句, 均用叠咏。以黄昏日落的微光起兴, 暗示诗人在"中露"和"泥中"已是从朝至暮、旷日持久, 情绪中似乎有一丝倦怠, 又有一丝不满。各章后两句即解释了这么做的原因是为了"君之故"和"君之躬", 此"君"字一般解释为君王、君主, 可见"臣下"是为了"君上"才如此辛苦劳碌、不知止息。连连使用的反问句式仿佛是一种怨天尤人, 又似乎略带些自怨自艾, 将诗人内心的埋怨不已而又控诉无门的心情推向极致。

　　此诗句句都用到韵脚, 而且每章都更换韵脚, 使得全诗节奏短促、语调紧迫, 也和诗歌所要抒发的情感十分贴合。由于《毛诗》是历代研读《诗经》的主流教材, 受其"劝归"之说的影响, "式微"一词在后世逐渐衍化为古典诗歌中的"归隐"意象, 如王维《渭川田家》就有"即此羡闲逸, 怅然吟式微"之句。今天的"式微"一词, 则与之不同, 更多时候用来形容衰落、衰微之意。

式微式微，   日落天黑，日落天黑，

胡不归？   为什么不归去呢？

微君之故，   如果不是君王的缘故，

胡为乎中露？   为何还在露水之中？

式微式微，   日落天黑，日落天黑，

胡不归？   为什么不归去呢？

微君之躬，   如果不是君王的贵体，

胡为乎泥中？   为何还在泥土之中？

旄
丘

题 解

    古往今来, 对于《旄丘》这首诗作的主旨, 研究者都是各执一词, 有着不同的解读。传统的说法以《毛诗序》为代表, 认为是黎侯为狄人迫逐而客居卫国, 黎国臣子责备卫国 "不能修方伯连率之职", 方玉润《诗经原始》则认为此诗与《式微》均是黎臣劝君归国之作。近当代学者则分歧较多, 有 "卫臣或黎臣责晋" 说、"弃妇埋怨丈夫" 说、"女子怀念情人" 说、"兵士登高怀乡" 说等。结合诗意而言, 取 "黎臣责卫" 之说最为贴切。

    此诗共有四章, 每章四句, 其中一、三、四章第三句运用叠句, 第二章前后亦形成复沓结构。第一章以蔓延生长的 "旄丘之葛" 起兴, 暗示黎臣常常登上旄丘, 渴盼卫国援兵的到来。然而这些被尊称为 "叔伯" 的卫军久久不来, 黎臣难免会焦灼不安, 所以第二章描写了他们自问自答的设想: 也许是有盟约在身, 也许是别有他因。可谓委婉通达、曲尽人情。第三章起, 以蓬乱的狐裘为喻, 表明国家的情势危急, 已经不堪如此拖延, 而且说并非自己不出兵东行, 只是因 "叔伯" 无人与我同心尽力, 言语间已有归咎和指摘之意。第四章中, 则更进一步渲染黎臣的困顿的处境, 极言其卑微的身份和流离的凄楚, 这与雍容华服的卫国 "叔伯" 形成鲜明对比, 体现出黎臣希望彻底的破灭和对卫军背信的强烈斥责。

    全诗结构清晰, 善用铺陈对比, 具有很强的艺术感染力。黎臣由期盼到质疑, 由疲敝到幻灭, 由称誉到暗讽, 情感的渐进变化合乎人情事理, 也使得全诗具有了一波三折的层次感, 是不可多得的咏志佳作。

流离

一说指枭，俗称猫头鹰。通体羽毛大多为褐色，散落点缀着浅色的细小斑纹，昼伏夜出。

旄丘之葛兮，   前高后低的山丘上有葛草，

何诞之节兮？   为什么它的枝节四处蔓延？

叔兮伯兮，   卫国的叔伯们啊，

何多日也？   为什么多日不来？

何其处也？   你们停留在何处？

必有与也。   一定是有盟约啊！

何其久也？   为何拖延这么久？

必有以也。   一定是有原因啊！

狐裘蒙戎，   狐裘已经变得蓬乱，

匪车不东。   不是车马不向东行。

叔兮伯兮，   卫国的叔伯们啊，

靡所与同。   没有人与我们同心。

琐兮尾兮，   身份渺小而卑微，

流离之子。   正是颠沛流离的人们。

叔兮伯兮，   卫国的叔伯们啊，

褎如充耳。   身着华服却充耳不闻。

简 兮

题 解

　　《简兮》一诗的主旨,《毛诗序》认为是讽刺"卫之贤者仕于伶官"而不承事王者之事,朱熹《诗集传》、方玉润《诗经原始》等亦同此说。今人则多不从《毛诗》之说,另辟蹊径研究此诗,主要有"舞女生活辛劳"说、"讽刺庄公淫乐"说和"宫女思慕舞师"说,而以最后一种最为通行。

　　本诗共有三章,每章六句,共十八句。第一章起句就营造了隆重盛大的乐舞氛围,点明所要上演的正是"万舞"。万舞是上古的一种大型舞蹈,分为武舞和文舞两段。武舞在先,表演时舞者手执兵器;文舞在后,表演时舞者手拿雉羽乐器。除了说明此舞上演地点是"公庭",为国君观赏之外,还刻画了一位身材高大魁梧的舞师形象。第二章的内容即全部聚焦于此舞师身上,除了形容他雄健有力、"执辔如组"的武舞动作,还描写了他"左手执籥""右手秉翟"的文舞才艺,再加上"赫如渥赭"的面色装扮,自然能够得到君王赐酒的垂青。第三章以山上榛树和湿地苓草(今人多以为是表达男女情思的暗语)起兴,抒发了对于"西方美人"的赞颂和思慕之情,其中"美人"一词应不仅指人姿容俊美,而且还有德行美盛之意。

　　全诗第四章具有极大的艺术魅力,朦胧缥缈的意境和幽深晦涩的隐语,将诗人委婉绵长的情感显露无遗。正是由于此章文风似与前二章相去甚远,故有今人疑为"错简",此说暂置不评。清人牛运震在《诗志》中评论此章以"细媚淡远之笔作结,神韵绝佳",可谓独得其妙。

简兮简兮， 隆重而又盛大啊，

方将万舞。 正要上演那万舞。

日之方中， 太阳正高照空中，

在前上处。 舞师就在前列上方。

硕人俣^{yǔ}俣， 身材高大又魁梧，

公庭万舞。 国君厅堂跳万舞。

有力如虎， 强健有力如猛虎，

执辔如组。 手执缰绳如丝带。

左手执籥^{yuè}， 左手拿着三孔龠，

右手秉翟^{dí}。 右手持着雉尾羽。

赫如渥赭^{zhě}， 面色红润如赭土，

公言锡爵。 国君开口赐美酒。

山有榛， 山坡之上有榛树，

隰有苓^{xí}。 低洼湿地有苓草。

云谁之思， 心中思念是何人？

西方美人。 乃是西方美善人。

彼美人兮， 那位美善之人啊，

西方之人兮。 正是西方的人啊！

苓

菌类植物茯苓、猪苓的通称，二者都可入药。另说指甘草、卷耳、地黄等。图中所画为甘
草。

泉

水

题 解

　　《泉水》一诗的主旨比较明晰，正如《毛诗序》所言是一首"卫女思归"之诗，因卫女"嫁于诸侯，父母终，思归宁而不得，故作是诗以自见也"。除此之外，清代何楷、龚橙、魏源等认为此诗是许穆公夫人所作，而黄中松《诗疑辨证》则怀疑是宋桓夫人或邢侯夫人所作。

　　全诗共有四章，每章六句，共二十四句。第一章以泉水流入卫国淇水起兴，引出自己怀念卫国，以至"靡日不思"的地步。此情无计可消除，只好找到同姓的卫国诸姬，希望她们可以出谋划策。第二章中，诗人回忆了自己往昔从卫国出嫁的情景。路途迢迢，停居在外，最后却不得不饮酒送别，"远父母兄弟"，代己问候诸姑大姊的叮嘱更流露出诗人的依依惜别之情。第三章则是诗人对自己归宁卫国的设想情境，"载脂载舝""还车言迈""遄臻于卫"数词，将诗人渴盼早归的迫切心情显露无遗。然而一切只是美好的幻想，幻灭人醒，仍是对"肥泉""须漕"等卫国事物不可遏制的思念。思不可及，只好长嗟空叹；只好驾车出游，以消心忧。

　　本诗构思奇巧，以思怀之情起，以思怀之情终，形成首尾呼应之势。而中间穿插了回忆和设想，以往昔离卫恋恋不舍，和如今归心如箭待发，二者互相比对映衬，使得思归之情渲染到无以复加之境。本诗以幻写真，虚实相间，正如明代戴君恩所言"波澜横生，峰峦叠出，可谓千古奇观"。

毖彼泉水，　　　　　　泉水汩汩地涌流，
亦流于淇。　　　　　　也会流入淇水中。
有怀于卫，　　　　　　心中怀念那卫国，
靡日不思。　　　　　　没有一天不想它。
娈彼诸姬，　　　　　　同姓诸女仪容美，
聊与之谋。　　　　　　且与她们共商谋。

出宿于泲，　　　　　　外出居留在泲地，
饮饯于禰。　　　　　　以酒饯行在禰地。
女子有行，　　　　　　女子即将要出嫁，
远父母兄弟。　　　　　远离父母与兄弟。
问我诸姑，　　　　　　代我问候诸姑母，
遂及伯姊。　　　　　　顺便问候我大姐。

出宿于干，　　　　　　外出居留在干地，
饮饯于言。　　　　　　以酒饯行在言地。
载脂载舝，　　　　　　涂上车油上好轴，
还车言迈。　　　　　　回转车头向远行。
遄臻于卫，　　　　　　疾速到达于卫国，
不瑕有害。　　　　　　大概不会有妨害。

我思肥泉，　　　　　　我思念那肥泉水，

兹之永叹。　　　　益加长久嗟叹之。

思须与漕，　　　　思念须邑和漕邑，

我心悠悠。　　　　我心悠悠不可绝。

驾言出游，　　　　驾驭车马外出游，

以^{xiè}写我忧。　　　　以此倾泻心中忧。

北门

题 解

　　《北门》倾诉了一位基层官吏郁郁不得志的心声。《毛诗序》认为此诗是对"卫之忠臣不得其志"的讽刺，朱熹《诗集传》亦承袭此说。与之不同，清人方玉润《诗经原始》则认为此诗主旨是"贤者安于贫仕也"，而今人大多认为这是一位小吏倾诉生活愁苦之作。

　　本诗共有三章，每章七句，其中各章最后两句叠句，二、三两章叠章。首章以"出自北门"起句，引出诗人忧心忡忡的原因是"终窭且贫"，而且无人知晓自己的艰辛。第二、三两章诗人控诉了上司给自己过度繁重的公务。自己工作的压力尚且难以排遣，回到家中不但没有得到家人安慰，反而迎来家人一致的斥责和挤对，这对诗人无疑是落井下石、雪上加霜，悲忧苦楚之情难以言表，难怪诗人三次发出"已焉哉"的哀叹，并将其无奈地归结于"天命为之"。清代牛运震《诗志》评论这些叹句说："皆极悲愤语，勿认作安命旷达。"深得其要。

　　全诗纯用赋法，不假比兴，尤其善用对比。比如政务繁重和薪资微薄的对比，奔波劳碌和无人体谅的对比，为家人奉献付出和家人贬斥排挤的对比；鲜明的反差烘托了全诗愁闷悲苦的基调，也使诗人的情感表现得更加立体化、细腻化。

出自北门，　　　　　我从北门走出来，

忧心殷殷。　　　　　忧心忡忡不可绝。

终窭且贫，　　　　　始终生活于贫寒，
（jù）

莫知我艰。　　　　　无人能知我艰辛。

已焉哉！　　　　　　哎呀呀！

天实为之，　　　　　真是上天所安排，

谓之何哉！　　　　　还能对此说什么！

王事适我，　　　　　王命差事交给我，
（zhì）

政事一埤益我。　　　政事全都加给我。
（pí）

我入自外，　　　　　我从外面回到家，

室人交徧谪我。　　　家人交相斥责我。
（zhé）

已焉哉！　　　　　　哎呀呀！

天实为之，　　　　　真是上天所安排，

谓之何哉！　　　　　还能对此说什么！

王事敦我，　　　　　王命差事催促我，
（duī）

政事一埤遗我。　　　政事全都厚加我。
（wèi）

我入自外，　　　　　我从外面回到家，

室人交徧摧我。　　　家人交相挤对我。

已焉哉！　　　　　　哎呀呀！

天实为之，　　　　　真是上天所安排，

谓之何哉！　　　　　还能对此说什么！

120

北
风

题 解

　　《北风》一诗的主旨，《毛诗序》认为是"刺虐"，描绘了"卫国并为威虐，百姓不亲，莫不相携持而去焉"的情景。而从"同车"一词来看，主人公应非普通人民，乃是贵族阶层。此外，还有方玉润《诗经原始》的"贤人预见危机"说，王先谦《诗三家义集疏》的"贤者相约避地"说等，其中以《毛诗序》的说法最为合理。

　　全诗共分三章，每章六句，除了第三章前两句，各章皆形成工整的叠咏结构。前两章起兴句用"凉""喈"二字渲染了北风的凛冽迅疾，用"雱""霏"二字刻画了降雪的盛大密集，也暗示主人公处境的困顿艰危。在如此寒冬之时，若非"惠而好我"的交情，怎会携手同行同归？第三章赤狐和黑乌的意象，以比体为主，兼有兴体，这可能是主人公在外看到的景物，也可能是对暴虐执政者的一种暗讽。各章末二句相同，"其虚其邪"形象地描绘出同行者徐缓不前的状态，"既亟只且"的催促则简短有力，透露出局势的紧迫感。

　　风雪交加，天寒地冻，伴随着逃亡的惊悚、催促的焦急，读来极具画面感，犹如故事情节一般扣人心弦。后世描写北风的诗作受此诗影响颇深，如古乐府《北风行》、鲍照《代北风凉行》、李白《北风行》等，都对此诗诗题及内容有着直接或间接的借鉴参考。

乌

乌鸦，羽毛大多呈黑色或黑白两色，黑羽通常具有紫蓝色金属光泽。

北风其凉，
雨雪其雱(yù pāng)。

惠而好我，
携手同行。
其虚其邪(xú)，
既亟只且(jū)!

北风凛冽寒冷，
空中落雪纷纷。

你是因为喜爱我，
与我携手同出行。
怎能徐缓而从容?
情势已经太紧迫!

北风其喈，
雨雪其霏。
惠而好我，
携手同归。
其虚其邪，
既亟只且!

北风迅疾猛烈，
空中落雪茫茫。
你因为喜爱我，
与我携手同归去。
怎能徐缓而从容?
情势已经太紧迫!

莫赤匪狐，
莫黑匪乌。
惠而好我，
携手同车(jū)。
其虚其邪，
既亟只且!

没有不红的狐狸，
没有不黑的乌鸦。
你是因为喜爱我，
与我携手同乘车。
怎能徐缓而从容?
情势已经太紧迫!

静
女

题 解

　　《静女》是一首历来就颇受选家注目的经典诗作。传统的说法以《毛诗序》和郑玄《笺注》为代表，认为此诗旨在针砭"卫君无道，夫人无德"之时弊。此外，王先谦《诗三家义集疏》认为此是"媵俟迎而嫡作诗也"，而欧阳修《诗本义》及朱熹《诗集传》认为此诗是对卫国男女"淫奔"风俗的鞭挞。今人多认为这是一首描写男女青年幽会的爱情诗。

　　全诗共分三章，每章四句，是从男子的角度叙写的。首句即点明了故事的人物、地点和情境，描摹出美好的"静女"在城隅等候我的画面。

　　"爱"是"薆"的假借字，说明女子知我前来，就故意隐身不见，娴雅温婉的形象带上一抹俏皮的色彩。而我不见"静女"，不禁"搔首踟蹰"，焦灼不安。第二章中"静女"终于现身，且赠我彤管之礼，在有情人眼中它自然光彩照人、意义不凡，所以诗人说"说怿女美"，难掩内心激动欣喜之情。第三章中，写女子从野外归来，再次赠送我礼物，那就是茅草的嫩芽。物虽轻微，蕴含的情意却无比深长，难怪诗人会沉醉其中，夸赞其美丽奇特。最后两句是"神来之笔"，通过否定荑草本身之美，得出其是因人方美的结论，"情人眼里出西施"的心理表现得十分传神。

　　此诗对细节的描写和心理的刻画细致入微，短短三章就呈现出一个具有完整性的故事，从热切的期盼到焦急的等待，从接受赠物的喜悦到沉醉爱情的甜蜜，故事情节的推进合乎情理又引人入胜，尤见诗人创作功力。

静女其姝，   女子贞静又美好，

俟我于城隅。   在城之角等候我。

爱而不见，   隐蔽躲藏看不见，

搔首踟蹰。   只好搔头又徘徊。

静女其娈，   女子贞静又温雅，

贻我彤管。   赠送给我红笔管。

彤管有炜，   红色笔管有光彩，

说怿女美。   心中喜悦你美丽。

自牧归荑，   野外归来送柔荑，

洵美且异。   确实美丽又特别。

匪女之为美，   不是说你长得美，

美人之贻。   因是美人赠我物。

新

台

题 解

　　新台是卫宣公为娶宣姜所修筑的高台，在今山东甄城黄河北岸。宣姜本是太子伋的未婚妻，卫宣公觊觎其美貌，所以在新台将其截留下来，强占为己妻。因此，《毛诗序》认为此诗正是卫国人作以讽刺卫宣公的荒淫失德，这种说法古今学者均未表达异议。

　　全诗共有三章，每章四句，前两章叠咏。叠咏的前二句以鲜明高峻的新台和盈溢浩大的黄河水起兴，暗示卫宣公为夺取未婚的儿媳而修筑新台，以此彰明其事的合法性。新台本是卫宣公丑行的"遮羞布"，然而诗人对其溢美有加，就像正话反说，加重了讽刺意味，也反衬出卫宣公此举不过是欲盖弥彰，自取其辱。宣姜是新台之事的直接受害者，此后便以她的口吻展开叙写，对卫宣公极尽嘲讽挖苦之能。她说自己本想求得和乐美好的姻缘，不意却是竹篮打水一场空，遇这位"籧篨"佝偻、不善不美的老夫，"鸿离鱼网"的比喻使其失望不满的情绪推向极致。

　　本诗层次分明，结构巧妙，善用比兴，虚实映衬，明暗交融。尤其是对宣姜心理活动的拟想生动而有意趣，表达了上古时期人们对无道之君违背传统伦理道德的讥讽和鞭挞，表达了对"燕婉"生活的追求和向往。

新台有泚，　　　　　　　新台景观历历分明，

河水弥弥。　　　　　　　黄河之水充盈四溢。

燕婉之求，　　　　　本想求得美满婚姻，

qú chú xiǎn
籧篨不鲜。　　　　　却遇臃疾不美之人。

cuǐ
新台有洒，　　　　　新台修筑高峻危立，

měiměi
河水浼浼。　　　　　黄河之水汪洋浩瀚。

燕婉之求，　　　　　本想求得美满婚姻，

tiǎn
籧篨不殄。　　　　　却遇臃疾不善之人。

鱼网之设，　　　　　渔网设置为捕鱼虾，

鸿则离之。　　　　　空中大雁自会远离。

燕婉之求，　　　　　本想求得美满婚姻，

得此戚施。　　　　　却得此夫佝偻驼背。

二子乘舟

题 解

　　关于《二子乘舟》这首诗的创作背景，《毛诗序》言为"卫宣公之二子争相为死，国人伤而思之，作是诗也"。《毛传》中则更具体地介绍了这一动人故事。卫宣公将太子伋之未婚妻宣姜夺为己有，生下寿、朔两位公子。公子朔与其母宣姜向卫宣公进献谗言，使卫宣公下令将太子伋遣送到齐国，又在道路险隘处埋伏下刺客，准备等太子伋经过时将其刺杀。公子寿提前就知道了这个情报，他前去告诉太子伋，让他尽快逃离。然而太子伋认为这是君命，拒绝逃亡，于是公子寿盗取了他的符节提前上路，使埋伏的刺客误以为公子寿就是太子伋，而将他杀害。太子伋得知此事，前往刺客处说，君王命令刺杀自己，公子寿又有何罪，然后也被刺客所杀。此外，今人对此诗的解读还有"母亲念子"说、"父亲送子"说、"友人送别"说等不同说法，但都是围绕着"送别"这个中心设定的。

　　全诗只有两章，每章四句，运用了叠章手法。诗首句就平铺直叙地交代了此次送别的情境：二子对前来送行的亲友依依惜别，最后终于登上小舟准备离开。这是近景。然后镜头逐渐拉远，小舟"泛泛"漂游在水面上，送别的人久久不愿离去，直到小舟远行的踪迹消逝在天边的烟波之中，颇有李白诗"孤帆远影碧空尽，惟见长江天际流"的意味。二子虽然已经不见，但是送别者的心中充满了担忧：二子乘舟前行是否会遇到汹涌滔天的波浪，他们的人生旅途是否可以平安和顺、没有危难？"不瑕有害"四字饱含着送别者的忧心，也寄托着他对二子的深情和祝福。

　　本诗简洁纯粹，意象鲜明，全诗未用比兴，也未有细腻的细节刻画，但是却蕴含着极为丰富的诗意，飘飘远逝的小舟也给读者留下了无尽的想象空间，堪称为送别诗中的典范之作。

二子乘舟，	二位公子乘着舟，
泛泛其景。	漂流渐渐至远方。
愿言思子，	对你思念极殷切，
中心养养。	心中忧愁难安定。
二子乘舟，	二位公子乘着舟，
泛泛其逝。	漂流渐渐没踪影。
愿言思子，	对你思念极殷切，
不瑕有害。	但愿没有啥妨害！

柏

舟

题 解

　　这首《柏舟》的诗旨，以《毛诗序》为主流的传统说法多认为是卫世子共
伯早死，其妻共姜拒绝父母改嫁之令，故作此诗以自誓其志。因此，古人多以
"柏舟之痛"称呼女子丧夫之事，以"柏舟之节"赞美女子夫死不嫁之行。当
今学者则多认为此诗描写了一少女欲择一少年为偶，但却未得到母亲同意，
因此作此诗以表明其心、抒发其怨。

　　全诗共有两章，每章七句，两章形成了十分工整的叠咏结构。首章以泛
舟漂游河上起兴，营造了一种安怡自在的氛围。然后就引出了诗人抒情的对
象——"髧彼两髦"之人。在古代，这是男子弱冠（二十岁）之前的发式装扮，
透露出女子钟情之人尚是一位少年郎。两章中反复强调"实维我仪""实维我
特"，再加上至死不二的誓愿，女子坚决果敢的意志毕露无遗。这恰恰与父母
的"不谅"不信形成对比，所以本诗后两句多用叹词，表达了女子内心的愁怨
和不满，也流露出一丝"天不遂人愿"的哀伤和无奈。

　　此诗的全部意涵，实际上已在第一章完全展现，然而诗人仅改变几个韵
脚，用另一章再次咏唱一遍，将自己所要表达的情感尽情渲染。

　　这种形式，充分体现了上古歌曲所具有的韵律感，甚至也常见于现当代
歌曲之中，成为寄托情感、触动人心的一座艺术桥梁。

共姜柏舟

泛彼柏舟，　　　　　　　泛起那柏木小舟，

在彼中河。　　　　　　　漂流在河水中央。

^{dàn}　　^{máo}
髧彼两髦，　　　　　　　分发齐眉那少年，

实维我仪。　　　　　　　的确是我好配偶。

之死矢靡它。　　　　　　至死终究无他心。

母也天只，　　　　　　　我的母亲我的天，

不谅人只!　　　　　　　怎奈却不相信我!

泛彼柏舟，　　　　　　　泛起那柏木小舟，

在彼河侧。　　　　　　　漂流在河水边缘。

髧彼两髦，　　　　　　　分发齐眉那少年，

实维我特。　　　　　　　的确是我好对象。

　　　　^{tè}
之死矢靡慝。　　　　　　至死终究无偏差。

母也天只，　　　　　　　我的母亲我的天，

不谅人只!　　　　　　　怎奈却不相信我!

132

墙有茨

题 解

　　《墙有茨》一诗的主题,《毛诗序》承续《新台》之解,将其定为"公子顽通乎君母,国人疾之而不可道"的"刺上"之作,此后研究《诗经》的古今学者大都接受了这个说法。公子顽即卫昭伯,是卫宣公之子,与太子伋、公子寿、公子朔等为兄弟。"君母"指的是卫宣公的夫人宣姜,她是当时已即位为卫惠公的公子朔之母,故有此称。卫宣公死后,齐襄公为保全其妹宣姜,同时巩固卫惠公君位,强迫公子顽娶后母宣姜为妻。此诗就是当时卫国人对统治阶级这种败坏伦常的秽行的嘲讽和鞭挞。

　　全诗共分三章,每章六句,三章均形成复沓结构。各章起兴之句都言墙上蒺藜不可除去,以此暗喻卫国宫廷中的丑闻遮掩不住,终将败露。然后诗人便说宫闱之中的流言不可说出,此"不可"或为故弄玄虚、吊人胃口的手段,或为"不堪"之意,表明其事之丑已达不堪出口之境。接着诗人又微露口风,告诉对方若可言说,则不仅其事本身"丑""辱",而且说来话长,难可一时言尽。充满神秘感的透露至此便戛然而止,勾起了读者无穷的探索欲,也给人留下了无垠的想象空间。其实卫国当时的宫闱丑闻几乎是妇孺皆知,所以诗人以欲说又止、"犹抱琵琶半遮面"的方式点到为止,不仅令听者悠然会心,得悟其意,也起到了一种含蓄、特殊的讽刺效果。

　　本诗行文通俗浅近,多用俗语口语,节奏舒缓而自然,意味戏谑而绵长。调侃中含锋芒,逗趣中见针砭,犹如"绵里藏针",针针致命。这比正面平铺直叙的指斥犹显功力,读来颇有"未见其人,先闻其声"之感。

牆有茨

傳茨蒺藜
也集傳蔓
生細葉子
有三角刺
人

茨

蒺藜，一年生草本植物，茎横生于地面，果实有刺，可入药。

墙有茨，　　　　　　　墙上长着蒺藜，

不可扫也。　　　　　　无法将它扫掉。

中冓之言，　　　　　　宫闱中的流言，

不可道也。　　　　　　不可向人述说。

所可道也，　　　　　　如果可以开口，

言之丑也。　　　　　　说来就是丑恶。

墙有茨，　　　　　　　墙上长着蒺藜，

不可襄也。　　　　　　无法将它除去。

中冓之言，　　　　　　宫闱中的流言，

不可详也。　　　　　　不可向人详言。

所可详也，　　　　　　如果可以细说，

言之长也。　　　　　　说来就会话长。

墙有茨，　　　　　　　墙上长着蒺藜，

不可束也。　　　　　　无法将它捆起。

中冓之言，　　　　　　宫闱中的流言，

不可读也。　　　　　　不可向人讲说。

所可读也，　　　　　　如果可以谈论，

言之辱也。　　　　　　说来就是耻辱。

135

君子偕老

题 解

　　对于《君子偕老》一诗的解读，古今几无分歧，多认为是紧承《墙有茨》一诗，表达对卫宣君夫人宣姜"淫佚之行"的讽刺和贬斥。《毛诗序》云："夫人淫乱，失事君子之道，故陈人君之德，服饰之盛，宜与君子偕老也。"认为诗中所写的服饰仪容之美乃为理想的国君夫人形象。而朱熹《诗集传》认为诗人恰恰是以服饰仪容之美反衬宣姜违礼悖德之丑，言其德行与仪表不相匹配。后世学者在这一点上，也大多赞同朱熹的观点。

　　全诗共分三章，首章七句，次章九句，末章八句，共二十四句。首章"君子偕老"四字，就点出了全篇的纲领：宣姜本是公子伋的未婚妻，却被其父卫宣公强占，后来又与其兄公子顽私通，可谓劣迹斑斑。诗人却言其"君子偕老"，无异于反话正说，笑里藏刀，极尽讥谑之能事。此后对卫夫人的发饰、服装、仪容进行了浓墨重彩的渲染铺排，这是全诗的主体部分。比如写其发髻，不仅写到发髻中的钗簪，甚至细化到钗簪的质地和其上的玉饰；写服饰，不仅写到衣服的色泽和文采，还不厌其烦地展示了后妃繁多的服饰种类——有作为礼服的"象服""展衣"，也有作为便服的"绉絺"，还有作为内衣的"绁袢"等；写仪容，不仅从头发、眉目对其姿容进行描摹，而且以"委佗""清扬"等词，及"山""河""天""帝"等比喻，将其神韵风采展露无遗。

　　本诗多用赋法、比拟和叹词，极言卫夫人头饰的雍容华贵，服装的绚烂多彩，仪容的倾国倾城。然而这一切却无论如何也不能和"子之不淑"相配，诗人将其贬斥含蓄委婉地隐藏在花团锦簇般的文字背后,构思不可谓不巧,用意不可谓不妙。清代姚际恒《诗经通论》对此诗评价颇高,甚至认为此诗是宋玉《神女赋》、曹植《洛神赋》的滥觞。

君子偕老,	誓与君子同老去,
副笄六珈。	玉饰发簪插假髻。
委委佗佗,	雍容自得端庄仪,
如山如河。	如同山岳又似河。
象服是宜,	穿上象服很合身,
子之不淑,	然而你却不贤淑,
云如之何!	对你也是莫奈何!
玼兮玼兮,	色泽鲜明又华美,
其之翟也。	礼服绣有雄雉羽。
鬒发如云,	一头黑发盛如云,
不屑髢也。	不必戴上假发饰。
玉之瑱也,	冠冕玉饰垂两边,
象之揥也,	象牙搔簪可搔首,
扬且之皙也。	眉目之间肤白皙。
胡然而天也?	为何犹如天上人?
胡然而帝也?	为何好似帝之子?

象

陆地上最大的哺乳动物，以嫩叶、野果、野草、嫩竹等为食。象通常性情温和而且聪明。

cuō
瑳兮瑳兮,　　　　　　　　色泽鲜美又通透,

其之展也。　　　　　　　礼服素白名展衣。

zhòu chī
蒙彼绉絺,　　　　　　　　罩上绉纱细葛衫,

xiè pàn
是绁袢也。　　　　　　　系好夏日白内衣。

子之清扬,　　　　　　　　你那风采真清秀,

扬且之颜也。　　　　　　眉目传神容颜好。

展如之人兮,　　　　　　诚然像你这般人,

邦之媛也!　　　　　　　就是邦国之美女!

桑
中

题 解

　　关于《桑中》这首诗的主旨，古今学者的理解存在分歧。《毛诗序》言："卫之公室淫乱，男女相奔，至于世族在位，相窃妻妾，期于幽远。政散民流，而不可止。"认为此诗是对卫国世族男女"淫奔"之风的讽刺，朱熹等人亦持此说，且考出姜、弋、庸为当时贵族姓氏，以作证明。近当代学者一般认为这是一首表现男女相悦的爱情诗。

　　全诗共分三章，每章七句，皆采用叠章手法，各章只有三字变动，保持了结构上的高度一致性。各章均是以采摘植物起兴，这是《诗经》中极为常见的手法，也是当时社会生活的真实写照。此后诗人以自问自答一般的形式，指出其思念的对象——孟姜、孟弋、孟庸，且在其前都加上一"美"字形容其姣好容颜。"孟"是兄弟姊妹中排行最大之人，此处也就指长女。由于诗人在后文所写的与女子约会的地点均是"桑中"和"上宫"，且送别地点都是"淇之上"，也有学者认为此三女实为一人，诗人为避免重复所以各变动一字。而如果以"淫奔"之说来看，说是三女也有可能，且姜、弋、庸本为不同姓氏，以此指代同一人，似与理有悖。

　　此诗用语晓畅，结构工整，音韵圆转，读来朗朗上口。且诗人善用设问，一问一答之间，思念的悠长与幽会的愉悦流溢笔端，不绝如缕。抛开对诗歌褒贬不一的解读，仅仅从其文学艺术的角度欣赏，也是极有价值和借鉴意义的。

爰采唐矣，   在哪里采摘菟丝子？

mèi
沫之乡矣。   就在沫邑的乡野中。

云谁之思？   心中思念的是谁？

美孟姜矣。   是那美丽的姜家长女。

期我乎桑中，   她约我去桑树林中，

yāo
要我乎上宫，   邀我至楼阁之上，

送我乎淇之上矣。   送我到淇水之畔。

爰采麦矣？   在哪里采摘麦子？

沫之北矣。   就在沫邑的北面。

云谁之思？   心中思念的是谁？

美孟弋矣。   是那美丽的弋家长女。

期我乎桑中，   她约我去桑树林中，

要我乎上宫，   邀我至楼阁之上，

送我乎淇之上矣。   送我到淇水之畔。

爰采葑矣，   在哪里采摘蔓菁？

沫之东矣。   就在沫邑的东面。

云谁之思？   心中思念的是谁？

美孟庸矣。   是那美丽的庸家长女。

期我乎桑中，   她约我去桑树林中，

要我乎上宫，   邀我至楼阁之上，

送我乎淇之上矣。   送我到淇水之畔。

鹑之奔奔

题　解

　　对《鹑之奔奔》这首诗的解读，历来就有着各种争论。《毛诗序》认为此诗是"刺卫宣姜"失德之作，朱熹《诗集传》则稍作变易，认为是以卫惠公口吻讽刺"宣姜与顽非匹耦而从"的行为。清代姚际恒《诗经通论》提出诗中"为兄""为君"二词表明此诗为国君之弟所作，讽刺的对象应是卫宣公。今人金启华等则认为此诗为一位女子对始乱终弃之男子的斥责。

　　本诗仅有两章，每章四句，运用了复沓结构。两章起兴句所写，都是鹌鹑和喜鹊雌雄相随的情景，只是调换了两句次序，用"奔奔"和"强强"二叠词形容此景十分生动传神。各章后两句即是全诗的中心，诗人说自己明知对方是"无良"之人，德行不佳，却依然以之为"兄"，以之为"君"——至此忽然戛然而止，给人留下无尽的想象余地。可以推知，诗人对对方的极度尊崇并未带来美好的结局，所以末二句是诗人对对方的斥责和怨怼，也是对自己"明知山有虎，偏向虎山行"的暗讽和自嘲。

　　其人德行无良，我却尊崇有加；我虽尊崇有加，结果却不美好，这种巨大的反差映衬出诗人内心不可遏制的悲戚、失落和怨愤。由此可见，鹌鹑、喜鹊二句并非单纯起兴，乃是兴中有比，以这两种鸟类尚且能够追随不离的品性，暗喻对方"无良"的结果其实就是"弃我远去"的无义之举，构思的奇巧可见一斑。

鹑

鹌鹑，雉科禽鸟。形似鸡雏，头小尾秃；嘴短小，黑褐色。

^{chún}
鹑之奔奔，　　　　　雌雄鹌鹑奔走相随，

鹊之彊彊。　　　　　雌雄喜鹊飞舞相随。

人之无良，　　　　　此人德行不善，

我以为兄。　　　　　我却将他当作兄长。

鹊之彊彊，　　　　　雌雄喜鹊飞舞相随，

鹑之奔奔。　　　　　雌雄鹌鹑奔走相随。

人之无良，　　　　　此人德行不善，

我以为君。　　　　　我却将他当作君王。

144

定之方中

题　解

　　《定之方中》这首诗表达的是卫国人对卫文公的赞颂,这个说法自《毛诗序》倡导以来,古今学者皆无异议。公元前660年,卫国为狄戎所灭,卫懿公死,数千遗民东渡黄河,在漕邑郊野暂时栖息。卫文公被立为国君,齐桓公派兵戍守卫国,并于公元前658年率领诸侯,帮助卫人迁徙到楚丘。此后在卫文公治理下,卫国国力逐渐强盛,甚至一度击败刑、狄联军而讨伐刑国,实现了国家的复兴。此诗正是在这个背景下,对卫文公励精图治之德予以的褒扬和赞美。

　　全诗共有三章,每章七句。首章写卫人在楚丘营造宫室、种植树木诸事,一片百废待兴的气象。古人建筑房屋,需要根据太阳和星辰确定其方位朝向。定星在每年夏历十月出现,与北极星相对,可测定南北方位;将圭臬直立在地,通过观察日影走向,可确定东西方位。至于栽种树木,诗中出现了榛树和栗树,二者的果实可供祭祀之用;而椅树、梧桐、梓树可用来制作琴瑟,漆树的树脂可以为琴瑟上漆。由此可见,古人将生产生活、自然科学和人文礼教融为一体的高度智慧。第二章详细描述了卫文公为修筑宫室观测占断的全过程,方位由高到低,从高山大丘到卫国诸邑,再到郊野桑田,展示了文公丰富的堪舆知识,占卜吉凶也体现了我国传统的哲学和人文精神。第三章则转换场景,以"灵雨既零"起句,描写文公披星戴月驾车视察农田、劝耕督种之事,体现了他对传统社会立国之基——农业的高度重视。因此诗末二句即以

"秉心塞渊"直言其品德之美,以"骙牝三千"极言其治国之功。

全诗即是围绕"秉心塞渊"这四字展开续写,故如方玉润所说,此四字可谓"全诗主脑"。综观全诗,全用赋法而未用比兴,以深入的细节描写体现礼赞的意味,使得一位圣明贤德的君主形象跃然纸上,也对后世歌咏赞颂类的诗文创作产生了较大的影响。

定之方中,	营室星处夜空正中,
作于楚宫。	在楚丘地修筑宫殿。
(wéi)	
揆之以日,	通过日影测算量度,
作于楚室。	在楚丘地修筑宫室。
树之榛栗,	栽种榛树以及栗树,
椅桐梓漆,	还有椅、梧、梓、漆诸树,
爰伐琴瑟。	成材砍伐制成琴瑟。
升彼虚矣,	登上那座高大土丘,
以望楚矣。	放眼眺望楚丘之地。
望楚与堂,	望见楚丘和那堂邑,
景山与京。	雄浑山岳以及高丘。
降观于桑,	下山去往农田观看,
卜云其吉,	占断卜测显示吉祥,
终然允臧。	最终结果确实美好。
(zāng)	
灵雨既零,	好雨已经纷纷降下,

桑田 郑云

命彼倌人。　　　　下令倌人驭车赶路。

星言夙驾，　　　　身披星辰早早驾车，

^{shuì}
说于桑田。　　　　休憩就在桑田边上。

^{bǐ}
匪直也人，　　　　他不只是平庸之人，

^{sè}
秉心塞渊，　　　　存心笃实见识深远，

^{lái}
騋牝三千。　　　　良马匹匹多达三千。

桑

桑树，树干较高，树皮粗糙，黄褐色；叶子较大，呈椭圆形，边缘有粗锯齿；果实呈长圆形或卵圆形。后世以桑指代农业、农田等。

148

蝃
蝀

题 解

　　这篇《蝃蝀》，一般认为是对私奔女子的讽刺之诗。《毛诗序》承续上篇《定之方中》，认为卫国在卫文公的道德教化下，"淫奔之耻，国人不齿也"，因此此诗旨在杜绝"淫奔"之风。朱熹《诗集传》等皆遵从此说，后世学者也多无异辞。

　　全诗共有三章，每章四句。前两章除第二句外，皆运用叠句手法，其中三、四两句完全相同。首章以出现在东方的"蝃蝀"起兴。"蝃蝀"即彩虹，是太阳光照射水滴时，光线由折射、反射作用形成的光学现象，古人认为彩虹是天地阴阳二气失和产生的"淫气"，正与男女"淫奔"之行相配，故有诗中"莫之敢指"之说。与第一章的"蝃蝀"相对应，第二章则以西方的"朝隮"起兴，交代了整个早晨雨水连绵不绝的背景。然后本诗主人公就现身了，她是一位即将出嫁、"远父母兄弟"的女子，至此还看不出作者对她的褒贬态度。甚至到第三章前两句，也只是点明女子思嫁之心，并无他言。直到末后二句，诗人才直言不讳地对女子不讲贞信、不遵父母之命的行为予以贬斥，颇有"四两拨千斤"之效。

　　由此看来，前两章描写"蝃蝀""朝隮"之句不光是兴，乃兴中有比，以二种"淫气"所生的冶艳之物喻女子僭越礼法的失德之行，后文暗示天气失和的"崇朝其雨"一句，似乎也是佐证之比。至此，也反映出上古社会由动乱转为太平之际，传统的道德伦理和礼乐秩序也得以恢复，民众婚姻观念开始以自由结合的男女"淫奔"为耻，而崇尚遵行"父母之命、媒妁之言"等严谨的礼仪规范。

蝃蝀 在东，
莫之敢指。
女子有行，
远父母兄弟。

朝隮于西，
崇朝其雨。
女子有行，
远兄弟父母。

乃如之人也，
怀昏姻也。
大无信也，
不知命也。

彩虹出现在东方，
没有人敢于指它。
女子就要出嫁了，
远离父母和兄弟。

朝虹出现在西方，
整个早晨都下雨。
女子就要出嫁了，
远离父母和兄弟。

像这样一个人啊，
心中思念着婚姻。
却太没贞洁之信，
又不知父母之命！

相
鼠

题 解

    《相鼠》诗中怒斥之语的直接、极端和激烈，在《诗经》中恐怕是无出其右的。关于此诗的主题，历来主要有两派观点：一派以《毛诗序》和郑玄《笺注》为代表，认为此诗讽刺的是卫国在位者承卫文公德化却"无礼仪"之举；另一派以《鲁诗》为代表，认为此诗乃妻子对丈夫的劝谏之辞，班固、何楷、魏源等人皆阐发此说。然而结合诗作含义和语气来看，第一派观点似乎更为可取。

    全诗共有三章，每章四句，皆运用叠咏手法。各章都是由"相鼠"起兴，分别以鼠的"皮""齿"和"体"为比，来与人的"无仪""无止""无礼"形成对照，映衬出此人悖德失礼的恶劣作风，增强了全诗鞭笞谴责的语气。老鼠一直被人们认为是丑陋、狡诈、偷窃成性的典型，尚且有皮毛遮体，有牙齿啮噬，有肢体活动，人却无仪表严身，无正行规范，无礼仪合德，自然令人如目中入沙、容忍不得，难怪诗人会接连发出"不死何为""不死何俟""胡不遄死"的极度咒怨，将全诗的情感宣泄推向高潮。

    虽然不能明确诗人所斥的"在位者"具体为何人，然而翻开卫国的史册，在位者"违礼悖德"之恶行俯拾即是。如州吁弑兄自立为君，宣公强占太子之妻，宣姜母子谋杀太子，懿公荒淫国破身亡，卫昭伯与后母乱伦等等。没有一件不是无耻之尤、禽兽不如，故有诗人此番拍案而起、怒目圆睁的声声斥骂。再加上顶真、反诘、叹词的交相运用，使得诗意诗情一气呵成，读来颇有酣畅淋漓、荡气回肠之感。

相^{xiàng}鼠有皮，　　　　看那老鼠还有皮毛，

人而无仪。　　　　　　为人却无庄严仪表。

人而无仪，　　　　　　为人没有庄严仪表，

不死何为!　　　　　　不死还要做些什么!

相鼠有齿，　　　　　　看那老鼠还有牙齿，

人而无止。　　　　　　为人却无行为规范。

人而无止，　　　　　　为人没有行为规范，

不死何俟!　　　　　　不死还要等到何时!

相鼠有体，　　　　　　看那老鼠还有肢体，

人而无礼。　　　　　　为人却无道德礼法。

人而无礼，　　　　　　为人没有道德礼法，

胡不 遄^{chuán} 死!　　　　为何还不速速去死!

干旄

题 解

  《干旄》一诗的主旨，历来就莫衷一是，有学者考证有十数种说法之多。其中比较有影响的主要有三种：一种以《毛诗序》为代表，认为此诗是对"卫文公臣子多好善，贤者乐告以善道"的褒扬；一种以朱熹《诗集传》为代表，认为此诗所写乃"卫大夫乘此马，建此旌旄以见贤者"；第三种以近当代部分学者为代表，认为这是一首"男子恋女"的爱情诗。通过对诗中各种物象的考究，结合诗意来看，以朱熹"卫大夫访贤"说最为圆融。

  全诗共有三章，每章六句，皆运用了叠章手法，各章除第五句保持不变，其他各句只变一字。各章均以旗帜起兴，而旗帜在古时多用于军阵战事，常以鸟隼等图案绘在旗上，以旄尾或雄雉尾羽等装饰旗杆，具有鲜明的时代色彩。形容旗帜用了"孑孑"一词，渲染出一种隆重盛大的氛围；又用"郊""都""城"三字，指明车马仪仗由远及近、由城郊到城中的位移。然后细腻地描写用素丝缝制旗帜及良马相随之事，而且马匹数量逐步递增的厚重之礼，彰显出礼请者求贤的殷切之心。各章末二句以求贤者的角度来写，说对方是"姝"美贤善之人，而叩问自己拿什么来赠与他，又如何劝请他才能如愿以偿。三个疑问句，将求贤者犹疑不决的心理、踌躇不定的动作和欲言又止的神色体现得淋漓尽致，也反衬出他求贤若渴而又真诚纯朴的品德。

  本诗结构工整，意象鲜明，虚实结合，极具艺术张力。尤其对隆盛场面的描写便占去大半篇幅，而对人主观状态的刻画只有各章末二句，然而正是这寥寥数句，才是全诗的"点睛之笔"，透过它，我们看到了主人公真挚而又不安的内心，也触碰到了他真实而又纯粹的灵魂。

干旄在浚图

<table>
<tr><td>

孑孑干旄，
（jié jié máo）
在浚之郊。
（xùn）
素丝纰之，
（pí）
良马四之。
彼姝者子，
何以畀之？
（bì）

</td><td>

旄牛尾饰的旗帜高扬特立，
车马就在浚邑的郊野。
以白色丝线为旗镶边，
以四匹马儿与之相随。
那位美好贤善的人，
该拿什么送给他呢？

</td></tr>
<tr><td>

孑孑干旟，
（yú）
在浚之都。
素丝组之，
良马五之。
彼姝者子，
何以予之？

</td><td>

绘有鸟隼的旗帜高扬特立，
车马就在浚邑的近城。
以白色丝线编织旗上，
以五匹马儿与之相随。
那位美好贤善的人，
该拿什么赠给他呢？

</td></tr>
<tr><td>

孑孑干旌，
在浚之城。
素丝祝之，
良马六之。
彼姝者子，
何以告之？

</td><td>

五彩羽饰的旗帜高扬特立，
车马就在浚邑的城区。
以白色丝线缝合旗帜，
以六匹马儿与之相随。
那位美好贤善的人，
该对他说些什么呢？

</td></tr>
</table>

载
驰

题　解

　　公元前660年, 卫国为狄人所灭, 卫懿公死。五千遗民在宋、郑等国帮助下东渡黄河, 至漕邑暂栖, 拥立公子申为君, 即卫戴公。卫戴公是卫昭伯与宣姜所生, 他还有一个妹妹嫁与许穆公, 史称许穆夫人。卫戴公即位一月即死, 许穆夫人闻讯驰驱而归, 欲往漕邑吊唁, 半路却被赶来的许国大夫阻拦。此诗正是许穆夫人在这一背景下创作的, 根据相关史实及诗中"芃芃其麦"之句, 可推知所作时间应是卫文公元年(公元前659年)暮春。

　　全诗共有五章, 第一章六句, 第二、三章各四句, 第四章六句, 第五章八句, 共二十八句。全诗只有二、三两章采用复沓结构, 其余各章相对独立。首章是全诗的大纲, 将主要的事件已经交代清楚。一面是诗人归心似箭、"载驰载驱"地动身前往卫国吊唁, 一面是在半路遇到许国"大夫跋涉"而来欲行阻拦, 此情此景不禁使她开始忧心忡忡。二、三两章是诗人对许国大夫不近人情和"不臧"之举的反复控诉, 因为他们的阻拦才使自己无法"旋反"故国。第四章则转换场景, 以在高丘采摘贝母起兴, 抒写自己对亡兄故国的"善怀", 然而许国众人却对自己多有指摘, 甚至态度傲慢而张狂。第五章以诗人在茂密的麦田边漫步起兴, 写自己为归卫做了种种努力, 然而终是徒劳, "谁因谁极"的诘问饱含着悲戚和无奈。最后, 面对许国大夫无有休止的怨"尤", 诗人终于挺身而出予以制止, 而且不顾其言决定前往卫国, 意志之果决无可置疑。

　　许穆夫人是我国文学史乃至世界文学史上第一位女诗人。在国破家亡、兄长逝世之际，她不顾群臣拦阻指斥，驾车前往卫国凭吊，其情可感，其心可佩。清代魏源考证，《诗经》中除此篇外，尚有《泉水》《竹竿》两篇亦为她的作品。她的诗作往往带有浓厚的怀乡爱国的情怀，对后世同类题材的诗文影响极其深远。

载驰载驱，	驾驭马匹奔走驰骋，
归唁卫侯。	回去吊唁卫国公侯。
驱马悠悠，	策马远行路途迢迢，
言至于漕。	方才到达卫国漕邑。
大夫跋涉，	许国大夫跋涉而来，
我心则忧。	我心就生忧愁苦楚。
既不我嘉，	你们既然不赞成我，
不能旋反。	我就不能返回卫国。
视尔不臧，	看看你们没有善德，
我思不远。	我的思念无法遣除。
既不我嘉，	你们既然不赞成我，
不能旋济。	我就不能归往卫国。
视尔不臧，	看看你们没有善德，
我思不閟。	我的思念没有止尽。

蝱

贝母，多年生草本植物，叶长似韭，鳞茎可入药。

麦

一年生或二年生草本植物，籽实可以用来磨面粉，亦可用以制糖、酿酒，是重要的粮食作物。

陟彼阿丘，
言采其蝱。
_{méng}

女子善怀，

亦各有行。

许人尤之，

众稚且狂。

我行其野，
芃芃其麦。
_{péngpéng}

控于大邦，

谁因谁极？

大夫君子，

无我有尤。

百尔所思，

不如我所之。

登上那座高峻山丘，

在此采摘药草贝母。

女子心中忧思繁多，

众人也是各有道理。

许国大夫责难于我，

众人傲慢而又张狂。

我在郊野放步行走，

田间麦苗兴盛繁茂。

欲往大国申诉我意，

谁可依靠谁能到来？

许国大夫还有君子，

莫再将我指斥埋怨。

你们诸位各有考量，

不如让我直接前去。

淇奥

题 解

　　《淇奥》是一首称颂君子的赞歌，因曾子《大学》的引用而广为人知。君子一词，在先秦典籍中十分常见，原指"君王之子"，后来引申为士卿大夫、公侯贵族的泛称，带有地位崇高的政治意味。直到孔子诠释六经，才赋予此词才学和德行方面的意义，极大地丰富和拓展了此词内涵。《毛诗序》认为此诗是卫国人作以"美武公之德"，此"武公"指卫武公姬和，他是卫国第十一任国君，周幽王时担任卿士。

　　犬戎破镐京后，他协助周平王平息叛乱并东迁洛邑，以为东周之始，被周平王封为公爵。《毛诗序》中特别举出了他有文采、善纳谏、严礼仪的美德，认为这是他能"入相于周"的原因。

　　全诗共有三章，每章九句，除末二句外，皆是工整的叠咏结构。三章在内容上可以说水乳交融、难分彼此，都以"瞻彼淇奥"和青青翠竹起兴，继而就展开了对君子仪容风采、言谈举止和才德品性三方面的赞咏。写其仪容庄敬、饰物华美，以"充耳琇莹""会弁如星"八字尽言无遗；写其幽默健谈、举止有礼，以"宽绰"地倚靠"重较"、"善戏谑"而不过分传神描摹；写其精纯品质、善美德行所用笔墨最多，也是全诗的核心和灵魂所在。比如"切磋琢磨"刻画其精进学问道业之态，"金锡圭璧"比喻其具备精良纯粹之质，而"瑟僩赫咺"四字的重复使用，既含有对其庄重仪态的褒扬，又是对其光明璀璨之德的衷心赞颂。因此，诗人多次使用"有匪君子"四字，且谆谆告诫人"终不可谖兮"，可以说是水到渠成、理所当然。

淇泉篆竹

本诗也开创了以竹和玉比拟赞美君子的先河，后世"君子佩玉"之风或许亦是由此诗影响而致。诗人形容绿竹，各用"猗猗""青青""如箦"三词；状写美玉，用"琇莹""如星""圭璧"等词，可谓浓墨重彩、不厌其烦。透过本诗优美的文风和清雅的音韵，我们仿佛可以看到诗中那温文尔雅、风度翩翩的君子正在向我们款款走来。

瞻彼淇奥，　　　　　　看那淇水回环弯曲，
绿竹猗猗。　　　　　　碧绿竹树修美茂盛。
有匪君子，　　　　　　有位君子文采斐然，
如切如磋，　　　　　　切磋研讨义理学问，
如琢如磨。　　　　　　琢磨体悟圣贤大道。
瑟兮僴兮，　　　　　　仪容庄重胸襟开阔，
赫兮咺兮。　　　　　　德行崇盛光彩照人。
有匪君子，　　　　　　有位君子文采斐然，
终不可谖兮。　　　　　终究不能让人忘却。

瞻彼淇奥，　　　　　　看那淇水回环弯曲，
绿竹青青。　　　　　　碧绿竹树郁郁青青。
有匪君子，　　　　　　有位君子文采斐然，
充耳琇莹，　　　　　　冠冕两侧美石垂耳，
会弁如星。　　　　　　帽缝饰玉多如星辰。
瑟兮僴兮，　　　　　　仪容庄重胸襟开阔，

赫兮咺兮。　　　　　　　德行崇盛光彩照人。

有匪君子，　　　　　　　有位君子文采斐然，

终不可谖兮。　　　　　　终究不能让人忘却。

瞻彼淇奥，　　　　　　　看那淇水回环弯曲，

绿竹如箦。　　　　　　　碧绿竹树积翠成片。

有匪君子，　　　　　　　有位君子文采斐然，

如金如锡，　　　　　　　质如黄金又似锡石，

如圭如璧。　　　　　　　品若圭璋又像璧玉。

宽兮绰兮，　　　　　　　气度雍容神态宽舒，

猗重较兮。　　　　　　　倚靠车厢两侧横木。

善戏谑兮，　　　　　　　善开玩笑幽默风趣，

不为虐兮。　　　　　　　恰到好处而不过分。

考槃

题 解

　　《考槃》是一首对隐士的赞歌。"考槃"二字，《毛诗传》解释为："考，成；盘，乐"，陈奂作疏进一步将二字合释为"成德乐道"。朱熹《诗集传》则认为"考"是叩击之意，"槃"是器皿之名，认为此词指敲击鼓盆等作为歌乐的节奏。无论如何解释，"考槃"一词显然是隐士生活的真实反映。

　　《毛诗序》认为此诗不是单纯的对隐士的赞叹歌咏，其创作时间应在卫庄公在位时期，是对卫庄公"不能继先公之业，使贤者退而穷处"的暗讽。

　　全诗共有三章，每章四句，全用叠章手法。写隐士所居之处，有"涧""阿""陆"三种，都是僻静幽雅之处。称呼隐士用"硕人"一词，此词不仅可指人的仪表高大魁伟，在此诗中则更侧重于对人的才德品行的赞美，正如《毛诗序》中所说，"硕人"实为退隐的"贤者"。写隐士的日常生活，是独自睡去醒来、言语歌啸，流露的是清居的安宁自在、心无挂碍。各章最后一句皆以誓言自明其志，诗人唯愿自己能够永远游心山林，不变初衷，安贫乐道，而且这份独一无二的幽趣，只能自己悠然心会，却不能"告"与人知。隐士在中国传统观念中是具有特殊意义的一个文化符号。不论是在盛世还是乱世，不论隐者是为求仙访道还是退避宦海艰险，他们都会受到上至帝王卿相，下至贩夫走卒的高度尊敬和赞誉，俨然已成睿智、高洁、风雅的代名词。此诗可谓最早的隐逸诗之一，对后世山水田园和避世隐居题材的文学作品具有启蒙性的作用。

考槃在涧，　　　　　　避世隐居在山涧之中，

硕人之宽。　　　　　　伟岸崇高的人心胸宽广。

独寐寤言，　　　　　　独自睡去醒来说话度日，

shì　xuān
永矢弗谖。　　　　　　发誓永不忘记隐逸的志向。

考槃在阿，　　　　　　避世隐居在曲隅之间，

kē
硕人之薖。　　　　　　伟岸崇高的人神情宽和。

独寐寤歌，　　　　　　独自睡去醒来歌啸度日，

永矢弗过。　　　　　　发誓永不失去隐逸的初衷。

考槃在陆，　　　　　　避世隐居在土陆之上，

zhú
硕人之轴。　　　　　　伟岸崇高的人风采宽舒。

独寐寤宿，　　　　　　独自睡去醒来安居度日，

gù
永矢弗告。　　　　　　当中的乐趣永不向他人言说。

硕
人

题 解

  与《君子偕老》和《淇奥》二诗类似，《硕人》也是一首写人的诗歌。而与《考槃》中以"硕人"形容隐士不同，这首诗中的"硕人"乃是用以形容美女身材修长秀美。《毛诗序》认为此诗主题是"闵庄姜也"，原因是"庄公惑于嬖妾，使骄上僭；庄姜贤而不答，终以无子"。

  全诗共有四章，每章七句，皆用赋法，未及比兴。第一章简单地勾勒了庄姜的身姿服饰，主要介绍了她公侯之家的出身，点明了她的贵族身份和地位。第二章则是对庄姜外貌仪容的细致刻画，从手到颈，从齿到额，从肌肤到眉目，连用六个比喻，形象贴切地展现了她倾国倾城的美貌。尤其是"巧笑倩兮，美目盼兮"两句，寥寥八字传神地描摹出美人嫣然含笑、顾盼生辉的神韵，确为点睛之笔。三、四两章主要叙述了庄姜在出嫁途中暂时休息的情景，以及随行车马、媵士、仪仗的浩大声势。第四章中还不惜笔墨用五个叠词状写了河水北流、设网捕鱼、众鱼踊跃、芦荻修长诸意象，既是起兴唱咏，也是用以映衬庄姜出嫁的盛大场景。

  这首《硕人》用词精审，文笔优美，可以说开创了千古题咏美人作品的先河。清代姚际恒评论此诗甚至说："千古颂美人者，无出其右，是为绝唱。"而当我们读到《陌上桑》《洛神赋》《长恨歌》这样的文学作品时，似乎也能从中窥出一分"硕人"的情影。

蟭

与蝉类似的一种昆虫，身较蝉小，额广而方。

硕人其颀^{qí}，　　　　　女子身材高挑修美，
衣锦褧^{yì}衣^{jiǒng}。　　穿着锦服外罩麻衣。

齐侯之子，　　　　　　她是齐侯的女儿，

卫侯之妻，　　　　　　她是卫侯的妻子，

东宫之妹，　　　　　　她是太子的妹妹，

邢侯之姨，　　　　　　她是邢侯的妻妹，

谭公维私。　　　　　　谭公是她的姐夫。

手如柔荑^{tí}，　　　　她的双手如茅草嫩芽，

肤如凝脂，　　　　　　她的肌肤如凝结脂霜，

领如蝤蛴^{qiú qí}，　　她的脖颈如白长蝤蛴，

齿如瓠犀^{hù}，　　　她的牙齿如齐整瓠子，

螓^{qín}首蛾眉。　　　前额如螓首眉毛如蚕蛾。

巧笑倩兮，　　　　　　嫣然一笑含情脉脉，

美目盼兮。　　　　　　美目熠然顾盼生辉。

硕人敖敖，　　　　　　女子身材颀长修美，

说^{shuì}于农郊，　　她在郊野歇脚暂息。

四牡有骄，　　　　　　四马拉车身姿矫健，

朱幩镳镳^{fén biāo biāo}，嚼环红绸鲜艳盛多，

翟茀^{fú}以朝。　　　雉羽华车驶向朝堂。

大夫夙退，　　　　　　士卿大夫早早退朝，

无使君劳。　　　　　　莫使君王太过辛劳。

168

河水洋洋，
guōguō
北流活活。
gū huòhuò
施罛濊濊，
zhānwěi bō bō
鱣鲔发发，
tǎn
葭菼揭揭。

庶姜孽孽，
qiè
庶士有朅。

黄河之水沧茫浩瀚，

北流入海奔波不息。

设好渔网投入水中，

鲟鳇诸鱼翻涌跳跃，

初生芦荻修长细高。

随嫁众女装饰盛美，

从嫁众士勇武健壮。

鱣

鲟鳇鱼的古称。

氓

题 解

　　《氓》这首诗描述了一位被丈夫抛弃的女子哀伤凄楚的心境,是一首典型的"怨妇诗"。《毛诗序》亦持此说,不过更进一步认为此诗创作的背景是"宣公之时,礼义消亡",男女竞相"淫奔",而有始乱终弃之风,此诗正是对这一时弊的讽刺。与《汝坟》《日月》《谷风》这类怨妇诗不同,《氓》一诗保持了故事情节的高度完整性,细述了从自己从爱恋到成婚,从相爱到背弃的全部历程,可以说不仅是一首抒情诗,也是一首叙事诗。

　　全诗共有六章,每章十句,在《诗经》中应属较长的篇幅,主要应用赋法铺陈,兼用比兴。第一、二章记述了男子向女主人公求婚、确定婚期中的波折,以及结婚前的准备。从"匪我愆期,子无良媒"一句,可看出女主人公还抱持着需要"媒妁之言"的传统婚姻观。然而她对于"氓"又是真心爱恋,所以会担心他发怒,而将婚期确定在秋天,第二章中"不见"和"既见"两种情景的鲜明对照也佐证了这一点。第三、四两章记述了男子对女主人公由热恋到生厌的转变。其中以桑叶未落的"沃若"之状,喻女子年轻貌美,婚姻生活和美幸福;以桑叶已落的"黄陨"之态,喻女子年老色衰,婚姻生活出现裂缝,两喻皆是兴中有比。"淇水汤汤"两句暗示女子返回娘家,后文即交代其因:自己毫无差错,他却悖逆正德,怀有二心。面对此事,女子无辜而又不解、忧伤而又无奈的心绪自然难以排遣。第五、六两章是女子对自己出嫁后生活的回忆,写自己为家操劳付出却遇丈夫暴虐之行,而兄弟家人不但不理解安慰自己,反而予以嘲弄讥笑,真是所谓诉苦无门、雪上加霜。回想起二人孩提时代青梅竹马的快乐时光,还有成婚时所发的"及尔偕老"的旦旦誓言,如今早已化为乌有、荡然无存,再多的追思感怀又有何益?因此诗人最后发出了"亦已

"焉哉"的长长哀叹，余音久久不绝。

这首诗的创作，采用了比兴、对比、呼告等表现手法和借代、顶真等修辞手法，将一位社会底层小人物的爱恨情仇、悲欢离合演绎得一波三折、动人心魄。由于叙事和情感的复杂性，本诗未能采用叠咏结构，然而叠词和叹词的频繁运用也使诗歌增加了不少音韵美，读来如同一出引人入胜的传奇好剧，令人沉潜其中，欲罢不能。

氓之蚩蚩，	那个男子敦厚朴实，
抱布贸丝。	怀抱布匹交换蚕丝。
匪来贸丝，	其实并非前来换丝，
来即我谋。	而是找我商量婚事。
送子涉淇，	送他离开渡过淇水，
至于顿丘。	终于到达顿丘之地。
匪我愆期，	并不是我拖延婚期，
子无良媒。	而是你无良媒之礼。
将子无怒，	但愿你不因此发怒，
秋以为期。	就以秋天作为婚期。
乘彼垝垣，	登上那方坍塌墙垣，
以望复关。	远眺关口返回之人。
不见复关，	不见他从关口返回，
泣涕涟涟。	涕泣交加流落不止。

鸠

斑鸠。羽色灰褐，颈后有黄褐或白色的斑点。

既见复关，
载笑载言。
尔卜尔筮，
体无咎言。
以尔车来，
以我贿迁。

桑之未落，
其叶沃若。
于嗟鸠兮，
无食桑葚。
于嗟女兮，
无与士耽。
士之耽兮，
犹可说也。
女之耽兮，
不可说也。

桑之落矣，
其黄而陨。
自我徂尔，
三岁食贫。

既已见他返归关口，
欢声笑语接连不断。
你去占卦又去卜筮，
卦体没有显露凶兆。
去将你的车子赶来，
把我的嫁妆搬运走。

桑树之叶未落之时，
树叶滋润而有光泽。
哎呀这些鸠鸟啊，
不要吃光那些桑葚！
哎呀众位女子啊，
不要耽迷于那男子！
男子如果耽溺爱情，
尚且有法可以脱身。
女子若是耽溺爱情，
却是无法可以脱身。

桑树之叶零落之时，
树叶变黄往下飘坠。
自我嫁到你家之后，
多年忍受生活贫苦。

淇水 汤汤(shāngshāng)，

渐(jiān)车帷裳(cháng)。

淇水沧茫而又浩瀚，

浸湿车子两侧帷幔。

女也不爽，

士贰其行(háng)。

女子所做并无差池，

男子行为却有二心。

士也罔极，

二三其德。

男子背离中正极则，

反复无定德不专一。

三岁为妇，

靡室劳矣。

嫁你为妇已有多年，

家中劳务尽悉操持。

夙兴夜寐，

靡有朝矣。

清晨即起深夜方睡，

没有一天不是如此。

言既遂矣，

至于暴矣。

兴家之愿既已实现，

继而变得凶暴乖戾。

兄弟不知，

咥(xì)其笑矣。

兄弟不知其中实情，

反而对我讥笑不已。

静言思之，

躬自悼矣。

静下心来仔细思想，

只有独自黯然神伤。

及尔偕老，

老使我怨。

当年发誓与你偕老，

偕老之说今使我怨。

淇则有岸，

隰则有泮。

淇水奔流终归有岸，

低湿水沼亦有边畔。

总角之宴，   孩童之时多有快乐，

言笑晏晏。   谈笑之间和悦欣然。

信誓旦旦，   犹忆当初信誓旦旦，

不思其反。   不料如今全然违背。

反是不思，   违背此誓莫再思寻，

亦已焉哉！   也就至此终结了吧！

竹竿

题 解

淇水，源出今河南淇山，汇入卫河，是春秋时期卫国主要河流之一。风光秀丽的淇水是许多卫国青少年游乐之地，因此当他们远居异乡思念故国之时，淇水就成了他们抒怀唱咏的重要文化符号。像之前的《泉水》《桑中》《淇奥》《氓》这几首诗中，都出现了淇水的意象，而这首《竹竿》亦不例外。《毛诗序》认为此诗是一位远嫁他国的卫女"思归"之作，可谓深明其旨；魏源在《诗古微》中考定此诗为许穆夫人所作，但并无确凿证据。

本诗共有四章，每章四句，仅二、三章中"泉源""淇水"两句运用倒序复沓手法。前两章是女子对出嫁前卫国生活的回忆，主要以淇水河畔垂钓的细节表现少年生活的乐趣。左右的泉源、淇水都是熟悉的卫国事物，而女子却要出嫁他国，"远兄弟父母"，她该是怎样的恋恋不舍？"岂不尔思？远莫致之"两句则是回到现实后的感叹，包含着思乡怀国的深情和远不能归的无奈。三、四两章是女子幻想中回到卫国的情景。一方面描写了自己"巧笑之瑳""佩玉之傩"的仪容风姿，暗示自己已为人妇，难再回到旧日时光，也表达了返归故乡的无限喜悦；一方面设想自己与家人泛舟游于淇水之上，一派其乐融融的氛围。然而美梦虽美，终究会醒，末二句诗人就从幻想中回归到了现实。谁知这思乡之情却挥之不去，愈发浓烈，所以诗人唯有"驾言出游"，以消解心中无限忧思。

本诗构思新奇，虚实相间，且运用了倒叙、插叙相结合的手法，使得诗人缠绵悱恻的思怀之情以一种超越时空的梦幻形式传递出来，感染了数千年来

桧

也称桧柏、刺柏或圆柏。常绿乔木，叶刺状或鳞形，树干像松，木材坚实，有芳香。

无数读者的心灵。此诗就如那汩汩不绝的淇水，为远方游子焦灼的灵魂带去清凉和甘洌。

籊籊竹竿，（tì tì）

以钓于淇。

岂不尔思？

远莫致之。

竹制鱼竿尖削修长，

拿它在淇水边垂钓。

难道不会对你思念？

只因路远难以归去。

泉源在左，

淇水在右。

女子有行，

远兄弟父母。

泉水之源在左边，

淇水奔流在右边。

女子即将要出嫁，

远离兄弟与父母。

淇水在右，

泉源在左。

巧笑之瑳，（cuō）

佩玉之傩。（nuó）

淇水奔流在右边，

泉水之源在左边。

嫣然含笑如玉色鲜白，

佩玉行走风姿优雅。

淇水滺滺，（yōuyōu）

桧楫松舟。

驾言出游，

以写我忧。（xiè）

淇水奔流无止息，

桧木作桨松木为舟。

驾船出行水上游玩，

以此倾吐我心之忧。

芄
兰

题 解

    关于《芄兰》这首诗的主旨,历来学者分歧极多。《毛诗序》认为是卫国大夫对卫惠公"骄而无礼"的讽刺,民初徐绍桢却提出截然相反的观点,认为是卫国大夫对卫惠公"以童子而佩成人之觿,行国君之礼"的赞美。此外,还有"叹卫国失小学之教"说、"刺霍叔助武庚作乱"说、"刺童子早婚"说,及今人多持的"女子嗔怨恋人"说等。

    本诗仅有两章,每章六句,皆用叠咏结构。各章首句都用芄兰枝叶起兴,因芄兰荚实为锥形,近似觿佩,因此自然引出了后文童子"佩觿"和"佩韘"的描写。觿和韘在古代本是成人饰物,此处却由"童子"佩戴,难免有僭越礼法之嫌,因此各章前两句都含有诗人的暗讽之意。其后一句运用顶真,引出诗人两度反诘,以佩饰之盛美反衬童子之少德,极尽揶揄嘲谑之意。末二句两章完全重复,描摹的是童子端严安舒的仪容,乃正话反说,笑里藏刀,增强了全诗的讽刺效果。

    全诗高度复沓,只易三字,就将诗人的内心情感层层推进,表露无遗。清代牛运震在《诗志》中点评此诗"诗情妙甚",且认为"能不我知""能不我甲"二句已点明全诗讽刺之旨,而末二句咏叹使讥讽之意更加深长,诚如其言。

芄兰之支，   芄兰抽出枝条，

童子佩觿。   童子佩戴觿饰。

虽则佩觿，   虽然佩戴觿饰，

能不我知？   难道不仰赖我的智见？

容兮遂兮，   仪容庄严体态安舒，

垂带悸兮。   衣带自然向下低垂。

芄兰之叶，   芄兰生发叶子，

童子佩韘。   童子佩戴韘饰。

虽则佩韘，   虽然佩戴韘饰，

能不我甲？   难道不以我为尊长？

容兮遂兮，   仪容庄严体态安舒，

垂带悸兮。   衣带自然向下低垂。

芄兰

又名萝藦，多年生草质藤本，叶长而尖，可入药。

河
广

题 解

  《河广》一诗的主旨,《毛诗序》认为是归卫的宋襄公之母流露出的对宋国的思怀之心。朱熹《诗集传》进一步补充时代背景,指明宋襄公之母本是卫昭伯与宣姜之女,嫁与宋桓公后生子兹甫,继而出归卫国。兹甫后即位为宋襄公,而宋桓夫人虽心系念之,却再也无法归宋看望。近当代学者则多认为,此诗表达的是一位客居卫国的宋国人思怀母国之情。

  全诗仅有两章,每章四句,各章一、三句和第二章二、四句采用了叠章手法。除此之外,本诗奇特之处就在于设问和夸张的善用。两句形成一个设问,共有四个设问,设问中又有夸张。夸张的运用可谓层层递进,从一开始以一叶苇筏渡河到后来河中难容小船,形成对之前"河广"之说的完全否定;从一开始的"跂予"可望到后来的不须"崇朝",形成对之前"宋远"之说的彻底颠覆。两组排比对照都是由浅入深,由微至巨,在潜移默化的渲染下达到石破天惊的夸张效果。其实并非黄河狭隘逼仄,也非宋国须臾可至,而是一切时空、物质的阻隔屏障,在思归心切的诗人眼中只是形同虚设,她的心早已超越一切飞回了宋国。

  诗中连续出现的设问,更像是在诗人内心中展开的自问自答,将她迫切矛盾的心理展现得十分传神。诗人诘问之句皆合乎常理,而回答之句却新奇绝伦,以不可能之事对答可能之问,形成了极其鲜明的对照和反差,夸张的功力至此可见一斑。

谁谓河广？　　　　　　谁说黄河宽阔广大？

一苇杭之。　　　　　　一叶苇筏就可渡过。

谁谓宋远？　　　　　　谁说宋国相隔遥远？

qǐ
跂予望之。　　　　　　踮起脚跟就可望到。

谁谓河广？　　　　　　谁说黄河宽阔广大？

zēng
曾不容刀。　　　　　　竟然难容一只小船。

谁谓宋远？　　　　　　谁说宋国相隔遥远？

曾不崇朝。　　　　　　赶路竟然不需片刻。

伯 兮

题 解

　　与《击鼓》一诗类似，《伯兮》也是一首以战争为背景的诗章。从古至今，战争都是一个极具毁灭性的事物，因为它的存在会造成无数生命个体的悲欢聚散、生死离分，也会造成大量家庭的残缺和破碎，所以文学作品中对于战争破坏人类和平安宁的谴责历来都不绝于耳。比如唐代诗人杜甫，正是因其"三吏三别"系列对战争的血泪控诉，才成其诗作"诗史"之名。《毛诗序》亦将本诗解读为针砭时弊之作，认为此诗讽刺了君子为王所征却过时不返的战争乱象。

　　本诗是以一位女子的口吻叙写的，诗中所称的"伯"是女子对其丈夫的尊称，犹如今日所称的"大哥"，充满着女子的真情厚意。全诗共分四章，每章四句，全诗兼用赋、比、兴三法。开章四句皆是对丈夫的溢美之辞，说他勇武健壮，是国之栋梁；而且手执兵器，成为君王的先锋，字里行间流露出一种激越感和自豪感。第二章写到丈夫东行离去之后，诗风骤然生变，开始转向缠绵悱恻的思怀之情。所谓"女为悦己者容"，丈夫远离不归，女子再无心妆容，任凭头发凌乱犹如"飞蓬"。而且以设问和反诘的句式，进一步渲染了女子因思夫而憔悴枯槁的状态。第三章以盼雨却出日起兴，实是兴中有比，喻女子本欲丈夫速归却事与愿违的残酷现实，而第四章中在屋北采摘萱草的情境，实际上也寄托着诗人无限的期望与哀思。最后女子两次"愿言思伯"的结果，是"甘心首疾"的无怨无悔和"使我心痗"的忧郁成疾。读来令人心碎，亦令人扼腕不已。

北堂護草图

185

此诗行文流畅，用语优美，对后世文学创作影响较大。如魏晋名士阮籍《咏怀》系列组诗的第二首中有"膏沐为谁施，其雨怨朝阳"一句，就明显是从此诗"岂无膏沐？谁适为容？其雨其雨，杲杲出日"四句化用而来。

伯兮朅兮，	我的丈夫勇武雄健，
邦之桀兮。	他是国家英杰之才。
伯也执殳，	我的丈夫手执长殳，
为王前驱。	他是君王前导先锋。
自伯之东，	自从丈夫东行之后，
首如飞蓬。	发乱犹如飞舞蓬草。
岂无膏沐？	难道自己没有润发膏脂？
谁适为容？	只是为谁梳妆仪容？
其雨其雨，	希望下雨祈求降雨，
杲杲出日。	却出太阳璀璨耀目。
愿言思伯，	思念丈夫情真意切，
甘心首疾。	甘心情愿想到头痛。
焉得谖草？	何处可以采到萱草？
言树之背。	它就种在堂屋北面。
愿言思伯，	思念丈夫情真意切，
使我心痗。	使我忧伤有如致病。

谖

即萱草, 又名金针、忘忧草、黄花菜等, 多年生宿根草本。

有
狐

题 解

  《有狐》一诗的主题，《毛诗序》认为是对卫国"男女失时，丧其妃耦"这一现象的批判，孔颖达疏更是举出上古时期有"随时多婚"之俗，称："古者国有凶荒，则减杀其礼，随时而多婚，会男女之无夫家者，使为夫妇，所以蕃育人民。"这一说法也有《周礼·地官司徒》之文可为做证。现代学者一般认为此诗所写是卫国一位年轻寡妇在流离途中遇到一位鳏夫，对其心生爱意却难以启齿的心理活动。

  全诗共有三章，每章四句，皆是复沓结构。各章都以"绥绥"独行的狐起句，比喻主人公无偶的孤独落寞。狐所在的地点皆在淇水附近，然而具体位置却不相同，先是"梁"，次是"厉"，后是"侧"，说明后文的"之子"或许就在附近，因此主人公才在这里远远观望，徘徊不定。结合诗意和古今学者观点，这只狐应当比喻的是一位女子。这个女子虽然对"之子"暗生情愫，但或许是碍于礼法情面，或许是担忧最终结果，始终不敢表露自己的心怀，只是默默地表达对对方无微不至的关心：在无水河梁之处，担心他没有下衣可蔽；在水深可涉之处，担心他没有腰带可束；在渡到彼岸之处，担心他没有新衣可换。从反面似乎也可以看出其潜台词：如果他有我为妻，就不愁没有衣裳、衣带和衣服了。此外，《毛诗正义》提出"以衣喻夫，以裳带喻妻"的观点，也是颇为独具一格的见解。

  本诗各章只动二字，形式上具有高度的重叠性，但情感上却营造了缠绵的唱咏性，极具艺术感染力。在战乱频仍、社会动荡的时代，鳏寡孤独的人们虽然遭遇种种不幸，但却一样渴望有人温暖相伴，渴望重得家庭和美，这是人之常情，应该得到肯定和祝福。

有狐绥绥，
在彼淇梁。
心之忧矣，
之子无裳。

有只狐狸独自缓行，
在那淇水河梁之上。
心中生起担忧之念，
只怕那人没有衣裳。

有狐绥绥，
在彼淇厉。
心之忧矣，
之子无带。

有只狐狸独自缓行，
在那淇水齐腰之处。
心中生起担忧之念，
只怕那人没有衣带。

有狐绥绥，
在彼淇侧。
心之忧矣，
之子无服。

有只狐狸独自缓行，
在那淇水河岸之侧。
心中生起担忧之念，
只怕那人没有衣服。

狐

哺乳动物。俗称狐狸。体形像狼而瘦小，尾长。生性狡猾，遇敌能放出恶臭气体。

木
瓜

题 解

    《木瓜》是《诗经》中知名度颇高的一首诗，历来为人传诵，然而对其诗旨的解读，古今却有许多分歧。主要的观点有三派：一派以《毛诗序》为代表，认为此诗创作背景是卫国为狄人所灭，齐桓公对徙居漕邑的卫移民以物资及军事上的援助，此诗正是卫国人对齐桓公"欲厚报之"的思怀赞美之作；另一派以《三家诗》中的《鲁诗》为代表，认为此诗为臣子对君王"思报礼而作"；还有一派以朱熹《诗集传》为代表，提出了"男女相赠答之词"之说，这一说法多受现当代学者的支持。

    全诗共有三章，每章四句，全用叠章手法。三章除了"投报"之物变易，其余均只字未变，保持了形式上的高度一致性。诗中写对方三次投予自己水果，而自己却报以美玉，所回报之物与所受赠之物的价值相差极大，体现的是古人相知相交的一种崇高情谊。你送我的东西虽然微渺，但于我而言象征着"礼轻情意重"，所以我要以珍贵之物作为馈赠，以表达我对你的深情厚谊。在这里，所赠之物是什么不再重要，它只作为情感沟通的一个载体或桥梁存在，而彼此双方心有灵犀、心心相印的那份契合早已超越了一切形式。所以诗人三次强调"匪报也"，表明礼物的交换不是简单的价值酬偿，而是代表着对双方"永以为好"的美好祝福和期冀，使"投报"的内涵得以延展，而全诗的境界也得到升华。

    本诗用语清新隽永，韵律圆润优美，读来有如余香盈齿，缕缕不绝。诗作的意涵也逐渐演变为后世"礼尚往来"的文化精神，被普遍应用于"臣子忠心

木瓜

落叶灌木或小乔木，果实长椭圆形，色黄而香，味酸涩，经蒸煮或蜜渍后供食用，可入药。

念报君主""爱人相守坚贞不渝""友人馈赠礼轻情重"等方面,成为中华民族传统美德之一。

投我以木瓜,   你将木瓜投予我,
报之以琼琚。   我拿琼琚作回报。
匪报也,   并非以此为酬偿,
永以为好也。   只愿你我永交好。

投我以木桃,   你将木桃投予我,
报之以琼瑶。   我拿琼瑶作回报。
匪报也,   并非以此为酬偿,
永以为好也。   只愿你我永交好。

投我以木李,   你将木李投予我,
报之以琼玖。   我拿琼玖作回报。
匪报也,   并非以此为酬偿,
永以为好也。   只愿你我永交好。

黍 离

题 解

　　《黍离》一诗的主题，古人多从《毛诗序》之说，认为是一位东周大夫"过故宗庙宫室，尽为禾黍"，而对覆亡的西周宗室生起哀悯凭吊之意。现当代学者则新说迭出，比较有影响力的有余冠英"游子倾诉忧思"说，蓝菊荪"战士厌战忧国"说，程俊英"乡人难舍家园"说等。鉴于诗中流露的千年悲怆之感，以及本诗被列为《王风》首篇之实，此处解说仍以《毛诗序》为准。

　　全诗共有三章，每章十句，皆运用叠章手法。每章只换三字，形成了句式上的高度复沓性，形成了回环往复、一唱三叹的歌咏效果。各章均以田野中生长的黍、稷两种作物起兴，然而值得玩味的是，写稷是由出苗到抽穗再到结实，展现了其整个生命周期的生长变化；写黍却从始至终都是"离离"盛貌，毫无变化。这种类似一动一静的鲜明对比，营造了一种物是人非的沧桑感和王室颠覆的幻灭感，为后文的情感抒发做足了铺垫。周大夫经过宗室故址，见到黍稷一片欣欣向荣之景，而周王室当年的繁华兴盛早已不再，怎能不喟然叹息？因此他"行迈靡靡"，渐行渐远，然而内心却是五味翻腾，如醉如噎，这种深沉复杂的情绪非语言文字所能明了，难怪诗人会发出"知我者，谓我心忧；不知我者，谓我何求"的千古一叹。

　　方玉润《诗经原始》中点评此诗说"一往情深，低回无限"，可谓深得其中三昧。而此诗似乎也开启了以朝代更迭为背景而托物言志、凭古吊今的文学创作先河。从刘禹锡的《乌衣巷》，到王安石《桂枝香·金陵怀古》，再到姜夔《扬州慢》，无不体现着源自此诗的文化内涵和民族精神。尤其是陈子昂

故宫禾黍图

《登幽州台歌》中"念天地之悠悠，独怆然而涕下"一句，可谓与此诗"悠悠苍天，此何人哉"一句形神交接，遥相呼应。

彼黍离离，   那黍长得茂密繁盛，

彼稷之苗。   那稷也已生出嫩苗。

行迈靡靡，   缓缓行走直至远方，

中心摇摇。   心中翻涌无法安定。

知我者，   那些能理解我的人，

谓我心忧。   就说我心中有忧愁。

不知我者，   那些不理解我的人，

谓我何求。   却问我将什么寻求。

悠悠苍天，   高远浩瀚的苍天啊，

此何人哉！   这是什么样的人啊！

彼黍离离，   那黍长得茂密繁盛，

彼稷之穗。   那稷也已长出青穗。

行迈靡靡，   缓缓行走直至远方，

中心如醉。   心中沉沉如同酒醉。

知我者，   那些能理解我的人，

谓我心忧。   就说我心中有忧愁。

不知我者，   那些不理解我的人，

谓我何求。   却问我将什么寻求。

黍

一年生草本植物，叶线形，子实淡黄色，去皮后称黄米，比小米稍大。

稷

中国古老的食用作物粟，一说为不黏的黍，又说为高粱。

悠悠苍天，　　　　　　高远浩瀚的苍天啊，
此何人哉！　　　　　　这是什么样的人啊！

彼黍离离，　　　　　　那黍长得茂密繁盛，
彼稷之实。　　　　　　那稷也已结出子实。
行迈靡靡，　　　　　　缓缓行走直至远方，
中心如噎。　　　　　　心中窒息如同噎食。
知我者，　　　　　　　那些能理解我的人，
谓我心忧。　　　　　　就说我心中有忧愁。
不知我者，　　　　　　那些不理解我的人，
谓我何求。　　　　　　却问我将什么寻求。
悠悠苍天，　　　　　　高远浩瀚的苍天啊，
此何人哉！　　　　　　这是什么样的人啊！

君子于役

题 解

　　《君子于役》显然是一首思归诗，而且所思之人是一位远行在外、久久未归的服役者。至于思怀者的身份，《毛诗序》及《毛诗正义》认为是一位在家的大夫，也是"君子"的僚友；而朱熹《诗集传》认为是"君子"的"室家"，也即妻子，这一说法得到绝大多数后世学者的认同。

　　本诗共有两章，每章八句，几乎都使用了叠咏结构。全诗皆用赋法，首句即开门见山，道明诗旨，"曷至哉"的自我诘问体现出诗人对"于役"君子的殷切绵长的思念，又流露出一丝怅惘和无奈。然后诗人渲染了一幅"乡村日暮图"，写傍晚时分，鸡禽归巢栖息，牛羊成群下山的情景，既散发着浓郁的乡村田园气息，也寄托着诗人无限的愁肠忧思。多少个"不日不月"的黄昏，自己都在家门和山野守候远眺，心中反复叩问着"君子"何时归来、"曷其有佸"，可是却一直都没等到那熟悉的身影，想必诗人此刻一定会凄楚难熬、黯然神伤。苦苦的等候似没有止期，所以诗人最终将这份思念之情转化为对对方的牵挂和祝福，希望他平安顺利，不要忍饥受渴——这是最平凡的话语，却也饱含着最真挚的情感。

　　此诗句式保持着本来面目，不加刻意修饰；行文随着情感脉络，而无复杂构思。或许正是因为这种近于"原生态"的歌啸咏叹，才能在字字句句中毫无保留地展现诗人的善良、质朴和纯情，才能超越数千年的文化隔阂给我们毫无防备的心灵触动。

羊牛下来图

君子于役，　　　　　　君子行役在外，

不知其期，　　　　　　不知他的归期，

曷至哉？　　　　　　　何时可以归来？

鸡栖于埘，　　　　　　鸡儿栖息巢穴，
(xī shí)

日之夕矣，　　　　　　太阳即将西沉，

羊牛下来。　　　　　　羊牛下山歇息。

君子于役，　　　　　　君子行役在外，

如之何勿思！　　　　　如何让人不思念！

君子于役，　　　　　　君子行役在外，

不日不月，　　　　　　不知多少日月，

曷其有佸？　　　　　　何时才能相聚？
(huó)

鸡栖于桀，　　　　　　鸡儿栖息木桩，

日之夕矣，　　　　　　太阳即将西沉，

羊牛下括。　　　　　　羊牛下山汇集。

君子于役，　　　　　　君子行役在外，

苟无饥渴。　　　　　　但愿不饥不渴。

君子阳阳

题 解

　　《君子阳阳》描绘了舞师和乐工共同歌舞的热闹场面，然而关于其题旨，历来却有不同的说法。《毛诗序》认为是对周王室"君子遭乱，相招为禄仕，全身远害"的哀悯，而朱熹《诗集传》则认为是远役的丈夫归家，"安于贫贱以自乐，其家人又识其意而深叹美之"。此诗与《邶风·简兮》所写内容相近，且此诗中的"执簧""执翿"与彼诗中的"执籥""秉翟"可谓有异曲同工之妙。

　　本诗仅有两章，每章四句，皆用叠章结构。两章诗摄取了两组镜头：一组是奏"由房"，一组是舞"由敖"。"由房"乐和"由敖"舞的具体内容今已不知，据胡承珙《毛诗后笺》所说，"由房"是国君宴息之时所奏的房中之乐，与宗庙之乐相对；而据马瑞辰《毛诗传笺通释》推测，"由敖"可能指骜夏，也即《周礼·春官》中的"九夏"组乐之一。从舞师扬扬自得、和乐陶陶的神情和"其乐只且"的感叹来看，这两支乐舞的风格应该是优美欢快的。

　　周王室东迁洛阳之后，势力大衰，列国争雄蜂拥而起，天下割据征战不休。在此背景下，王室中尚且有专职的舞师乐工演奏这样悠扬动听的宫廷乐舞，这种鲜明的反差是一种讽刺，还是一种暗示？抑或是一曲先来的挽歌？诗人的言外之意，只有留给读者自己去细细品味了。

君子阳阳，　　　　　　　　君子神情扬扬自得，

左执簧，　　　　　　　　　　左手拿着笙簧，

右招我由房。　　　　　　　　右手招我演奏由房。

其乐只且！　　　　　　　　　真是其乐无穷啊！

君子陶陶，　　　　　　　　　君子体态安舒和乐，

　dào
左执翿，　　　　　　　　　　左手拿着羽翿，

右招我由敖。　　　　　　　　右手招我演跳由敖。

其乐只且！　　　　　　　　　真是其乐无穷啊！

扬之水

题 解

根据诗中"戍申""戍甫""戍许"三词，可以确定《扬之水》一诗创作的时代当在周平王时期。周平王是东周第一任君主，西周覆亡后他迁都洛邑，重建周王室，然而毕竟大势已去，诸侯国割据日益炽盛。周平王之母是申国人，因申国常受诸国侵袭，平王就派兵戍守申国，保其国防。此诗正是在这一背景下以戍守申国的兵士口吻而作的。至于甫、许两国，本非平王母国，不应有平王派兵戍守，然而诗中却有戍守两地之言。对此孔颖达认为，这两国与申国皆为姜姓，同宗同源，诗人为避免文字重复所以变文，借甫、许以言申，其实并无甫、许之事。这种修辞手法被称为"互文"。

本诗共分三章，每章六句，只变两字，叠句程度极高。各章均以"扬之水"起兴，似乎是以缓缓远逝的流水暗喻一去难返的岁月，诗人的咏唱渐渐拉开序幕。其次以河水冲流不去的"束薪""束楚""束蒲"与"扬之水"形成对照，反衬出诗人沉重的内心，恰如李清照"载不动许多愁"一句。此外，鉴于"束薪""束楚""束蒲"三物在《诗经》中常常是成婚的象征，因此诗人思怀的"彼其之子"，极有可能就是他的妻子。自己远赴异国驻扎边疆，妻子则守候在故国家园，自然是"不与我"相聚，然而这份久别思怀之情，终于在日月更替、斗转星移的岁月濡染下化为呼天吁地的喟然长叹："怀哉怀哉，曷月予还归哉！"殷切的思念交织着悲壮的无奈，给人极大的心灵震撼力。

《毛诗序》认为此诗中士兵的"怨思"是平王所致，所以归结此诗诗旨为"刺平王也"。其实生于战乱动荡的时代，在战争家欲望和野心的裹挟下，个体生命会显得极其渺小和脆弱，而亲友的相伴同行会显得无比珍贵。正如这首《扬之水》，尽管饱含对战争的谴责和控诉，我们依然可以感受到诗人那颗真诚质朴的思怀之心。

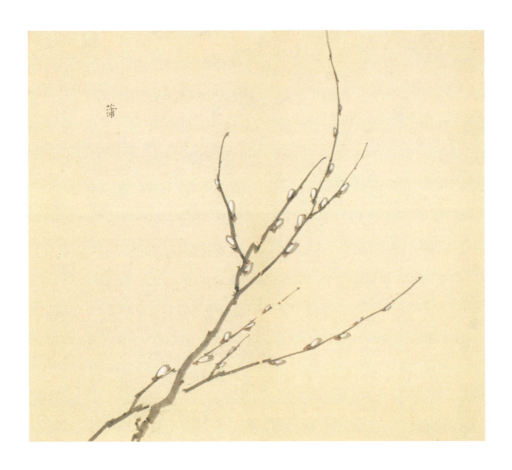

蒲

即蒲柳，一名水杨，质性柔弱，树叶早落，入秋就凋零。

扬之水，　　　　　　　缓缓流动的水，

不流束薪。　　　　　　流不走成捆的柴薪。

彼其之子，　　　　　　远方的那个人，

不与我戍申。　　　　　不能和我戍守申国。

怀哉怀哉，　　　　　　思念啊思念啊，

曷月予还归哉！　　　　何时我才能归去啊！

扬之水，　　　　　　　缓缓流动的水，

不流束楚。　　　　　　流不走成捆的荆条。

彼其之子，　　　　　　远方的那个人，

不与我戍甫。　　　　　不能和我戍守甫国。

怀哉怀哉，　　　　　　思念啊思念啊，

曷月予还归哉！　　　　何时我才能归去啊！

扬之水，　　　　　　　缓缓流动的水，

不流束蒲。　　　　　　流不走成捆的蒲柳。

彼其之子，　　　　　　远方的那个人，

不与我戍许。　　　　　不能和我戍守许国。

怀哉怀哉，　　　　　　思念啊思念啊，

曷月予还归哉！　　　　何时我才能归去啊！

206

中谷有蓷

题 解

  《中谷有蓷》是《诗经》中争论最少的诗章之一，绝大多数学者都认为这是一首弃妇诗。《毛诗序》认为此诗反映了周代底层百姓的生活现状："夫妇日以衰薄"的感情再加上"凶年饥馑"的灾厄，使得"室家相弃"之风炽然而起。这一现象的直接受害者就是妇女，她们往往为家庭操劳付出，不但得不到应有的理解和尊重，最终还被夫家残忍抛弃，折射出那个时代人文关怀的缺失和礼乐文化的崩坏。

  全诗共分三章，每章六句，除末句外皆用叠章结构。三章都以山谷中的益母草起兴，而益母草作为一种中草药则与妇女关系密切。从古至今，益母草普遍用于妇科病治疗和调养方面，也对妇女生育有帮助作用，因此提起益母草就自然会让人联想到妇女的婚姻、家庭、生育等，也由这一点基本可以确定本诗的内容和主人公的身份。益母草本是陆上植物，遇水后应先湿、次干、久枯，而本诗却恰恰相反，以先"干"、次"脩"、后"湿"之逆序展开。对此孔颖达疏认为，益母草的三种变化比喻丈夫对妻子"薄厚"程度的变化，益母草之"湿"暗示夫妻之情本已渐薄，而由"脩"至"干"的进一步变化则暗示夫妻之情已彻底破裂，女子就如干枯的益母草一样光华尽失，为夫家所抛弃，所以女子发出了无尽的慨叹、啸咏和啜泣。自己也明知"遇人之艰难"，如今却还是"遇人之不淑"，命运的捉弄也真是让人欲哭无泪、"何嗟及矣"！

  这首诗善用比兴和赋法，各章的咏叹句长短参差，富有节奏感，再加上顶真手法的运用，营造出一种回环往复、铿锵有力的语气。这位被丈夫抛弃的女子固然凄楚忧伤，但同时又懂得反省总结，为他人指明"遇人"的重要性，也让我们看到了她坚强睿智的另一面。

中谷有蓷，
暵其干矣。
有女仳离，
慨其叹矣。

慨其叹矣，
遇人之艰难矣！

中谷有蓷，
暵其脩矣。
有女仳离，
条其歗矣。

条其歗矣，
遇人之不淑矣！

中谷有蓷，
暵其湿矣。
有女仳离，
啜其泣矣。

山谷中有益母草，
曝晒使其已干枯。
有位女子被夫弃，
慨然叹息又叹息。

慨然叹息又叹息，
值遇善人真艰难！

山谷中有益母草，
曝晒使其方干燥。
有位女子被夫弃，
悠然长啸复长啸。

悠然长啸复长啸，
值遇之人不贤良！

山谷中有益母草，
曝晒尚且带湿意。
有位女子被夫弃，
凄然啜泣再啜泣。

啜其泣矣，　　　　　　　凄然啜泣再啜泣，

何嗟及矣！　　　　　　　纵然嗟叹怎来得及！

蓷

益母草，一年或二年生草本，可入药。

兔
爰

题 解

    《兔爰》无疑是一首怀古伤今之诗，然而关于此诗具体的时代背景，古今学者却有不同的观点。《毛诗序》认为是周桓王失信于诸侯，诸侯群起背叛周王室，而使"构怨连祸，王师伤败，君子不乐其生焉"。崔述《读风偶识》则推断诗人生于周宣王末年，周王室尚能维持稳定，故有"无为"之说；继之而有幽王昏暴、戎狄侵凌、王室东迁诸事，可验"百罹"之辞。朱熹《诗集传》中言"为此诗者，盖犹及见西周之盛"，从侧面佐证了此诗应作于西周之末、东周之初。

    全诗共有三章，每章七句，皆采用叠咏结构。各章首二句均以兔和雉起兴，其实是兴中有比。兔子"爰爰"奔走，无所拘束；而野鸡却"离于"罗网，危在旦夕，这一缓一急的对照，孔颖达疏认为正是君王为政用心不均、缓急不定的象征，这就已经让"君子"伤怀了。然后各章的中间四句，都是以"我生之初"和"我生之后"作对比，通过对幼年没有苦役、无忧无虑的生活进行回忆，反衬出如今充满着灾难祸患的动荡时局，揭露了底层人民所遭受的巨大苦难。因此诗人接连三次发出长叹，宁愿自己长睡不醒，也不愿再接触、了解、听闻时下的一切，仿佛带有一分超尘拔俗的隐士风范，背后却饱含着对黑暗变乱时代的厌倦和怨恨。

    本诗与《王风·黍离》一诗类似，是一首乱世中的凭吊之曲，也是一首给风雨飘摇的周王朝的哀亡之歌。本诗悲凉凄怆的基调对三国魏阮籍的诗歌风格影响极大。此外，东汉蔡琰的著名长篇骚体诗《胡笳十八拍》中，有"我生之初尚无为，我生之后汉祚衰；天不仁兮降乱离，地不仁兮使我逢此时”的诗句，也是从《兔爰》一诗中化用而来的。

有兔爰爰，　　　　　兔子和缓地奔走，

雉离于罗。　　　　　野鸡却落入罗网。

我生之初，　　　　　在我出生的初时，

尚无为。　　　　　　尚且没有兵役之事。

我生之后，　　　　　当我长成的后来，

逢此百罹。　　　　　遭逢这种种的苦难。

尚寐无吪！　　　　　只愿长睡不去作为！

有兔爰爰，　　　　　兔子和缓地奔走，

雉离于罦。　　　　　野鸡却落入罥网。

我生之初，　　　　　在我出生的初时，

尚无造。　　　　　　尚且没有徭役之事。

我生之后，　　　　　当我长成的后来，

逢此百忧。　　　　　遭逢这种种的忧患。

尚寐无觉！　　　　　只愿长睡不再清醒！

有兔爰爰，　　　　　兔子和缓地奔走，

雉离于罿。　　　　　野鸡却落入罿网。

我生之初，　　　　　在我出生的初时，

尚无庸。　　　　　　尚且没有劳役之事。

我生之后，　　　　　当我长成的后来，

逢此百凶。　　　　　遭逢这种种的凶灾。

尚寐无聪!　　　　　只愿长睡不去听闻!

兔

哺乳动物。耳长，尾短，上唇中部有纵裂（又称豁嘴），善跳跃、奔跑。

葛藟

题 解

  《葛藟》一诗的主题,《毛诗序》认为是王族对平王"周室道衰, 弃其九族"的讽刺之诗, 而朱熹《诗集传》的观点则更一般化, 认为因"世衰民散, 有去其乡里家族而流离失所者, 作此诗以自叹"。后世学者大多倾向于朱熹的解说。

  本诗共有三章, 每章六句, 皆是重章结构。诗人流离于黄河边上, 触目所见皆是四处蔓延的葛藟, 不禁联想起自己"终远兄弟"、漂泊他乡的凄惨命运。"浒""涘""漘"三字意义相近, 皆指水边、河岸, 应是作者为避免诗文完全重合所作的改动。身在异乡, 无依无靠, 自然举步维艰, 生计无着, 所以才不得不低下头来, 一次次地"谓他人父""谓他人母""谓他人昆", 以求得到他人的一丝庇护和支援。然而得到的却是对方一次次"不顾""不有""不闻"的冷漠回应, 此刻诗人心中会有多少的屈辱、心酸、悲怆以及无奈, 可想而知。

  本诗语言质朴, 情感真挚, 顶真手法的运用既是歌曲咏唱的韵律特色, 又强化了诗歌的情感表达力和感染力。本诗悲怨中有叹息, 无奈中有控诉, 对自己悲惨遭际的顾影自怜交织着对世情浇漓、人情冷淡的无力鞭挞, 正如牛运震《诗志》中所说:"乞儿声, 孤儿泪, 不可多读。"

绵绵葛藟，   葛藟绵延遍布，

在河之浒。   就在黄河之边。

终远兄弟，   终要远离兄弟，

谓他人父。   称呼他人父亲。

谓他人父，   称呼他人为父亲，

亦莫我顾。   他也不会顾念我。

绵绵葛藟，   葛藟绵延遍布，

在河之涘。   就在黄河之畔。

终远兄弟，   终要远离兄弟，

谓他人母。   称呼他人母亲。

谓他人母，   称呼他人为母亲，

亦莫我有。   她也不会关爱我。

绵绵葛藟，   葛藟绵延遍布，

在河之漘。   就在黄河之岸。

终远兄弟，   终要远离兄弟，

谓他人昆。   称呼他人哥哥。

谓他人昆，   称呼他人为兄长，

亦莫我闻。   他也不会关心我。

采
葛

题 解

  《采葛》这首诗如同大写意一般，寥寥几笔就勾勒出诗的意境。由于缺乏具体的细节性描写，给后世之人留下了很大的想象空间，也使此诗主旨的解读一直存在着较多分歧。《毛诗序》认为此诗所写是臣子对君王为奸人所谗的忧惧，郑玄《笺注》则进一步考定其创作背景为"桓王之时"。此外关于本诗的解读，还有"求贤若渴"说、"耽溺妻室"说及近人多持的"怀恋情人"说等。

  全诗共分三章，每章仅三句，全用复沓手法。三章皆以采摘某种植物起兴，其中葛的意象在《葛覃》《樛木》《旄丘》《葛藟》等诗中多次出现，且常用在起兴之句，俨然已成《诗经》中一个别具特色的文化符号。而"萧"和"艾"同是菊科蒿属植物，外观上比较类似，只是在气味、药用等方面有所区别。对于诗人来讲，采摘什么药草并不重要，那个采摘的人才是他心中挂念无比的对象。只要"一日不见"，他就思怀不已，且程度不断加深：从一开始的"如三月"，到后来的"如三秋"，乃至"如三岁"。客观的时间维度在主观的焦灼催化下，实现了一种极度的拓延，使得这份殷切至深的思情以一种心理错觉的方式，被渲染得空前绝后、无以复加。在这种近似夸张手法的运用之下，连"寝食难安""辗转反侧"这类的词汇拿到这里也会黯然失色，这正是本诗的最大的亮点和特色，也是本诗诗魂所在。

  不论此诗为何人创作，其本意如何，它所承载的那份厚重情感却一直穿过历史的尘霾传递到了今天。成语"一日不见，如隔三秋"及其简写"一日三

艾

艾草，多年生半灌木状草本，植株有浓烈香气，嫩叶可食，老叶制成绒，供针灸用。

秋"至今还在我们的书面或口头用语中频繁出现，足以证明此诗蕴含的文化底蕴和艺术魅力是永不褪色的。

彼采葛兮，　　　　　　　那个采摘葛草的人啊，

一日不见，　　　　　　　一天看不到他，

如三月兮。　　　　　　　就好像过了三个月啊！

彼采萧兮，　　　　　　　那个采摘蒿草的人啊，

一日不见，　　　　　　　一天看不到他，

如三秋兮。　　　　　　　就好像过了九个月啊！

彼采艾兮，　　　　　　　那个采摘艾草的人啊，

一日不见，　　　　　　　一天看不到他，

如三岁兮。　　　　　　　就好像过了三年啊！

大车

题 解

  《大车》这首诗涉及到了男女婚恋的话题。《毛诗序》认为此诗通过描写古时大夫仪容庄重、威慑人心的风范，来讽刺当时"礼义陵迟，男女淫奔，大夫不能听男女之讼"的社会现实。而近当代学者却多以此诗为一男子所作的情诗，认为诗中的"子"指男子所恋之女，所"畏"之事乃女子不敢和他相恋及私奔。

  这两种说法的差异，很大程度上源于对诗中"大车"和"毳衣"二词的不同解释。"毳"本指鸟兽细毛，后来"毳衣"逐渐成为天子或大夫的一种毛制礼服的代称，近人闻一多则考定此诗"毳衣"指毛毡车篷。然而诗中对"毳衣"的形容用了"菼""璊"二字，表示芦荻的"菼"字暗示其色泽新绿，质地通透；表示美玉的"璊"字暗示其色泽朱红，质地光润。考虑到这种具有多种色彩纹饰的精细织物在周时只可能为贵族专有，而毛毡车篷也无法呈现出这样的色泽和质感，此"毳衣"应指贵族礼服，"大车"也应指"大夫之车"。这样，后文以"子"指代大夫，就能使上下诗意在逻辑上一脉相承。

  本诗共有三章，每章四句，前二章运用重章手法，末章相对独立。前二章首两句刻画了大夫身着华美裘服，乘车缓缓而行的情景，渲染了一种庄严肃穆的氛围。此后诗人以设问句表明并非自己不思念情人，只是威慑于大夫的雍容庄重的仪容，不敢有进一步的举动。生时不能在一起，所以诗人只好在末章发下共死之誓，并以"皦日"昭明其志，此情可谓拳拳在膺、令人动容。然而这也从反面体现出古人对"婚姻以礼"传统的重视。

大车槛槛（kǎnkǎn），
毳（cuì）衣如菼（tǎn）。
岂不尔思？
畏子不敢。

大车啍啍（tūntūn），
毳衣如璊（mén）。
岂不尔思？
畏子不奔。

穀（gǔ）则异室，
死则同穴。
谓予不信，
有如皦（jiǎo）日。

大夫的车辘辘行驶，
毳衣色如初生之荻。
怎么会不思念你呢？
害怕大夫不敢表露。

大夫的车缓缓行驶，
毳衣色如红色之璊。
怎么会不思念你呢？
害怕大夫不敢私奔。

活着之时不在一室，
死后就要埋在一坟。
如果认为我不可信，
我誓就像璀璨明日。

丘中有麻

题 解

　　对《丘中有麻》这首诗的解读，古今学者也存在较大分歧。《毛诗序》认为此诗是"庄王不明，贤人放逐"背景之下的国人思贤之作，而朱熹《诗集传》认为此诗写的是"妇人望其所与私者而不来"，怀疑对方另有"与之私者而留之者"。近现代学者多倾向于朱熹的观点，不过认为"彼留子嗟"并非女子的怀疑，而是她对二人在彼处幽会的回忆之辞。如果依此说法，将"嗟"解释为语气助词，后文的"国""子"二字势必也只能解为语气助词，然而遍观《诗经》，这种用法几乎无例可循。再者，结合《邶风·静女》等诗，可大略知晓周时平民男女互赠信物之俗，贫穷百姓而以"佩玖"贵物相赠，于理难通。再加上《毛诗》已考定"留子嗟""留子国"为人名，为使上下诗句得到贯通、合理的解释，因此此处从《毛诗序》之说。

　　本诗共分三章，每章四句，皆运用叠咏结构。留子嗟是周时的贤臣，本应受到王室礼遇，最终却遭到君王放逐，因此他能得到民众普遍的思念感怀，也在情理之中。各章分别以山丘上的"麻""麦""李"起兴，这三种植物都属于农作物，实际上是诗人托物言志之辞，用以引出本诗主人公"彼留子嗟"，表明正是在他的德政之下，百姓才会有这种安定自足的生活，感念之情溢于言表。所以后文民众以顶真手法反复咏唱，希望能够邀请他前来，品尝一番因他才有的丰硕谷物，流露出农人善良淳朴、知恩图报的风格。第二章中写到留子嗟之父留子国，对此孔颖达认为，本诗歌咏的主人公并非留子国，只是

麻

大麻，桑科植物，一年生草本，茎皮长而坚韧，古人多用以纺布编织等。

因诗人思怀子嗟，溯及其父，以其家族世代累德而誉美之，这和《王风·扬之水》中互文修辞的运用十分类似。

此外，《毛诗》认为末句中的"佩玖"象征着留子嗟之德如同美玉，"贻我佩玖"表明诗人希望留子嗟将其精神品质传递给自己，使自己的人格境界在其感化和砥砺之下，最终也能升华到他那样的高度。这个说法合乎诗意又耐人寻味，而且也深具教育启发意义。

丘中有麻，	小土丘上有大麻，
彼留子嗟。	是那留子嗟的功劳。
彼留子嗟，	那位留子嗟啊，
将 其来施施。 qiāng	希望他能缓缓到来。

丘中有麦，	小土丘上有麦田，
彼留子国。	是那留子国的功劳。
彼留子国，	那位留子国啊，
将其来食。	希望他来食用麦谷。

丘中有李，	小土丘上有李树，
彼留之子。	是那留氏之子的功劳。
彼留之子，	那留氏之子啊，
贻我佩玖。	赠给我浅黑的佩石。

缁 衣

题 解

  《缁衣》是郑风的第一首诗，这首诗在古代典籍中常常提到，且成为君王"好贤"的象征性诗歌。毛诗序认为此诗是对郑武公的称颂，因其"父子并为周司徒，善于其职"，所以"国人宜之，故美其德"。朱熹《诗集传》也赞同此说，方玉润《诗经原始》则点明为"美武公好贤之诗"。另外也有现代学者认为此诗主人公是卿大夫的妻妾，诗歌描写的是二人之间的家庭温情，鉴于古时朝廷有为命官修缮朝服之制，以及"授"字极少用于下对上的习惯，这种说法尚有待商榷。

  全诗共有三章，每章四句，皆是叠章结构。每章前二句表达的都是同一个意思：即为这位卿士重制破旧的"缁衣"。为避免文字重复，形容衣服合身和表达重制衣服之词都进行了略微的变动。而"缁衣"作为上朝的礼服，说其宽大合身，也暗示出大夫内在具有美好的德行，才与这外在庄严的服饰相匹配。除了以重制礼服作为贤士的礼遇，还有等他从官署回来时给予"粲"的优待。"粲"一词的解释不一，其本义为上等的白米，古代学者多认为此处"粲"通"餐"，指餐食；而近代有学者认为是指新衣鲜明貌。如取后说，则前后诗意发生重叠，且黑色的"缁衣"而有"鲜明"色泽，于理不通，所以并不可取。可见，从服饰再到饮食方面都对卿士关照备至，这在古时确实可为"礼贤下士"之典范。

  本诗皆用赋体，未及比兴，看似是简单朴素的平铺直叙，背后却透露出古时重视衣冠礼仪的制度，以及贤君厚待人才的作风，这对于今天社会各个层次的领导者来说，都是具有深刻的借鉴意义的。

缁衣适馆图

缁衣之宜兮，　　　　　黑色朝服很合身，

敝予又改为兮。　　　　破了我再重做一套。

适子之馆兮，　　　　　到你的官署去吧，

还予授子之粲兮。　　　回来我给你饭食款待。

缁衣之好兮，　　　　　黑色朝服很合宜，

敝予又改造兮。　　　　破了我再新造一套。

适子之馆兮，　　　　　到你的官署去吧，

还予授子之粲兮。　　　回来我给你饭食款待。

缁衣之蓆^{xí}兮，　　　黑色朝服很宽大，

敝予又改作兮。　　　　破了我再另制一套。

适子之馆兮，　　　　　到你的官署去吧，

还予授子之粲兮。　　　回来我给你饭食款待。

将仲子

题 解

　　《将仲子》一诗的主题,《毛诗序》概括为讽刺郑庄公之作,影射正是郑庄公纵容其母武姜和其弟共叔段,最终酿成政变之祸的一段史实。《毛诗序》认为由于"弟叔失道而公弗制,祭仲谏而公弗听",最终导致"小不忍以致大乱焉"的后果。现代学者多认为这是一首青年女子写给恋人的情诗,鉴于古时以"仲子"称呼情人或丈夫既无先例可循,又无确凿考证,这种说法在此不取。

　　全诗共分三章,每章八句,皆运用了复沓手法。各章都以带有希望或请求语气的"将仲子兮"起句,继而说出所求之事,就是不要翻越我的"里""墙""园",不要摧折我的"杞""桑""檀"三树。这个请辞似乎蕴含深意。郑玄在《笺注》中认为"无踰我里"暗喻的是"无干我亲戚","无折我树杞"暗喻的是"无伤害我兄弟"。鉴于古时有"兄弟阋墙"之说,此诗中出现的"里""墙""园"可能含有兄弟骨肉同室操戈的寓意,而诗人也只是恳请"仲子"不要做这些事,而无采取必要防范措施,事实上已陷入被动。各章后五句以相同的句式道明诗人苦衷:不是我吝惜过度,只是在兄弟之情以外,所"可畏"的还有父母、诸兄和他人的言语,所谓"人言可畏",自然不能不担忧。然而不是出于道义原则,只是因"畏人言"才劝阻"仲子"做这些"僭越"之事,势必会埋下骄纵之祸的导火索,郑庄公和共叔段、武姜之事也充分证实了这一点。

　　这首诗结构分明,全用赋法,兼用暗喻、象征等手法,深刻地传达出兄弟至亲之间不应徇私偏纵、"以情相处",而要秉持正理、"以道相处",对于今天家庭关系的处理具有很大的参考价值。

将 仲子兮，　　　　　　　恳请我的二弟啊，

无踰我里，　　　　　　　不要翻越我的屋宅，

无折我树杞。　　　　　　不要摧折我种的杞树。

岂敢爱之？　　　　　　　难道我敢怜惜它吗？

畏我父母。　　　　　　　我是害怕我的父母。

仲可怀也，　　　　　　　二弟固然令人挂怀，

父母之言，　　　　　　　父母的话语，

亦可畏也。　　　　　　　也可让人畏惧。

将仲子兮，　　　　　　　恳请我的二弟啊，

无踰我墙，　　　　　　　不要翻越我的墙垣，

无折我树桑。　　　　　　不要摧折我种的桑树。

岂敢爱之？　　　　　　　难道我敢怜惜它吗？

畏我诸兄。　　　　　　　我是害怕我的各位兄长。

仲可怀也，　　　　　　　二弟固然令人挂怀，

诸兄之言，　　　　　　　各位兄长的话语，

亦可畏也。　　　　　　　也可让人畏惧。

将仲子兮，　　　　　　　恳请我的二弟啊，

无踰我园，　　　　　　　不要翻越我的园圃，

无折我树檀。　　　　　　不要摧折我种的檀树。

岂敢爱之？　　　　　　　难道我敢怜惜它吗？

畏人之多言。

仲可怀也，

人之多言，

亦可畏也。

我是害怕别人多言。

二弟固然令人挂怀，

别人的多言，

也可让人畏惧。

杞

杞柳。属落叶乔木，枝条细长柔韧，可编织箱筐等器物。

叔于田

题 解

    《叔于田》这首诗的内容，并没有透露给我们较多时代背景，因此对此诗的解读也有较多异议。《毛诗序》认为此诗仍是对郑庄公骄纵其弟的讽刺，认为在"叔处于京，缮甲治兵，以出于田，国人说而归之"的背景下，郑庄公却不知遏制其势力，最终酿成变乱之祸。朱熹《诗集传》怀疑此诗"亦民间男女相说之词也"，近现代学者有附和此说者，也有人提出"赞美猎人之歌"等说法。

    本诗共分三章，每章五句，全用叠咏句式。各章前二句都是直叙"叔"外出郊野或狩猎之事，进而才连用三次夸张手法，以"巷无居人""巷无饮酒""巷无服马"之景反衬"叔"的出游所造成的轰动效应，这也暗示出此"叔"应非寻常之辈，而是当地极具号召力的一位领袖人物。紧接着就用三个自问自答的设问句，引出全诗主题——对"叔"的赞颂。这个赞颂不仅总称其"美"，以"仁""好""武"三德分列三章，而且还用"不如叔也"的对比，将"叔"卓然出众的风采渲染到了极致。

    本诗层次清晰，语言清新隽永，铺陈、夸张、顶真、设问等多种艺术手法的运用尤为娴熟，也对后世的诗文创作产生了一定的影响力。如唐代韩愈《送温处士赴河阳军序》中"伯乐一过冀北之野而马群遂空""吾所谓空，非无马也，无良马也"数句，句式就与本诗十分接近。

叔于田，　　　　　　　　　小叔外出去打猎，

巷无居人。　　　　　　　　里巷没有居家的人。

岂无居人？　　　　　　　　难道没有居家之人？

不如叔也，　　　　　　　　只因都不如小叔，

洵美且仁。　　　　　　　　他确实具有美德和仁心。

叔于狩，　　　　　　　　　小叔外出去狩猎，

巷无饮酒。　　　　　　　　里巷没有饮酒的人。

岂无饮酒？　　　　　　　　难道没有饮酒之人？

不如叔也，　　　　　　　　只因都不如小叔，

洵美且好。　　　　　　　　他确实具有美德和善品。

叔适野，　　　　　　　　　小叔外出去郊野，

巷无服马。　　　　　　　　里巷没有驭马的人。

岂无服马，　　　　　　　　难道没有驭马之人？

不如叔也，　　　　　　　　只因都不如小叔，

洵美且武。　　　　　　　　他确实具有美德和武风。

大叔于田

题 解

  《大叔于田》一诗的主旨，《毛诗序》紧承以上诸篇仍旧判为"刺庄公也"，认为此诗写的是庄公之弟共叔段"多才而好勇，不义而得众"之事。刘沅《诗经恒解》则进一步揭示讽刺庄公之因，是共叔段武勇善射，而"庄公不能善教之以成其材，又不能善用之以全其才，而使陷于恶"。今人对此诗的解读，则以"赞美猎人"说和"女子赞美情人"说为主。鉴于当时国人对共叔段即有"大叔"的尊称，且诗中反复渲染的四马驾车及专举火把的"火烈"等排场，绝非平民所能置办，故今人之说不足采取。

  本诗共分三章，每章十句，全用赋法。以结构而言，后两章复沓程度较高，前一章有数句则相对独立。各章首二句交代"叔"骑马狩猎的阵仗，都是以四马并排驾车，只不过四马毛色发生变化，表明此诗所写的狩猎应非一次。诗人描写四匹驾车的马十分详尽，除了其毛色，还用"如舞""上襄""雁行""齐首""如手"多词分别摹写了"两服""两骖"的驾车动态，生动贴切。诗中还提到了专持火把的队列"具举""具扬""具阜"的阵仗，表明此狩猎应发生于晚间，也暗示了主人公"叔"身份的高贵。对于"叔"骁勇强悍的狩猎之风，诗人耗费了大量笔墨予以表现。如第一章中有"执辔如组"的飒爽之姿，还有"襢裼暴虎"的激烈场面；第二章中有"善射""良御"的娴熟才情，还有"磬控""纵送"的高超技巧，无不展现着"叔"过人的胆识气魄和出类拔萃的射御才能。末章主要描写了"叔"狩猎完毕收箭纳弓的悠闲姿态，是对

"叔"英武气度的一个侧写和补充。

全诗张弛有度，动静结合，极具画面感和情节性，如同一个故事剧本，从发展推进到高潮，高潮过后又舒缓下来。清代姚际恒在《诗经通论》中点评此诗说"描摹工绝，铺张亦复淋漓尽致"，甚至认为此诗是汉代扬雄《长杨赋》《羽猎赋》等辞赋之祖，见地颇为深刻独到。

叔于田，	小叔外出去打猎，
乘(chéngshèng)乘马。	乘着四匹马拉的车子。
执辔如组，	他手执的缰绳好像宽丝带，
两骖如舞。	外侧的两马如在舞动。
叔在薮(sǒu)，	小叔在草木茂盛的湖沼，
火烈具举。	队列的火把全都高举。
襢裼(tǎn xī)暴虎，	他袒露上身赤手搏虎，
献于公所(shǔ)。	带回献予国君居处。
将(qiāng)叔无狃(niǔ)，	希望小叔不要轻率，
戒其伤女。	警戒老虎伤害到你。
叔于田，	小叔外出去打猎，
乘乘黄。	乘着四匹黄马拉的车子。
两服上襄，	中间的两马都是最良，
两骖雁行(háng)。	两侧的两马排列有序。

虎

哺乳动物。通称老虎，又名大虫。毛黄色，有黑色的斑纹。听觉和嗅觉非常敏锐，性情凶
猛。

叔在薮，　　　　　　　　　小叔在草木茂盛的湖沼，

火烈具扬。　　　　　　　　队列的火把全都高扬。

叔善射忌，　　　　　　　　小叔善于射箭，

又良御忌，　　　　　　　　又擅长御马，

抑磬控忌，　　　　　　　　纵马奔驰或止马不前，

抑纵送忌。　　　　　　　　引弓射箭或追逐禽兽。

叔于田，　　　　　　　　　小叔外出去打猎，

乘乘鸨^{bǎo}。　　　　　　乘着四匹黑白杂毛的马拉的车子。

两服齐首，　　　　　　　　中间的两马齐头并进，

两骖如手。　　　　　　　　两侧的两马如双手配合。

叔在薮，　　　　　　　　　小叔在草木茂盛的湖沼，

火烈具阜。　　　　　　　　队列的火把全都旺盛。

叔马慢忌，　　　　　　　　小叔的马缓慢行走，

叔发罕忌，　　　　　　　　小叔射箭越来越少，

抑释掤^{bīng}忌，　　　　打开箭筒盖把箭收起来，

抑鬯^{chàng}弓忌。　　　　用弓袋把弓藏起来。

清
人

题 解

　　《清人》一诗的创作，有着比较明确的时代背景。公元前660年狄戎侵略卫国，因郑、卫两国毗邻，郑文公担忧狄人渡过黄河南侵郑国，就派自己憎恶的高克领兵去黄河边抵御。很长时间郑文公都没有召回高克的军队，最后军队溃散四归，高克也逃奔到了陈国。《毛诗序》认为此诗为郑国公子素所作，讽刺的是"高克进之不以礼，文公退之不以道，危国亡师之本"。

　　全诗共分三章，每章四句，除末二句外皆是重章结构。初读之下，感受到的似乎只是清邑军队的盛大阵仗和凛凛威风。比如形容"驷介"的雄健勇武用了"旁旁""麃麃""陶陶"三词，形容兵士所持"二矛"的精致华美用了"重英""重乔"二词，还有形容在黄河边行进的队伍用了"翱翔""逍遥"二词，俨然一派威武自得的气势。再加上文末对于车上左侧御者、右侧勇士和中军主将的描摹，更是展示出一副骁勇猛悍、杀气腾腾的作战场景，更让人以为这是对军队的一曲赞美之歌。然而结合相关史实和诗中"彭""消""轴"三地名的暗示，即可推知此诗意在讽刺郑文公和高克。诗人用这种反话正说的手法，含蓄地对高克军队溃散叛逃之事进行了辛辣的嘲谑讥讽，顺带也暗讽了郑文公因个人好恶不当处置军队的失德之举。

　　本诗纯用赋法，善描细节，且多用叠词，使诗句具有音韵上的美感。诗人在通篇埋下反语的巧妙布局，只有在读完全诗之后才能"恍然大悟"，加强了本诗的讽刺意味，读来饱含意蕴，发人深省。

清人在彭，　　　　　　　清邑的军队驻守在彭邑，
驷介旁旁。　　　　　　　牵引战车的披甲四马矫健有力。
　péngpéng
二矛重英，　　　　　　　酋矛和夷矛柄上有两重画饰，
河上乎翱翔。　　　　　　在黄河边上遨游不息。

清人在消，　　　　　　　清邑的军队驻守在消邑，
驷介麃麃。　　　　　　　牵引战车的披甲四马强壮勇武。
　biāobiāo
二矛重乔，　　　　　　　酋矛和夷矛上用勾悬缀着雉羽，
河上乎逍遥。　　　　　　在黄河边上缓缓行走。

清人在轴，　　　　　　　清邑的军队驻守在轴邑，
驷介陶陶，　　　　　　　牵引战车的披甲四马驱驰不休。
左旋右抽，　　　　　　　左侧御者回转车头、右侧武士抽刀击刺，
中军作好。　　　　　　　中军主将仪容威严。

羔裘

题 解

对《羔裘》这首诗的解读，主要有两派观点。一派是《毛诗序》的讽刺说，认为此诗通过赞美古时在朝君子反讽当今朝中大夫；一派是朱熹《诗集传》的赞美说，认为此诗作以赞美郑国名臣子皮、子产。这两种说法截然不同，根据清代朱鹤龄、陈启源等人论证，子皮、子产等人生活的时代比《诗经》收录诗歌的时代要晚五六十年，因此朱熹之说难以成立。

全诗共分三章，每章四句，基本上都运用了叠章手法。各章首句都是对"羔裘"的细致描写，从其柔顺润泽的质地，到袖口豹皮的纹饰，再到总结说其华美艳丽，不难看出诗人的背后之意是，有如此之德者才能与如此之衣相配。继而诗人就借"彼其之子"提出理想中的大夫所应具有的美德，包括正直、威严、忠贞、勇武等，并且以"三英"作为归纳。"三英"在古注中都解释为正直、刚克、柔克三种美德，表明只有具备这些品质的"彦才"方堪为国家"司直"之官，也暗示了如今的在朝者虽然依旧身着华美礼服，却已经丧失了古人这些品德，嘲讽之意跃然纸上。

和前首《清人》相似，此诗在讽刺的立意方面是非常含蓄委婉的，这也间接导致了后世对此诗的理解产生了分歧之说。然而以具体可见的事物比喻相对抽象的品质，这种手法使得诗作的主题更加鲜明，意蕴也更加深刻。

羔裘如濡，　　　　　　　　羔皮裘衣柔顺润泽，

洵直且侯。　　　　　　　　此人确实正直又威严。

彼其之子，　　　　　　　　那样的一个人啊，

舍命不渝。　　　　　　　　即使舍去生命也矢志不渝。

羔裘豹饰，　　　　　　　　羔皮裘衣豹饰袖口，

孔武有力。　　　　　　　　此人非常勇武而有力。

彼其之子，　　　　　　　　那样的一个人啊，

邦之司直。　　　　　　　　就是国家正人过失的官员。

羔裘晏兮，　　　　　　　　羔皮裘衣鲜艳华美，

三英粲兮。　　　　　　　　三种美德光辉又灿烂。

彼其之子，　　　　　　　　那样的一个人啊，

邦之彦兮。　　　　　　　　就是国家才德出众的贤士。

遵大路

题 解

关于《遵大路》一诗的主旨，历来也有多种不同说法。《毛诗序》认为是"庄公失道，君子去之"而国人思怀君子之诗，而朱熹《诗集传》认为是"淫妇为人所弃"之诗，此外还有"妻子送别丈夫"说、"故人相送唱和"说，及近现代学者多持的"弃妇"说等。

这首诗的主旨很难确定，很大程度上是因为对"寁"一字在诗中的含义有着不同的说法。寁的原本释义是迅速、快捷，然而在诗中用作动词，因此就产生了"立即弃绝"和"立即实行"两种解读。前者是从诗中"子"的角度而言，认为是诗人希望"子"不要不念旧情之辞；后者是《毛诗序》的观点，是从郑庄公的角度而言，认为是诗人对国君摒退"子"的解释，借以表达挽留对方之意。如依前者之说，则知"不寁"之句和前"无我"之句成为平行关系，则应采用相同句式，不宜再换"无"为"不"。且"不寁"之句句末的语气词"也"与其他句的"兮"不同，结合诗句表露出的语气，宜判定"不寁"之句为解释之辞，因此此处从《毛诗序》之说。

本诗仅有两章，每章四句，全用叠咏。主要的场景就是"大路"边上，主要的事件就是诗人执持"子"的衣袖和手对其挽留。诗人为了不引起对方的反感，特意结合当时的政治背景进行解释，流露出思怀君子的一片殷切之心。此诗仅截取一个镜头布景勾勒，文字却简短隽永，余韵悠长。清代牛运震《诗志》中评论此诗曰："恩怨缠绵，意态中千回百折。"可谓得其睛眸。

遵大路兮,
掺执子之祛兮。
无我恶矣,
不寁故也。

遵大路兮,
掺执子之手兮。
无我魗兮,
不寁好也。

沿着大道行走啊,
执持着你的衣袖。
不要对我感到厌恶,
因为没有立刻实行故道。

沿着大道行走啊,
执持着你的双手。
不要对我感到憎恶,
因为没有立刻实行善道。

女曰鸡鸣

题 解

关于《女曰鸡鸣》这首诗的主题，古今也多有异议。《毛诗序》认为是借古讽今之作，讽刺的是今人"不说德而好色"的堕落之风。《毛诗正义》进一步指出是郑庄公之时，"朝廷之士不悦有德之君子，故作此诗"。朱熹《诗集传》以为"此诗人述贤夫妇相警戒之词"，而今人则多认为此诗描写了一对夫妻间的温情厚意。

全诗共分三章，每章六句，各章之间相对独立。舍去对诗旨的争论，仅从诗意体会，这首诗也是独具魅力的。首章二句以一男一女的对话形式，点明故事很可能发生在一对夫妻之间。妻子催促丈夫说已经"鸡鸣"，丈夫则推托说尚在"昧旦"，而且让妻子起来去查看夜色，说启明星都还在闪烁——风趣而有人情味，呈现出一幅极具画面感的家庭日常图。然后诗人以鸟雀即将翱翔暗示破晓到来，于是男子整装出发射猎"凫"和"雁"。此后描写了以猎物烹饪、美酒佐肴、琴瑟相合的"静好"场面，而且发出了"与子偕老"的旦旦誓言。末章与《木瓜》一诗的内容有几分类似，都是以贵重之物酬报他人的深情厚谊，三次叠唱加强了诗歌的语气，也将全诗的情感推向了高潮。

本诗对话由短而长，节奏由慢而快，情感由舒缓而热烈，富有浓郁的生活气息和人文色彩。虽全用赋法，却呈现出一幅幅生动鲜明的连环画面，人物的个性特点和情感互动也表达得十分到位，读来赏心悦目，意趣盎然。

女曰鸡鸣，　　　　　女子说鸡已啼鸣，

士曰昧旦。　　　　　男子说天未破晓。

子兴视夜，　　　　　你起来观察夜色，

明星有烂。　　　　　启明星熠熠发亮。

将翱将翔，　　　　　鸟雀即将展翅翱翔，

弋凫与雁。　　　　　用箭射下野鸭和大雁。

弋言加之，　　　　　射落后用豆盛装，

与子宜之。　　　　　和你一起享用佳肴。

宜言饮酒，　　　　　此时适宜饮用美酒，

与子偕老。　　　　　和你一同白头到老。

琴瑟在御，　　　　　琴瑟弹奏起来，

莫不静好。　　　　　莫不安宁美好。

知子之来之，　　　　知道你慰劳我，

杂佩以赠之。　　　　拿杂佩送给你。

知子之顺之，　　　　知道你顺遂我，

杂佩以问之。　　　　拿杂佩慰问你。

知子之好之，　　　　知道你喜欢我，

杂佩以报之。　　　　拿杂佩报答你。

鸡鸣昧旦图

琴瑟静好图

有女同车

题 解

　　《有女同车》显然是一首涉及男女情悦的诗歌，然而关于具体的诗旨，历来学者亦有较大分歧。《毛诗序》的观点较为复杂，认为此诗创作的背景是郑国"太子忽尝有功于齐，齐侯请妻之；齐女贤而不取，卒以无大国之助，至于见逐"，认为此诗正是郑国人作以讽刺太子忽的。朱熹《诗集传》则怀疑这是一首"淫奔之诗"，而现当代学者多认为这是一首贵族青年男女的恋歌。

　　本诗共有三章，每章六句，皆用叠咏手法。这位与诗人"同车""同行"的女子，诗人花了大量的笔墨去渲染她的仪容和品德之美。除了以木槿花比喻其娇艳容颜，还以"翱翔"形容其雍容自得的优游之姿，乃至以"琼琚""将将"描摹其佩玉的盛多华美，都极尽铺排之能事。对女子品质德行方面的描写，虽然只有"洵美且都""德音不忘"二句有所涉及，但置于全诗中来看，恰与其美貌相得益彰、交相辉映，实是以点滴笔墨现其神韵的绝妙一笔。

　　本诗纯用赋法铺陈，文笔优美华丽，设喻新颖奇巧，音韵圆转谐畅，极具艺术感染力。本诗也对后世描写人物的文学作品有重要影响，清代姚际恒在《诗经通论》中指出，宋玉《神女赋》中"婉若游龙乘云翔"之句，曹植《洛神赋》中"翩若惊鸿""若将飞而未翔"等句，都由本诗中的诗句脱胎而来。

舜

即木槿。落叶灌木。《本草纲目》记载："此花朝开暮落，故名日及。"

有女同车，
颜如舜华。

将翱将翔，

佩玉琼琚。

彼美孟姜，

洵美且都。

有女同行，

颜如舜英。

将翱将翔，

佩玉将将。

彼美孟姜，

德音不忘。

有位女子与我同乘一车，

她的容颜就如木槿花一般。

去往四处漫步遨游，

身上佩戴着精美玉石。

那美丽的姜氏长女，

确实漂亮又温婉。

有位女子与我同行，

她的容颜就如木槿花一般。

去往四处漫步遨游，

身上的佩玉锵锵作响。

那美丽的姜氏长女，

美好的声名难以忘怀。

山有扶苏

题 解

关于《山有扶苏》这首诗的主旨，古今的解读可谓众说纷纭。《毛诗序》承袭上篇《有女同车》，判定此诗是对公子忽的讽刺，运用反语以体现其"所美非美然"之旨，朱熹《诗集传》则认为此诗所写是"淫女戏其所私者"。此外还有"巧妻恨拙夫"说、"女子遇恶少"说、"女子怨无偶"说等。现代学者多倾向于朱熹的观点，但反对其"淫女"的定性，认为此诗呈现的是一位年轻女子以戏谑口吻与爱人欢会嬉闹的场景。

本诗共有二章，每章四句，皆运用叠咏手法。各章首句分别以山上"扶苏""桥松"起兴，次句分别以"隰"中"荷华""游龙"起兴，一共提到了四种植物。山上和"隰"里各两种植物，前者陆生，后者水生；前者高大，后者微小；前者青翠，后者泛红。这种错落有致、相互映衬的布景确实匠心独运，使得诗句间顿时显现出一幅幅鲜活灵动的画面来。各章后二句都是相同句式，采用正反对照的手法彰明主题。子都是仪容俊美的象征，与之对应的是举止轻狂的"狂且"；子充是品德贤良之人，与之对应的是徒有其表的"狡童"。在这两组对比之下，可以看到诗人的用意是褒"容美且德良"，贬"轻狂而不实"。如果认为此诗为女子戏谑情人之诗，那么"狂且""狡童"二词都带上"假贬"意味。然而从逻辑性和文化习惯而言，以"狡童"用作"假褒"尚可理解，而用作"假贬"则令人费解，因为"假贬"之词往往本身就带有贬义。基于这一点，此处认为"狂且""狡童"二词为讽刺之辞。

荷华

即荷花。多年生水生草本花卉，地下茎长肥厚，有长节，叶盾圆形。花有红、粉红、白、紫等色，可供观赏。

本诗用语平实，构思精巧，工于布景起兴，善用对照反衬。虽然只有短短八句，却佳句频出，意蕴深藏，诚为刺咏诗中的名作。

山有扶苏，　　　　　　　　　　　　山上长着扶苏树，

^{xí}　^{fū}
隰有荷华。　　　　　　　　　　　　低湿水沼中开着荷花。

不见子都，　　　　　　　　　　　　没有看到俊美的子都，

^{jū}
乃见狂且。　　　　　　　　　　　　却看到举止轻狂之人。

山有乔松，　　　　　　　　　　　　山上长着高大的松树，

隰有游龙。　　　　　　　　　　　　低湿水沼中生有荭草。

不见子充，　　　　　　　　　　　　没有看到善美的子充，

乃见狡童。　　　　　　　　　　　　却看到面容姣美的少年。

萚兮

题 解

  《萚兮》也是一首简短而意蕴悠长的诗歌。此诗的主题亦说法较多，难以确定。《毛诗序》承袭一贯的政治相关性，认为此诗仍旨在讽刺郑昭公，是"君弱臣强，不倡而和"之诗。朱熹《诗集传》认为是"淫女之词"，却没有提供明确凭据。近现代学者多认为这是一首感慨人生和岁月的诗歌，在没有其他佐证的情况下，不失为一种合理的解读。

  全诗仅有两章，每章两句，皆是工整的复沓结构。各章皆以枯枝落叶随风吹动起兴，暗示了秋季的时节，也营造出一种萧瑟凄凉的氛围。自古以来，秋的意象就与岁月流逝、人生易老的哲思和感喟密切相关，如屈原《九歌·湘夫人》"袅袅兮秋风，洞庭波兮木叶下"，孟浩然《早寒有怀》"木落雁南度，北风江上寒"，杜甫《登高》"无边落木萧萧下，不尽长江滚滚来"……，这首诗亦是如此。各章后二句中诗人呼唤"叔伯"发声唱咏，自己应和收腔，一派和谐自得的场面。然而或许这"叔伯"根本就不在眼前，甚至也并非具体之人，或许它只是诗人的假借之辞，通过自导自演一出欢快的音乐剧，来抚慰自己哀伤落寞的心境。越是古老的歌谣，越是和乐的唱和，越是映衬出一种深沉的悲凉。

  本诗意象鲜明，文辞清雅，音韵优美，读来极具艺术美感。诗人善于以微小的事物，传达出深厚的情感，在诸多咏怀诗文之中也是尤见功力的。

萚兮萚兮，　　　　　　落叶啊落叶，
风其吹女。　　　　　　风吹动着你。

叔兮伯兮，　　　　　　弟兄们啊，
倡予和女。　　　　　　你们歌唱我来应和。

萚兮萚兮，　　　　　　落叶啊落叶，
风其漂女。　　　　　　风飘动着你。

叔兮伯兮，　　　　　　弟兄们啊，
倡予要女。　　　　　　你们歌唱我来收腔。

狡

童

题 解

　　对于《狡童》这首诗的主旨，古今学者在理解上也存在较大分歧。《毛诗序》仍以为是讽刺郑昭公之诗，因其"不能与贤人图事"，遂致"权臣擅命"之局。朱熹《诗集传》认为"此亦淫女见绝而戏其人之词"，即女子为人所弃而嘲谑对方之语。现代学者则多认为是一位年轻女子遭遇失恋的内心独白。由于任何一方均无确凿凭证，此处对这些说法不予置评。

　　本诗共分两章，每章四句，全用叠章结构。各章首句均以赋法，直接点明了故事的主人公是一位"狡童"。"狡"通"姣"，一说通"佼"，皆有俊美、美好之意。诗人本来希望与这位"狡童"接近，可是他却不与我说话、共餐，对我不予理睬。这种冷漠的举动当然会伤到诗人热切的心，所以他在各章后二句反复强调：正是因为你的原因，我才不能"餐"也不能"息"。颇有些寝食难安的意味。自己的真挚殷切与对方的冰冷退避形成极大反差，凸显出诗人遭遇"冷暴力"后失望、忧愁的心理状态。

　　本诗纯以一人角度展开铺陈，以生动细腻的笔法对人物内心的细微波澜和剧烈冲突进行刻画，展现出诗人对心理描写深厚的掌控力。清代陈继揆在《读风臆补》中对诗中表露的情感评论说："若忿，若憾，若谑，若真，情之至也。"的确精当贴切。

彼狡童兮，　　　　　　　那个姣美的少年啊，

不与我言兮。　　　　　　却不和我一起说话。

维子之故，　　　　　　　因为这件事，

使我不能餐兮。　　　　　使我无法用餐啊！

彼狡童兮，　　　　　　　那个姣美的少年啊，

不与我食兮。　　　　　　却不和我一起吃饭。

维子之故，　　　　　　　因为这件事，

使我不能息兮。　　　　　使我不能止息啊！

褰裳

题 解

  《褰裳》这首短诗的主旨，从字面意思来看，很像是一位女子因恋人不来看望她而生出嗔怨之心，这也是大多数现代学者持有的观点。《毛诗序》解诗则一贯与历史、政治关联起来，认为这首诗写的是"狂童恣行，国人思大国之正己也"，即是说郑国公子突僭越礼法和太子忽争位，国人希望得到大国公正的裁决。在这种观点下，本诗中所写的内容又变为郑国与"大国"的关系，可以说这也是一种别有意趣的解读。

  本诗共分两章，每章五句，各章仅改动二字，具有很高的重叠度。各章前两句运用赋法，直接道出诗人心思：如果"子"是真的"惠思"我，就敛衣渡河来看我。诗中所写的溱水和洧水都是当时郑国境内的河流，而且此二河最终汇合一处，因此诗人选择这二河来写可能具有某种象征意义。不论诗人这样说是假意试探还是真心来求，这都无疑是检验对方诚意的一块"试金石"。紧接着诗人便更进一步说，如果你不思念我（暗示的是你不来看我），难道不会有其他人吗？意谓自己并非只有对方一个选择，不必在对方面前放低身段苦苦哀求。其实这种半带威胁口吻的说辞，也是双方交往时用以牵制对方的常用手段，不论用在人与人之间还是国与国之间，都可以成立。各章最末句似乎为斥骂之语，比之前的语气显得更加强烈，也许是因为"威胁"失效、谈判崩裂，也许是别有所指、指桑骂槐，这就给读者留下了无尽的想象空间。

  全诗都是平铺直叙，未用比兴，然而合理的谋篇布局，使得全诗的情感脉络十分清晰。数次运用假设，使得本诗的情感发展层层递进、环环相扣，读来有种字字珠玑、步步紧逼的气势，具有很强的艺术震撼力。

子惠思我，   你若宠爱思念我，

^{qiān zhēn}
褰裳涉溱。   就提起下衣渡过溱河。

子不我思，   你若不思念我，

岂无他人？   难道没有其他的人？

狂童之狂也且！   轻狂顽劣的少年啊！

子惠思我，   你若宠爱思念我，

^{wěi}
褰裳涉洧。   就提起下衣渡过洧河。

子不我思，   你若不思念我，

岂无他士？   难道没有别的男子？

狂童之狂也且！   轻狂顽劣的少年啊！

丰

题 解

　　《丰》这首诗从字面来看，描写了一位女子因故未能与一位男子成婚，后来却为此感到后悔的故事。《毛诗序》判定此诗主题为讽刺郑国时弊，认为郑国存在"昏姻之道缺，阳倡而阴不和，男行而女不随"的问题，这种观点主要是从宏观层面的政治学和社会学角度而言。朱熹《诗集传》概括此诗主题说"妇人所期之男子已俟乎巷，而妇人以有异志不从。既则悔之，而作是诗"，这与近现代学者观点相同，主要是从个体微观角度而言。在对诗意的把握上面，这二种观点并没有本质的不同。

　　本诗共分四章，前两章每章三句，后两章每章四句，共十四句，叠咏手法也在前后二章中分别运用。前两章是女子的回忆，主要描述了男子"丰""昌"的仪容体魄，以及在"巷"和"堂"等候自己的情景，暗示男子本来有意要娶她，但她却未同意。然而现在她却感到追悔莫及，所以连发两句感叹，表明自己愿意从嫁之意。后两章是女子的设想，既然现实中已经铸下大错，不可挽回，那只有在幻想的境界中嫁给对方，聊以慰藉自己悔恨落寞之心。她详细地描写了自己身穿锦绣嫁衣、外罩麻布披风的情景，且在两章中颠倒次序，反复咏唱。继而又假想对方迎亲队伍驾车接迎自己的场面，不仅自己主动招呼迎亲之人为"叔伯"，而且还希望他们驾车带自己同归，出嫁的迫切意愿凸显无遗。幻想中的愿求越是殷切，梦醒后的悔恨便越是深长，这二者之间的巨大反差，使得诗人哀怨凝重的心绪渲染得无以复加。

　　本诗全用赋法，虚实结合，以回忆和幻想的内容分野，采用前后不同的复沓结构，构思奇巧而独特。以幻想之美好反衬幻灭之残酷，使得全诗被赋予一种浓郁的悲剧性，读来令人扼腕，又耐人寻味。

子之丰兮，   你的容貌丰满美好，

俟我乎巷兮。   你在巷里等候着我。

悔予不送兮！   后悔我没有跟你走啊！

子之昌兮，   你的体格健壮魁梧，

俟我乎堂兮。   你在堂上等候着我。

悔予不将兮！   后悔我没有嫁给你啊！

衣锦褧衣，   上身锦衣外罩麻衫，

裳 锦褧裳。   下身锦衣外罩麻衫。

叔兮伯兮，   迎亲的各位叔伯啊，

驾予与行。   我和你们一同驾车出行。

裳锦褧裳，   下身锦衣外罩麻衫，

衣锦褧衣。   上身锦衣外罩麻衫。

叔兮伯兮，   迎亲的各位叔伯啊，

驾予与归。   我和你们一同驾车归去。

东门之墠

题 解

    对《东门之墠》这首诗的主旨，古今学者的研究也存在较多差异。《毛诗序》承袭之前的解读，仍判定此诗主旨为讽刺郑国乱象，说郑国"男女有不待礼而相奔者也"，也就是男女不通过正统礼仪私自结合之风。方玉润《诗经原始》则另辟蹊径，认为此诗乃"托男女之情以写君臣朋友之义"。除此之外，还有清代傅恒"思怀隐士"说，及近现代学者多持的"女子思恋人"说等。

    全诗共分二章，每章四句，少量使用了叠章结构。各章首句都分别以东城门的"墠""栗"起兴，分别描写了山坡生长的茜草和排列整齐的房屋。一在郊野，一在街巷；一偏静态，一偏动态。这样的布景搭配可谓参差错落，动静相宜。不论是看到山坡上的"茹藘"，还是走到栗树边的"家室"，这些景物总能勾起诗人的思怀之心。故人的家舍就近在眼前，其人却早已远去，颇有种物是人非、人去楼空的沧桑感，也从侧面映衬出诗人睹物思人之情。在本诗末章，诗人运用设问和反问句式，自问自答，直抒胸臆，将全诗的情感发展推向了巅峰。

    本诗文辞平实，不事雕琢，兼用赋兴、设问等法，使情感的表达含蓄委婉而不失真切，读来令人感同身受。姚际恒《诗经通论》评论本诗说："以'远'字属人，灵心妙手……不露一'思'字，乃觉无非思，尤妙。"确为不虚之言。

蕳

兰草的一种。

茹藘

即茜草，其根可作绛红色染料。

东门之墠，
shàn

茹藘在阪。
lú

其室则迩，

其人甚远。

东门之栗，

有践家室。

岂不尔思?

子不我即。

东门附近有块平地，

茜草长在山坡之上。

他的房室离得较近，

他的人却相距很远。

东门附近长着栗树，

人家屋舍排列整齐。

怎会对你没有思念?

你却不来与我相见。

风
雨

题 解

　　与《谷风》《蝃蝀》等诗类似，这也是一首以雨为背景的诗歌。关于《风雨》一诗的主题，古今学者的观点存在较大分歧。以《毛诗序》为代表的汉代诗学认为，此诗表达的是"乱世则思君子，不改其度焉"。朱熹《诗集传》则认为此诗主人公为"淫奔之女"，所写是她"见所期之人而心悦也"。近现代学者观点与朱熹接近，但反对给此女贴上"淫"的道德标签。

　　本诗共分三章，每章四句，皆是工整的复沓结构。各章首句皆以风雨起兴，形容风雨用了"凄凄""潇潇""如晦"三词，烘托出一种凄凉萧瑟的氛围。各章次句以鸡鸣起兴，运用"喈喈""胶胶"二象声词模拟鸡鸣之声，再以"不已"一词作结，似乎透露出一种不安，又似乎暗示着有事发生。风雨交加，鸡鸣不止，这二者的互相映衬，仿佛正是现在主人公孤寂落寞而怀有希冀的心理写照。直到苦苦等待的"君子"终于出现在面前，他不禁激动起来，连续以三个反诘句表达心中难以抑制的喜悦之情，以"瘳"字比喻忧思遣除可谓生动而传神。

　　实际上，本诗所写的风雨和鸡鸣，既可以看作是比兴，也可以看作是赋法，虚或实皆无不可，毫不影响我们对诗作主题的理解。清代方玉润在《诗经原始》中点评说："此诗人善于言情，又善于即景以抒怀，故为千秋绝调。"可以说是对此诗的最高赞誉。

风雨凄凄，　　　　　　　风雨凄凄而降，

_{jiē jiē}
鸡鸣喈喈。　　　　　　　鸡儿喈喈啼鸣。

既见君子，　　　　　　　既已见到君子，

云胡不夷?　　　　　　　为何还不怡悦?

风雨潇潇，　　　　　　　风雨潇潇而落，

鸡鸣胶胶。　　　　　　　鸡儿胶胶啼鸣。

既见君子，　　　　　　　既已见到君子，

_{chōu}
云胡不瘳？　　　　　　　为何心病不愈?

风雨如晦，　　　　　　　风雨有如暗夜，

鸡鸣不已。　　　　　　　鸡儿啼鸣不止。

既见君子，　　　　　　　既已见到君子，

云胡不喜?　　　　　　　为何还不欣喜?

子衿

题 解

　　《子衿》这首诗的主旨，《毛诗序》认为是对郑国学校教育废弛的讽刺，所谓"乱世则学校不修焉"；朱熹《诗集传》则仍从道德礼仪出发，认为"此亦淫奔之诗"。近现代学者主要从个体情感的角度出发，主张这是一首女子思念恋人之诗。

　　本诗共分三章，每章四句，前两章运用叠咏手法。首、次两章分别以"子衿"和"子佩"起兴，其色皆"青青"，且都与先秦读书人的服饰相关，这或许是诗人所思怀之"子"身份的一个暗示。所谓思物及人，想起"子"的穿着佩饰，自然会想到他本人，"悠悠"一词充分表露出诗人的殷切思怀之心。其后诗人反问对方：纵然我不去找你，难道你就不以音信相通，甚或不来亲自面见？表面上带有轻微埋怨的意味，背后也折射出一种久盼无果的失落和依依不舍的期待。最后一章将诗人的思怀之情渲染到了极致，他不仅踟蹰不安地"挑兮达兮"，来回徘徊；还登上城门望楼瞭望远眺，心急如焚。这种心态在末二句中总结得十分到位："一日不见，如三月兮。"深厚的心理描写功底被钱锺书赞为"已开后世小说言情心理描绘矣"。

　　这篇诗歌语言清新优美，情感自然真切，正如近人吴闿生所点评的"回环入妙，缠绵婉曲，末章变调"。此诗对后世文学作品亦有深远影响，曹操《短歌行》中"青青子衿，悠悠我心"一句就直接取自此诗。

青青子衿，
悠悠我心。
纵我不往，
子宁不嗣音？

你的衣领颜色青青，
我的心意悠悠不绝。
纵然我没有去见你，
你难道不继续通信？

青青子佩，
悠悠我思。
纵我不往，
子宁不来？

你的配饰颜色青青，
我的思情悠悠不绝。
纵然我没有去见你，
你难道就不再回来？

挑兮达兮，
在城阙兮。
一日不见，
如三月兮。

来来往往以求相见，
就在城门望楼之上。
一日没能与你相见，
如同已有三月之长！

扬
之
水

题 解

　　这首《郑风·扬之水》的内容与《王风·扬之水》比较相近，甚至诗中各章前两句也同样出现在《王风·扬之水》中。围绕本诗的主题，古今的《诗经》研究者展开了各种争论。《毛诗序》认为是君子悲悯郑昭伯"无忠臣良士，终以死亡，而作是诗也"，朱熹《诗集传》判定为"淫者"之间相互辩白之词，近人闻一多《风诗类钞》中则解读为"将与妻别，临行劝勉之词"。此外还有"兄弟相规"说，及现代学者多持的"妻子向丈夫辩白"说等。

　　本诗共分两章，每章六句，皆运用了叠咏手法。各章首句都以"扬之水"起兴，此"扬"字或释为激扬，或释为悠扬，结合后句"不流束楚""不流束薪"来看，释为悠扬应更准确一些。"束楚""束薪"在《诗经》中常常作为平民成婚的聘礼出现，因此这个符号可能是对诗中主人公二人关系的一个暗语，但也不排除是假借这个意象言其他类型的关系。接下来诗人说自己"终鲜兄弟"，表明自己六亲无依的现实处境，"维予与女""维予二人"则更进一步拉近对方与自己的距离，凸显自己唯有对方可以相依共存。因此在这种情况下，自己怎么可能有不利对方的举动？所以诗人最后苦口婆心地劝诫对方不要听信他人流言，所谓人言可畏，也不可信，表露出一腔忠贞不渝的赤诚之心。

　　此诗语言平实，情感真切，层次分明。句式上有三言、五言的变化，与整体的四言相搭配，具有良好的节奏感和韵律感。

扬之水，　　　　　　　　悠扬的流水，

不流束楚。　　　　　　　冲不走成捆的荆条。

终鲜兄弟，　　　　　　　家中终究少有兄弟，

维予与女。　　　　　　　只有我和你而已。

无信人之言，　　　　　　不要听信别人的流言，

人实迋女。　　　　　　　别人其实在欺骗你。

扬之水，　　　　　　　　悠扬的流水，

不流束薪。　　　　　　　冲不走成捆的木柴。

终鲜兄弟，　　　　　　　家中终究少有兄弟，

维予二人。　　　　　　　只有我们两个人。

无信人之言，　　　　　　不要听信别人的流言，

人实不信。　　　　　　　别人其实不可相信。

出其东门

题 解

　　关于《出其东门》这首诗的主旨，历来学者多有观点上的分歧。《毛诗序》认为是此诗是悲悯郑昭伯时期社会动乱的作品，因为"公子五争，兵革不息，男女相弃"，故有"民人思保其室家焉"。朱熹《诗集传》则提出"人见淫奔之女而作此诗"，认为此人终不为此女之美所惑，而能忠于自己的"糟糠之妻"。近现代学者多认为，这首诗抒发的是一位男子对其恋人或妻子专一不二的情感。

　　本诗共有二章，每章六句，都是工整的复沓结构。各章起句诗人即纯用赋法直抒胸臆，说自己走出重重城门看到的景象："有女如云""有女如荼"。"如云""如荼"这两个比喻十分传神，体现出聚会女子众多的数目、轻盈的体态和缤纷的服饰。面对这样众多美艳的女子，诗人却坚定地表露出自己的立场："匪我思存""匪我思且"。颇有"万花丛中过，片叶不沾身"的意蕴。各章末句，他向读者揭示了他的心中人的形象，"缟衣""綦巾""茹藘"很可能就是其所穿的服饰，足见他对伊人情之专、意之深。

　　本诗文笔优美隽永，情感纯洁真挚，读来极具艺术感染力。诗人在前半部分越是渲染众女"如云如荼"的华美风姿，越是能反衬出后半部分"非我思怀"的情真不移，凸显出"忠贞"这一绵延千古的中华美德。

出其东门，　　　　　　　走出城东门，

有女如云。　　　　　　　女子众多如云。

虽则如云，　　　　　　　虽然众多如云，

匪我思存。　　　　　　　却非我所思怀之人。

缟衣綦巾，　　　　　　　白绢服饰或青白衣裳，

聊乐我员。　　　　　　　聊以使我愉悦。

出其闉阇，　　　　　　　走出城重门，

有女如荼。　　　　　　　女子众多如荼。

虽则如荼，　　　　　　　虽然众多如荼，

匪我思且。　　　　　　　却非我所思念之人。

缟衣茹藘，　　　　　　　白绢服饰或绛红衣裳，

聊可与娱。　　　　　　　聊以与之欢娱。

野有蔓草

题 解

　　与《关雎》《汉广》《蒹葭》等诗类似,《野有蔓草》是一首男子表达思慕"伊人"的唯美诗章。对于这首诗的主题理解,古今学者观点较为一致,不存在较大分歧。《毛诗序》认为此诗创作背景是郑国"君之泽不下流,民穷于兵革,男女失时",所以诗中的"伊人"其实只是诗人"思不期而会焉"的想象人物。明代季本《诗说解颐》则认为此是写实之诗,即"男子遇女子野田草露之间,乐而赋此诗也"。

　　本诗共分两章,每章六句,皆运用叠章手法。各章首句以郊野的蔓草和浓重的寒露起兴,实是亦赋亦兴,勾勒出一幅清新幽雅的山野春晨图。紧接着诗人就写到他心目中的"有美一人"的风采神韵,以倒序变动的"清扬""婉"二词,将女子清秀娴雅、温婉贤淑之风展露无遗。具有这样的品德和气质的女子,毫无疑问让诗人倾心不已,所以诗人殷切期盼着与她"邂逅相遇",这样才能"适我愿兮",才能更进一步做到"与子偕臧"的人格升华之事。

　　本诗结构安排十分巧妙,各章前两句绘景,中两句写人,后两句抒情,使得诗情的发展循序渐进、水到渠成。尤其是描写"伊人"的"清扬婉兮"之辞,如同"窈窕淑女"一样,似乎已成为那个时代完美女性形象的一个象征。

野有蔓草，
零露漙兮。
有美一人，
清扬婉兮。
邂逅相遇，
适我愿兮。

野有蔓草，
零露瀼瀼。
有美一人，
婉如清扬。
邂逅相遇，
与子偕臧。

郊野蔓延四布的草丛，
其中寒凉的露水很多。
有一个美丽的人，
眉清目秀又温婉。
与你邂逅相遇，
正合我的心愿。

郊野蔓延四布的草丛，
其中寒凉的露水很浓。
有一个美丽的人，
温婉而又眉清目秀。
与你邂逅相遇，
和你同成善德。

溱洧

题 解

　　《溱洧》也是一首涉及男女恋情的诗歌。关于此诗的主旨，古说多认为是"淫奔"之诗，如《毛诗序》提出此为讽刺郑国动乱之诗，即所谓"兵革不息，男女相弃，淫风大行，莫之能救焉"。朱熹《诗集传》、姚际恒《诗经通论》等亦赞同这种观点。近现代学者一般剥离传统道德礼仪观念，直陈此诗为叙写男女纯真爱情之作。

　　本诗共有两章，每章十二句，皆用叠咏手法。各章皆以浩渺清澄的溱水和洧水兼赋起兴，这二河在《褰裳》一诗中已出现过，可以说是郑国标志性的河流，此处作为青年男女约会的场景出现，自然十分应景。各章第一次出现的"士"与"女"是泛称前来相会的青年男女，由第二章"殷其盈矣"一句可证；后文的"士""女"则是具指某对青年男女，他们也是本诗的主人公。从宏观取景到微观聚焦，诗人运用"蒙太奇"手法，将镜头对准了这对青年恋人，详细记录了他们对话、嬉戏、游玩的情景。女子主动提出前往洧水之外游玩，男子却说已经去过，然而最后还是架不住女子"且往观乎"的嗔怨一同前去。等真的到达那里，二人却发现那里"洵訏且乐"，仿佛是世外桃源般别有洞天。他们就在那里谑笑游乐，最后临别以芍药作为礼物相赠，这可能是二人的定情信物，也可能是双方某种约定、誓言的象征。

　　本诗中的"蕳"和"勺药"，是诗人表情达意的载体或桥梁，也是撑起全诗结构的两个重要支点，凭借这两种道具，作品完成了从春天到青春、从民俗到爱情、从略写到详述的转换。比较特别的是，本诗在绘景、写人、抒情之外，还融入了对话描写，使得人物的形象更加丰满、立体，也使诗情的表达更富生机和意趣。

溱与洧，   溱水和洧水，

方涣涣兮。   水势正浩大。

士与女，   男子和女子，

方秉蕑兮。   正拿着兰草。

女曰观乎，   女子说前去观赏，

士曰既且。   男子说已经去过。

且往观乎！   姑且前往观赏吧！

洧之外，   洧水之外，

洵訏且乐。   确实开阔又有乐趣。

维士与女，   男子和女子，

伊其相谑，   相互戏谑取乐，

赠之以勺药。   赠送芍药作为礼物。

溱与洧，   溱水和洧水，

浏其清矣。   水深而清澈。

士与女，   男子和女子，

殷其盈矣。   人数极众多。

女曰观乎，   女子说前去观赏，

士曰既且。   男子说已经去过。

且往观乎！   姑且前往观赏吧！

洧之外，   洧水之外，

洵訏且乐。   确实开阔又有乐趣。

维士与女，　　　　男子和女子，

伊其将谑，　　　　交相戏谑取乐，

赠之以勺药。　　　赠送芍药作为礼物。

芍药

多年生草本植物。在中国的栽培历史超过4900年，是中国栽培最早的一种花卉，位列草本之首，被人们誉为"花仙"或"花相"。

鸡鸣

题 解

　　《鸡鸣》是齐风的第一首诗。关于此诗的主题，主要有以下几种观点。一种是"思怀赞美贤妃说"，以《毛诗序》及朱熹《诗集传》为代表，《毛诗序》更是指明思贤妃是为警戒齐哀公的"荒淫怠慢"。另一种是"讽刺荒淫"说，以宋代严粲《诗缉》为代表。此外旧说还有"称美勤政"说、"贤妇警夫早朝"说等，现代学者则多认为此诗描写的是一对贵族夫妇间的生活情趣。

　　此诗共有三章，每章四句，前两章运用了复沓手法。本诗大量采取对话形式，至于各句分别为何人所说，则有多种说法。今暂以今人程俊英之说为准，以首、次两章上两句为妻言，下两句为夫言；末章上两句为夫言，而下两句为妻言。经过这样的安排，便清晰地显现出一幅与《郑风·女曰鸡鸣》相似的夫妻对话图：妻子叫醒丈夫，说鸡已鸣叫、东方已明，朝臣已经赫然在堂上了，言外之意是让丈夫赶紧起来去上朝；而丈夫却"甘与子同梦"，推托说不是鸡鸣而是苍蝇之声，不是东方明亮而月出之光。这两句看似极不合逻辑情理，但如果当作丈夫逗趣之语来看，则别有意味。诗的末二句表明早朝已经结束，而"无庶予子憎"一句则暗示丈夫可能没有及时上朝，甚至暗示丈夫的身份可能是国君，因为大臣因"与子同梦"而不上早朝的可能性较低。

　　本诗全部以对话形式展开，新颖而富有意趣。句式以四言为主，杂以五言，错落有致，颇具音韵美感。清代姚际恒《诗经通论》评论此诗说"真情实境，写来活现"，最是贴切。

贤妃戒旦图

鸡既鸣矣，   公鸡已经啼鸣，

^{cháo}
朝既盈矣。   朝堂已经盈满官员。

^{fēi}
匪鸡则鸣，   不是公鸡鸣叫，

苍蝇之声。   而是苍蝇的声音。

东方明矣，   东方明亮起来，

朝既昌矣。   朝堂已有众多官员。

匪东方则明，   不是东方明亮，

月出之光。   而是月出的光芒。

虫飞薨薨，   飞虫嗡嗡作响，

甘与子同梦。   甘愿与你同梦。

会且归矣，   朝会结束就要回去，

无庶予子憎。   但愿莫憎你我二人。

还

题 解

　　《还》这首诗展现的是二人驰骋田猎的场景，全诗皆用赋法叙写，未用比兴。《毛诗序》判定此诗主旨为讽刺齐哀公的荒淫无道，认为"哀公好田猎，从禽兽而无厌"，导致齐国人狩猎成俗，使传统的价值体系被扭曲。朱熹《诗集传》亦认为猎者"以便捷轻利相称誉如此，而不自知其非也，则其俗之不美可见"。近现代学者则多认为此诗旨在赞美猎人的矫健身手和高超技艺。

　　本诗共有三章，每章四句，全用叠章手法。各章首句都是诗人对同行猎者的称赞，以"还""茂""昌"三词充分展现出其敏捷的身手、娴熟的技艺和健硕的体魄。紧接着诗人写到二人三次在猛山相遇的场景，三次地点都不同，可见这样的狩猎已经俨然成习，十分频繁。二人随后相约一起去"驱从"猎物，猎物在三章中也各不相同，一方面是体现狩猎成果的丰硕，另一方面也是为避免行文的重复。各章最后是对方反过来称誉自己，包含其揖手作礼的动作，还有"儇""好""臧"的赞誉，与各章首句诗人的赞辞互相呼应，浑然一体。二人对对方的赞辞虽然内容相近，诗人却能运用不同的词汇形容，展现了深厚的赋诗功力。

　　全诗句句用韵，每章一韵，韵脚在各句倒数第二字上。首章以还、间、肩、儇为韵；次章以茂、道、牡、好为韵；末章昌、阳、狼、臧为韵，而且各句都以"兮"字收尾，形成王力先生所说的"富韵"。句式上四言、六言、七言并用，参差错落，产生了一唱三叹的艺术效果，确是《诗经》中的咏人名篇。

两肩重鉥图

子之还^{xuán}兮，　　　　　你的动作矫健轻捷，

遭我乎猱^{náo}之间兮。　　　在猺山的山间与我相遇。

并驱从两肩兮，　　　　　我们一同追逐两头大兽，

揖我谓我儇^{xuān}兮。　　　你作揖夸我身手敏捷。

子之茂兮，　　　　　　你的技艺高超卓越，

遭我乎猱之道兮。　　　在猺山的道路与我相遇。

并驱从两牡兮，　　　　我们一同追逐两头公兽，

揖我谓我好兮。　　　　你作揖夸我本领高强。

子之昌兮，　　　　　　你的体格孔武雄健，

遭我乎猱之阳兮。　　　在猺山的南坡与我相遇。

并驱从两狼兮，　　　　我们一同追逐两头大狼，

揖我谓我臧兮。　　　　你作揖夸我才艺善好。

著

题 解

　　《著》这首诗描写的是一位新娘眼中夫婿迎亲的情景。《毛诗序》及郑玄《笺注》认为此诗通过陈述古时的"亲迎之礼",以讽刺现今婚姻"不亲迎"的时弊。清代姚际恒对此提出质疑,他说:"此本言亲迎,必欲反之为刺,何居?"又认为"此女子于归见婿亲迎之诗","观充耳以琼玉,则亦贵人矣"。现当代学者大多倾向于姚际恒的观点。

　　全诗共分三章,每章三句,皆运用复沓结构。本诗纯用赋法铺陈,而且都是从新娘角度展开叙述的。各章首句和《郑风·丰》一诗比较类似,即开门见山地点明发生的事件,从"著""庭""堂"的地点和"俟我"的举动,可以推断这是一次迎亲之事,而且地点是由外至内发生渐变,展示出古时迎亲礼仪的一个侧影。各章后两句应该是新娘对新郎仪表的观察,主要集中在对其"充耳"的描绘上。新郎头戴的冠冕,其垂线由白、青、黄各色丝线制成,再坠以"琼华""琼莹""琼英"各种佩玉,可谓庄严华美至极,也从侧面印证了成婚者具有尊贵的身份。

　　本诗九句之中全无主语,故事情节的插入显得有些"突如其来",清人吴闿生《诗义会通》称其"句法奇峭"。正是这种奇特的句法,恰如其分地传达出新娘冷静而不安、紧张又期盼的心理活动。此外,以"充耳"这个单一意象来指代新郎,手法新颖而妙趣横生,给人留下深刻的印象。

俟我于著乎而，　　　　　　在屏风之前等候我，

充耳以素乎而，　　　　　　冠冕垂线以白丝制成，

尚之以琼华乎而。　　　　　　再用琼华美石作为垂饰。

（fū）

俟我于庭乎而，　　　　　　在庭院之中等候我，

充耳以青乎而，　　　　　　冠冕垂线以青丝制成，

尚之以琼莹乎而。　　　　　　再用琼莹美石作为垂饰。

俟我于堂乎而，　　　　　　在厅堂之上等候我，

充耳以黄乎而，　　　　　　冠冕垂线以黄丝制成，

尚之以琼英乎而。　　　　　　再用琼英美石作为垂饰。

东方之日

题 解

　　《东方之日》这首诗，毫无疑问也涉及到了男女婚恋的话题。关于此诗的主旨，古人多持"讽刺"说，但对讽刺对象存在异议。《毛诗序》认为是讽刺齐国"君臣失道，男女淫奔，不能以礼化"的衰颓之象，明代朱谋玮《诗故》认为是对"大夫妻出朝，而其君以无礼加之"的讽刺，清代牟庭《诗切》则认为是对婚姻不以"亲迎之礼"的讽刺。现当代学者一般认为，这是描写一对男女幽会情事的诗歌。

　　理解这首诗的难度，主要在于对"履""即""发"三词的训义方面。根据句式可知，"即""发"二词词性应该相同。有现代学者从朱熹释"履"为"蹑"，却又释"即"为"膝"，释"发"为"走"，"即""发"二词词性不一，殊不可取。此外，采取这种解释也使句意较难融通，以致多有附会之语，故此处采用郑玄《笺注》的解释。现代学者的另一个误区是，认定"姝"指的是女子。正如《诗经》中多次出现的"美人"一词并不专指女子一样，"姝"一词也并非为女子专有。其实推究"姝"的本义为"美好"，它既可以用以形容人的容貌，也可以用于形容人的品德。

　　所以此处的"姝"可以看作是诗人对对方的一种赞语或美称。

　　全诗共分两章，每章五句，皆运用叠章手法。每章皆是一、三、四、五句形成"富韵"，且三四两句重复，音节舒缓绵延，咏叹余韵无穷。悠扬婉转的韵律背后，传达的是诗人要求对方"以礼相迎"的坚定态度，也从反面映衬出《毛诗序》讽刺说的合理性。

东方之日兮，　　　　　　东方的太阳啊！

彼姝^{shū}者子，　　　　　那位美好的人，

在我室兮。　　　　　　　就在我的室内。

在我室兮，　　　　　　　他在我的室内，

履我即兮。　　　　　　　以礼相迎我才相从。

东方之月兮，　　　　　　东方的月亮啊！

彼姝者子，　　　　　　　那位美好的人，

在我闼^{tà}兮。　　　　　就在我的门内。

在我闼兮，　　　　　　　他在我的门内，

履我发兮。　　　　　　　以礼相迎我才出发。

东方未明

题 解

  关于《东方未明》这首诗的主旨，古代学者大多赞同《毛诗序》的观点，认为是讽刺齐国朝廷节令失当之作，即所谓"朝廷兴居无节，号令不时，挈壶氏不能掌其职焉"。"挈壶氏"是执掌计时的小官，古说认为本诗正是通过描写"挈壶氏"难以胜任其职之事，来实现其讽刺的目的。近现代学者多根据"折柳樊圃"一句，判定此诗为反映劳动者怨愤劳役繁重之诗，然而此说将"不能辰夜"一句解释为"不分昼夜"，似有待商榷。此处暂取古说。

  本诗共分三章，每章四句，前二章运用叠章手法。本诗纯用赋法，前二章起句皆以东方尚未破晓的时点，表明在清晨极早之时，主人公已经开始活动了。次二句在两章间意义相同，却颠倒顺序进行组合，一方面是为了避免句式的重复，一方面也渲染出主人公仓皇匆促的状态，究竟是什么紧急之事才能使他连上下衣都穿错呢？紧接着便揭示了原因：是来自公门的"召令"。最后一章写了他的"折柳樊圃"的动作和"狂夫瞿瞿"的神态，字里行间流露出一种局促不安的情绪；末两句以极端笔法言其连"辰夜"也不能计度，"夙莫"也分不清楚，仿佛头脑中只有一片混沌，进一步折射出他强大的工作压力和高度紧绷的神经。

  本诗中"颠倒衣裳""不能辰夜"等细节描写可能不仅仅是铺陈直叙，还带有一定的夸张意味，这使本诗讽刺、怨怼的情感主题更加鲜明丰满。本诗每章前两句一韵，后两句一韵，韵脚都在末字，读来具有较强的韵律感。

柳

落叶乔木或灌木。枝条柔韧，叶子狭长，种子有毛，开黄绿色的花，种类非常多。

东方未明，
颠倒衣裳(cháng)。
颠之倒之，
自公召之。

东方未晞(xī)，
颠倒裳衣。
倒之颠之，
自公令之。

折柳樊圃，
狂夫瞿瞿(jù jù)。
不能辰夜，
不夙则莫(mù)。

东方还未明亮，
上衣下衣颠倒穿上。
颠倒上衣和下衣，
从公门传来召谕。

东方还未破晓，
下衣上衣颠倒穿上。
颠倒下衣和上衣，
从公门传来命令。

折下柳条围成园篱，
狂愚之人心志不安。
不计早晨以及夜晚，
不是清旦就是日暮。

287

南
山

题 解

对于《南山》一诗的主题解读，自《毛诗序》提出"刺襄公也"的说法以来，几乎没有异议。公元前709年，鲁桓公娶齐襄公同父异母妹文姜为妻。文姜素与齐襄公有私情，甚至于前694年，趁鲁桓公访齐的时机违礼归宁，与齐襄公会面。后来鲁桓公得知实情后斥责文姜，文姜以此告知齐襄公，齐襄公竟然借宴请之机派人谋杀了鲁桓公。此事传出后，各国震惊，齐、鲁两国人民皆以为大耻，齐国大夫对此尤为切齿，于是就在这样的背景下创作了此诗，以讽刺齐襄公荒淫无道的丑行。

本诗共分四章，每章六句，前两章第三句、后两章一三句及各章末两句采用了叠咏句式。首章是以齐国的南山和雄狐起兴的，写雄狐行走之貌用了"绥绥"一词，这与《卫风·有狐》一诗完全相同，暗示了此诗和男女之情有关，学者多认为独行雄狐象征觊觎文姜美色的齐襄公。齐襄公之妹已经出嫁鲁国，襄公却贼心不死，故诗人以"曷又怀止"的反诘予以谴责。第二章以成双成对的葛鞋和帽穗比喻人有常偶，暗讽文姜违背礼法回乡与襄公私合之事，"曷又从止"一句是对文姜丑行的谴责。第三、四两章借种麻、劈柴等生活事宜，说明万事万物的运行都要遵循一定的规则法度，娶妻成家也要有"父母之命、媒妁之言"等礼仪规矩，暗讽了鲁桓公作为丈夫，对文姜行为放任恣纵，终究酿成大祸。

本诗句式上主要为四言，后两章杂以五言，部分诗句出现叠韵。全诗兼用赋、比、兴三法，对齐襄公、文姜和鲁桓公三名当事人皆展开了辛辣的批评和讽刺。各章末诗人皆以反诘句总结收束，凸显了本诗的嘲讽鞭挞意味，也使诗歌的结构更加完整。

南山崔崔，	南山山势高峻，
雄狐绥绥。	雄狐踽踽独行。
鲁道有荡，	鲁国道路平坦，
齐子由归。	齐君女儿出嫁。
既曰归止，	既然说已出嫁，
曷又怀止？	为何还要思念？

葛屦^{jù}五两，　　葛鞋并列成对，
冠緌^{ruí}双止。　　帽穗垂緌成双。
鲁道有荡，　　鲁国道路平坦，
齐子庸止。　　齐君女儿嫁人。
既曰庸止，　　既然说已嫁人，
曷又从止？　　为何还要追从？

艺麻如之何？　　种麻应该如何？
衡从^{zòng}其亩。　　田垄纵横耕耘。
取妻如之何？　　娶妻应该如何？
必告父母。　　一定禀告父母。
既曰告止，　　既然说已禀告，

曷又鞠止？   为何还要放任？

析薪如之何？   劈柴应该如何？

匪斧不克。   不是斧头不行。

取妻如之何？   娶妻应该如何？

匪媒不得。   没有媒人不成。

既曰得止，   既然说已成婚，

曷又极止？   为何还要至齐？

甫　田

题　解

　　因为《甫田》这首诗中没有出现明确的史实意象，所以古今学者对其主旨的解说分歧极多。其中影响比较大的有：以《毛诗序》为代表的讽刺说，认为是齐国大夫对齐襄公"无礼义而求大功，不修德而求诸侯，志大心劳，所以求者非其道"的讽刺。此外，这一派还有"刺齐景公"说、"刺鲁庄公"说、"刺奇童长而无成"说等。以朱熹《诗集传》为代表的警戒说，认为"田甫田而力不给，则草盛矣；思远人而人不至，则心劳矣。以戒时人厌小而务大；忽近而图远，将徒劳而无功也"。近现代学者亦有多种观点，如"耕作祈祷"说、"劝慰离人"说、"少女思念恋人"说、"妻子思念征夫"说等等。

　　全诗共分三章，每章四句，前两章运用复沓结构，后一章相对独立。首、次两章或许是兼兴兼赋，通过无人耕种、杂草丛生的大田，渲染了一种荒芜颓败的氛围。而后诗人直抒其意，口上说着"无思远人"，实在是已经劳心伤神、"忉忉怛怛"而说的反语罢了。第三章却镜头一转，描绘出一个扎着总角的可爱孩童形象，部分学者认为这是诗人回忆中的"远人"或"远人"之子，也有学者认为这是完全虚设的形象。虽然只是"未几"再见，然而"婉娈"童子已经加冠成人，翘起的总角变为头戴的"弁"帽，通过童子成长之快，映衬出岁月流逝的迅速。

　　本诗前两章一、三句和二、四句交错押韵，第三章四句皆押"富韵"，使得此诗读来朗朗上口。此外，或赋或兴、或虚或实的艺术手法，也给本诗留下了很大的探讨和想象空间，令人在品读之余回味无穷。

莠

俗称"狗尾草"，一年生草本植物，样子似谷。后多作为杂草、恶草的代称。

无田甫田，
维莠骄骄。
无思远人，
劳心忉忉。

不要耕种宽广大田，
野草高高长势旺盛。
不要思念远方之人，
忧心忡忡惆怅不断。

无田甫田，
维莠桀桀。
无思远人，
劳心怛怛。

不要耕种宽广大田，
野草长长生得茂密。
不要思念远方之人，
忧心忡忡哀愁难绝。

婉兮娈兮，
总角丱兮。
未几见兮，
突而弁兮。

风姿婉然而又美好，
两只总角向上翘起。
没过多久再见面时，
突然加冠已经成年。

卢　令

题　解

　　《卢令》一诗的诗旨，历来也存在较多争议。《毛诗序》认为是百姓对齐襄公"好田猎毕弋，而不修民事"的讽刺；朱东润、袁梅等近代学者认为是女子对所恋慕男子的赞美之辞；而王质、朱熹等人从诗的本义出发，认为此诗是对猎人的赞美之歌。今人多从最后一种说法。

　　本诗共分三章，每章二句，皆是叠咏句式。各章首句均是以写实的手法写"卢"，卢是一种黑色的名犬，传说产自韩国。各章分别以猎犬身上的缨环、"重环""重鋂"三物展开叙写，融合声音和外形，展现出狩猎时激烈、紧张的气氛。由物及人，由实到虚，各章末句转到对人才能、品德方面的赞美上来。各章均以"美"字总领"其人"之德，又分述其"仁""鬈""偲"诸德，给我们展示出一个德才兼备、技艺高超的形象。

　　本诗篇幅精短，语言洗练，三言、五言交错的句式使得本诗结构错落有致。对本诗虚实结合的手法，清代陈震在《读诗识小录》中点评说："即物指人，意态可掬。"确是别有奇趣。

卢令令，
其人美且仁。

　　　　　　　　　　黑色猎犬缨环作响，
　　　　　　　　　　那人美好又有仁德。

卢重环，

　　　　　　　　　　黑色猎犬双环相套，

其人美且鬈。　　　　　那人美好又有善德。

卢重鋂，^(méi)　　　　　黑色猎犬连环相扣，
其人美且偲。^(cāi)　　　那人美好又有才能。

守犬

犬的一种。《礼记》孔颖达疏："守犬，守御宅舍者也。"

敝笱

题 解

　　《敝笱》这首诗的主旨,《毛诗序》判定为"刺文姜也",认为此诗的创作是"齐人恶鲁桓公微弱,不能防闲文姜,使至淫乱,为二国患焉",古今学者对这种解说基本上没有异议。本诗的背景在之前的《南山》中已有比较详细的介绍,此处不再赘述。

　　全诗共分三章,每章四句,皆是工整的叠咏结构。各章均以"敝笱在梁"起兴,意味深刻。严密的鱼器设置在堤堰本为捕鱼,如今却破败不堪,使得水中"鲂""鳏""鲲"诸鱼从容游过,鱼器的存在形同虚设。这里实际上是兴中有比,以破旧的鱼器比喻鲁桓公法纪废弛、恣纵文姜的无能之行,以鱼儿自由穿梭比喻文姜与齐襄公悖礼私通而毫无约束,两组比喻同时暗讽了鲁桓公和文姜二人。各章后二句是对文姜初嫁鲁国情景的再现,通过"如云""如雨""如水"三词,极力渲染其随从之繁多、排场之盛大。越是铺陈其高贵的身份、奢华的婚礼,就越与她淫乱失德的丑行形成强烈反差,讽刺之意表露得淋漓尽致、入木三分。这种类似"反语"的手法,在"卫风"中的《新台》《君子偕老》二诗中也曾出现。

　　三章就内容而言比较接近,为了协韵和意义的递进,诗人将各章置换了少数几个字眼,形成了《诗经》中典型的一唱三叹的章法。尤其是"如云""如雨""如水"三个比喻,在逻辑上是一贯相承、层层递进,次序不可颠倒,也与诗情的发展脉络暗暗相合,由此确见诗人谋篇布局之功力。

敝笱在梁，
其鱼鲂鳏。
齐子归止，
其从如云。

破旧渔器设在鱼堰，
水中的鱼有鳊和鳏。
齐君女儿正要出嫁，
随行之人众多如云。

敝笱在梁，
其鱼鲂鱮。
齐子归止，
其从如雨。

破旧渔器设在鱼堰，
水中的鱼有鳊和鲢。
齐君女儿正要出嫁，
随行之人众多如雨。

敝笱在梁，
其鱼唯唯。
齐子归止，
其从如水。

破旧渔器设在鱼堰，
水中的鱼相随而游。
齐君女儿正要出嫁，
随行之人众多如水。

鱮

鲢鱼。个体大，体侧扁，稍高，腹部扁薄。

载

驱

题 解

《载驱》这首诗紧承《南山》《敝笱》二诗，抒发对齐襄公和文姜悖礼私合的讽刺。《毛诗序》认为此诗是齐国人对齐襄公"无礼义故盛其车服，疾驱于通道大都，与文姜淫"的嘲讽，而方玉润《诗经原始》认为此诗专门讽刺文姜，兼及襄公。

本诗共分四章，每章四句。诗中运用许多连绵词，对疾驰在鲁国大道上的文姜车马进行了反复铺陈。诗人不仅描摹其车饰之华贵，马匹之健美，还渲染其随从之众多，人物之泰然，这恰与文姜的失德丑行形成鲜明比照。再加上"齐子发夕"私会襄公的迫切举止，更使全诗的讽刺意味达到极点。

载驱薄薄，	驱赶马车疾驰而过，
簟茀朱鞹。 fú kuò	竹帘遮窗红皮蒙车。
鲁道有荡，	鲁国大道宽广平坦，
齐子发夕。	齐君女儿傍晚出发。
四骊济济，	四匹黑马整齐矫健，
垂辔濔濔。 nǐ nǐ	垂下缰绳柔软细腻。
鲁道有荡，	鲁国大道宽广平坦，

齐子岂弟。 _{kǎi tì}

齐君女儿和乐平易。

汶水汤汤， _{wèn shāngshāng}

汶河之水浩瀚盛大，

行人彭彭。 _{bāngbāng}

路上行人数量众多。

鲁道有荡，

鲁国大道宽广平坦，

齐子翱翔。

齐君女儿遨游徜徉。

汶水滔滔，

汶河之水滔滔不绝，

行人儦儦。 _{biāobiāo}

路上行人十分繁多。

鲁道有荡，

鲁国大道宽广平坦，

齐子游敖。

齐君女儿漫步优游。

猗嗟

题 解

　　《猗嗟》一诗从字面来看，似乎是赞美一位射箭能手的作品，然而古说仍多以齐襄公和文姜之事进行解读。《毛诗序》认为此诗是齐国人作以讽刺鲁庄公的，因他"有威仪技艺，然而不能以礼防闲其母（文姜），失子之道"。方玉润《诗经原始》则剥离文姜之事，单以此诗为赞美鲁庄公之作。

　　本诗共分三章，每章六句。在诗的前半部分，诗人运用叠咏手法，对射手的外表仪容展开了浓墨重彩的铺排，特别是写到了他清秀婉然的眉目。诗的后半部分主要展现了他高超卓绝的射箭技艺，从"不出正兮"的箭无虚发，到"四矢反兮"的炉火纯青，再到"以御乱兮"的总结称颂，可谓层层推进，水到渠成。

猗嗟昌兮，	哎呀那人真健壮，
颀而长兮。 qí	身材高大而颀长。
抑若扬兮，	眉目之间显俊美，
美目扬兮。	漂亮眼眸展清秀。
巧趋跄兮， qiāng	步履轻巧有节度，
射则臧兮。	射箭技艺很高强。

301

猗嗟名兮，　　　　　哎呀那人真英俊，

美目清兮。　　　　　漂亮眼眸露清明。

仪既成兮，　　　　　一切礼仪已完成，

终日射侯。　　　　　终其一日射箭靶。

不出正兮，　　　　　箭箭不出于靶心，
（zhēng）

展我甥兮。　　　　　确实是我好外甥。

猗嗟娈兮，　　　　　哎呀那人真美好，

清扬婉兮。　　　　　眉目清秀而婉然。

舞则选兮，　　　　　跳舞整齐合节拍，

射则贯兮。　　　　　射箭贯穿那靶心。

四矢反兮，　　　　　四箭屡屡归原处，

以御乱兮。　　　　　凭此可以御动乱。

葛屦

题 解

《葛屦》这首诗的主题，古今学者的解读不尽相同。古说多从《毛诗序》，认为本诗以端庄女子却要操劳制衣，讽刺魏国君王"俭啬褊急，无德以将之"，而使"其民机巧趋利"。近现代学者则认为通过贫寒女子制衣和富贵女子穿衣的对比，揭示了贫富分化严重的社会现实。

本诗有两章，第一章六句，第二章五句。首章两个反问句已经饱含悲怨和不满，和诗末"褊心"的讽刺恰好形成呼应之势。中间写缝制的衣服是"好人"所穿，又描写了她佩戴"象揥"的妆扮和"宛然"回避的举止，似乎是一种雍容温淑的气质，却恰与前面的"葛屦履霜"与"女手缝裳"形成鲜明对比，强化了全诗的讽刺力度。

纠纠葛屦（jù），　　　　　　　交错的葛藤编成的草鞋，

可以履霜。　　　　　　　　　可以走在结霜的地上。

掺掺（xiānxiān）女手，　　女子纤细柔美的手，

可以缝裳（cháng）。　　　　可以缝制衣裳。

要之襋（jí）之，　　　　　　缝好衣服的腰身和领子，

好人服之。　　　　　　　　　秀美的人穿上了这衣裳。

好人提提，　　　　　秀美之人体态安舒，

宛然左辟，　　　　　扭动着腰肢避向左方，
　bì

佩其象揥。　　　　　头上佩戴象牙发簪。
　tì

维是褊心，　　　　　因为其人心胸狭窄，
　biǎn

是以为刺。　　　　　因此作诗加以讽刺。

葛

多年生草本植物。茎蔓生，长二三丈，花呈紫红色。茎皮纤维可做纺织和造纸原料。

汾沮洳

题 解

关于《汾沮洳》一诗的主旨，古今学者可谓众说纷纭。《毛诗序》认为是对魏国君主"俭以能勤，而不得礼"的讽刺；《韩诗外传》则认为是对"隐居之贤者"的赞美。此外，古说还有"晋人刺其大夫"说、"诗人赞其公族"说、"称美勤俭"说等。今人多从闻一多之说，认为此诗是女子对恋慕男子的赞歌。

本诗共有三章，每章六句，皆为复沓句式。各章皆以汾水边采摘某种植物起兴，这是《诗经》中惯用的起兴意象。而后咏物及人，展开对"彼其之子"的称扬誉美。描摹其仪容之美，不仅以"无度""如英""如玉"三词比拟铺陈，而且拿"公路""公行""公族"与之对照映衬，使得"彼其之子"的形象顿时活灵活现，跃然眼前。

彼汾沮洳，　　　　　　　在那汾水低湿之处，
言采其莫。　　　　　　　去采摘莫菜。
彼其之子，　　　　　　　那个人啊，
美无度。　　　　　　　　仪容俊美无比。
美无度，　　　　　　　　仪容俊美无比，
殊异乎公路。　　　　　　公路与他相差极大。

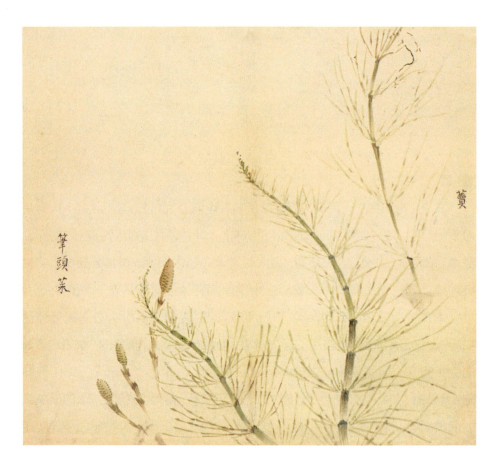

莫（笔头菜）

一种野菜，赤节，叶厚而长，植物纤维可用以缲丝。

蕢

又名泽泻，多年生沼生草本，可入药，亦可作蔬菜。

彼汾一方，　　　　　　在那汾水远远一边，

言采其桑。　　　　　　去采摘桑叶。

彼其之子，　　　　　　那个人啊，

美如英。　　　　　　　仪容俊美如花。

美如英，　　　　　　　仪容俊美如花，

殊异乎公行^{háng}。　　　公行与他相差极大。

彼汾一曲，　　　　　　在那汾水弯曲之处，

言采其藚^{xù}。　　　　去采摘泽泻。

彼其之子，　　　　　　那个人啊，

美如玉。　　　　　　　仪容俊美如玉。

美如玉，　　　　　　　仪容俊美如玉，

殊异乎公族。　　　　　公族与他相差极大。

园有桃

题 解

　　《园有桃》这首诗抒发了一位"士"人深重的忧愁哀思,而关于其忧愁之因,则存在各种不同的说法。《毛诗序》认为是魏国大夫对其国君"俭以啬,不能用其民,而无德教"的讽刺,此外还有"忧国而叹"说、"贤人怀才不济"说、"叹知己难得"说等等。就诗歌本义来看,取士大夫伤时忧己之说为宜。

　　本诗共分两章,每章十二句,皆用叠章手法,其中两章后六句完全相同。各章分别以园中之"桃"和"棘"堪食起兴,暗喻自己有才却不得其用,自然引出"心之忧矣"的主题。心中忧甚,他人不但不解,反而恶言相向,故有诗人后半部分连续的反诘慨叹,孤愤悲怨的情感宣泄可谓一气呵成,掷地有声。

园有桃,	园中长有桃树,
其实之殽^{yáo}。	果实可以品尝。
心之忧矣,	心中忧愁苦闷,
我歌且谣。	我就吟唱歌谣。
不知我者,	不理解我的人,
谓我士也骄。	说我士子也骄狂。
彼人是哉,	这些通达之人说的很对,
子曰何其^{jī}?	但你告诉我怎么办才好?

棘

棘树，即俗称的酸枣树。落叶乔木，有刺。果实较枣小，味酸。

心之忧矣，   心中忧愁苦闷，

其谁知之？   又有谁能知道？

其谁知之，   谁能知我忧愁，

_{hé}
盖亦勿思！   何必再去想它！

园有棘，   园中长有棘树，

其实之食。   果实可以食用。

心之忧矣，   心中忧愁苦闷，

聊以行国。   姑且周游国中。

不知我者，   不理解我的人，

谓我士也罔极。   说我士子也不正。

彼人是哉，   这些通达之人说的很对，

子曰何其？   但你告诉我怎么办才好？

心之忧矣，   心中忧愁苦闷，

其谁知之？   又有谁能知道？

其谁知之，   谁能知我忧愁，

盖亦勿思！   何必再去想它！

陟
岵

题 解

　　《陟岵》是一首表达征人对家乡亲人思怀之情的作品，正如《毛诗序》所言："国迫而数侵削，（孝子）役乎大国，父母兄弟离散，而作是诗也。"对这一说法，古今学者几乎没有表示异议。

　　本诗共分三章，每章六句，皆用复沓句式。各章首二句皆以诗人登高远望故乡亲人起句，实是兴中有赋，也自然引出了"思亲"的情感主线。此后诗人模拟情境，分别设想了父、母、兄对自己所说之话，饱含对其行役生活的悯惜担忧，也寄托着其早归故里、与亲团聚的殷切期冀，反衬出诗人对劳苦行役的怨怼不满和对家乡亲人的无比思念。这种手法是本诗最大的亮点和特色所在，乔亿甚至推此诗为"千古羁旅行役诗之祖"。

陟彼岵（zhì hù）兮，	登上那草木葱郁的山，
瞻望父兮。	瞻望着我的父亲。
父曰："嗟予子，	父亲说："呀！我的儿子行役在外，
行役夙夜无已。	从朝至夕没有止息。
上慎旃（zhān）哉，	希望你能小心谨慎，
犹来无止！"	还是归来不要停下！"

陟岵陟屺图

陟彼屺兮，　　　　　　　登上那没有草木的山，

瞻望母兮。　　　　　　　瞻望着我的母亲。

母曰："嗟予季，　　　　母亲说："呀！我的小儿行役在外，

行役夙夜无寐。　　　　　朝朝暮暮不能睡眠。

上慎旃哉，　　　　　　　希望你能小心谨慎，

犹来无弃！"　　　　　　还是归来不要弃绝！"

陟彼冈兮，　　　　　　　登上那高耸的山脊，

瞻望兄兮。　　　　　　　瞻望着我的兄长。

兄曰："嗟予弟，　　　　兄长说："呀！我的弟弟行役在外，

行役夙夜必偕。　　　　　日夜必同他人一起。

上慎旃哉，　　　　　　　希望你能小心谨慎，

犹来无死！"　　　　　　还是归来不要客死！"

十亩之间

题 解

对《十亩之间》一诗诗旨的诠释，历来学者有着不同的观点。《毛诗序》认为，"十亩"之词实是对"（魏国）削小，民无所居"时局的针砭；而苏辙、方玉润等人认为此是"归隐田园"之诗，不过对两位归隐者的关系存在异议；今人有主张此诗为女子恋歌的，有主张此诗为采桑女劳动之歌的，相较而言，后一种说法较为合宜。

本诗文字精简，仅有两章，每章三句，全用叠咏结构。两章前两句展现的是采桑者在"十亩之间"劳作的情景，"闲闲""泄泄"二词表露出她们从容自得、安然闲适的状态，渲染出轻松欢快的劳作氛围。各章末句皆是祈使句，通过采桑者呼唤同伴回家的举动，暗示一天劳作的结束和采桑者丰富的收获。此诗与《周南·芣苢》一诗题材相似、风格相近，可比照研究。

十亩之间兮，	在十亩田地之间，
桑者闲闲兮，	采桑者从容自得，
行与子还兮。	我将和你同回还。
十亩之外兮，	在十亩田地之间，
桑者泄泄兮，	采桑者闲适和乐，
行与子逝兮。	我将和你同归去。

伐

檀

题 解

　　《伐檀》一诗，对那些尸位素餐的在位者进行了辛辣的嘲讽。正如《毛诗序》所言："在位贪鄙，无功而受禄，君子不得进仕。"那些无功无德之人，却能作威作福，鱼肉百姓，揭露了当时政治腐败和社会不公的残酷现实。

　　本诗共分三章，每章九句，章章复沓，仅有数字更替。各章首句皆以砍伐檀树制作车具起兴，次言将所伐树木置于微波荡漾的河畔，似乎营造的是一种愉快欣悦的氛围。然而紧接着便诗风大变，诗人连用多个反诘句，对"不稼不穑"却"取禾三百""不狩不猎"却"庭有县兽"之人层层逼问，再加上对"君子不素餐"的反复昭示，诗人饱含愤怒的控诉和指斥终于宣泄得淋漓尽致，无以复加。

坎坎伐檀兮，	砍伐檀树声声作响，
寘_{zhì}之河之干_{gān}兮。	砍下放在河水之畔。
河水清且涟猗。	河水清澈泛起涟漪。
不稼不穑_{sè}，	不种谷物也不收获，
胡取禾三百廛_{chán}兮？	为何要拿三百束禾？
不狩不猎，	不去冬狩也不夜猎，
胡瞻尔庭有县貆_{xuánhuán}兮？	为何见你庭悬幼貉？

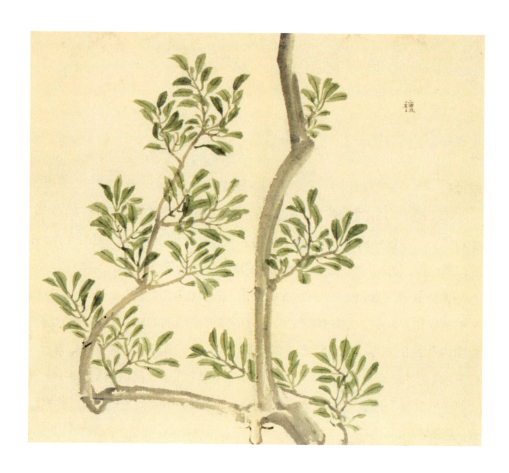

檀

大乔木。心材红褐色至紫红褐色，通常具有黑褐色的同心圆状条纹。边材浅红白色至浅褐色。木质坚硬，香气芬芳永恒，色彩绚丽多变，百毒不侵，万古不朽。

彼君子兮，　　　　　　　那些所谓君子之人，

不素餐兮！　　　　　　　不会平白吃人闲饭！

坎坎伐辐兮，　　　　　　砍树声声制作车辐，

寘之河之侧兮。　　　　　砍下放在河水之侧。

河水清且直猗。　　　　　河水清澈而又平正。

不稼不穑，　　　　　　　不种谷物也不收获，

胡取禾三百亿兮？　　　　为何要拿三百束禾？

不狩不猎，　　　　　　　不去冬狩也不夜猎，

胡瞻尔庭有县特兮？　　　为何见你庭悬大兽？

彼君子兮，　　　　　　　那些所谓君子之人，

不素食兮！　　　　　　　不会无故吃人白饭！

坎坎伐轮兮，　　　　　　砍树声声制作车轮，

寘之河之漘^{chún}兮。　　　　砍下放在河水之涯。

河水清且沦猗。　　　　　河水清澈泛起微波。

不稼不穑，　　　　　　　不种谷物也不收获，

胡取禾三百囷^{qūn}兮？　　　为何要拿三百束禾？

不狩不猎，　　　　　　　不去冬狩也不夜猎，

胡瞻尔庭有县鹑^{chún}兮？　　为何见你庭悬鹌鹑？

彼君子兮，　　　　　　　那些所谓君子之人，

不素飧^{sūn}兮！　　　　　　不会无功吃人白饭！

硕鼠

题 解

    《硕鼠》是一首有名的"刺贪"诗。诗人将贪得无厌又寡德无情的剥削者形象地比喻为"硕鼠"，正如《毛诗序》中所说："国人刺其君重敛，蚕食于民，不修其政，贪而畏人，若大鼠也。"无限的憎恶、怨恨和谴责之意尽皆流注于笔端。

    全诗共分三章，每章八句，皆运用叠咏章法。各章前两句以警诫的口吻比兴，让"硕鼠"不要无休止地啃噬农人辛苦收获的谷物，然后进一步给出原因：多年来对它的事奉不仅没有得到一点恩惠，反而是变本加厉的蚕食鲸吞。也难怪诗人会决然发誓离开"硕鼠"，去寻找那方安乐之土了。诗中"乐土""乐国""乐郊"三词意义类似，皆是寄托着诗人美好向往的一种象征，代表着没有剥削、人人平等、安乐祥和的一种理想社会。

硕鼠硕鼠，　　　　　　大老鼠啊大老鼠，

无食我黍。（shǔ）　　不要再吃我的黍。

三岁贯女，（rǔ）　　　多年来奉事于你，

莫我肯顾。　　　　　　你却不肯顾念我。

逝将去女，　　　　　　发誓将要远离你，

适彼乐土。　　　　　　去往那片安乐土。

乐土乐土，　　　　　　　安乐土啊安乐土，

爰得我所。　　　　　　　这才是我好去处。
（yuán）

硕鼠硕鼠，　　　　　　　大老鼠啊大老鼠，

无食我麦。　　　　　　　不要再吃我的麦。

三岁贯女，　　　　　　　多年来奉事于你，

莫我肯德。　　　　　　　你却不肯恩惠我。

逝将去女，　　　　　　　发誓将要远离你，

适彼乐国。　　　　　　　去往那个安乐国。

乐国乐国，　　　　　　　安乐国啊安乐国，

爰得我直。　　　　　　　这才是我好归宿。

硕鼠硕鼠，　　　　　　　大老鼠啊大老鼠，

无食我苗。　　　　　　　不要再吃我的苗。

三岁贯女，　　　　　　　多年来奉事于你，

莫我肯劳。　　　　　　　你却不肯慰劳我。

逝将去女，　　　　　　　发誓将要远离你，

适彼乐郊。　　　　　　　去往那方安乐郊。

乐郊乐郊，　　　　　　　安乐郊啊安乐郊，

谁之永号！　　　　　　　谁还长久呼与号！
（háo）

蟋蟀

题 解

　　《蟋蟀》这首诗的主旨，《毛诗序》判为对晋僖公的讽刺，认为他"俭不中礼，故作是诗以闵之，欲其及时以礼自虞乐也"。宋人王质《诗总闻》则提出"此大夫之相警戒者也"，今人陈子展《诗经直解》亦言："盖士大夫忧思深远，相乐相警，勉为良士之诗。"这一观点较为公允。

　　本诗共分三章，每章八句，采用复沓结构，各章仅动五字。各章皆以"蟋蟀在堂"起兴，实际上已经暗示了一岁将尽的时节背景。此后诗人数言自己"不乐"，自然引出日月流转、岁月易逝的慨叹，以及贤良之士要居安思危、谨慎勤勉的主题。本诗多用连绵词，且交错押韵，极具韵律之美。

<table>
<tr><td>蟋蟀在堂，</td><td>蟋蟀在厅堂上，</td></tr>
<tr><td>岁聿其莫。
yù mù</td><td>一年即将度过。</td></tr>
<tr><td>今我不乐，</td><td>如今我不快乐，</td></tr>
<tr><td>日月其除。</td><td>日月不停流逝。</td></tr>
<tr><td>无已大康，
tài</td><td>不要过于安泰，</td></tr>
<tr><td>职思其居。</td><td>得要专想本分。</td></tr>
<tr><td>好乐无荒，</td><td>喜乐不误职事，</td></tr>
<tr><td>良士瞿瞿。
jù jù</td><td>贤士勤勉谨慎。</td></tr>
</table>

好乐无荒图

蟋蟀在堂，　　　　　蟋蟀在厅堂上，

岁聿其逝。　　　　　一年即将完结。

今我不乐，　　　　　如今我不快乐，

日月其迈。　　　　　日月不停迁变。

无已大康，　　　　　不要过于安泰，

职思其外。　　　　　得要专想外事。

好乐无荒，　　　　　喜乐不误职事，
　　guì guì
良士蹶蹶。　　　　　贤士勤勤恳恳。

蟋蟀在堂，　　　　　蟋蟀在厅堂上，

役车其休。　　　　　一年即将终尽。

今我不乐，　　　　　如今我不快乐，
　　tāo
日月其慆。　　　　　日月不停逝去。

无已大康，　　　　　不要过于安泰，

职思其忧。　　　　　得要专想忧患。

好乐无荒，　　　　　喜乐不误职事，

良士休休。　　　　　贤士安然和乐。

蟋蟀

亦称促织，俗名蛐蛐、夜鸣虫。蟋蟀是一种古老的昆虫，至少已有1.4亿年的历史。

山 有 枢

题 解

　　《山有枢》这首诗的主题，《毛诗序》认为是国人对晋昭公治国不力的讽刺，所谓"不能修道以正其国，有财不能用，有钟鼓不能以自乐，有朝廷不能洒埽，政荒民散，将以危亡"。清人郝懿行《诗问》中则言"讽吝啬也"，可以说较合诗意。

　　本诗共分三章，每章八句，除第三章四、五、六句外，皆用叠章手法。各章皆以"山"和"隰"上某种树木起兴，进而展开对悭吝贵族的嘲谑讥讽。诗人不惜笔墨罗列其种种器具财产，暗示其聚敛搜刮了大量财富，却舍不得使用以发挥其本来效用，最终也只能为他人占有挥霍，颇有《红楼梦》中"到头来都是为他人作嫁衣裳"的那种可悲、可笑的意味。

山有枢，	山上长着刺榆，
隰有榆。 xí	湿沼中长着榆树。
子有衣裳，	你有上衣和下衣，
弗曳弗娄。	却不穿戴在身。
子有车马，	你有乘车和马匹，
弗驰弗驱。	却不驾驭驱驰。
宛其死矣，	如果你宛然死去，

枢

即刺榆。小乔木。树皮深灰色或褐灰色，叶椭圆形或椭圆状矩圆形。果实呈黄绿色，斜卵圆形。

他人是愉。 别人一定感到欢愉。

山有栲，ㅤ山上长着山樗，
（kǎo）

隰有杻。ㅤ湿沼中长着杻树。
（niǔ）

子有廷内，ㅤ你有庭院和屋宇，

弗洒弗扫。ㅤ却不洒扫清洁。

子有钟鼓，ㅤ你有鸣钟和乐鼓，

弗鼓弗考。ㅤ却不敲击演奏。

宛其死矣，ㅤ如果你宛然死去，

他人是保。ㅤ别人就会占有它们。

山有漆，ㅤ山上长着漆树，

隰有栗。ㅤ湿沼中长着栗树。

子有酒食，ㅤ你有美酒和佳肴，

何不日鼓瑟？ㅤ何不日日鼓瑟？

且以喜乐，ㅤ姑且以之喜乐，

且以永日。ㅤ姑且以之度日。

宛其死矣，ㅤ如果你宛然死去，

他人入室。ㅤ别人就会登堂入室。

杻

即檍树。叶发白，似杏叶，树干红色。

扬之水

题 解

　　《唐风·扬之水》这首诗的创作，涉及到晋国的一段历史。公元前745年，晋昭侯封其叔父成师于曲沃，称为桓叔，势力逐渐发展壮大。公元前738年，晋臣潘父杀晋昭侯，欲迎立桓叔为君，而当桓叔入晋都时，却遇晋兵攻击，其事终败。此诗正是在这一政变的背景下所作的。

　　关于诗人身份历来也多有争议，或认为是桓叔谋反的告密者，或认为是忠于昭侯者，或认为是忠于桓叔者，不一而足。就诗中出现的"沃""鹄"两地名结合诗意来看，最后一说或较合理。诗中所写的"素衣""朱襮""朱绣"，本是诸侯礼服，此处用以描摹桓叔，或许寄托着诗人对桓叔早成晋侯的一种期待，实际上也从反面佐证了《毛诗序》"刺晋昭公"的说法。

扬之水，	激扬的流水中，
白石凿凿。 zuò zuò	白石历历可观。
素衣朱襮， bó	白衣配红纹领，
从子于沃。	跟你去往曲沃。
既见君子，	既已见到君子，
云何不乐？ luò	为何还不快乐？

扬之水，　　　　　　　激扬的流水中，

白石皓皓。　　　　　　白石鲜洁夺目。

素衣朱绣，　　　　　　白衣配红绣领，

从子于鹄。　　　　　　跟你去往鹄地。

既见君子，　　　　　　既已见到君子，

云何其忧？　　　　　　为何还觉忧愁？

扬之水，　　　　　　　激扬的流水中，

白石粼粼。　　　　　　白石清明映现。

我闻有命，　　　　　　我听说有政令，

不敢以告人。　　　　　不敢告知别人。

椒

聊

题 解

关于《椒聊》一诗,《毛诗序》认为是通过描写桓叔治下"沃之盛彊,能修其政,知其蕃衍盛大",实现对晋昭公治政无能的反讽。朱熹对此提出质疑,认为"此诗未见其必为沃而作也";今人陈子展等则主张此诗是对后嗣繁多的男子的赞歌。

本诗共分二章,每章六句,全用复沓句式。各章皆以丰收的山椒籽实起兴,以"蕃衍盈升""蕃衍盈匊"二句形容其数量之多,暗喻高大健硕的"彼其之子"子孙众多、人丁兴旺。各章末以山椒香气远扬四方,寄托了诗人家道承传、绵延不衰的殷切希望,也与首句互相呼应,浑然一体。

椒聊之实,	花椒结出的籽实,
蕃衍盈升。	多得可盈满一升。
彼其^{jì}之子,	那个人啊,
硕大无朋。	硕大无人可比。
椒聊且^{jū},	花椒啊,
远条且。	香气远远飘扬。
椒聊之实,	花椒结出的籽实,

蕃衍盈匊^{jū}。   多得可盈满一捧。

彼其之子，   那个人啊，

硕大且笃。   硕大而且厚实。

椒聊且，   花椒啊，

远条且。   香气远远飘扬。

椒

花椒，又名山椒。落叶灌木或小乔木，有香气。果实球形，暗红色，种子黑色，可供药用
或调味。

绸
缪

题 解

　　"束薪""束楚"二意象，在《诗经》中常常作为男女成婚的隐喻而出现，因此这首《绸缪》的主题就与婚事有关。诗中三次出现"三星"的意象，是因古人将星相和历法、人文相结合，通过观测"三星"在夜空中的位移决定男女成婚的吉日。

　　本诗共分三章，每章六句，皆运用叠章手法。学者对"良人"一词的解释虽存在分歧，但却不妨碍对整体诗意的把握。各章后半部分连发两问，实际上是表达诗人见到"良人"，并与她共度新婚之时的甜蜜和愉悦之情。"今夕何夕"一句，在后世文学作品中被多次引用或化用，堪称千古名句。

^{chóumóu} 绸缪束薪，	柴薪紧紧捆成束，
三星在天。	参宿三星在天上。
今夕何夕？	今夜究竟是何夜？
见此良人。	能够见到这美人。
子兮子兮，	你这人啊你这人，
如此良人何？	要将美人怎么样？
^{chú} 绸缪束刍，	干草紧紧捆成束，

三星在隅。　　　　　　心宿三星在东南。

今夕何夕?　　　　　　今夜究竟是何夜?

见此邂逅。　　　　　　能够享有此欢悦。

子兮子兮,　　　　　　你这人啊你这人,

如此邂逅何?　　　　　欢悦之时怎么办?

绸缪束楚,　　　　　　荆条紧紧捆成束,

三星在户。　　　　　　河鼓三星在天上。

今夕何夕?　　　　　　今夜究竟是何夜?

见此粲者。　　　　　　能够见到这丽人。

子兮子兮,　　　　　　你这人啊你这人,

如此粲者何?　　　　　要将丽人怎么样?

杕 杜

题 解

　　与《王风·葛藟》一诗类似，《杕杜》这首诗描绘的也是一个孤苦无依、颠沛流离的流浪者形象。《毛诗序》认为此诗是对晋国"君不能亲其宗族，骨肉离散，独居而无兄弟，将为沃所并"时局的讽刺；朱熹《诗集传》则称此诗为"无兄弟者自伤其孤特而求助于人之辞"。鉴于诗中并无足够信息佐证前说，兹取后说解读为宜。

　　本诗共分两章，每章九句，皆是复沓章法。各章皆以枝繁叶茂却孤自生长的甘棠树起兴，暗喻了诗人"踽踽睘睘"的独行者身份。此后各章连发三问，层层递进，表明自己六亲无依、兄弟无着的凄惨处境，同时也对世态炎凉、人情冷漠的现实予以了血泪的谴责和控诉。

有杕之杜，　　　　　　　　甘棠孤自生长，
dì

其叶湑湑。　　　　　　　　树叶十分茂密。
xǔ xǔ

独行踽踽，　　　　　　　　独自踽踽行走，
jǔ jǔ

岂无他人？　　　　　　　　难道没有别人？

不如我同父。　　　　　　　不如我的同父兄弟。

嗟行之人，　　　　　　　　嗟叹行路之人，

胡不比焉？　　　　　　　　为何不来亲近？
bǐ

人无兄弟，
胡不佽焉？
　　cì

人既没有兄弟，
为何不予援助？

有杕之杜，
其叶菁菁。
独行睘睘，
　qióngqióng
岂无他人？
不如我同姓。
嗟行之人，
胡不比焉？
人无兄弟，
胡不佽焉？

甘棠孤自生长，
树叶极其繁盛。
孤独无依行走，
难道没有别人？
不如我的同祖兄弟。
嗟叹行路之人，
为何不来亲近？
人既没有兄弟，
为何不予援助？

羔裘

题　解

　　《羔裘》这首短诗，刻画了一个傲慢无礼、不念旧情的贵族形象。《毛诗序》认为是晋国人民对"其在位，不恤其民"的讽刺，而从诗中"维子之故""维子之好"两句判断，以诗人为此贵族之同僚故友，似乎更为合理通达。

　　本诗仅有两章，每章四句，皆为叠咏句法。各章首句"羔裘豹袪"或为即赋即兴，也暗示了本诗讽刺的对象身份乃是一在位的卿大夫。"居居""究究"二词将此人权高无德、盛气凌人的意态展现得活灵活现，而各章末两句的设问和反诘，则揭示了"我人"不与之交恶之因，同时也加强了全诗的讽刺意味。

羔裘豹袪（qū），	羔皮裘衣以豹皮饰袖，
自我人居居。	却对我辈憎恶避离。
岂无他人？	难道没有他人可交？
维子之故。	只因顾念你的旧情。
羔裘豹褎（xiù），	羔皮裘衣以豹纹为袖，
自我人究究。	却对我辈嫌怨鄙弃。
岂无他人？	难道没有他人可交？
维子之好。	只因念及与你交好。

鸨

羽

题 解

    对于《鸨羽》一诗主旨的判定，古今学者的观点较为统一。正如《毛诗序》所言："昭公之后，大乱五世，君子下从征役，不得养其父母，而作是诗也。"这首诗反映的就是一位处于社会底层的平民，对执政者苛酷繁重的徭役发出的声声怨愤和谴责。

    本诗共分三章，每章七句，皆采用复沓手法。各章皆以群栖于木的鸨鸟起兴，亦是兴中有比，暗喻大量的民众群集服役在外。此后诗人直接指出是因为"王事"劳作，以致荒废了农业生产，家亲眷属生活无依，三次对"悠悠苍天"的叩问将诗人愤怒、憎怨而又无奈的情感推向了极致。

肃肃鸨羽，　　　　　　　　鸨鸟簌簌振动羽翅，

集于苞栩。　　　　　　　　齐集栖息茂密柞树。

王事靡盬，　　　　　　　　王族差事没有休止，

不能艺稷黍。　　　　　　　不能种植稷黍谷物。

父母何怙？　　　　　　　　父母生活依靠什么？

悠悠苍天，　　　　　　　　悠远无际苍苍之天，

曷其有所！　　　　　　　　何时才能归还我所！

鸨

水鸟名，头小颈长，比雁略大，善跑而不善飞。

肃肃鸨翼，　　　　　　　鸨鸟籁籁振动双翼，

集于苞棘。　　　　　　　齐集栖息繁盛棘树。

王事靡盬，　　　　　　　王族差事没有休止，

不能艺黍稷。　　　　　　不能种植黍稷谷物。

父母何食？　　　　　　　父母生活要吃什么？

悠悠苍天，　　　　　　　悠远无际苍苍之天，

曷其有极！　　　　　　　何时劳役才能停息！

肃肃鸨^{háng}行，　　　　　鸨鸟籁籁排列成行，

集于苞桑。　　　　　　　齐集栖息稠密桑树。

王事靡盬，　　　　　　　王族差事没有休止，

不能艺稻粱。　　　　　　不能种植稻粱谷物。

父母何尝？　　　　　　　父母生活品尝什么？

悠悠苍天，　　　　　　　悠远无际苍苍之天，

曷其有常！　　　　　　　何时才有正常生活！

无衣

题 解

关于《无衣》这首诗的诗旨，古今学者存在较大的分歧，主要原因在于对"七""六"的解释不同。《毛诗序》断言此诗是对晋武公的赞美，认为"武公始并晋国，其大夫为之请命乎天子之使，而作是诗也"。现代学者主要认为这首诗表达了一个男子对亡故妻子的思怀之情。

本诗仅有两章，每章三句，皆用叠章句式。全诗是由两个设问句构成的，只变动二字，内容基本相同。各章首句分别以"无衣七"和"无衣六"发问，暗示了晋武公自有本国礼服，只因自己刚刚立为国君，需要得到周天子之命，所以才有"不如子之衣"之言，表现出武公谦卑守礼的美德。

岂曰无衣七兮？	难道说没有七章之衣吗？
不如子之衣，	不如你的衣服，
安且吉兮。	安舒而且善美。
岂曰无衣六兮？	难道说没有六命之服吗？
不如子之衣，	不如你的衣服，
安且燠^{yù}兮。	安舒而且暖和。

有杕之杜

　　《有杕之杜》这首诗的主旨较难把捉，因为历来学者对此诗有许多争议。《毛诗序》认为本诗是对"武公寡特，兼其宗族，而不求贤以自辅"的讽刺，而朱熹《诗集传》认为此诗所写是"此人好贤，而恐不足以致之"。此外还有"思念征夫"说、"流浪乞食"说、"恋人情歌"说、"孤独盼友"说等。

　　本诗共分两章，每章六句，皆是叠咏章法。各章皆以孤生在道路之侧的甘棠树起兴，暗喻诗人自己正在孤独落寞的处境之中。此后写因"彼君子"来访，诗人喜不自禁，有点手忙脚乱地自问如何设宴款待，此段或为实写，抑或为虚写，但无疑都渲染出诗人"好乐"君子的一片殷切之心。

有杕之杜，	有棵孤特的棠梨，
生于道左。	生长在道路左侧。
彼君子兮，	那位君子啊，
噬肯适我。	肯来造访于我。
中心好之，	心中感到喜乐，
曷饮食之？	拿什么给他吃喝？

341

有杕之杜，　　　　有棵孤特的棠梨，

生于道周。　　　　生长在道路旁边。

彼君子兮，　　　　那位君子啊，

噬肯来游。　　　　肯来交往于我。

中心好之，　　　　心中感到喜乐，

曷饮食之?　　　　何不邀其宴饮共餐?

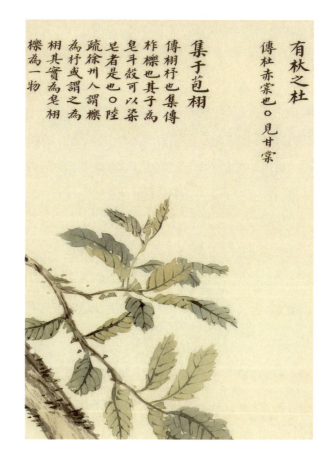

有杕之杜

葛

生

题 解

　　《葛生》是一首哀婉凄戾的悼亡诗。《毛诗序》判定其写作背景是晋献公"好攻战，则国人多丧矣"，郑玄进一步解释说："夫从征役，弃亡不反，则其妻居家而怨思。"有近现代学者提出"角枕""锦衾"为死者入殓之物，并从更宽泛的层面提出此诗之"悼亡"，并不一定局限于某种关系的人物之间。

　　本诗共分五章，每章四句，前三章与后两章分别叠咏，结构奇特。前两章以"葛"蔽荆楚和"蔹"蔓郊野起兴，渲染了一种荒芜凄凉的氛围。第三章中的"角枕""锦衾"可谓睹物思人，自然勾出了诗人"予美亡"，自己孤身与谁"独处""独息""独旦"的惘怅哀思。后二章以"夏日冬夜"极言时间之久，以百年后同归其穴之志，将诗人思之切、念之深、意之真表现得无以复加。

葛生蒙楚，	葛麻生长遮蔽荆木，
liǎn 蔹蔓于野。	蔹草攀爬蔓延郊野。
予美亡此，	我的贤人消逝此处，
谁与独处？	孤自有谁与我相处？
葛生蒙棘，	葛麻生长遮蔽棘树，
蔹蔓于域。	蔹草攀爬蔓延坟茔。

蔹

多年生蔓生草本植物，叶多而细，结球形浆果，根可入药。

予美亡此，　　　　　　我的贤人消逝此处，

谁与独息?　　　　　　孤自有谁与我停息?

角枕粲兮，　　　　　　角饰枕头色泽鲜亮，

锦衾烂兮。　　　　　　锦绣被褥色彩绚烂。

予美亡此，　　　　　　我的贤人消逝此处，

谁与独旦?　　　　　　孤自有谁伴我天明?

夏之日，　　　　　　　夏天的白昼，

冬之夜。　　　　　　　冬天的夜晚。

百岁之后，　　　　　　百年之后，

归于其居。　　　　　　我也回归到你的墓穴。

冬之夜，　　　　　　　冬天的夜晚，

夏之日。　　　　　　　夏天的白昼。

百岁之后，　　　　　　百年之后，

归于其室。　　　　　　我也回归到你的墓室。

采苓

　　《采苓》这首诗的主题从字面来看十分简单，就是劝人心有主见，不要听信别人谣言。至于劝者和被劝者为谁，所劝又为何事，则难以考稽。以《毛诗序》为代表的古说一般认为，此诗表达的是晋国人对晋献公好听谗言的讽刺。

　　本诗共分三章，每章八句，皆运用复沓句式。各章皆以在首阳山采摘某种植物起兴，继而表露"无信""无与""无从"他人流言的心迹。既然是伪言，就要坚定立场，以"舍旃""无然"的态度去应对。最后三重其诘，加重了劝诫的语气。姚际恒《诗经通论》点评此诗说："通篇以叠词重句，缠绵动听，而姿态亦复摇曳。"

采苓采苓，	采摘苓草采摘苓草，
首阳之巅。	就在首阳山的山顶。
人之为言（wěi），	别人说的谎言，
苟亦无信。	不要轻易相信。
舍旃舍旃（zhān），	舍弃它吧舍弃它吧，
苟亦无然。	不要随便肯定。
人之为言，	别人说的谎话，
胡得焉？	怎么可以相信？

346

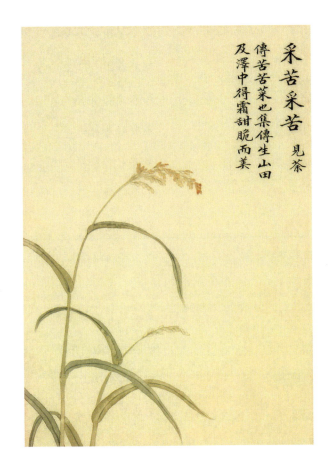

采苦采苦　見荼

傳苦苦菜也集傳生山田
及澤中得霜甜脆而美

采苦采苦

采苦采苦，　　　　　　　采摘苦菜采摘苦菜，

首阳之下。　　　　　　　就在首阳山的脚下。

人之为言，　　　　　　　别人说的谎言，

苟亦无与。　　　　　　　不要轻易采纳。

舍旃舍旃，　　　　　　　舍弃它吧舍弃它吧，

苟亦无然。　　　　　　　不要随便肯定。

人之为言，　　　　　　　别人说的谎话，

胡得焉？　　　　　　　　怎么可以相信？

采葑采葑，　　　　　　　采摘蔓菁采摘蔓菁，

首阳之东。　　　　　　　就在首阳山的东面。

人之为言，　　　　　　　别人说的谎言，

苟亦无从。　　　　　　　不要轻易随从。

舍旃舍旃，　　　　　　　舍弃它吧舍弃它吧，

苟亦无然。　　　　　　　不要随便肯定。

人之为言，　　　　　　　别人说的谎话，

胡得焉？　　　　　　　　怎么可以相信？

车邻

题 解

　　《车邻》这首诗从文本来看，似乎宣扬的是一种及时行乐的思想，有点李白"人生得意须尽欢，莫使金樽空对月"的意味。《毛诗序》认为此诗是对"秦仲始大，有车马礼乐侍御之好"的誉美，今人袁愈荽、唐莫尧等则认为是"没落贵族士大夫劝人及时行乐"之诗。此外诸说仍多，不再赘举。

　　本诗共分三章，第一章四句，后两章各六句，运用了复沓手法。第一章以众车驰行、白颠之马起兴，渲染出"未见君子"之时贵族们盛大的准备活动。第二、三章分别以"阪"和"隰"上的各种树木起兴，描绘了"既见君子"后共同奏乐的场景，末两句发出了光阴如梭、人生易老之叹，意在让人珍惜眼前、尽情欢乐，莫待"耋""亡"之时再去追悔。

有车邻邻，　　　　　　　众车辚辚行进，

有马白颠。　　　　　　　马匹额有白毛。

未见君子，　　　　　　　还没见到君子，

shì
寺人之令。　　　　　　　等待侍臣传令。

阪有漆，　　　　　　　　山坡长着漆树，

xí
隰有栗。　　　　　　　　湿沼长着栗树。

漆

落叶乔木。树皮灰白色，粗糙。树干韧皮部割取生漆，漆是一种优良的防腐、防锈的涂料。

既见君子，　　　　　　既已见到君子，

并坐鼓瑟。　　　　　　一起坐着弹瑟。

今者不乐，　　　　　　现今不享其乐，

逝者其耋。　　　　　　时过已然耄耋。
dié

阪有桑，　　　　　　　山坡长着桑树，

隰有杨。　　　　　　　湿沼长着杨树。

既见君子，　　　　　　既已见到君子，

并坐鼓簧。　　　　　　一起坐着吹笙。

今者不乐，　　　　　　现今不享其乐，

逝者其亡。　　　　　　时过却已身亡。

杨

落叶乔木。树干通常端直。树皮光滑或纵裂，通常为灰白色。杨树生长迅速，是最早能形成遮阳作用的树。

驷
驖

题 解

　　《驷驖》一诗展现的是公族威武雄浑的狩猎场面,《毛诗序》认为此诗是对秦襄公"始命,有田狩之事,园囿之乐"的一曲赞歌。秦襄公曾助周平王东迁洛邑,被周王封为诸侯后,又驱逐犬戎,扩张版图,遂使秦国日益强大。因此,狩猎对于崇尚武功的秦国君王,其重要性自然不言而喻。

　　本诗共分三章,每章四句。首章以驾车四马和在手六辔即赋起兴,描绘了众臣随秦君出狩的声势浩大的场面。次章写到猎者或臣属向秦君进献祭祀的"辰牡"之事,还对秦君指挥捕猎的语言、动作进行了细致刻画。末章写秦君游"北园"之景,说其不仅练马,还熟练猎犬,尽展王者勇武威猛的风采。

驷驖孔阜,　　　　　　　　　　驾车四马非常高大,

六辔在手。　　　　　　　　　　六根缰绳握在手中。

公之媚子,　　　　　　　　　　公侯宠信爱重之人,

从公于狩。　　　　　　　　　　跟随公侯参加冬狩。

奉时辰牡,　　　　　　　　　　敬献这些应时雄兽,

辰牡孔硕。　　　　　　　　　　应时雄兽甚是硕大。

公曰左之,　　　　　　　　　　公侯喊道左边射它,

tiě

舍拔则获。　　　　　放出箭矢就能猎获。

游于北园，　　　　　游玩在那北面园林，

四马既闲。　　　　　四马动作已然娴熟。

yóu　biāo

辑车鸾镳，　　　　　轻便马车鸾铃马衔，

xiǎn

载猃歇骄。　　　　　还有猎犬猃和歇骄。

小戎

题 解

　　关于《小戎》这首诗的主题，自古论说颇多。《毛诗序》认为此诗描述的是"西戎方彊，而征伐不休，国人则矜其车甲，妇人能闵其君子"，表达的是对秦襄公的赞美。此外，还有"慰劳征戎大夫"说、"伤王政衰微"说、"出军乐歌"说、"怀念征夫"说等观点。

　　本诗共分三章，每章十句。全诗皆用赋法，对马车的各种构造、器具和装饰进行了巨细靡遗的描绘，其间穿插抒发了对温润"君子"的殷切思怀之情。从四马并驾、器具华盛的浩大阵仗上看，车上应该有贵族搭乘；而从兵车、盾牌、长矛、弓箭等意象上看，描述的应该是一场战事。在气势磅礴的军阵氛围下，表露委婉细腻的思怀之情，相互映衬之下使本诗艺术效果益加突出。

小戎俴收，　　　　　　　小小的兵车短短的车轸，
五楘梁辀。　　　　　　　五束皮饰扎在曲辕之上。

游环胁驱，　　　　　　　活环穿绳皮条系于衡轸，
阴靷鋈续。　　　　　　　侧板掩轨白铜环扣革带。

文茵畅毂，　　　　　　　虎皮坐垫长长车毂插轴，
驾我骐馵。　　　　　　　驾驭我青黑纹白后蹄的马。

言念君子，　　　　　　　心中思念怀想那位君子，

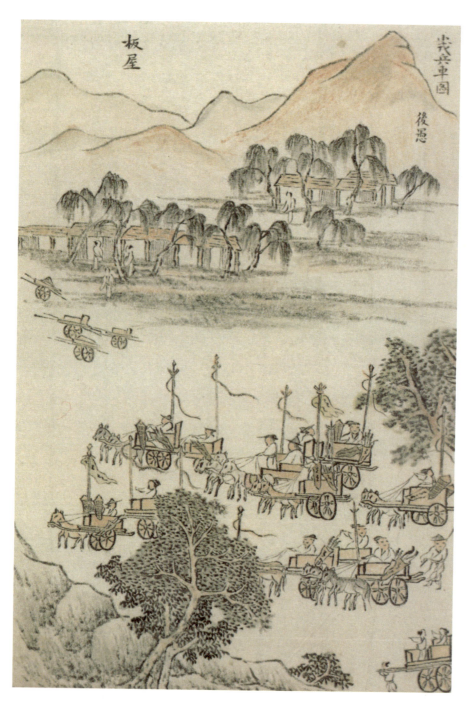

板屋 小戎兵车图

温其如玉。　　　　温润文雅就如玉石一般。

在其板屋，　　　　他在木板建的房屋之中，

乱我心曲。　　　　我的内心深处纷繁杂乱。
 qǔ

四牡孔阜，　　　　四匹公马身体非常高大，

六辔在手。　　　　六根缰绳持在御者手中。

骐骝是中，　　　　青黑纹和黑毛红马居中，
 liú

騧骊是骖。　　　　黑嘴黄身和纯黑马在侧。
 guā

龙盾之合，　　　　绘龙纹的盾牌合挂车上，

鋈以觼軜。　　　　镀白铜的舌环及内辔绳。
 jué nà

言念君子，　　　　心中思念怀想那位君子，

温其在邑。　　　　温润文雅正处敌方城邑。

方何为期？　　　　你正要以何时作为归期？

胡然我念之？　　　　为何我的心会思怀想念？

俴驷孔群，　　　　四马披着薄甲很是协调，

厹矛鋈錞。　　　　矛有三棱刃底套白铜镀。
 qiú   duì

蒙伐有苑，　　　　纹理的盾牌上绘有彩饰，

虎韔镂膺。　　　　虎皮弓袋雕花带挂马胸。
 chàng

交韔二弓，　　　　两弓颠倒交错收纳囊中，

竹闭绲縢。　　　　竹制弓檠用织带缠束起。
 gǔnténg

言念君子，　　　　心中思念怀想那位君子，

载寝载兴。　　　　　　不论入睡之后还是醒来。

厌厌良人，　　　　　　安静恬然正是贤良之人，

秩秩德音。　　　　　　聪明多智传扬美好名声。

蒹
葭

题 解

    与《关雎》《桃夭》《淇奥》等诗一样,《蒹葭》也是《诗经》中传唱不衰的一首千古名作。《毛诗序》解读此诗为对秦襄公的讽刺,认为他"未能用周礼,将无以固其国焉"。清人姚际恒、方玉润等认为此为"思慕贤人"之诗,而近现代学者多认为此诗写的是一男子对所恋之人的思慕追寻。

    本诗共分三章,每章八句,皆用复沓手法。各章皆以"蒹葭"和"白露"起兴,引出在水一侧的"伊人"。诗人写到自己历经险阻曲折,想要寻觅到那位"伊人",却不论向何方向行走,那人似乎都远在水中,可望而不可及。诗人以亦真亦假、亦虚亦实的笔法,表现出对梦中"伊人"的艰辛求索历程,极具朦胧美和梦幻感,"伊人"的意象也早已超越了爱情元素,成为了一种代表理想和信念的普适性文化符号。

蒹葭苍苍,	初生芦苇茂密生长,
白露为霜。	白色露水凝结成霜。
所谓伊人,	口中所说那个人儿,
在水一方。	就在河水另外一边。
^{sù}溯洄从之,	逆流而上前去追寻,
道阻且长。	道路险阻且又漫长。

蒹葭秋水图

溯游从之，　　　　　　　顺流而下寻觅踪迹，

宛在水中央。　　　　　　宛若就在河水中央。

蒹葭萋萋，　　　　　　　初生芦苇稠密四布，

白露未晞^{xī}。　　　　　　白色露水还未干燥。

所谓伊人，　　　　　　　口中所说那个人儿，

在水之湄^{méi}。　　　　　　就在河水那头岸边。

溯洄从之，　　　　　　　逆流而上前去追寻，

道阻且跻^{jī}。　　　　　　道路险阻且又难行。

溯游从之，　　　　　　　顺流而下寻觅踪迹，

宛在水中坻^{chí}。　　　　　　宛若就在水中高地。

蒹葭采采，　　　　　　　初生芦苇稠密四布，

白露未已。　　　　　　　白色露水还未消退。

所谓伊人，　　　　　　　口中所说那个人儿，

在水之涘^{sì}。　　　　　　就在河水对侧之畔。

溯洄从之，　　　　　　　逆流而上前去追寻，

道阻且右。　　　　　　　道路险阻且又曲折。

溯游从之，　　　　　　　顺流而下寻觅踪迹，

宛在水中沚^{zhǐ}。　　　　　　宛若就在水中小洲。

361

终 南

题 解

　　《终南》一诗的主旨，《毛诗序》定为大夫对秦襄公的劝诫誉美，因其"能取周地，始为诸侯，受显服"；朱熹《诗集传》承袭此说，提出"此秦人美其君之词"。方玉润《诗经原始》则认为，此是周代遗民服膺礼赞秦君之歌。

　　本诗共分二章，每章六句，皆用叠咏章法。各章首二句皆以秦境内的"终南山"及山上事物起兴，引出"君子"来到此地止息之事。君子所着的各种华美礼服和名贵配饰，暗示他身份尊贵、来历不凡，果然章末以感叹句揭示了其君王之身，"寿考不亡"一句则饱含真挚的祝祷和深切的劝诫之意。

终南何有？　　　　　　　　终南山上有什么？

有条有梅。　　　　　　　　有山楸还有梅树。

君子至止，　　　　　　　　君子来到这里停息，

锦衣狐裘。　　　　　　　　锦绣衣裳狐皮服。

颜如渥丹，　　　　　　　　面色红润如丹砂，

其君也哉！　　　　　　　　正是君王之人啊！

终南何有？　　　　　　　　终南山上有什么？

有纪有堂。　　　　　　　　有山基还有平路。

君子至止，
fú cháng
黻衣绣裳。
qiāngqiāng
佩玉将将，

寿考不忘。

君子来到这里停息，

青黑纹衣锦绣裳。

身上佩玉锵锵响，

寿命长久不会忘！

梅

木本植物。梅：落叶乔木，花色有红、粉红或白色等，味清香，可观赏。果实立夏后成熟，生青熟黄，味酸，可食用。

黄鸟

题 解

　　《黄鸟》一诗，旨在谴责秦襄公以活人殉葬之事。据《史记·秦本纪》记载："缪公卒，从死者百七十七人。秦之良臣子舆氏三人，名曰奄息、仲行、鍼虎，亦在从死之中。秦人哀之，为作歌《黄鸟》之诗。"这段话比《毛诗序》更详细地介绍了本诗的创作背景。

　　本诗共分三章，每章十二句，重叠度颇高，各章前六句仅变六字，后六句则保持不变。各章皆以栖息于木的黄鸟起兴，引出殉葬穆公的三位子车氏贤人。诗人赞美他们是众中英杰，颇有"一夫当关，万夫莫开"的气势，然而他们却即在"惴惴其慄"被活活埋葬，诗人在此时对"苍天"的声声叩问和埋怨，实际上饱含的是对公侯活人殉葬制度的怒斥和控诉。

交交黄鸟，	啾啾鸣叫的黄雀，
止于棘。	栖息在棘树之上。
谁从穆公，	谁要给穆公陪葬？
子车奄息。	他名叫子车奄息。
维此奄息，	只有这叫奄息者，
百夫之特。	百人中之英杰才。
临其穴，	来到穆公墓穴前，

黄鸟

黄雀。雀科金翅雀属。黄雀是中国有名的笼鸟之一，羽色鲜丽，姿态优美，叫声委婉动
听。

惴惴其慄。 众人惴惴心惊栗。

彼苍者天， 那苍茫的上天啊，

歼我良人！ 歼灭我贤良之人！

如可赎兮， 如果可以赎回他，

人百其身。 愿以百人换一身。

交交黄鸟， 啾啾鸣叫的黄雀，

止于桑。 栖息在桑树之上。

谁从穆公， 谁要给穆公陪葬？

háng
子车仲行。 他名叫子车仲行。

维此仲行， 只有这叫仲行者，

百夫之防。 只身能挡百人攻。

临其穴， 来到穆公墓穴前，

惴惴其慄。 众人惴惴心惊栗。

彼苍者天， 那苍茫的上天啊，

歼我良人！ 歼灭我贤良之人！

如可赎兮， 如果可以赎回他，

人百其身。 愿以百人换一身。

交交黄鸟， 啾啾鸣叫的黄雀，

止于楚。 栖息在荆木之上。

谁从穆公， 谁要给穆公陪葬？

子车鍼虎。　　　　　他名叫子车鍼虎。

维此鍼虎，　　　　　只有这叫鍼虎者，

百夫之御。　　　　　只身可御百人侵。

临其穴，　　　　　　来到穆公墓穴前，

惴惴其慄。　　　　　众人惴惴心惊栗。

彼苍者天，　　　　　那苍茫的上天啊，

歼我良人！　　　　　歼灭我贤良之人！

如可赎兮，　　　　　如果可以赎回他，

人百其身。　　　　　愿以百人换一身。

晨
风

题 解

    对《晨风》这首诗的解读，历来分歧较多。《毛诗序》认为是对秦康公"忘穆公之业，始弃其贤臣"的讽刺，朱熹《诗集传》则认为是"妇人以夫不在而言"。此外，还有朱谋玮"刺弃三良"说、何楷"秦穆公悔过"说、《韩诗》"君父忘记臣子"说等。

    本诗共分三章，每章六句，皆运用叠咏章法，其中各章末两句完全相同。第一章以鸟疾飞和北林起兴，而第二、三章则分别以"山"和"隰"上某种植物起兴，引出"未见君子"之时忧心愁肠不可排遣的心境。各章末两句似是对对方"忘我"的埋怨之辞，实际上从反面映衬出诗人对对方的思怀之殷、期盼之切。

鴥^{yù}彼晨风，	快速飞翔啊晨风鸟，
郁彼北林。	北方森林郁郁葱葱。
未见君子，	还没见到君子之时，
忧心钦钦。	忧心忡忡难以忘怀。
如何如何，	怎么办啊怎么办啊，
忘我实多。	你忘我事确实很多。

晨风

鹯鸟，属鹞鹰一类的猛禽。

山有苞栎，
隰有六驳。
未见君子，
忧心靡乐。
如何如何，
忘我实多。

山上长着茂密栎树，
湿沼生有梓榆之木。
还没见到君子之时，
忧心忡忡没有快乐。
怎么办啊怎么办啊，
你忘我事确实很多。

山有苞棣，
隰有树檖。
未见君子，
忧心如醉。
如何如何，
忘我实多。

山上长着繁盛棣棠，
湿沼生有赤罗之木。
还没见到君子之时，
忧心忡忡如同沉醉。
怎么办啊怎么办啊，
你忘我事确实很多。

无

衣

题 解

　　《无衣》是一首气势雄浑、慷慨激昂的战争诗。古人多从《毛诗序》之说，认为此诗旨在讽刺秦君"好攻战，亟用兵，而不与民同欲"。今人考证认为，此诗反映的是公元前771年，犬戎攻破西周镐京，与王畿毗邻的秦国因而奋起反抗，御敌卫国。

　　本诗共分三章，每章五句，皆用复沓句式。各章皆以"岂曰无衣"的设问句起兴，而后点明"王于兴师"的战争背景，以及士兵们修缮各种兵器的战前准备。全诗皆以一秦兵口吻展开，号召同军士兵们都能英勇无畏，同进退，共生死，展现了战士们保家卫国的坚定决心和飒爽气魄。

岂曰无衣?	难道说没衣可穿?
与子同袍。	与你同穿一长袍。
王于兴师,	君王即将要起兵,
修我戈矛,	修缮我那戈与矛,
与子同仇。	与你一起去赴敌。
岂曰无衣?	难道说没衣可穿?
与子同泽。	与你同穿一汗衫。

王于兴师，　　　　　　　君王即将要起兵，

修我矛戟，　　　　　　　修缮我那矛与戟，

与子偕作。　　　　　　　与你共同去行动。

岂曰无衣?　　　　　　　难道说没衣可穿?

与子同裳。　　　　　　　与你同穿一下衣。

王于兴师，　　　　　　　君王即将要起兵，

修我甲兵，　　　　　　　修缮我那众兵器，

与子偕行。　　　　　　　与你一同前行进。

渭阳

题 解

  《渭阳》是一首抒发甥舅离别之情的短诗。《毛诗序》认为此诗写的是秦康公送别其舅晋文公离开秦国之事，借以表达康公对亡母的思念之情。这一说法基本得到大部分古今《诗经》研究者的认同。

  本诗仅有两章，每章四句，皆用叠章手法。各章起句直用赋法，点明诗人送别"舅氏"的依依惜别之景。各章后两句以设问句式，说明自己送给舅父的礼物，"路车乘黄""琼瑰玉佩"皆华美名贵之物，已然揭示二人公侯之身份。诗句言简意赅却情深意重，清人陈继揆在《读诗臆补》中称此诗"为后世赠言之始"，亦是当之无愧。

我送舅氏，   我送别舅舅离开，

曰至渭阳。   来到渭水的北面。

何以赠之？   拿什么赠送给他？

路车乘^{shèng}黄。   辂车配四匹黄马。

我送舅氏，   我送别舅舅离开，

悠悠我思。   思情悠悠难断绝。

何以赠之？   拿什么赠送给他？

琼瑰玉佩。   琼瑰和美玉之佩。

权

舆

题 解

　　《权舆》这首诗以今昔所受食物的巨大反差，似乎表达了诗人对目前处境和待遇的不满情绪。《毛诗序》判定此诗是对秦康公"忘先君之旧臣与贤者，有始而无终"的讽刺，古今学者基本支持此说，认为诗人身份应该就是一位不再受君王重视的旧臣。

　　全诗共分两章，每章五句，皆是复沓章法。各章起句即以叹词直抒胸臆，继而介绍自己昔日食禄之优渥，今日享用之寡淡，二者间巨大的反差自然引出了诗人今不如昔的反复慨叹。在"食无余""食不饱"这种近乎夸张的陈述下，表露出诗人对所受冷遇的控诉，及对君王恢复礼贤下士之制的希冀。

於我乎！	哎我呀！
夏屋渠渠，	曾以深广大俎盛饭，
今也每食无余。	如今每顿饭却无剩余。
於嗟乎！	哎呀呀！
不承权舆。	无法承续当初之盛。
於我乎！	哎我呀！
每食四簋（guǐ），	曾是每餐吃上四簋，

374

今也每食不饱。　　　　　如今每顿饭却吃不饱。

於嗟乎！　　　　　　　　哎呀呀！

不承权舆。　　　　　　　无法承续当初之盛。

宛

丘

题 解

　　古今对《宛丘》一诗的解读，大致可分成三派观点。一派以《毛诗序》为代表，认为本诗是对陈幽公"淫荒昏乱，游荡无度"的嘲讽。一派以郝懿行《诗问》为代表，认为此诗反映的是陈国"好巫觋祭祀歌舞"之陋俗。一派以现代学者为代表，认为此诗表达了诗人对一位女舞师的恋慕之情。

　　本诗共分三章，每章四句，后两章运用了叠咏手法。首章直陈在"宛丘之上"游荡不羁之"子"，勾勒其沉醉娱乐而失去众望的形象。后两章介绍了在宛丘击鼓奏缶、持鹭羽舞具起舞的场景，重复出现的"无冬无夏"一词，渲染了此贵族之"子"荒淫恣肆、逸乐无度的行为，使全诗的讽刺意味更加突出。

<table>
<tr><td>子之汤^{dàng}兮，</td><td>你之恣情游荡，</td></tr>
<tr><td>宛丘之上兮。</td><td>就在宛丘之上。</td></tr>
<tr><td>洵有情兮，</td><td>确实欢娱尽兴，</td></tr>
<tr><td>而无望兮。</td><td>然而声望尽失。</td></tr>
<tr><td>坎其击鼓，</td><td>击鼓铿铿作响，</td></tr>
<tr><td>宛丘之下。</td><td>就在宛丘之下。</td></tr>
<tr><td>无冬无夏，</td><td>不论冬还是夏，</td></tr>
</table>

值其鹭羽。	手持鹭羽舞具。
坎其击缶，	击缶铿铿作响，
宛丘之道。	就在宛丘之道。
无冬无夏，	不论冬还是夏，
值其鹭翿。	手持鹭羽伞盖。

dào

鹭

是鹳形目鹭科鸟类的通称。主要活动于湿地及林地附近。它们有着长嘴、长颈、长脚的外形，白色、褐色、灰蓝色等颜色的羽毛。常见的有白鹭等。

东门之枌

题 解

　　《东门之枌》这首诗描写之事，正如朱熹《诗集传》中所说："男女聚会歌舞，而赋其事以相乐也。"《毛诗序》却认为此诗是对陈幽公"淫荒"的讽刺，指出在其影响下，出现"男女弃其旧业，亟会于道路，歌舞于市井"的社会失序状况。

　　本诗共分三章，每章四句。首章以东门和宛丘的二木起兴，引出子仲之女在树下"婆娑"起舞的优美场景。后两章则言以美好晴明的"穀旦"为期，相聚同赴南方原野，呈现出一幅清新别致的郊野聚会图。此后写到女子不捻麻线，在街市之上翩然起舞，恍然如入一个令人沉醉的音乐世界。章末以男女恋人间的爱语和赠物作结，表情达意之间意趣盎然，如为点睛之笔。

东门之枌，　　　　　　　　　城东门处有白榆，
宛丘之栩。　　　　　　　　　宛丘之上有柞木。
子仲之子，　　　　　　　　　子仲家的那女儿，
婆娑其下。　　　　　　　　　翩翩起舞在树下。

穀旦于差，　　　　　　　　　美好清晨择吉日，
南方之原。　　　　　　　　　去往南方之原野。

不绩其麻，   不再搓捻麻线绳，

市也婆娑。   街市之中仍舞蹈。

穀旦于逝，   美好清晨要出发，

越以鬷迈。   因此会聚共前行。

视尔如荍，   看你犹如锦葵花，

贻我握椒。   送我一把花椒枝。

荍

即锦葵，二年生或多年生直立草本，夏季开紫色或白色花。

衡
门

题　解

　　对《衡门》一诗主题的理解，古今多有异词。《毛诗序》认为此诗是陈国人所作，以诱掖"愿而无立志"的陈僖公；朱熹、姚际恒等人则认为"此隐居自乐而无求者之词"；以闻一多为代表的部分近代学者认为，此诗写的是青年男女幽会爱恋之事。

　　本诗共分三章，每章四句，后两章运用了复沓手法。第一章以简陋衡门可以栖止、洋洋涌泉可以疗饥比兴，正是暗合后文"食鱼不必鲂鲤""取妻不必姜子"之隐喻。后两章这四个反诘句句式相同，以"食鱼"之理类比"取妻"之理，体现出诗人乐观旷达、淡泊知足的婚姻观。

衡门之下，	横木门的屋下，
可以栖迟。	可以栖息安身。
泌^{bì}之洋洋，	泉水充盈涌流，
可以乐^{liáo}饥。	可以充饥止饿。
岂其食鱼，	难道要吃鱼肉，
必河之鲂^{fáng}？	定要河中鲂鱼？
岂其取妻，	难道要娶妻子，

衡门泌水图

必齐之姜？   定要齐君之女？

岂其食鱼，   难道要吃鱼肉，
必河之鲤？   定要河中鲤鱼？
岂其取妻，   难道要娶妻子，
必宋之子？   定要宋君之女？

鲤

淡水鱼类。体形侧扁，腹部圆，头较小。背部呈灰黑或黄褐色，腹部灰白色。

东门之池

　　《东门之池》描写的是一对青年男女一起劳作歌语的场景。《毛诗序》认为此诗反映的是陈国人"疾其君之淫昏，而思贤女以配君子"；朱熹《诗集传》认为此诗"亦男女会遇之词，盖因其会遇之地，所见之物以起兴也"，这一说法比较中允。

　　本诗共分三章，每章四句，全用叠咏句式。各章皆以东门外的护城河起兴，实是兴兼赋，描绘出在河中浸泡各类麻纤以供纺织的劳作场面。各章后二句出场了一位美丽贤淑的女子，诗人热切期盼着与她对歌谈笑，流露出与之共结连理的美好向往。全诗风格清新明快，质朴自然，读来朗然上口，余韵悠长。

东门之池，	东门外有护城河，
可以沤麻。 òu	里面可以浸泡麻。
彼美淑姬，	那美丽贤淑之女，
可与晤歌。 wù	可以与她相对歌。
东门之池，	东门外有护城河，
可以沤纻。 zhù	里面可以浸苎麻。

彼美淑姬，　　　　　　　那美丽贤淑之女，

可与晤语。　　　　　　　可以与她对面谈。

东门之池，　　　　　　　东门外有护城河，

可以沤菅。　　　　　　　里面可以浸菅草。

彼美淑姬，　　　　　　　那美丽贤淑之女，

可与晤言。　　　　　　　可以与她相对话。

纻

纻

苎麻。多年生草本植物。中国苎麻栽培历史最悠久，距今已有4700多年。麻壳可提取纤维，是古代纺织的重要原料。

东门之杨

　　《东门之杨》是一首文字简洁、意象朦胧的小诗。《毛诗序》认为此诗通过描写"亲迎，女犹有不至者"，讽刺陈国"昏姻失时，男女多违"的时弊。朱熹《诗集传》则提出"此亦男女期会而有负约不至"；现代学者多认为此诗写的是一人等待恋人赴约的情景。

　　本诗仅有两章，每章四句，皆用叠章句法。各章皆以枝繁叶茂的"东门之杨"起兴，或为兼赋兼兴，即诗人外出等候所见之物。后二句中"昏以为期"点明诗人意在黄昏之时等人赴约，虽不明二人为恋人、亲友还是君臣，然而全诗以熠熠闪烁的明星戛然而结，给人留下无尽想象、玩味的空间。

东门之杨，　　　　　　　城东门的杨树，

其叶牂牂。　　　　　　　叶子十分茂密。
　zāngzāng

昏以为期，　　　　　　　约定黄昏为期，

明星煌煌。　　　　　　　明星璀璨夺目。

东门之杨，　　　　　　　城东门的杨树，

其叶肺肺。　　　　　　　叶子极其繁盛。
　pèi pèi

昏以为期，　　　　　　　约定黄昏为期，

明星晢晢。　　　　　　　明星光明辉耀。
　zhì zhì

385

墓

门

题 解

如《毛诗序》的解读，《墓门》一诗表达的是陈国人对陈佗"无良师傅，以至于不义，恶加于万民"的讽刺和谴责。陈佗本名妫佗，是陈文公之子，陈文公死后，妫佗之兄妫鲍继位，称陈桓公。桓公病死，陈佗发动政变，杀太子妫免而自立为君，使陈国政局陷入动荡不安。

本诗共分两章，每章六句，皆用叠咏章法。各章皆以墓门某树起兴，以斧斩棘暗喻匡正时弊、"歌以讯之"之举；以鸮群集暗喻彼恶行依然、"知而不已"之行。陈佗利欲熏心，谋权篡位，自然是"不良"之人，然而"多行不义必自毙"，其违礼悖德之行终会导致"颠倒"一日，那时再行追悔，想起臣民劝谏之语，不免为时已晚。全诗的嘲谑讥讽意味至此达到巅峰。

墓门有棘，	墓门前长着棘树，
斧以斯之。	用斧头将它劈开。
夫也不良，	这个人也不贤良，
国人知之。	国中众人皆知道。
知而不已，	人知他却不止恶，
谁昔然矣。	从昔以来就如此。

墓门有梅，　　　　　墓门前长着梅树，

有鸮萃止。　　　　　猫头鹰群集栖止。

夫也不良，　　　　　这个人也不贤良，

歌以讯之。　　　　　唱歌来把他诘责。

讯予不顾，　　　　　劝诫之语他不顾，

颠倒思予。　　　　　覆亡才会想到我。

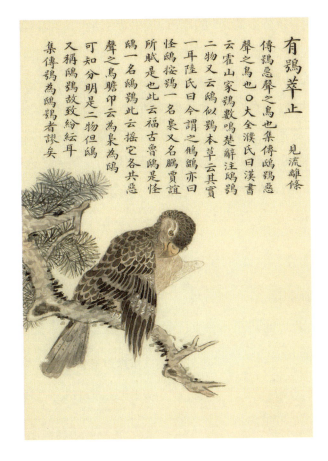

有鸮萃止

防有鹊巢

题 解

　　关于《防有鹊巢》这首诗的主旨，历来也不乏争议。《毛诗序》认为表达的是陈国君子对"宣公多信谗"的忧惧，而朱熹《诗集传》则与此截然不同，提出此诗为"男女之有私而忧或间之词"。现代学者从男女恋情的角度出发，大多赞同朱熹的观点。

　　本诗共分两章，每章四句，全用叠章结构。各章首两句，分别以鹊筑巢于堤坝、砖瓦置于庭道、"苕鹝"长于山丘起兴，布景安排具有高低错落、动静结合之妙。各章后两句通过两个反问句，以及"忉忉""惕惕"表达了对谗言欺诳"予美"之人的憎恶和斥责。至于"予美"一词代表的是恋人、君上，抑或是友人、尊长，可留给读者自己去玩索品味。

防有鹊巢，　　　　　　　　　　堤坝上有喜鹊巢，
　邛有旨苕。　　　　　　　　　　山丘上有美味苕。
　　qióng　　tiáo
谁侜予美？　　　　　　　　　　是谁欺诳我良人，
　　zhōu
心焉忉忉。　　　　　　　　　　心中忧思难断绝。
　dāodāo

中唐有甓，　　　　　　　　　　庭中大道有砖瓦，
　　　pì
邛有旨鹝。　　　　　　　　　　山丘之上有绶草。
　　yì

谁俩予美?
心焉惕惕。
tì tì

是谁欺诳我良人,
心中忧劳无穷尽。

旨苕

落叶藤本植物,羽状复叶,花鲜红色,可入药。

旨鹝

绶草,多年生矮小草本,夏季开花,可供观赏,根茎可入药。

月 出

题 解

　　《月出》是一首意境迷离、略带怅惘的抒情诗。《毛诗序》认为此诗是对陈国国君"在位不好德，而说美色"的讽刺，今人则多认为是一男子对月下美人"可望而不可及"的思慕追企之情。其实，本诗可与《蒹葭》对照品读，"佼人"不必作为一种具化的意象而存在。

　　本诗共分三章，每章四句，全用复沓句法。各章均以皓月临空起句，或为兴中有赋，然后以月之美烘托"佼人"之美。形容"佼人"之美用了很多不同词汇，主要展现的是其步履和姿仪的轻盈优雅。各章末句变换字眼言诗人心中之忧，而不明其所以忧，给人留下无限遐想的空间。此诗亦对后世以明月为素材的文学作品影响深远。

月出皎兮，　　　　　　　　　月亮出来皎洁光明，

佼人僚兮。　　　　　　　　　姣美之人敦敏灵慧。
jiǎo liǎo

舒窈纠兮，　　　　　　　　　步履舒缓体态优雅，
yǎojiǎo

劳心悄兮。　　　　　　　　　忧心劳神愁肠百结。
qiǎo

月出皓兮，　　　　　　　　　月亮出来皓耀璀璨，

佼人懰兮。　　　　　　　　　姣美之人温婉安和。
liú

舒忧受兮，　　　　　　　步履安舒风姿动人，
劳心懆^{cǎo}兮。　　　　　　忧心劳神烦恼不断。

月出照兮，　　　　　　　月亮出来遍照四方，
佼人燎兮。　　　　　　　姣美之人亮丽明达。
舒夭绍兮，　　　　　　　步履舒宁轻盈多姿，
劳心惨^{cǎo}兮。　　　　　　劳心伤神哀思难除。

391

株
林

题 解

　　《株林》这首诗，正如《毛诗序》所言，旨在讽刺陈灵公"淫乎夏姬，驱驰而往，朝夕不休息"的荒淫秽行。诗中的"夏南"即陈国大夫御叔之子夏徵舒，其母夏姬有倾国美貌，后引来陈灵公及大臣孔宁、仪行父与之私通，三人甚至当着夏徵舒的面戏谑取乐于他，终使夏徵舒在羞怒难当之下，设伏杀死了陈灵公，造成了一场臭名昭著的内乱。

　　本诗共分两章，每章四句。首章之问，或是陈国百姓针对陈灵公车马驶向"株林"所发，然而陈灵公明明是去和夏姬私会，答者却以其子夏南作幌子想掩人耳目，不免有些欲盖弥彰。末章写灵公及大臣"乘马乘驹"于株邑休憩"朝食"之事，暗喻这一班衣冠禽兽与夏姬在株邑淫乐之事。诗人以辛辣诙谐的笔调、虚实结合的手法，对陈灵公等人的失德丑行给予了无情的嘲讽和鞭笞。

胡为乎株林？	为何要去株邑林野？
从夏南。	因为要跟从夏子南。
匪适株林，	并非要去株邑林野，
从夏南。	而是要跟从夏子南。

驾我乘马，　　　　　驾起我的四马之车，

说于株野。　　　　　暂时歇脚株邑之郊。

乘我乘驹，　　　　　乘着我的四驹之车，

朝食于株。　　　　　进用早餐就在株邑。

393

泽 陂

题 解

对《泽陂》一诗的主旨，历来学者有着不同的看法。《毛诗序》以为此诗是对陈国"灵公君臣淫于其国，男女相说，忧思感伤"现象的讽刺；现代学者多以为此诗表达的是一位女子对其所恋男子因爱而忧的心理。此外还有姚际恒"伤逝"说、刘沅"忧忠臣孤立"说等。

本诗共分三章，每章六句，都用叠章句法。三章皆以生于水泽边的香蒲、荷花、兰草起兴，使全诗意境清新而幽美。身临此境，诗人自然想起那"有美一人"，他身材健硕高大，品质矜庄持重，堪称德才皆美之人，难怪诗人会为其忧悲感伤，以至于"寤寐无为"，辗转难眠。

彼泽之陂（bēi），	在那湖泽的岸边，
有蒲与荷。	长着香蒲与荷花。
有美一人，	有一位善美之人，
伤如之何？	令人哀伤怎么办？
寤寐无为，	醒睡不知做何事，
涕泗滂（pāng）沱。	涕泪如雨滂沱落。
彼泽之陂，	在那湖泽的岸边，

蒲

香蒲，多年生草本植物，生水中，根茎可食。

有蒲与蕑^{jiān}。　　　　　　长着香蒲与兰草。

有美一人，　　　　　　有一位善美之人，

硕大且卷^{quán}。　　　　　健硕高大又贤良。

寤寐无为，　　　　　　醒睡不知做何事，

中心悁悁^{yuānyuān}。　　　　心中愁忧又苦闷。

彼泽之陂，　　　　　　在那湖泽的岸边，

有蒲菡萏^{hàndàn}。　　　　长着香蒲与菡萏。

有美一人，　　　　　　有一位善美之人，

硕大且俨^{yǎn}。　　　　　健硕高大又庄重。

寤寐无为，　　　　　　醒睡不知做何事，

辗转伏枕。　　　　　　辗转反侧伏枕上。

羔裘

题 解

古今学者对《羔裘》这首诗的理解，观点较为统一，大多支持《毛诗序》之说。《毛诗序》认为桧国"国小而迫，君不用道，好洁其衣服，逍遥游燕，而不能自强于政治"，其国大夫故作此诗，"以道去其君也"。也就是说，此诗是对桧君耽于燕乐、昏庸误国的针砭和谴责。

全诗共分三章，每章四句，皆用复沓章法。前两章起句直叙桧君身着羔裘和狐裘，"逍遥翱翔"、上朝壁立之状，展现了一派雍容华贵、安逸自得的风采。然而在光鲜外表的背后，是国家积弱、旦夕危亡的严峻现实，故而其国大夫以三度反诘，自问自答，流露出自己无比沉重、悲哀、痛怀的心绪，也从侧面对桧君进行了诘责和指斥。

羔裘逍遥，	身穿羔皮衣悠然徐行，
狐裘以朝。	身穿狐皮裘去上早朝。
岂不尔思？	怎么能不思虑于你？
_{dāodāo}劳心忉忉。	劳心伤神忧思不止。
羔裘翱翔，	身穿羔皮衣优游漫步，
狐裘在堂。	身穿狐皮裘立在朝堂。

岂不尔思?　　　　　　　怎么能不思虑于你?
我心忧伤。　　　　　　　我的心中忧愁哀伤。

羔裘如膏,　　　　　　　羔皮裘衣如同脂膏,
日出有曜。　　　　　　　太阳出来光辉照耀。
岂不尔思?　　　　　　　怎么能不思虑于你?
中心是悼。　　　　　　　我的心中悲苦惆怅。

素 冠

题 解

　　《素冠》这首诗的主题，《毛诗序》判定为"刺不能三年也"，指的是时人难以遵循古礼，为亡故父母守丧三年，故作此诗加以讽刺。姚际恒《诗经通论》对此提出质疑，认为"素冠""素衣"是古人常服，"棘"指囚犯狱所，部分学者据此认定，本诗抒发了对遭受迫害斥逐的贤臣的痛惜之情。

　　本诗共分三章，每章三句，除首章后二句外皆用叠咏句式。各章首句言见到"素冠""素衣""素韠"之人，暗示居丧之人或许是士大夫。其后诗人运用"栾栾""慱慱""伤悲""蕴结"等词，展现出自己悲痛欲绝、忧郁成疾的内心。后二章"聊与子"两句，表达了诗人希望找到志同道合之人共尽其礼的恳切之意。

庶见素冠兮，　　　　　　幸而见那戴白帽人，
棘人栾栾兮，　　　　　　为亲居丧身体赢瘦，
（luánluán）

劳心慱慱兮。　　　　　　忧心伤神哀思不绝。
（tuántuán）

庶见素衣兮，　　　　　　幸而见那穿白衣人，
我心伤悲兮，　　　　　　我心忧伤悲痛不已，
聊与子同归兮。　　　　　姑且与你一同归去。

庶见素韠兮，　　　　　　　幸而见那穿蔽膝人，

我心蕴结兮，　　　　　　　我心忧思郁积难遣，

聊与子如一兮。　　　　　　姑且与你保持一致。

隰有苌楚

题 解

　　围绕《隰有苌楚》这首诗，古今学者展开了广泛的争论。《毛诗序》以为此诗反映的是"国人疾其君之淫恣，而思无情欲者也"；朱熹《诗集传》认为本诗揭露了"政烦赋重，人不堪其苦"的时局；姚际恒、方玉润等人提出此诗反映的是社会动乱，百姓颠沛流离、妻离子散的残酷现实。

　　本诗共分三章，每章四句，皆用叠咏手法。各章首两句皆以隰之羊桃起兴，从其枝叶、花朵再到果实，描摹了一派繁盛美好、生机盎然的气象。然而各章末句，诗人却对羊桃"无知""无家""无室"之事羡慕不已，其因是诗人遭遇重大挫折变故，抑或是《毛诗序》所谓"思无情欲"说，就留与读者自己去思索品鉴了。

隰有苌楚，	水沼中长着羊桃，
猗傩其枝。	枝叶繁盛而柔美。
ē nuó	
夭之沃沃，	娇嫩丰盈有光泽，
乐子之无知。	乐于如你无心智。
隰有苌楚，	水沼中长着羊桃，
猗傩其华。	花朵繁盛而鲜艳。

天之沃沃，　　　　　娇嫩丰盈有光泽，
乐子之无家。　　　　乐于如你无家室。

隰有苌楚，　　　　　水沼中长着羊桃，
猗傩其实。　　　　　果实繁盛而硕大。
天之沃沃，　　　　　娇嫩丰盈有光泽，
乐子之无室。　　　　乐于如你无婚配。

苌楚

即猕猴桃，大型落叶藤本植物。关于它的果实，李时珍说："其形如梨，其色如桃，而猕猴喜食，故有诸名。"

匪

风

题　解

　　关于《匪风》这首诗的主旨，古今学者存在不同观点。《毛诗序》认为是桧国人因"国小政乱，忧及祸难，而思周道"之作；朱熹《诗集传》则提出"周室衰微，贤人忧叹而作此诗"的主张；有现代学者认为此诗以一位远游东土、久滞不归的旅人角度叙写，抒发其思乡之情。

　　本诗共分三章，每章四句，前二章运用了复沓句法。首、次章皆以风吹扬和车疾驰起句，风过车去之后诗人瞻顾大道，不禁有寂寥悲戚之感涌上心头。末章洗锅烹鱼之举，或许是诗人对西归"怀之好音"之人的款待酬答。自己未能亲至，故而托人报信，以慰亲友，也可洞见一片深情厚意。

匪风发兮，　　　　　　　　　　那风吹刮而起，
bǐ

匪车偈兮。　　　　　　　　　　那车辚辚疾驰。
jié

顾瞻周道，　　　　　　　　　　四顾瞻望大道，

中心怛兮。　　　　　　　　　　心中忧愁悲伤。
dá

匪风飘兮，　　　　　　　　　　那风飘荡飞扬，

匪车嘌兮。　　　　　　　　　　那车速速奔驰。
piāo

顾瞻周道，　　　　　　　　　　四顾瞻望大道，

西归图

中心吊兮。　　　　　　　心中哀伤苦痛。

谁能亨^{pēng}鱼?　　　　　谁能烹煮鱼肉?
溉^{gài}之釜鬵^{xún}。　　　　　洗涤锅釜炊具。

谁将西归?　　　　　　　谁将归往西方?

怀之好音。　　　　　　　带回这个好信。

蜉
蝣

题 解

　　《蜉蝣》是一首蕴含人生哲思的小诗。《毛诗序》判定此诗主旨是对曹昭公的讽刺，因其"国小而迫，无法以自守，好奢而任小人，将无所依焉"。有现代学者则从更具一般性的角度出发，认为此诗是借朝生暮死的蜉蝣之虫，表达对生命短暂的思考和生命终将消亡的困惑。

　　本诗共分三章，每章四句，皆用叠章结构。前两章皆以蜉蝣翅翼起兴，亦是以之比喻华美鲜亮、细薄精致的衣物。这二物虽然美好无比，却如昙花一现般转瞬即逝，无法挽留，因此引发了诗人对生命存在和归宿的追溯拷问，三个无解的反诘句，似乎成为永远萦绕在人类心中的千古一问。

蜉蝣之羽，	就像蜉蝣的双翅，
衣裳楚楚。	衣裳鲜明而亮丽。
心之忧矣，	心中忧愁无止尽，
於^{wū}我归处？	哪里是我归去之处？
蜉蝣之翼，	正如蜉蝣的两翼，
采采衣服。	衣服华美又精致。
心之忧矣，	心中忧愁无止境，

於我归息？   哪里我可归去休息？

蜉蝣掘阅，^{xué}   蜉蝣初生须穿穴，

麻衣如雪。   麻衣洁白如冬雪。

心之忧矣，   心中忧愁无止尽，

於我归说？^{shuì}   哪里我可归去栖止？

蜉蝣

昆虫名，幼虫生活在水中，成虫褐绿色，有四翅，生存期极短。

候
人

题 解

　　《候人》这首诗的主题比较明确，大多数学者都赞同此诗是对贤人不遇、庸才显赫的社会现象的讽刺和批判。《毛诗序》则更具体地指认此诗为对曹共公"远君子而好近小人"昏庸之举的贬斥。

　　本诗共分四章，每章四句，中间两章运用了复沓章式。首章以赋法将"候人"和"赤芾"两种地位悬殊的人进行对比，凸显了二者贫富的悬殊和待遇的不公。中间两章皆以梁上鹈鹕不湿"翼咮"即可得鱼起兴，暗喻那些身居高位者无才无德，却能凭借身份地位轻易攫取大量特权和资源，故言。末章中的少女虽然"婉娈"有德，却要忍饥挨饿，暗喻那些贤才就如"候人"一般不被重视、受尽艰辛，从反面实现了对本诗讽刺主题的强化。

彼候人兮，	那位候人小官啊，
何戈与祋。 hè　duì	肩上担着戈和祋。
彼其之子， jì	那些朝中新贵们，
三百赤芾。 fú	身穿朝服三百人。
维鹈在梁，	鹈鹕栖止鱼堰上，
不濡其翼。	没有沾湿其羽翼。

彼其之子,　　　　　那些朝中新贵们,

不称其服。　　　　　与其衣服不相配。
　chèn

维鹈在梁,　　　　　鹈鹕栖止鱼堰上,

不濡其咮。　　　　　没有沾湿其嘴巴。
　zhòu

彼其之子,　　　　　那些朝中新贵们,

不遂其媾。　　　　　不能保持其厚爱。
　gòu

荟兮蔚兮,　　　　　云气蒸腾霞蔚然,

南山朝隮。　　　　　南山清晨升云霞。
　jī

婉兮娈兮,　　　　　温婉柔和又美好,

季女斯饥。　　　　　少女竟然这般饥。

鹈

即鹈鹕，一种水鸟，喜群居，捕食鱼类。

鸤鸠

题 解

  对《鸤鸠》一诗的解读，主要有两种不同的角度。一种以《毛诗序》为代表，认为此诗通过对君子的赞美，反讽曹国"在位无君子，用心之不一"的时弊；一种以朱熹《诗集传》为代表，认为"诗人美君子之用心平均专一"。方玉润《诗经原始》言"外虽表其仪容，内实美其心德"，十分贴切。

  本诗共分四章，每章六句，各章前两句皆用复沓手法，四、五句则完全重叠，形成回环往复的咏唱效果。各章均以布谷鸟生育幼鸟起兴，布谷鸟的习性是产卵于其他鸟的巢中，由其代为孵化，因此诗中说布谷幼鸟在各种不同的树木间变换不定，应是兴中有比。而这又恰与"淑人君子"始终如一、坚定不移的品行操守形成鲜明对比，无怪乎诗人会认为君子可为四国之典范、国人之楷模，"胡不万年"一句更是将其褒扬盛赞推向极致。

鸤^{shī}鸠在桑，	布谷鸟在桑树上，
其子七兮。	生育幼鸟有七只。
淑人君子，	贤良善美此君子，
其仪一兮。	仪容节度终如一。
其仪一兮，	仪容节度终如一，
心如结兮。	心如牢结坚不移。

鸥鸠

鸤鸠在桑，　　　　　　　布谷鸟在桑树上，

其子在梅。　　　　　　　生育幼鸟在梅树。

淑人君子，　　　　　　　贤良善美此君子，

其带伊丝。　　　　　　　衣带宽大白丝制。

其带伊丝，　　　　　　　衣带宽大白丝制，

其弁伊骐。　　　　　　　礼帽华贵青黑色。
（弁 biàn）

鸤鸠在桑，　　　　　　　布谷鸟在桑树上，

其子在棘。　　　　　　　生育幼鸟在棘树。

淑人君子，　　　　　　　贤良善美此君子，

其仪不忒。　　　　　　　仪容节度无差错。

其仪不忒，　　　　　　　仪容节度无差错，
（忒 tè）

正是四国。　　　　　　　堪为各国作表率。

鸤鸠在桑，　　　　　　　布谷鸟在桑树上，

其子在榛。　　　　　　　生育幼鸟在榛树。

淑人君子，　　　　　　　贤良善美此君子，

正是国人。　　　　　　　堪为国人作模范。

正是国人，　　　　　　　堪为国人作模范，

胡不万年？　　　　　　　美名岂不传万年？

下　泉

《下泉》这首诗，《毛诗序》认为反映的是曹国人"疾共公侵刻下民，不得其所，忧而思明王贤伯也"；朱熹《诗集传》则认为因"王室陵夷而小国困弊"，诗人"遂兴其忾然以念周京也"；方玉润《诗经原始》提出"此诗之作，所以念周衰伤晋霸也"。不论何说，可见诗中确有感时伤国之慨。

本诗共分四章，每章四句，前三章运用叠咏章法。此三章不仅结构相似，内容也相近，皆以清冽泉水浸润某种植物起兴，发出怀念周之京都的长长"寤叹"。末章以阴雨润泽黍苗起兴，展开对周王室四国来朝、郇伯慰劳的旧日盛景的回想，借礼乐文化兴起之周代的倾颓衰亡，表达对社会动荡、国家陵夷时局的无限感伤。

冽彼下泉，	泉水寒凉向下奔流，
浸彼苞稂（láng）。	浸湿杂乱丛生稂草。
忾我寤（xì）叹，	我难入眠叹息不已，
念彼周京。	怀念昔日周代京都。
冽彼下泉，	泉水寒凉向下奔流，
浸彼苞萧。	浸湿茂盛丛生艾蒿。

忾我寤叹，　　　　　　我难入眠叹息不已，

念彼京周。　　　　　　怀念昔日周代京城。

洌彼下泉，　　　　　　泉水寒凉向下奔流，

浸彼苞蓍。　　　　　　浸湿稠密丛生蓍草。
shī

忾我寤叹，　　　　　　我难入眠叹息不已，

念彼京师。　　　　　　怀念昔日周代京师。

芃芃黍苗，　　　　　　黍苗长势旺盛繁茂，

阴雨膏之。　　　　　　天阴落雨滋润于它。
gào

四国有王，　　　　　　四方诸侯朝觐天子，

郇伯劳之。　　　　　　郇伯代为慰劳众人。
xún

蓍

多年生草本植物，全草可入药，古时常用以占卜。

七月

题 解

　　《七月》是一首全面展现周时普通人民四时生产生活场景的长诗，全诗皆以平铺直叙的手法写成。《毛诗序》认为本诗的主旨是"周公遭变，故陈后稷先公风化之所由，致王业之艰难也"。朱熹《诗集传》则认为本诗通过描述四季自然规律，让人"知天时，授民事"，进而使男女老幼、君臣父子各司其职，敦伦尽分，并最终实现人民"祭祀也时，燕享也节"，社会安定和乐的局面。

　　本诗共分八章，每章十一句，诗从七月始，按农事活动的顺序，逐月展开各个画面。有学者考定，本诗中一、二、三、四之日虽为周历，实际上改名不改其实，全诗仍沿用的是夏历。作为当时普通百姓生活的轴心，农业生产占去了大量篇幅，但此外还有制衣、纺绩、狩猎、建房、酿酒、劳役、祭祀、宴飨、祝酒等重要的生活内容都有涉及，可谓综罗万象，洋洋大观。正如姚际恒《诗经通论》中所说："无体不备，有美必臻，晋唐后陶、谢、王、孟、韦、柳田家诸诗，从未臻此境界，洵天下之至文也。"

七月流火，	七月大火星下沉，
九月授衣。	九月要制备寒衣。
一之日觱发， （bì）	十一月风生寒意，
二之日栗烈。	十二月冰冷凛冽。

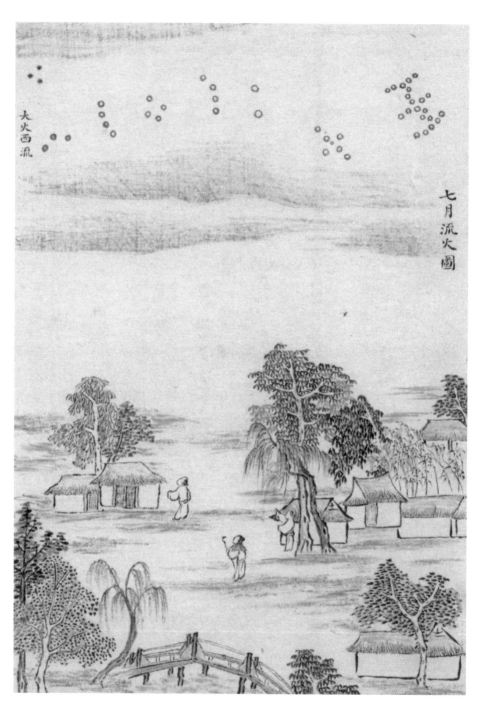

大火西流

七月流火圖

七月流火图

无衣无褐， 　　没有上衣和粗衣，

何以卒岁？ 　　如何度过这一年？

三之日于耜，　　正月修理那耒耜，

四之日举趾。　　二月下地去耕种。

同我妇子，　　和我妻儿一同去，

馌彼南亩，　　把饭送到农田中，

田畯至喜。　　农官到来甚心喜。

七月流火，　　七月大火星下沉，

九月授衣。　　九月要制备寒衣。

春日载阳，　　春日里暖意融融，

有鸣仓庚。　　黄莺正婉转啼鸣。

女执懿筐，　　女子提着深竹筐，

遵彼微行，　　沿着小路在行走，

爰求柔桑。　　采摘柔嫩桑树叶。

春日迟迟，　　春日晴明而温暖，

采蘩祁祁。　　采摘那茂密白蒿。

女心伤悲，　　女子心中多伤悲，

殆及公子同归。　将随公侯女同嫁。

七月流火，　　七月大火星下沉，

八月萑苇。　　八月蒹葭成萑苇。

于耕举趾图

蚕月条桑， 养蚕之月采桑叶，

取彼斧斨。 取来斧头与斨子。
<small>qiāng</small>

以伐远扬， 砍下高高长枝条，

猗彼女桑。 成束拈取幼桑叶。
<small>yī</small>

七月鸣鵙， 七月伯劳鸟鸣叫，
<small>jú</small>

八月载绩。 八月搓捻麻线绳。

载玄载黄， 颜色有黑还有黄，

我朱孔阳， 我的红色太鲜亮，

为公子裳。 为公侯女做衣裳。
<small>cháng</small>

四月秀葽， 四月葽草结籽实，
<small>yāo</small>

五月鸣蜩。 五月秋蝉方鸣叫。
<small>tiáo</small>

八月其获， 八月田间始收获，

十月陨萚。 十月草木已凋零。
<small>tuò</small>

一之日于貉， 十一月猎捕貉子，
<small>hé</small>

取彼狐狸， 取来那狐狸皮毛，

为公子裘。 为公侯女做皮裘。

二之日其同， 十二月聚会一处，

载缵武功。 继续习猎练武事。
<small>zuǎn</small>

言私其豵， 打到幼兽归自己，
<small>zōng</small>

献豜于公。 猎到大兽献公侯。
<small>jiān</small>

幽女求桑图

五月斯螽^{zhōng}动股，　　　五月蝈蝈弹腿叫，

六月莎^{suō}鸡振羽。　　　　六月纺织娘振翅。

七月在野，　　　　　　　七月蟋蟀在郊野，

八月在宇，　　　　　　　八月来到屋檐下，

九月在户，　　　　　　　九月蟋蟀进门口，

十月蟋蟀入我床下。　　　十月钻入我床下。

穹室熏鼠，　　　　　　　堵塞洞口熏老鼠，

塞^{sè}向墐^{jìn}户。　　　　封住北窗糊门缝。

嗟我妇子，　　　　　　　嗟叹我那妻与儿，

曰为改岁，　　　　　　　旧岁将尽新年到，

入此室处。　　　　　　　迁身进入此屋室。

六月食郁及薁^{yù}，　　　六月吃郁李薁薁，

七月亨^{pēng}葵及菽。　　　七月煮苋菜豆类。

八月剥^{pū}枣，　　　　　　八月打落那红枣，

十月获稻。　　　　　　　十月收获那水稻。

为此春酒，　　　　　　　酿成春熟之美酒，

以介^{gài}眉寿。　　　　　以此佐助人长寿。

七月食瓜，　　　　　　　七月之时可吃瓜，

八月断壶。　　　　　　　八月断藤摘瓠瓜。

九月叔苴^{jū}，　　　　　九月拾取青麻子，

采荼薪樗^{tú　chū}，　　　采摘荼菜伐樗树，

食^{sì}我农夫。　　　　　　给我农夫食物吃。

423

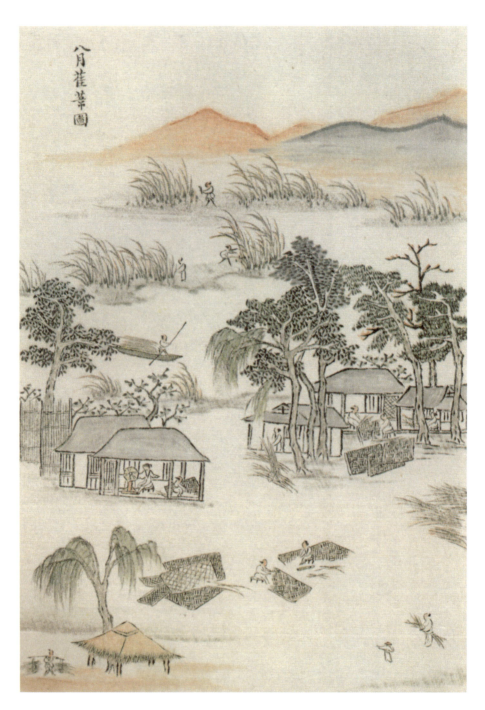

八月萑苇图

九月筑场圃,　　　　　　九月修筑场和圃,

十月纳禾稼。　　　　　　十月收纳农作物。

黍稷重穋,（tóng lù）　　黍稷晚稻和早稻,

禾麻菽麦。　　　　　　禾麻豆类和小麦。

嗟我农夫,　　　　　　嗟叹我那务农人,

我稼既同,　　　　　　我的庄稼已集中,

上入执宫功。　　　　　　又去从事建房屋。

昼尔于茅,　　　　　　白天割取来茅草,

宵尔索绹。（táo）　　晚上搓捻成绳索。

亟其乘屋,（jí）　　赶快修盖好房屋,

其始播百谷。　　　　　　开始播种百谷物。

二之日凿冰冲冲,　　　　　　十二月凿冰铿铿,

三之日纳于凌阴。　　　　　　正月贮藏于冰窖。

四之日其蚤,（zǎo）　　二月之初清晨时,

献羔祭韭。　　　　　　献祭羊羔和韭菜。

九月肃霜,　　　　　　九月霜降万物萎,

十月涤场。　　　　　　十月清扫打谷场。

朋酒斯飨,　　　　　　两樽美酒敬乡人,

曰杀羔羊。　　　　　　宰杀羊羔待宾客。

跻彼公堂,（jī）　　登上公侯之庙堂,

称彼兕觥,（sì gōng）　举起兕觥之酒器,

万寿无疆!　　　　　　共祝主君寿无疆!

425

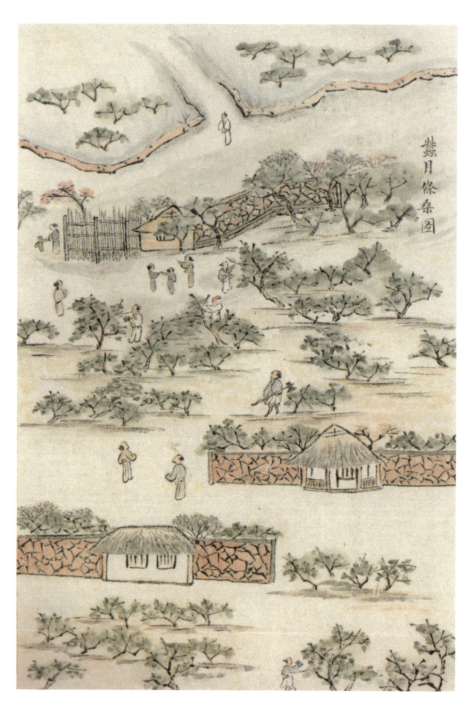

蚕月条桑图

八月载绩图

五月鸣蜩图

私縱献豻图

斯螽图

授衣图

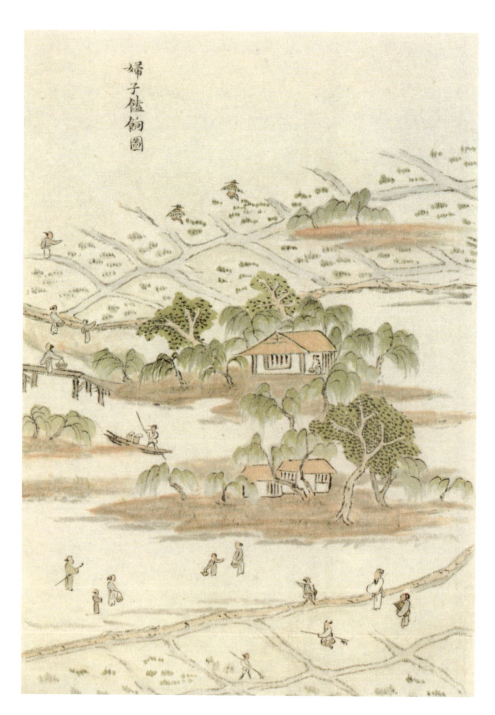

妇子馌饷图

432

享葵剥枣图

433

采茶薪樗图

筑场纳稼图

跻堂称祝图

437

鸱
鸮

题 解

  《鸱鸮》这首诗，是以一只母鸟的口吻叙写的寓言，这在《诗经》中十分少见，但却别具一格。诗中描写了这只母鸟既丧幼雏、复遭巢破的沉痛遭际，和它不折不挠重建家园的坚强事迹，可悲可悯，可歌可泣。《毛诗序》认为此诗之旨是"周公救乱"，因"成王未知周公之志，公乃为诗以遗王"。

  本诗共分四章，每章五句。首章言母鸟之雏已被鸱鸮夺走，所以母鸟尽陈自己含勤苦育子之不易，希望鸱鸮再不"毁其室"。次章写母鸟趁天晴修复窝巢之事，并对侵略者发出警告。末两章写母鸟重建巢窝付出的巨大代价，然而巢窝仍在风雨中飘摇，它也在惴惴不安地惊唳哀号，表现出其极端险恶的生存环境与惨痛凄怆的命运遭际，具有浓重的悲剧色彩。

鸱鸮鸱鸮，   猫头鹰啊猫头鹰，

既取我子，   既已夺去我幼子，

无毁我室。   别再毁坏我窝巢。

恩斯勤斯，   我以慈爱和勤苦，

鬻子之闵斯。   养育幼子可哀悯。

迨天之未阴雨，   趁天还未降阴雨，

鸱鸮

即猫头鹰。通体羽毛大多为褐色，散落点缀着浅色的细小斑纹，昼伏夜出。

彻彼桑土，

绸缪牖户。

今女下民，

或敢侮予？

剥落那些桑根皮，

紧紧缠缚窗与门。

现在你们诸百姓，

有谁还敢欺侮我？

予手拮据，

予所捋荼，

予所蓄租，

予口卒瘏，

曰予未有室家。

我的手爪甚辛劳，

我轻摘来茅草花，

我再蓄积些枯草，

我的口喙得疲累，

只因我还没房舍。

予羽谯谯，

予尾翛翛，

予室翘翘。

风雨所漂摇，

予维音哓哓！

我的羽毛凋零了，

我的尾巴残破了，

我的窝巢仍垂危。

它在风雨中飘摇，

我只能惊恐哀号！

东山

题 解

题 解

关于《东山》这首诗，历来解说也多有差别。《毛诗序》言："周公东征，三年而归，劳归士，大夫美之，故作是诗也。"朱熹《诗集传》提出异议，认为"此周公劳归士词，非大夫美之而作"。部分现代学者则指出，此是一位征人在解甲还乡途中思怀故乡之诗。

本诗共分四章，每章十二句。各章前四句完全重叠，以富有诗意的笔法，展现征人远赴东山，久后方归，而途中遇雨的场景。在诗的后半部分，首章写征人归途中风餐露宿的艰辛；中间两章是诗人对故乡风物和亲人的想象，尤其写到妻子洒扫清理屋舍，准备为自己接风洗尘之景；末章则描写了一场热闹而喜悦的传统新婚过程。或回忆，或实事，虚实已难考定，然而从中自然流露出诗人对战争的厌倦，和对安宁和乐生活的向往。

我徂^{cú}东山，	自我去往东山后，
慆慆^{tāo tāo}不归。	久久未能归乡去。
我来自东，	如今我从东山回，
零雨其濛。	细雨飘零又蒙蒙。
我东曰归，	我从东山归家去，
我心西悲。	我心念西生伤悲。

441

蠋

鳞翅目蚕蛾科昆虫的幼虫。色青，形似蚕，大如手指。

栝楼

即果蠃。多年生攀缘草质藤本植物，果实近球形，熟时橙红色。栝楼有很高的药用价值。

制彼裳衣，　　　　　　　缝制下衣和上衣，

勿士行枚。　　　　　　　不再行军口衔枚。

_{yuānyuān}　_{zhú}
蜎蜎者蠋，　　　　　　　蚕之幼虫蠕动行，

烝在桑野。　　　　　　　就在野外桑林中。

_{duī}
敦彼独宿，　　　　　　　孑孑一人独露宿，

亦在车下。　　　　　　　有时也在车底下。

我徂东山，　　　　　　　自我去往东山后，

慆慆不归。　　　　　　　久久未能归乡去。

我来自东，　　　　　　　如今我从东山回，

零雨其濛。　　　　　　　细雨飘零又蒙蒙。

_{luǒ}
果臝之实，　　　　　　　栝楼结出其果实，

_{yì}
亦施于宇。　　　　　　　藤蔓爬到屋檐下。

伊威在室，　　　　　　　委黍小虫在室中，

_{xiāoshāo}
蠨蛸在户。　　　　　　　喜蛛张网在门上。

_{tǐngtuǎn}
町畽鹿场，　　　　　　　房边空地作鹿场，

熠耀宵行。　　　　　　　萤虫夜飞光熠熠。

不可畏也，　　　　　　　如此之景不可怕，

伊可怀也。　　　　　　　却能让人心思念。

我徂东山，　　　　　　　自我去往东山后，

慆慆不归。　　　　　　　久久未能归乡去。

我来自东，　　　　　　　如今我从东山回，

零雨其濛。　　　　　　　细雨飘零又蒙蒙。

^{guàn}　　^{dié}
鹳鸣于垤，　　　　　　　鹳鸟鸣叫在土丘，

妇叹于室。　　　　　　　妻子嗟叹在室内。

洒扫穹窒，　　　　　　　洒扫庭院塞鼠洞，

^{yù}
我征聿至。　　　　　　　我远征罢将到来。

^{tuán}
有敦瓜苦，　　　　　　　瓝瓜藤蔓密密缠，

烝在栗薪。　　　　　　　然后去把柴火劈。

自我不见，　　　　　　　自我离开不见亲，

于今三年。　　　　　　　至今已有三年久。

我徂东山，　　　　　　　自我去往东山后，

慆慆不归。　　　　　　　久久未能归乡去。

我来自东，　　　　　　　如今我从东山回，

零雨其濛。　　　　　　　细雨飘零又蒙蒙。

仓庚于飞，　　　　　　　黄莺振翅正飞翔，

熠耀其羽。　　　　　　　羽毛鲜艳又绚丽。

之子于归，　　　　　　　这位女子要出嫁，

皇驳其马。　　　　　　　马色浅黄及淡红。

^{lí}
亲结其缡，　　　　　　　母为女儿结佩巾，

九十其仪。　　　　　　　婚仪繁多有九十。

其新孔嘉，　　　　　　　初嫁之时很美好，

其旧如之何？　　　　　　现在重逢会怎样？

宵行

即萤火虫。身体细长而且扁平, 腹部末端有发光器官, 可发出黄绿色的光。

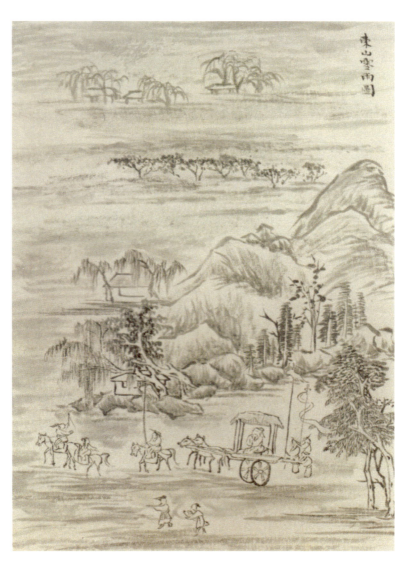

东山零雨图（一）

东山零雨图（二）

破

斧

题 解

　　《破斧》是一首四国之民对周公的礼赞之歌，诗中明确指出了创作背景是"周公东征"。武王死后，年幼的周成王即位，由周公辅政，而管、蔡、奄等国伙同纣子武庚发动叛乱。周公于公元前1042年左右率兵东征，历时三年终于平定叛乱。

　　本诗共分三章，每章六句，皆用叠章手法。各章首两句皆以"斧破斨缺"起兴，斧、斨皆是农业社会中重要的生产工具，二者残破损坏必使人民生活陷入困顿，孔颖达疏认为此是"四国之君废其礼义，坏其国用"的比喻之辞。各章中二句直用赋法，写周公东征使四国皆得慴服归顺。各章末二句，分别以"将""嘉""休"三词，饱含深情地赞颂了周公哀悯百姓、为国尽忠的崇盛之德。

既破我斧，	既已破损我斧头，
又缺我斨（qiāng）。	又来残坏我的斨。
周公东征，	周公东行去征伐，
四国是皇。	四方诸国得匡正。
哀我人斯，	周公哀悯我众人，
亦孔之将（jiāng）。	德行无比之崇盛。

既破我斧，　　　　　既已破损我斧头，
又缺我锜。　　　　　又来残坏我的锜。
qí
周公东征，　　　　　周公东行去征伐，
四国是吪。　　　　　四方诸国受感化。
é
哀我人斯，　　　　　周公哀悯我众人，
亦孔之嘉。　　　　　德行无比之贤良。

既破我斧，　　　　　既已破损我斧头，
又缺我銶。　　　　　又来残坏我的銶。
qiú
周公东征，　　　　　周公东行去征伐，
四国是遒。　　　　　四方诸国皆稳固。

哀我人斯，　　　　　周公哀悯我众人，
亦孔之休。　　　　　德行无比之美善。

伐柯

题 解

对《伐柯》这首诗的解读，主要存在两种不同观点。《毛诗序》承接上诗，认为此诗写的是成王欲迎东征的周公归来，而"群臣犹惑于管蔡之言，疑于王迎之礼，是以刺之"。部分现代学者则认为，此诗反映的是当时男女成婚的风俗和观念。

本诗共分两章，每章四句。首章以两个设问句构成，诗人通过"伐柯"非斧不可，推类"取妻"非媒不得，暗示为人处事须遵循一定的原理法则才可成就。末章先言"伐柯"要依的另一个法则是"不远"，然后又转到我遇"之子"，以陈列笾豆盛情宴乐的场面，或许暗含着待客亦须以礼而为的道理。

伐柯如何？	斧柄木料如何砍？
匪^{fěi}斧不克。	没有斧子做不到。
取妻如何？	要娶妻子怎么办？
匪媒不得。	没有媒人求不得。
伐柯伐柯，	砍斧料啊砍斧料，
其则不远。	这个规则在近前。
我觏^{gòu}之子，	我遇见了这个人，
笾豆有践。	笾豆盛物齐陈列。

451

九罭

题 解

《九罭》一诗，描写了一人设宴留宿一位锦衣绣裳的公卿，而且对其离去依依不舍、百般挽留的场景。《毛诗序》仍承上诸章，解读此诗为周公东征而还，朝廷群臣不知，而东都之民对其尊崇爱戴之至。部分现代学者认为，此诗是一位下民为宴饮挽留一位高官贵客而赋。

本诗共分四章，首章四句，后三章各三句，中间两章运用了复沓句式。首章写以渔网捕鱼，为招待"衮衣绣裳"之人做准备；中间两章皆以鸿雁循径而飞起兴，暗喻此公一归"无所"且不再来的事实，故有殷勤劝请对方"信宿"之辞；末章三叹，以"衮衣"发起，见衣如见人，思恋不舍之情怀由此可见一斑。

九罭之鱼，
zūnfáng
鳟鲂。

我觏之子，
gǔn
衮衣绣裳。

鸿飞遵渚，
公归无所，
wū rǔ
於女信处。

九罭之网去捕鱼，
捕到鳟鱼和鲂鱼。

我遇见的这个人，
绘龙衮衣锦绣裳。

鸿雁飞行沿小洲，
公侯归去无居所，
请您在此住两晚。

鸿飞遵陆，　　　　　鸿雁飞行沿河岸，

公归不复，　　　　　公侯归去不再还，

于女信宿。　　　　　请您在此歇两夜。

是以有衮衣兮，　　　因此可留您衮衣，

无以我公归兮，　　　不让我公即归去，

无使我心悲兮！　　　不要使我心悲伤！

鳟

即赤眼鳟。生活于江河湖泊等淡水中，适应性强，善跳跃。因瞳孔上、下各有一红斑，故
名。

狼

跋

题 解

    对《狼跋》这首诗,古今有"赞美说"和"讽刺说"两种截然相反的解读。以《毛诗序》为代表的古说,认为此诗反映的是"周公摄政,远则四国流言,近则王不知",故有周大夫"美其不失其圣也"。部分近现代学者认为此诗以狼进退失节比喻贵族"公孙"肥硕丑态,然而狼喻公孙说并无实据,且对"硕肤""几几"等词的训释多有附会之弊,故此不取。

    本诗共分两章,每章四句,皆用叠章结构。两章虽颠倒句序,但皆以"踩胡践尾"的狼起兴,状其进退失度之态。这恰与后文公孙"硕肤""几几"、雍容有节的仪态形成鲜明对照,从而使公孙美德崇盛、德音遐迩的主题得到凸显和烘托。

狼跋其胡,	狼踩到了颌下垂肉,
载疐其尾。	又被它的尾巴绊倒。
公孙硕肤,	公侯之孙德行盛美,
赤舄几几。	红色舄鞋安徐稳重。
狼疐其尾,	狼被它的尾巴绊倒,
载跋其胡。	又踩到了颌下垂肉。

公孙硕肤，　　　　　　公侯之孙德行盛美，

德音不瑕。　　　　　　声名远绍完美无瑕。

狼

哺乳动物。形状似狗。昼伏夜出，性情凶暴，经常袭击各种野生动物，也伤害人畜等。

诗经图说

谦德书院——译

雅·颂

团结出版社

图书在版编目（CIP）数据

诗经图说 / 谦德书院译. -- 北京：团结出版

社, 2024.3

ISBN 978-7-5126-9059-2

Ⅰ.①诗… Ⅱ.①谦… Ⅲ.①《诗经》–诗歌欣赏

Ⅳ.①I207.222

中国版本图书馆CIP数据核字(2021)第142579号

出版：团结出版社

（北京市东城区东皇城根南街84号　邮编：100006）

电话：(010) 65228880 　　65244790 　(传真)

网址：www.tjpress.com

Email：65244790@163.com

经销：全国新华书店

印刷：天宇万达印刷有限公司

开本：169×231 　1/16

印张：59

字数：450千字

版次：2024年3月　第1版

印次：2024年3月　第1次印刷

书号：978-7-5126-9059-2

定价：198.00元 (全二册)

目录 |

3

小雅

鹿

鸣

题 解

　　《鹿鸣》这首诗描绘了一场宴饮款待"嘉宾"的盛事场景。《毛诗序》认为是君王宴请群臣，"既饮食之，又实币帛筐篚，以将其厚意，然后忠臣嘉宾，得尽其心矣"，此后学者基本都赞同此观点。曹操在《短歌行》中曾直接引用本诗的前四句，亦见本诗影响后世文学之大。

　　全诗共分三章，每章八句，大部分运用了叠咏手法。三章皆以鹿鸣食草起兴，营造了一种祥和欢悦的氛围。而后便开展了弹琴、鼓瑟、吹笙等奏乐活动，这是礼乐文化在宴会上的重要体现，也是必备元素之一。最后上升到"示我周行""视民不恌"的高度，体现出道德教化在上古治国理政中不可或缺的作用。

呦呦鹿鸣， yōu	群鹿呦呦鸣叫，
食野之苹。	在吃郊野艾蒿。
我有嘉宾，	我有善美宾客，
鼓瑟吹笙。	弹瑟且又吹笙。
吹笙鼓簧，	吹笙且又鼓簧，
承筐是将。	献上币帛竹筐。
人之好我，	他人因喜欢我，

鹿鸣

示我周行。　　　　　　　为我阐示大道。

呦呦鹿鸣，　　　　　　　群鹿呦呦鸣叫，

食野之蒿。　　　　　　　在吃郊野青蒿。

我有嘉宾，　　　　　　　我有善美宾客，

德音孔昭。　　　　　　　美名昭彰无比。

视民不恌，　　　　　　　示民莫要轻薄，
tiāo

君子是则是效。　　　　　君子仿效为法。

我有旨酒，　　　　　　　我有香醇美酒，

嘉宾式燕以敖。　　　　　嘉宾宴饮遨游。

呦呦鹿鸣，　　　　　　　群鹿呦呦鸣叫，

食野之芩。　　　　　　　在吃郊野芩草。

我有嘉宾，　　　　　　　我有善美宾客，

鼓瑟鼓琴。　　　　　　　弹瑟且又鼓琴。

鼓瑟鼓琴，　　　　　　　弹瑟且又鼓琴，

和乐且湛。　　　　　　　安和且又快乐。
dān

我有旨酒，　　　　　　　我有香醇美酒，

以燕乐嘉宾之心。　　　　嘉宾宴乐悦心。

四

牡

题 解

　　《四牡》是一首远役在外之人思怀故乡父母的诗，和《诗经》中其他同类题材的诗歌一样，可谓后世行役诗的肇始。《毛诗序》认为此诗写的是周王"劳使臣之来也"，又云"使臣以王事往来于其职，于其来也，陈其功苦以歌乐之"，可备一说。

　　本诗共分五章，每章五句，各章间部分运用复沓句法。首、次、末三章以赋法直描四马疾驰貌，而三、四两章以雏鸟栖木起兴，引出了"岂不怀归"的情感主线。而后交代无法归去的原因是王事不止，自己虽然也想奉事双亲，奈何心有余而力不足，只好作诗歌咏，聊以慰藉思情。情真意切而又怅惘无奈，读来令人动容。

四牡騑騑（fēi），	四匹公马奔驰不息，
周道倭迟。	宽阔大道迂回遥远。
岂不怀归？	难道不会想要归去？
王事靡盬（gǔ），	王室之事没有止息，
我心伤悲。	我的心中哀伤悲忧。
四牡騑騑，	四匹公马奔驰不息，

tān
啴啴骆马。   白身黑鬣马儿喘息。

岂不怀归?   难道不会想要归去?

王事靡盬,   王室之事没有止息,

不遑启处。   没有时间安居家中。

翩翩者雏,   鹁鸪鸟儿身姿翩翩,

载飞载下,   一会儿飞翔一会儿降下,

集于苞栩。   群集栖息密集柞树。

王事靡盬,   王室之事没有止息,

不遑将父。   没有时间奉养父亲。

zhuī
翩翩者雏,   鹁鸪鸟儿身姿翩翩,

载飞载止,   一会儿飞翔一会儿安止,

集于苞杞。   群集栖息茂盛杞树。

王事靡盬,   王室之事没有止息,

不遑将母。   没有时间奉养母亲。

驾彼四骆,   驾驭起那四匹骆马,

qīn qīn
载骤骎骎。   迅捷疾速驰骋无休。

岂不怀归?   难道不会想要归去?

是用作歌,   因此做出这首歌曲,

shěn
将母来谂。   将我母亲思怀想念。

皇皇者华

题 解

　　《皇皇者华》是一首国君派遣使臣求贤访能之诗。《毛诗序》定此诗主旨为"君遣使臣也"，又云"送之以礼乐，言远而有光华也"；《左传》也指出此为"君教使臣"之诗。周时设有专门"咨访"的官员，他们奉国君之命，深入民间，广询博访，一方面体察民情，明治政得失；一方面探求贤才，俾为国所用。此诗正是在此背景下，以使臣角度展开叙写的。

　　全诗共分五章，每章四句，后四章皆用叠章手法。首章以"原隰"上的绚烂花朵起兴，引出征夫身负使命、劳碌奔波。其后四章，不断变易字眼言"我马""六辔"，展现出使臣经路之遥远，历时之持久；而各章末句对使臣不辞艰辛、寻访贤才之行的渲染，也从侧面折射出国君"礼贤下士"之德。

皇皇者华，	绚烂光彩的花朵，
于彼原隰。	在那原野的湿地。
^{shēn}駪駪征夫，	众多疾行的征夫，
每怀靡及。	每每心怀难及事。
我马维驹，	我的马儿是小驹，
六辔如濡。	六根缰绳如浸湿。

皇华遣使图

载驰载驱，　　　　　　　驱策马儿疾奔驰，
周爰咨诹[zōu]。　　　　　广访贤士共商酌。

我马维骐，　　　　　　　我的马儿是骐马，
六辔如丝。　　　　　　　六根缰绳如丝带。
载驰载驱，　　　　　　　驱策马儿疾奔驰，
周爰咨谋。　　　　　　　博求良才共谋划。

我马维骆，　　　　　　　我的马儿是骆马，
六辔沃若。　　　　　　　六根缰绳色润泽。
载驰载驱，　　　　　　　驱策马儿疾奔驰，
周爰咨度。　　　　　　　遍礼能人共筹策。

我马维骃[yīn]，　　　　　我的马儿是骃马，
六辔既均。　　　　　　　六根缰绳甚和谐。
载驰载驱，　　　　　　　驱策马儿疾奔驰，
周爰咨询。　　　　　　　普寻智者共咨询。

常 棣

题 解

《常棣》是一首歌咏兄弟之情的诗歌。《毛诗序》定其主题为"燕兄弟也。闵管蔡之失道"，郑玄对此进一步阐释说："周公吊二叔之不咸，而使兄弟之恩疏。召公为作此诗，而歌之以亲之。"

本诗共分八章，每章四句。首章以光明绚烂的常棣花起兴，道出"凡今之人，莫如兄弟"的论点。二、三、四三章，则对论点进行阐释论证，说明兄弟虽有时"阋于墙"，但在急难外侮之时却是坚强的后盾；反之，朋友在安宁时好过兄弟，却在丧乱祸患之时少有真情。六、七、八章描写了兄弟家人齐聚一堂、宴饮歌乐的场景，抒发了对兄弟相亲、家庭和乐的祝福和希冀。

常棣之华，	棠棣绽放的花朵，
鄂不韡韡(wěi)。	花萼间光明绚丽。
凡今之人，	但凡如今人之间，
莫如兄弟。	无如兄弟情谊深。
死丧之威，	死亡丧乱的畏惧，
兄弟孔怀。	兄弟极思怀担忧。
原隰裒(póu)矣，	原野湿地相会聚，

常棣之華

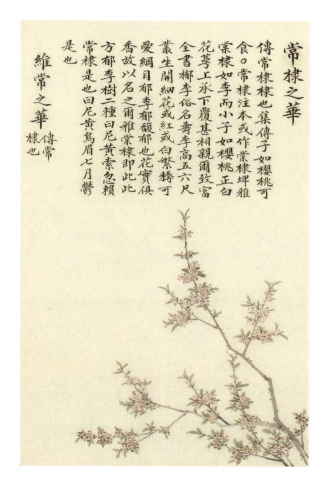

傳常棣棣也集傳子如櫻桃可
食○常棣注本或作棠棣埤雅
棠棣如李而小子如櫻桃正白
花蔕上承下覆甚相親爾致富
全書棣李俗名壽李高五六尺
叢生開細花或紅或白繁稠可
愛綱目郁李郁馥郁也花實俱
香故以名之爾雅棠棣即此此
方郁李樹二種曰尼黃索忽賴
常棣是也曰尼黃烏眉七月鬱
是也

維常之華 傳常
棣也

常棣之华

兄弟求矣。　　　　　　　兄弟之间有诉求。

脊令在原，　　　　　　　鹡鸰鸟儿在原野，
兄弟急难。　　　　　　　兄弟急切救危难。
每有良朋，　　　　　　　每每虽有贤良友，
况也永叹。　　　　　　　也只徒然长叹息。

兄弟阋于墙，　　　　　　兄弟墙内相争吵，
外御其务。　　　　　　　对外共同御欺侮。
每有良朋，　　　　　　　每每却有贤良友，
烝也无戎。　　　　　　　终究无人来相助。

丧乱既平，　　　　　　　丧乱灾祸既平息，
既安且宁。　　　　　　　不仅安定且康宁。
虽有兄弟，　　　　　　　此时虽有兄弟情，
不如友生。　　　　　　　不如朋友关系亲。

儐尔笾豆，　　　　　　　陈列笾豆诸利器，
bīn
饮酒之饫。　　　　　　　饮酒站立依饫礼。
yù
兄弟既具，　　　　　　　兄弟既然已相聚，
和乐且孺。　　　　　　　祥和快乐又敦睦。

妻子好合，　　　　　　　妻与儿女皆亲爱，

如鼓瑟琴。　　　　　如同琴瑟和合弹。

兄弟既翕，　　　　　兄弟既然已会集，

和乐且湛^{zhàn}。　　　　　祥和快乐情深厚。

宜尔家室，　　　　　家庭之中是和顺，

乐尔妻孥。　　　　　妻子儿女皆安乐。

是究是图，　　　　　深入推究细图谋，

亶^{dǎn}其然乎？　　　　　此话诚然如实否？

伐 木

　　《伐木》也是一首抒发宴乐欢娱之情的诗。正如《毛诗序》所说："自天子至于庶人，未有不须友以成者。亲亲以睦，友贤不弃。不遗故旧，则民德归厚矣。"古今学者大都赞同此说。

　　本诗共分六章，每章六句。首两章以"伐木"和"鸟鸣"起兴，并以"鸟鸣求友"推类人亦须有友之理。中两章写准备美酒佳肴，邀请"诸父诸舅"之事，且言宁肯对方不来，勿使自己礼数不周。末两章表达对"兄弟不远"、亲人间互相理解信任的希望，并以饮酒奏乐、载歌载舞的和乐氛围，烘托出诗人对质朴醇厚、真纯和谐的人际关系的向往。

伐木丁丁 (zhēng)，	砍伐树木丁丁作响，
鸟鸣嘤嘤。	鸟儿鸣叫嘤嘤有声。
出自幽谷，	从幽深山谷飞出来，
迁于乔木。	迁徙到高大树木上。
嘤其鸣矣，	它发出的嘤嘤鸣叫，
求其友声。	是为求得好友之声。
相彼鸟矣，	端详审视那些鸟儿，

犹求友声。　　　　　　尚且发出求友之声。

矧^{shěn}伊人矣，　　　　何况我等诸位为人，

不求友生？　　　　　　难道不知求得朋友？

神之听之，　　　　　　天上神明请予聆听，

终和且平。　　　　　　永久和乐且又平顺。

伐木许许^{hǔ}，　　　砍伐树木呼呼吆喝，

酾酒有藇^{shī　xù}。　斟上美酒甘甜香醇。

既有肥羜^{zhù}，　　　既有肥美五月羊羔，

以速诸父。　　　　　　邀请各位同姓叔伯。

宁适不来，　　　　　　宁肯他们恰好没来，

微我弗顾。　　　　　　不能说我礼数不周。

於粲洒扫^{wū}，　　　洒扫庭院焕然一新，

陈馈八簋。　　　　　　摆放食物盛满八簋。

既有肥牡，　　　　　　既有肥美公羊之肉，

以速诸舅。　　　　　　邀请各位异姓舅父。

宁适不来，　　　　　　宁肯他们恰好没来，

微我有咎。　　　　　　不能说我存在过失。

伐木于阪，　　　　　　砍伐树木在山坡上，

酾酒有衍。　　　　　　斟酒满满流溢而出。

笾豆有践，　　　　　　　笾豆礼器齐整陈列，

兄弟无远。　　　　　　　兄弟相处不要远离。

民之失德，　　　　　　　人民或有失德之事，

干餱^{hóu}以愆。　　　　　　　一块干粮可致罪愆。

有酒湑^{xǔ}我，　　　　　　　如果有酒为我滤清，

无酒酤我。　　　　　　　如果没酒为我买来。

坎坎鼓我，　　　　　　　咚咚击鼓为我而奏，

蹲蹲^{cún}舞我。　　　　　　　翩翩起舞为我而演。

迨我暇矣，　　　　　　　等到我有闲暇之时，

饮此湑矣。　　　　　　　再饮这些清澄好酒。

天 保

题 解

　　《天保》是一首为君王祝福和祈愿的诗。《毛诗序》定此诗主旨为"下报上也"，谓"君能下下以成其政，臣能归美以报其上焉"。今人赵逵夫则考定此是"召公致政于宣王之时祝贺宣王亲政"之诗。

　　本诗共分六章，每章六句。前三章皆以"天保定尔"起句，且连用三个比喻，承载着诗人对天降厚福以使国家太平、人民富足的殷切希望。四、五两章叙写的是王室的祭礼，这是上古社会生活的重要内容。诗人除了写祈请历代先祖降福庇佑，还写对黎民百姓的德化之事。末章为全诗总结，通过日、月、南山、松柏这几个相对恒久的事物，表达了对王业千古、国祚永传的真诚祝祈。

天保定尔，	上天保佑您安定，
亦孔之固。	江山稳固国昌盛。
俾尔单厚，	使您丰厚又充裕，
何福不除？	什么福分不赐予？
俾尔多益，	使您获得许多益，
以莫不庶。	没有哪样不盛繁。

天保定尔，　　　　　　　上天保佑您安定，

俾尔戬穀。　　　　　　　使您享受福和禄。
ᵗⁱᵃⁿ(jiǎn)

罄无不宜，　　　　　　　一切没有不合宜，

受天百禄。　　　　　　　接受上天百恩禄。

降尔遐福，　　　　　　　降予您久远之福，

维日不足。　　　　　　　唯恐日用有不足。

天保定尔，　　　　　　　上天保佑您安定，

以莫不兴。　　　　　　　没有何事不振兴。

如山如阜，　　　　　　　天恩如山如土阜，

如冈如陵。　　　　　　　如同山冈如丘陵。

如川之方至，　　　　　　如同河水滚滚来，

以莫不增。　　　　　　　作物无不增收成。

吉蠲为饎，　　　　　　　斋戒沐浴择吉日，
(juān)(chì)

是用孝享。　　　　　　　以此准备行祭礼。

禴祠烝尝，　　　　　　　祠祠烝尝四时祭，
(yuè)

于公先王。　　　　　　　是为先公及先王。

君曰卜尔，　　　　　　　先君说赐福给您，

万寿无疆。　　　　　　　千秋万代寿无尽。

神之吊矣，　　　　　　　神灵受祭已降临，

诒尔多福。　　　　　　　赐给您许多福分。

民之质矣，　　　　　治理人民既功成，
日用饮食。　　　　　日用饮食全都有。
群黎百姓，　　　　　普天之下众百姓，
遍为尔德。　　　　　普遍感激您恩情。

如月之恒，^{gèng}　　　　　如同月亮到上弦，
如日之升。　　　　　如同太阳之高升。
如南山之寿，　　　　如同南山寿恒久，
不骞不崩。　　　　　不会亏损不崩塌。
如松柏之茂，　　　　如同松柏常郁茂，
无不尔或承。　　　　无不承续延久祚。

475

采薇

题 解

　　《采薇》描写的是一位士兵久征在外、解甲归乡的情景，是一首"行役思怀"诗。《毛诗序》认为此诗反映的是"文王之时，西有昆夷之患，北有猃狁之难。以天子之命，命将率，遣戍役，以守卫中国"。部分近代学者则考据称此为周宣王时之事。

　　本诗共分六章，每章八句，运用倒叙手法展开追忆。前三章以"采薇"起兴，用"薇"发芽、柔嫩到老化的整个生命周期，暗喻王室征战不休，戍役旷日持久，故而难以归家安居。四、五两章追述行军作战紧张激烈的生活，特别刻画驾车"四牡"，体现出威武的军容和高昂的士气。末章由追忆回到现实，通过去时杨柳和来时雨雪的对比，再加上道路难行、饥渴交加，凸显了诗人对战争的怨念和对家园的哀思。

采薇采薇，	采摘巢菜采摘巢菜，
薇亦作止。	巢菜也才刚刚长出。
曰归曰归，	说归去吧说归去吧，
岁亦莫止。	整整一年仍然不能。
靡室靡家，	夫妻别离丧失家道，
猃狁之故。 xiǎnyǔn	都是因为猃狁之族。

雨雪載途

不遑启居，　　　　　　　没有时间跪坐安居，

猃狁之故。　　　　　　　都是因为猃狁之族。

采薇采薇，　　　　　　　采摘巢菜采摘巢菜，

薇亦柔止。　　　　　　　巢菜也已生得柔嫩。

曰归曰归，　　　　　　　说归去吧说归去吧，

心亦忧止。　　　　　　　心中忧伤而又愁苦。

忧心烈烈，　　　　　　　忧心如焚烈烈难息，

载饥载渴。　　　　　　　又是饥饿又是口渴。

我戍未定，　　　　　　　我戍守地并非固定，

靡使归聘。　　　　　　　无法差人回家问候。

采薇采薇，　　　　　　　采摘巢菜采摘巢菜，

薇亦刚止。　　　　　　　巢菜也已长得刚硬。

曰归曰归，　　　　　　　说归去吧说归去吧，

岁亦阳止。　　　　　　　一年又到阳月之时。

王事靡盬，　　　　　　　王室之事没有休止，

不遑启处。　　　　　　　没有时间宴然安处。

忧心孔疚，　　　　　　　忧心忡忡苦痛无比，

我行不来。　　　　　　　我之远行不能归来。

彼尔维何？　　　　　　　那个东西是什么呢？

维常之华。　　　　　　　它是棠棣所开之花。

彼路斯何?　　　　　那辂车是何人所乘?

君子之车。　　　　　它是君子所乘之车。

戎车既驾,　　　　　战车既然已经驾起,

四牡业业。　　　　　四匹公马高大雄壮。

岂敢定居?　　　　　怎么敢于定居一处?

一月三捷。　　　　　一月之中三次战胜。

驾彼四牡,　　　　　驾驭起那四匹公马,

四牡骙骙。^{kuí}　　　四匹公马身姿矫健。

君子所依,　　　　　将帅统领依之乘车,

小人所腓。^{féi}　　　士兵走卒靠之掩护。

四牡翼翼,　　　　　四匹公马整齐有序,

象弭鱼服。　　　　　象牙弓饰鱼皮箭袋。

岂不日戒?　　　　　怎么能不天天戒备?

猃狁孔棘。　　　　　猃狁之事十分紧急。

昔我往矣,　　　　　回想昔日我离开时,

杨柳依依。　　　　　只见杨柳依依摇曳。

今我来思,　　　　　如今当我归来之日,

雨雪霏霏。　　　　　却遇落雪霏霏飘舞。

行道迟迟,　　　　　走在路上历时长久,

载渴载饥。　　　　　又是口渴又是饥饿。

我心伤悲，　　　　　　我的心中感伤忧悲，

莫知我哀！　　　　　　无人能知我之哀痛！

鱼

这里说的是像鱼类的水栖动物。

出 车

题 解

　　《出车》是一曲宣扬战功、歌颂统帅的赞歌。《毛诗序》指出本诗主旨为"劳还率也"，郑玄在《笺注》中则解释说："遣将率及戍役，同歌同时；反而劳之，异歌异日。"总之，此诗写的是周宣王初年派遣大夫南仲讨伐猃狁获胜之事，表现了周室君臣中兴王业、建功立业的决心。

　　本诗共分六章，每章八句。前三章写的是战前准备情况。从召集御夫、郊野出动兵车，到树立各种旌旗以示军威，再到南仲率人筑城抗敌，皆是一派紧张忙碌而秩序井然的氛围。后三章略过战争场面，直接写战胜凯旋的情境。其中有昔日离去和今日归来的对比，有"王事多难"、怀归不得的惆怅，有"既见君子"的安和喜乐，还有俘敌得胜的自豪感……此外，诗中还对统领南仲的赫赫战功多次赞颂，可说是一幅全面展现战争各个层面的史诗鸿篇。

我出我车，	我出动我的兵车，
于彼牧矣。	在那片牧地之中。
自天子所，	从天子所在之处，
谓我来矣。	告知我来到这里。
召彼仆夫，	召集那驾车御夫，
谓之载矣。	告知他们去载物。
王事多难，	王室之事多危难，

维其棘矣。	情势已经很紧迫。
我出我车，	我出动我的兵车，
于彼郊矣。	在那方郊野之地。
设此旐^{zhào}矣，	立下这龟蛇纹旗，
建彼旄矣。	树起那旄尾饰旗。
彼旟旐斯，	那鸟隼旗龟蛇旗，
胡不旆旆？	怎么不是向下垂？
忧心悄悄，	心中忧伤又哀愁，
仆夫况瘁。	驾车御夫貌憔悴。
王命南仲，	周王下令给南仲，
往城于方。	去往朔方筑城池。
出车彭彭，	出动兵车极众多，
旂旐央央。	旂旐旗帜色鲜明。
天子命我，	周之天子命令我，
城彼朔方。	给那朔方筑城池。
赫赫南仲，	光明显赫此南仲，
狁于襄。	狁夷狄皆攘除。
昔我往矣，	当我往昔离去时，
黍稷方华。	黍稷作物正开花。
今我来思，	而今待我归来时，

482

阜螽

蝗的幼虫。

雨雪载涂。　　　　　　　落雪纷纷满路途。

王事多难，　　　　　　　王室之事多危难，

不遑启居。　　　　　　　没有时间可安居。

岂不怀归？　　　　　　　难道不会想归去？

畏此简书。　　　　　　　只是畏惧此简书。

喓喓草虫，　　　　　　　蝈蝈吱吱在鸣叫，

趯趯阜螽。　　　　　　　幼蝗来去正跳跃。

未见君子，　　　　　　　还没见到君子时，

忧心忡忡。　　　　　　　心中忧愁又烦闷。

既见君子，　　　　　　　既已见到君子后，

我心则降。　　　　　　　我心下沉得安稳。

赫赫南仲，　　　　　　　光明显赫此南仲，

薄伐西戎。　　　　　　　征伐西面狄戎族。

春日迟迟，　　　　　　　春日温暖天晴明，

卉木萋萋。　　　　　　　花卉树木郁葱葱。

仓庚喈喈，　　　　　　　黄莺唧唧在啼鸣，

采蘩祁祁。　　　　　　　采摘白蒿盛又多。

执讯获丑，　　　　　　　俘虏敌人又审讯，

薄言还归。　　　　　　　做完然后再回去。

赫赫南仲，　　　　　　　光明显赫此南仲，

猃狁于夷。　　　　　　　平定猃狁之祸乱。

杕

杜

题 解

　　"杕杜"也是《诗经》中一个常见的意象,除本诗外还有"唐风"中的《杕杜》《有杕之杜》二诗涉及了此意象。自《毛诗序》定本诗主题为"劳还役"后,几乎无人提出异议,皆以为此诗倾诉了一位远役在外的征夫与妻子家人互相思怀的情感。

　　本诗共分四章,每章七句,部分诗句运用了复沓手法。各章前四句以征夫角度叙写,后三句以其妻角度叙写。前两章分别以"杕杜"的果实和树叶起兴,交代难归而悲的原因是"王事靡盬"。后两章含有对"檀车"和"四牡"的场景铺陈和久盼不见的心理描写,而征夫"遑""归""不远""迩"的位置转移,也暗合着诗人的情感发展脉络。

有杕之杜,	甘棠孤自生长,
有睆^{huǎn}其实。	果实丰硕浑圆。
王事靡盬,	王事没有休止,
继嗣我日。	继续我的劳日。
日月阳止,	春阳缓和之时,
女心伤止,	女子心中忧伤,
征夫遑止。	征夫闲暇难归。

有枕之杜

傳杜赤棠也。見甘棠

有枕之杜

有杕之杜，　　　　　　甘棠孤自生长，
其叶萋萋。　　　　　　叶子繁茂兴盛。
王事靡盬，　　　　　　王事没有休止，
我心伤悲。　　　　　　我的心儿伤悲。
卉木萋止，　　　　　　花木萋萋密覆，
女心悲止，　　　　　　女子心中悲伤，
征夫归止！　　　　　　征夫何时归来！

陟彼北山，　　　　　　登上那座北山，
言采其杞。　　　　　　前去采摘枸杞。
王事靡盬，　　　　　　王事没有休止，
忧我父母。　　　　　　担忧我的父母。
檀车幝幝，　　　　　　檀木役车凋敝，
（chǎn）
四牡痯痯，　　　　　　四匹公马疲乏，
（guǎn）
征夫不远！　　　　　　征夫相距不远！

匪载匪来，　　　　　　没有运载而来，
忧心孔疚。　　　　　　忧心苦痛无比。
期逝不至，　　　　　　逾期仍未到来，
而多为恤。　　　　　　心中许多忧虑。
卜筮偕止，　　　　　　占卜且又问筮，
会言近止，　　　　　　都说就在近前，
征夫迩止！　　　　　　征夫离家已近！

鱼
丽

题 解

　　《鱼丽》是一首宴飨宾客的乐歌。正如《毛诗序》所言："美万物盛多,能备礼也",诗中浓墨重彩地展示了待客的香醇美酒和各种鱼类,以示宴享场面之盛大、气氛之热烈,让读者仿佛身临其境,参与其中。

　　本诗共分六章,前三章各四句,后三章各两句,且前三章和后两章分别叠咏。前三章主要介绍了鱼篓捕到的各色鱼类和"君子"准备好的大量美酒;后三章则连用六个叹句,盛赞待客物资的丰富,种类的齐全,滋味的美好和气氛的融洽,展现出一场欢快愉悦的宴会之图。

鱼丽于罶, 鲿鲨。 （lí liǔ）（cháng）	鱼儿成群落入鱼篓, 既有鲿鱼又有鲨鱼。
君子有酒, 旨且多。	君子待客备有美酒, 不仅香醇而且盛多。
鱼丽于罶, 鲂鳢。 （fáng lǐ）	鱼儿成群落入鱼篓, 既有鲂鱼又有鳢鱼。
君子有酒, 多且旨。	君子待客备有美酒, 不仅盛多而且香醇。

鱼丽于罶，　　　　　　　　鱼儿成群落入鱼篓，
yǎn
鲿鲤。　　　　　　　　　　既有鲿鱼又有鲤鱼。
君子有酒，　　　　　　　　君子待客备有美酒，
旨且有。　　　　　　　　　不仅香醇而且丰足。

物其多矣，　　　　　　　　各种食物真丰盛啊，
维其嘉矣！　　　　　　　　它们品质真优良啊！

物其旨矣，　　　　　　　　各种食物真美味啊，
维其偕矣！　　　　　　　　它们标准真齐等啊！

物其有矣，　　　　　　　　各种食物真充裕啊，
维其时矣！　　　　　　　　真是尽得其时宜啊！

鲹

鲹科鱼类的通称，一说黄颡鱼，又名"黄颊鱼"。尾微黄。

南有嘉鱼

题 解

与《鱼丽》一诗类似,《南有嘉鱼》也是一首宴饮飨客的祝歌。《毛诗序》提出"宴乐招贤"说,认为本诗表达的是"太平之君子至诚,乐与贤者共之也",《齐诗》及方玉润的《诗经原始》皆赞同此说。

本诗共分四章,每章四句,基本上全为复沓结构。前两章分别以成群游动的南方"嘉鱼"起兴,后二章分别以"甘瓠"缠附的樛木和群集来至的鵻鸪起兴,引出"君子有酒"以宴享嘉宾的主题。写嘉宾宴乐的情状,四章分别用了"乐""衎""绥""又"四字,渲染出宴会氛围的安乐、欢愉和和谐。

南有嘉鱼,	南方有上好的鱼,
烝然罩罩。	成群在水中遨游。
君子有酒,	君子有那美酒,
嘉宾式燕以乐。	嘉宾宴然和乐。
南有嘉鱼,	南方有上好的鱼,
烝然汕汕。	结对在水中嬉戏。
君子有酒,	君子有那美酒,

嘉宾式燕以衎^{kàn}。 嘉宾宴然欢悦。

南有樛^{jiū}木, 南方有下弯的树,
甘瓠累之。 甘瓠缠绕在上面。
君子有酒, 君子有那美酒,
嘉宾式燕绥之。 嘉宾宴然安怡。

翩翩者雏, 翩翩飞舞的鹁鸪,
烝然来思。 成群来到这里。
君子有酒, 君子有那美酒,
嘉宾式燕又思。 嘉宾宴然劝请。

嘉鱼

即好鱼。一说为鱼名。

南山有台

题 解

　　《南山有台》是一首对德才兼备的君子贤人的赞歌。《毛诗序》言本诗主旨为"乐得贤也",所谓"得贤则能为邦家立太平之基矣"。对于这个观点,古今学者几无异辞。

　　本诗共分五章,每章六句,全用叠章句法,结构上十分工整。各章前两句分别以南山和北山的一种植物起兴,后四句则各包含两组内容,表达的是对君子的赞颂或祝福。其中对君子的赞颂如"邦家之基""邦家之光""民之父母",对君子的祝福则涉及长寿、美名、家道等方面,折射出古人对有德的圣贤君子的推崇和希求之心。

南山有台,	南山上长着莎草,
北山有莱。	北山上长着藜草。
乐只君子,	安然和乐的君子,
邦家之基。	是国家的基石。
乐只君子,	安然和乐的君子,
万寿无期。	愿你万寿无穷。

台

莎草，又名蓑衣草，可制蓑衣。

南山有桑，　　　　　　　南山上长着桑树，

北山有杨。　　　　　　　北山上长着杨树。

乐只君子，　　　　　　　安然和乐的君子，

邦家之光。　　　　　　　是国家的荣光。

乐只君子，　　　　　　　安然和乐的君子，

万寿无疆。　　　　　　　愿你万寿无疆。

南山有杞，　　　　　　　南山上长着杞树，

北山有李。　　　　　　　北山上长着李树。

乐只君子，　　　　　　　安然和乐的君子，

民之父母。　　　　　　　是民众的父母。

乐只君子，　　　　　　　安然和乐的君子，

德音不已。　　　　　　　愿你美名永传。

南山有栲，　　　　　　　南山上长着山樗，

北山有杻。　　　　　　　北山上长着檍树。
　　niǔ

乐只君子，　　　　　　　安然和乐的君子，

遐不眉寿？　　　　　　　何不安享长寿？

乐只君子，　　　　　　　安然和乐的君子，

德音是茂。　　　　　　　愿你美名隆盛。

　　jǔ
南山有枸，　　　　　　　南山上长着枸橘，

　　yú
北山有楰。　　　　　　　北山上长着楸树。

496

乐只君子，　　　　　　　　安然和乐的君子，

遐不黄耇^{gǒu}？　　　　　何不得享年高？

乐只君子，　　　　　　　　安然和乐的君子，

保艾尔后。　　　　　　　　保佑你的后代。

蓼萧

题 解

　　《蓼萧》一诗的主旨，《毛诗序》认为是赞颂天子之恩德"泽及四海也"；朱熹《诗集传》则提出"诸侯朝于天子，天子与之燕，以示慈惠，故歌此诗"；部分近现代学者认为此是诸侯歌颂天子之诗，此三说皆有可取之处。

　　全诗共分四章，每章六句，各章前三句为复沓句式。各章皆以艾蒿及其上的露珠起兴，萧艾在周时常常被用在祭祀之中，而诸侯朝见天子"有与助祭祀之礼"，故萧艾可说是诸侯的暗喻。其后以"君子"代称周天子，作者耗费大量笔墨赞其美德和恩泽，祝之福盛且寿长，流露出诸侯对天子的衷心爱戴和拥护。

蓼^{lù}彼萧斯，	艾蒿长得高又长，
零露湑^{xǔ}兮。	露珠滴滴流落下。
既见君子，	既已见到那君子，
我心写兮。	我的心怀终吐露。
燕笑语兮，	燕然欢笑又说话，
是以有誉处兮。	因此安乐又和悦。
蓼彼萧斯，	艾蒿长得高又长，

零露瀼瀼。   露珠很多落下来。

既见君子，   既已见到那君子，

为龙为光。   承受恩宠享荣光。

其德不爽，   他的品德无差池，

寿考不忘。   寿命长久无穷尽。

蓼彼萧斯，   艾蒿长得高又长，

零露泥泥。   露水繁多滴落下。

既见君子，   既已见到那君子，

孔燕岂弟。   十分安适而和乐。

宜兄宜弟，   兄弟和顺又亲睦，

令德寿岂。   德美寿长又快乐。

蓼彼萧斯，   艾蒿长得高又长，

零露浓浓。   露水浓重滴落下。

既见君子，   既已见到那君子，

鞗革冲冲。   络头饰物向下垂。

和鸾雝雝，   车上铃铛声和谐，

万福攸同。   万福同归齐会聚。

499

湛露

题 解

　　《湛露》亦是一首宴饮诗，诗中描写了天子宴享同姓诸侯之事。《毛诗序》云此诗主题为："天子燕诸侯也。"《左传·文公四年》也交代了此诗的创作背景说："昔诸侯朝正于王，王宴乐之，于是乎赋《湛露》。"

　　本诗共分四章，每章四句，部分诗句运用了叠咏句式。前三章首句皆以在草木间的浓重露水起兴，与"厌厌夜饮"的时间和氛围暗合；第四章转而以树上丰硕的果实起兴，包含着对天子的深情礼赞和殷厚祝福。此外，从全诗后半部分来看，前两章交代了"夜饮"乃是与同宗贵族进行，后两章则是对天子的美德和威仪的称颂之辞。

湛湛露斯，	露水浓重又繁多，
匪阳不晞。	不见太阳不干燥。
厌厌夜饮，	安乐和悦是夜饮，
不醉无归。	不喝醉酒就不归。
湛湛露斯，	露水浓重又繁多，
在彼丰草。	在那丰茂草丛中。
厌厌夜饮，	安乐和悦是夜饮，

（xī）

在宗载考。   宗室宴酒得成礼。

湛湛露斯，   露水浓重又繁多，
在彼杞棘。   在那杞棘树木间。
显允君子，   光明正大之君子，
莫不令德。   无不具备诸美德。

其桐其椅^{yī}，   梧桐以及山桐子，
其实离离。   果实累累极繁多。
岂弟君子，   和乐平易之君子，
莫不令仪。   无不具足严威仪。

彤 弓

题 解

据古代的铜器铭文记载，天子以弓矢等物赏赐有功诸侯，这是西周到春秋时代的一种礼仪制度。《彤弓》一诗的主题正如《毛诗序》所言，乃"天子锡有功诸侯也"。《左传》则提出此诗与《湛露》为"卫宁武子来聘，公与之宴"而作。

本诗共分三章，每章六句，皆用叠章手法。各章首二句直接用赋，聚焦于天子赐予诸侯的物品——"彤弓"之上，且用"藏""载""橐"三字表现出受赐诸侯对天子毕恭毕敬、至诚感念之心。各章后四句则铺陈以钟鼓、美酒宴饮款待"嘉宾"的场面，"飨""右""酬"三字体现出主人劝酒致意的热切殷勤，也折射出周时含蓄重礼的宴饮文化。

彤弓弨^{chāo}兮，	朱漆弓弦松弛了，
受言藏之。	领受将它收藏好。
我有嘉宾，	我有善美之宾客，
中心贶^{kuàng}之。	心中欲赠他物品。
钟鼓既设，	钟鼓既已陈设好，
一朝飨之。	一个早晨宴宾客。

彤弓弨兮，　　　　朱漆弓弦松弛了，

受言载之。　　　　领受将它运载回。

我有嘉宾，　　　　我有善美之宾客，

中心喜之。　　　　心中对他很喜欢。

钟鼓既设，　　　　钟鼓既已陈设好，

一朝右之。　　　　一个早晨敬美酒。

彤弓弨兮，　　　　朱漆弓弦松弛了，

受言櫜^{gāo}之。　　　　领受将它收纳起。

我有嘉宾，　　　　我有善美之宾客，

中心好之。　　　　心中对他很喜好。

钟鼓既设，　　　　钟鼓既已陈设好，

一朝酬之。　　　　一个早晨酬敬酒。

503

菁菁者莪

题 解

关于《菁菁者莪》的主旨，历来存在着不同的解读。例如，《毛诗序》所云："君子长育人材，则天下喜乐之矣。"而朱熹《诗集传》则提出"此亦燕饮宾客之诗"。部分近现代学者认为这是一位女子喜逢爱人的乐歌。

本诗共分四章，每章四句，大部分诗句运用了复沓章法。前三章皆以长势茂盛的莪蒿起兴，烘托出见到"君子"喜乐愉悦的心情，对"君子"和乐有仪的称赞，以及对他以礼馈赠的感怀之情。末章以泛舟遨游之景收束，再次渲染见到君子的欣喜、快乐之情。全诗句式齐整，笔法清新优美，读来赏心悦目。

菁菁者莪， jīng é	莪蒿长得很茂盛，
在彼中阿。	就在那方大丘中。
既见君子，	既已见到那君子，
乐且有仪。	和乐而且有礼仪。
菁菁者莪，	莪蒿长得很茂盛，
在彼中沚。	就在那片小洲上。

既见君子，   既已见到那君子，

我心则喜。   我的心中很欣喜。

菁菁者莪，   莪蒿长得很茂盛，

在彼中陵。   就在那座山陵中。

既见君子，   既已见到那君子，

锡我百朋。   赠送给我众钱币。

泛泛杨舟，   杨木小舟泛波游，

载沉载浮。   时而低沉时高浮。

既见君子，   既已见到那君子，

我心则休。   我的心中很愉悦。

莪

莪蒿，又名萝蒿、廪蒿，一种生长在水边的野菜。

六 月

题 解

　　《六月》是一首展现征战凯旋、宴请庆功的赞歌。《毛诗序》指出此诗写的是"宣王北伐也"，姚际恒的《诗经通论》亦云"此篇则系吉甫有功而归，燕饮诸友，诗人美之而作也"。可以确定此诗写的是周宣王派尹吉甫等人征伐猃狁之事。

　　本诗共分六章，每章八句。首章渲染了战事在即、一触即发的紧张氛围。二、三章则详述了我军周密的准备、威严的军容和英明的指挥，显露平定患乱、保家卫国的决心。四、五两章描写具体的作战过程，从敌人步步紧逼的侵略，再到我方讨伐驱逐成功。末章写归来庆功赏赐、宴饮欢乐的热闹场景，和上章一同对国家栋梁尹吉甫及张仲给予了深情的礼赞。

六月栖栖，	六月匆忙而劳碌，
戎车既饬。	兵车已经修整好。
四牡骙骙^{kuí}，	四匹公马身雄壮，
载是常服。	运载这些军战服。
猃狁孔炽，	猃狁狄戎极猖獗，
我是用急。	我方情势故紧急。
王于出征，	周王下令命出征，

以匡王国。 以此匡扶我王国。

比物四骊， 四匹黑马力齐等，
闲之维则。 训练熟习有法度。
维此六月， 就在这个六月间，
既成我服。 已经制成我军服。
我服既成， 我之军服既制成，
于三十里。 前往行军三十里。
王于出征， 周王下令命出征，
以佐天子。 以此辅佐我天子。

四牡修广， 四匹公马高又广，
其大有颙。 身材健壮又硕大。
薄伐狁狁， 讨伐狁狁狄戎族，
以奏肤公。 敬献伟大之功绩。
有严有翼， 将帅威严又恭谨，
共武之服。 共同执掌此武事。
共武之服， 共同执掌此武事，
以定王国。 以此安定我王国。

狁狁匪茹， 狁狁并非柔弱者，
整居焦获。 整齐驻扎在焦获。
侵镐及方， 侵略镐地与方地，

508

至于泾阳。　　　　　　然后到达泾阳地。

织文鸟章，　　　　　　旗帜文采绘鸟隼，

白旆央央。　　　　　　绸制垂旒色鲜明。

元戎十乘，　　　　　　大型兵车有十乘，

以先启行。　　　　　　先行开路作前锋。

戎车既安，　　　　　　兵车既已驶安稳，

如轾如轩。　　　　　　车身高低有轻轩。
zhì

四牡既佶，　　　　　　四匹公马既雄健，

既佶且闲。　　　　　　不仅雄健且从容。
jí

薄伐猃狁，　　　　　　讨伐猃狁狄戎族，

至于太原。　　　　　　然后到达太原地。

文武吉甫，　　　　　　文武双全尹吉甫，

万邦为宪。　　　　　　万国以之为榜样。

吉甫燕喜，　　　　　　吉甫宴饮心喜悦，

既多受祉。　　　　　　已经领受许多福。

来归自镐，　　　　　　从那镐地而归来，

我行永久。　　　　　　我之行途历时久。

饮御诸友，　　　　　　宴饮敬酒诸友人，

炰鳖脍鲤。　　　　　　烹蒸甲鱼切鲤鱼。
páo

侯谁在矣？　　　　　　有谁正在这里呢？

张仲孝友。　　　　　　张仲孝顺又友悌。

<u>鳖</u>

即甲鱼。属爬行动物。形态和龟略相似。体扁圆,背部隆起。背甲有软皮,外沿有肉质软边。又称团鱼、王八。

采芑

题 解

  《采芑》仍是一首战争诗，《毛诗序》指出此诗所写为"宣王南征也"。本诗叙述了周宣王之贤臣方叔领兵平定猃狁、威慑蛮荆的赫赫战功，洋溢着对周朝强大军事实力和方叔英明信诚之德的热情赞颂。

  全诗共分四章，每章十二句，部分诗句运用了叠章手法。前两章皆以"采芑"起兴，描写方叔视察军队及战前练兵的准备工作，特别渲染了周朝车马的盛多及方叔服饰的华贵，流露出"大邦"上国的不凡气派和自豪感。第三章以飞隼起兴，描写了紧张激烈的战争场面，包括操练武器、击鼓传令、整顿军队、班师回朝等。末章通过写俘虏敌众、征伐猃狁、威服蛮荆等，进一步渲染军容、军威整肃和方叔的卓越功勋，也展现了周室"各国来朝"的中兴之象。

薄言采芑^{qǐ}，	前去采摘苦味芑菜，
于彼新田，	在那里耕作两年，
于此菑亩。	在这里耕作一年。
方叔莅止，	方叔莅临来到此地，
其车三千，	他有车马三千多乘，
师干之试。	兵士持盾精勤操练。
方叔率止，	方叔率领众位兵卒，

芑

一种野菜，味苦。

乘其四骐，　　　　　　　　乘上四骐所拉之车。

四骐翼翼。　　　　　　　　四匹骐马队列整齐。

路车有奭，　　　　　　　　贵族辂车数量众多，

簟茀鱼服，　　　　　　　　遮窗竹席鱼皮箭袋，

钩膺鞗革。　　　　　　　　马颔革带络头垂饰。

薄言采芑，　　　　　　　　前去采摘苦味芑菜，

于彼新田，　　　　　　　　在那里耕作两年田地，

于此中乡。　　　　　　　　在这郊外乡野之间。

方叔莅止，　　　　　　　　方叔莅临来到此地，

其车三千，　　　　　　　　他有车马三千多乘，

旂旐央央。　　　　　　　　旂旐旌旗色彩鲜明。

方叔率止，　　　　　　　　方叔率领众位兵卒，

约軧错衡，　　　　　　　　缠束车毂绘彩车衡，

八鸾玱玱。　　　　　　　　八只鸾铃玱玱作声。

服其命服，　　　　　　　　穿上王命所赐制服，

朱芾斯皇，　　　　　　　　红色蔽膝辉煌夺目，

有玱葱珩。　　　　　　　　青色玉珩玱玱有声。

鴥彼飞隼，　　　　　　　　飞隼鸟儿迅疾飞翔，

其飞戾天，　　　　　　　　时而高飞到达高空，

亦集爰止。　　　　　　　　时而群集栖息在木。

513

方叔莅止，　　　　　方叔莅临到达此地，

其车三千，　　　　　他有车马三千多乘，

师干之试。　　　　　兵士持盾精勤操练。

方叔率止，　　　　　方叔率领众位兵卒，

钲人伐鼓，　　　　　钲鼓之官击打战鼓，

陈师鞠旅。　　　　　陈列军队发出号令。

显允方叔，　　　　　方叔英明又信诚，

伐鼓渊渊，　　　　　击打战鼓咚咚作响，

振旅阗阗。　　　　　整队班师气势浩大。
　tián

蠢尔蛮荆，　　　　　野蛮荆人蠢蠢欲动，

大邦为雠。　　　　　与我大国结下怨仇。

方叔元老，　　　　　方叔堪称国之元老，

克壮其犹。　　　　　实力强大善于谋略。

方叔率止，　　　　　方叔率领众位兵卒，

执讯获丑。　　　　　俘获敌人加以讯问。

戎车啴啴，　　　　　出战兵车数量极多，

啴啴焞焞，　　　　　场面盛大而又壮观，
　tūn

如霆如雷。　　　　　其声如同隆隆雷霆。

显允方叔，　　　　　方叔英明又信诚，

征伐猃狁，　　　　　征战讨伐猃狁之族，

蛮荆来威。　　　　　野蛮荆人顺服我威。

514

车攻

题 解

　　《车攻》是一首记叙诸侯随同周宣王野外狩猎的诗歌。《毛诗序》云："宣王能内修政事，外攘夷狄，复文武之竟土，修车马，备器械，复会诸侯于东都，因田猎而选车徒焉。"清代胡承珙亦指出："成康之时，本有会诸侯于东都之事。"

　　本诗共分八章，每章四句，展现的田猎场景十分宏大。首章为全诗总纲，点明车马齐备，已做好东赴狩猎的准备。二、三章则点明了狩猎的时间和地点，展现了盛大铺排的阵仗。四、五、六三章写诸侯朝见天子，并随从天子狩猎的具体过程，体现了高超精湛的驾车、猎捕技艺和诸侯对天子至诚臣服之心。七、八章展示了狩猎归来的丰硕成果和随从队伍整肃有仪的风采，并对具有威仪贤德的周天子给予了殷切的歌颂和祝福。

我车既攻，	我的车子已很精良，
我马既同。	我的马儿其力均等。
四牡庞庞， （lóng）	四匹公马高大壮实，
驾言徂东。	驾着马车去往东都。
田车既好，	打猎之车已很完善，

东都行狩

四牡孔阜。 四匹公马非常高大。

东有甫草, 东有园圃长着草丛,

驾言行狩。 驾着马车前往狩猎。

之子于苗, 君王夏天外出狩猎,

选徒嚣嚣。 兵士报数声音喧哗。
áo

建旐设旄, 树立旐旄各色旗帜,

搏兽于敖。 搏斗禽兽就在敖地。

驾彼四牡, 驾起四匹公马之车,

四牡奕奕。 四匹公马动作娴熟。

赤芾金舄, 红色蔽膝铜饰舄鞋,

会同有绎。 诸侯朝礼按位陈列。

决拾既佽, 扳指护臂安置有序,
cì

弓矢既调。 弓箭搭配协调相称。

射夫既同, 射箭之人既已齐集,

助我举柴。 助我拾取禽兽尸体。
zì

四黄既驾, 四匹黄马既已驾起,

两骖不猗。 外侧两马不依不倚。

不失其驰, 驾驭驱驰不失其法,

舍矢如破。 放箭而出即能射中。

萧萧马鸣，　　　　　　　马儿发出萧萧鸣声，

悠悠旆旌。　　　　　　　旆旌诸旗悠扬飘舞。

徒御不惊，　　　　　　　挽车御马其人机警，

大庖不盈。　　　　　　　天子庖厨盈满猎物。

之子于征，　　　　　　　君王就要远行而去，

有闻无声。　　　　　　　虽善聆听但却无声。

允矣君子，　　　　　　　诚信笃实此位君子，

展也大成。　　　　　　　确实取得伟大成就。

吉 日

题 解

　　《吉日》是一首描写周宣王田猎的诗，如《毛诗序》所云："美宣王田也。"全诗从选择吉日祭祀马祖，到修缮猎车、择好良马，再到众随天子野外狩猎，最后到满载而归、宴饮欢乐，对整个过程都进行了细腻的描摹。

　　全诗共分四章，每章六句。前两章中介绍了以天干地支选择吉日和祭拜祝祷相关星宿的礼仪，展现了上古人文风俗的一种特色。此外，还写了修车择马和驱逐群兽的场面，从猎前准备进入正式狩猎的序幕。后两章详细描写了狩猎的过程及归来庆功的场面，从群兽的姿态情状，到群臣猎兽进献天子，再到斟上甜酒款待宾客，这些都反映出宣王的赫赫武功和众臣对他的衷心拥护。

吉日维戊，	吉日就在这戊日，
既伯既祷。	祭祀房星又祝祷。
田车既好，	打猎之车已完善，
四牡孔阜。	四匹公马很高大。
升彼大阜，	登上那座大土山，
从其群丑。	随从众人逐禽兽。

吉日庚午，　　　　　　吉日就在庚午日，

既差我马。　　　　　　已经选好我的马。

兽之所同，　　　　　　一群野兽齐相会，

yōu　yǔ
麌鹿麌麌。　　　　　　众多母鹿皆聚集。

漆沮之从，　　　　　　沿着漆水和沮水，

天子之所。　　　　　　一直到达天子处。

瞻彼中原，　　　　　　瞻顾原野漫无边，

qí
其祁孔有。　　　　　　野兽硕大有很多。

biāo　sì
儦儦俟俟，　　　　　　时而跑动时慢走，

或群或友。　　　　　　或为成群或两只。

悉率左右，　　　　　　左右两侧尽驱逐，

以燕天子。　　　　　　猎捕安乐天子意。

既张我弓，　　　　　　既已张开我的弓，

既挟我矢。　　　　　　也已带上我的箭。

bā
发彼小豝，　　　　　　射中那只小母猪，

yì
殪此大兕。　　　　　　射死这头雌犀牛。

以御宾客，　　　　　　以此敬献诸宾客，

lǐ
且以酌醴。　　　　　　且又斟上甜美酒。

520

鸿 雁

题 解

对于《鸿雁》主题的理解，古今学者存在不同的观点。《毛诗序》认为是"美宣王也"，因"万民离散，不安其居，而能劳来还定，安集之，至于矜寡，无不得其所焉"。朱熹在《诗集传》中说："流民以鸿雁哀鸣自比而作此歌也。"方玉润在《诗经原始》中则提出此诗写的是"使者承命安集流民"。

全诗共分三章，每章六句。各章均以飞翔的鸿雁起兴，其振翅、栖集、哀鸣暗喻着全诗的情感主线。诗中写流离远方的人民"劬劳"辛苦、筑墙劳作，只为求得一个安身之所，然而智者能知，"愚人"不解，甚而嘲讽，全诗流露出对于"鳏寡矜人"的无限哀悯和怜恤之情。

鸿雁于飞，	鸿雁飞翔在空中，
肃肃其羽。	簌簌扇动其翅膀。
之子于征，	那人外出要远行，
劬劳于野。 qú	郊野之中勤劳苦。
爰及矜人，	便于贫弱行周济，
哀此鳏寡。 guān	哀悯鳏夫与寡妇。
鸿雁于飞，	鸿雁飞翔在空中，

鸿雁安宅图

集于中泽。　　　　　齐集栖息于湖边。

之子于垣，　　　　　那人正在修筑墙，

百堵皆作。　　　　　上百堵都已筑成。

虽则劬劳，　　　　　虽然辛勤又劳苦，

其究安宅。　　　　　终究还能得安居。

鸿雁于飞，　　　　　鸿雁飞翔在空中，

哀鸣嗷嗷。　　　　　嗷嗷发出哀鸣声。

维此哲人，　　　　　只有这些有智者，

谓我劬劳。　　　　　说我辛劳又勤苦。

维彼愚人，　　　　　唯有那些愚昧人，

谓我宣骄。　　　　　说我骄奢喜铺张。

庭

燎

题 解

　　《庭燎》这首诗的主旨，《毛诗序》定为"美宣王也，因以箴之"。郑玄在《笺注》中进一步阐释说："诸侯将朝宣王，以夜未央之时，问夜早晚。美者，美其能自勤以政事；因以箴者，王有鸡人之官，凡国事为期，则告之以时。"此说较为详细地点明了本诗的内容。

　　全诗共分三章，每章五句，皆用叠咏章法。各章皆以"夜如何其"之问起句，而回答的"未央""未艾""乡晨"则暗示了夜尽天明的时间推移过程。在夜未尽时，王廷内就燃起火炬，诸侯就齐集来朝，瞻望天子的旂旗，聆听鸾铃清脆之声，展现了宣王勤政为公、朝廷纲纪严明的中兴气象。

夜如何其？	夜晚已经到何时？
夜未央。	夜晚还没有终尽。
庭燎之光，	庭中火炬发出光，
君子至止，	诸位君子已到来，
鸾声将将。	鸾铃声音锵锵响。
夜如何其？	夜晚已经到何时？
夜未艾。	夜晚还没有完结。

问夜图

庭燎晰晰，　　　　　　　　庭中火炬有光亮，

君子至止，　　　　　　　　诸位君子已到来，

鸾声哕哕。　　　　　　　　鸾铃声音哕哕响。

夜如何其?　　　　　　　　夜晚已经到何时?

夜乡晨。　　　　　　　　　夜晚即尽天将亮。

庭燎有辉，　　　　　　　　庭中火炬闪光辉，

君子至止，　　　　　　　　诸位君子已到来，

言观其旂。　　　　　　　　共同观望那旂旗。

沔水

题 解

　　《沔水》这首诗的主旨,《毛诗序》解读为对周宣王的规谏匡扶;朱熹在《诗集传》中则提出此"忧乱之诗";方玉润的《诗经原始》又云:"分明乱世多谗,贤臣遭祸景象。"结合这些说法,可以大略窥见本诗的大义。

　　本诗共分三章,前两章各八句,末章六句。前两章部分运用了叠章手法,且皆以流水漫溢和隼鸟疾飞起兴,营造了一种肃杀紧迫的氛围。而后诗人提到国中动乱已发,却无国人邻友关切支援,任那叛者违逆礼法、起兵行军,自己也只能愁忧交加、不可遣怀。末章则写我友虽敬,已无人能止四处散播的流言讹传,表露出对国事不安、时局动荡的烦忧、焦虑和无奈。

沔彼流水,	流水涨起漫溢出,
朝宗于海。	最终汇合入大海。
鴥彼飞隼,	猛禽飞隼迅疾飞,
载飞载止。	时而飞翔时栖止。
嗟我兄弟,	嗟叹我那兄与弟,
邦人诸友。	国人以及诸友邻。
莫肯念乱,	无人肯念那动乱,
谁无父母?	有谁没有父和母?

沔彼流水，　　　　　　　流水涨起漫溢出，
其流汤汤。　　　　　　　水势汪洋又浩大。
鴥彼飞隼，　　　　　　　猛禽飞隼迅疾飞，
载飞载扬。　　　　　　　时而飞翔时高扬。
念彼不迹，　　　　　　　想到那人不遵法，
载起载行。　　　　　　　发动兵甲行军队。
心之忧矣，　　　　　　　心中感到极忧愁，
不可弭忘。　　　　　　　无法排遣尽遗忘。

鴥彼飞隼，　　　　　　　猛禽飞隼迅疾飞，
率彼中陵。　　　　　　　沿着那座山陵行。
民之讹言，　　　　　　　民间流布之谣言，
宁莫之惩！　　　　　　　竟然无人去终止！
我友敬矣，　　　　　　　我之邻友虽恭敬，
谗言其兴。　　　　　　　谗言却已炽然兴。

鹤

鸣

题 解

　　《鹤鸣》一诗的主旨，《毛诗序》认为是"诲宣王也"，郑玄对此进一步解释说"诲，教也，教宣王求贤人之未仕者"。朱熹的《诗集传》则提出："必陈善纳诲之辞也。"部分现代学者认为此是君王招贤之诗。

　　全诗共分两章，每章九句，形成十分工整的复沓构式。各章皆以"鹤鸣于九皋"起句，或为即赋即兴，展开了一幅清秀幽美的郊野山水图。此外，诗中还写了游鱼沉潜深渊或停泊于渚，以及园中檀树和树下生长的"萚""榖"等，最后以两句"它山之石"收束，隐约透露出雕琢培育人才之意。亦有学者认为诗中诸自然物象皆是隐喻人事，兹不赘述。值得一提的是，诗末句"它山之石，可以攻玉"已成为脍炙人口的成语。

鹤鸣于九皋，	仙鹤鸣叫在曲沼，
声闻于野。	声音传遍那郊野。
鱼潜在渊，	游鱼沉潜在深潭，
或在于渚。	有时游到小洲边。
乐彼之园，	在那园中真快乐，
爰有树檀，	还有一些是檀树，
其下维萚^{tuò}。	树下生长着萚草。

它山之石，   他方山上有好石，
可以为错。   可以打磨制玉器。

鹤鸣于九皋，   仙鹤鸣叫在曲沼，
声闻于天。   声音传到天空中。
鱼在于渚，   游鱼在那小洲边，
或潜在渊。   有时沉潜在深潭。
乐彼之园，   在那园中真快乐，
爰有树檀，   还有一些是檀树，
其下维榖。   树下生长着楮树。
它山之石，   他方山上有好石，
可以攻玉。   可以雕琢做美玉。

鹤

是鹤形目鹤科鸟类的通称，属于大型涉禽。鹤的羽毛有黄、白、黑等颜色，生活在水边。

祈 父

题 解

    《祈父》这首诗描写了一位周王都的禁卫兵因被频繁调遣征戍而对统领"祈父"产生了抱怨、不满的情绪。《毛诗序》言本诗是"刺宣王也",郑玄在《笺注》中补充说"刺其用祈父不得其人也"。方玉润在《诗经原始》中则说:"禁旅责司马征调失常也。"

    按照古代兵制,禁卫军一般只负责王室及京师安防,非重大紧急之事不会被外调征战。然而此诗中执掌军事的"祈父"却破例调遣禁卫军去往前线,且从"靡所止居""靡所厎止"两句来看,征调次数频繁,出行地点多变,历时长久,这绝非正常情况。此外,古制若家有亲老而无兄弟,则可免征役,而本诗中诗人走后却只能由年老的母亲操持炊食之事,可见"祈父"违背法度、不通情理至此,难怪诗人会对指其"不聪",并连以三个反问对他诘责怒斥。

祈父!　　　　　　　　祈父!

予王之爪牙。　　　　　我是君王的勇士。

胡转予于恤,　　　　　为何使我心忧虑,

靡所止居?　　　　　　没有办法得安居?

祈父!　　　　　　　　祈父!

予王之爪士。　　　　　　我是君王的卫兵。

胡转予于恤，　　　　　　为何使我心忧虑，

靡所厎止？　　　　　　　来去奔波无终尽？

祈父！　　　　　　　　　祈父！

亶不聪。　　　　　　　　确实并非聪慧人。

胡转予于恤，　　　　　　为何使我心忧虑，

有母之尸饔^{yōng}？　　家中老母炊饭食？

白
驹

题 解

  关于《白驹》一诗的主题，有几种不同的说法。《毛诗序》云："大夫刺宣王也。"郑玄在《笺注》中说："刺其不能留贤也。"朱熹的《诗集传》云："为此诗者，以贤者之去而不可留。"此外，还有"大夫代武王饯送箕子"说，"君王留贤而不得"说，及"朋友惜别相留"说，等等，今人多持最末一说。

  全诗共分四章，每章六句，前两章运用了叠章句法。前两章都以"皎皎白驹"即赋起兴，通过"絷维"马儿来安享朝夕，流露出对作为嘉宾、逍遥徜徉的"伊人"的依依不舍之情。后两章以白驹"贲然"而来，"在彼空谷"暗示"伊人"之离去，诗人对友人"逸豫""优游"和避世之行予以劝诫规谏，同时对品质"如玉"的友人表达了维系情谊、保持联络的殷切之心。

皎皎白驹，	皎洁雪白的马驹，
食我场苗。	吃我场圃的禾苗。
^{zhí}絷之维之，	绊住马足拴系好，
以永今朝。	今朝长久得安宁。
所谓伊人，	所谈及的那个人，
于焉逍遥。	正在这里徜徉徐行。

皎皎白驹，　　　　　　　　皎洁雪白的马驹，

食我场藿。　　　　　　　　吃我场圃的豆叶。

絷之维之，　　　　　　　　绊住马足拴系好，

以永今夕。　　　　　　　　今夜长久享太平。

所谓伊人，　　　　　　　　在我脑海中的人啊，

于焉嘉客。　　　　　　　　正在这里做嘉宾。

皎皎白驹，　　　　　　　　皎洁雪白的马驹，
　bì
贲然来思。　　　　　　　　饰物盛多来此地。

尔公尔侯，　　　　　　　　你是公爵或侯爵，

逸豫无期。　　　　　　　　闲适安乐无期限。

慎尔优游，　　　　　　　　优游度日须谨慎，

勉尔遁思。　　　　　　　　避世退隐应劝勉。

皎皎白驹，　　　　　　　　皎洁雪白的马驹，

在彼空谷。　　　　　　　　在那空旷山谷中。

生刍一束，　　　　　　　　新鲜草料拿一把，

其人如玉。　　　　　　　　那人温润如美玉。

毋金玉尔音，　　　　　　　别后勿忘把信捎，

而有遐心。　　　　　　　　而对我生疏远心。

黄 鸟

　　《黄鸟》一诗是背井离乡的穷苦流民借黄鸟之名，对压榨欺凌的剥削者和冷漠无情的当地人发出的饱含怨愤的控诉和谴责。《毛诗序》言本诗："刺宣王也。"朱熹在《诗集传》中说："民适异国，不得其所，故作此诗。"从笔法、风格和主旨方面来看，本诗都与《魏风·硕鼠》一诗有异曲同工之妙。

　　全诗共分三章，每章七句，全用复沓章法。各章前三句皆以对黄鸟的警告起兴，暗示诗人对那些不劳而获、巧取豪夺之徒的不满和痛恨。各章后四句则揭露了诗人乃异国之人，在他乡受到冷遇、排挤和欺侮，因而对本国的宗族和同姓父兄产生思怀之意，希望自己能"言旋言归"，在至亲那里寻找到一丝温暖和慰藉。

黄鸟黄鸟，	黄鸟啊黄鸟啊，
无集于穀，	不要栖集在褚树上，
无啄我粟。	不要啄食我的粟谷。
此邦之人，	这个国家的人，
不我肯穀。	不肯善待于我。
言旋言归，	还是返转归去，
复我邦族。	回到我的国家宗族。

黄鸟黄鸟，　　　　　　黄鸟啊黄鸟啊，

无集于桑，　　　　　　不要栖集在桑树上，

无啄我粱。　　　　　　不要啄食我的粱米。

此邦之人，　　　　　　这个国家的人，

不可与明^{méng}。　　　　　　不可与之交好。

言旋言归，　　　　　　还是返转归去，

复我诸兄。　　　　　　回到我的诸兄那里。

黄鸟黄鸟，　　　　　　黄鸟啊黄鸟啊，

无集于栩^{xǔ}，　　　　　　不要栖集在柞树上，

无啄我黍。　　　　　　不要啄食我的黍稷。

此邦之人，　　　　　　这个国家的人，

不可与处。　　　　　　不可与之相处。

言旋言归，　　　　　　还是返转归去，

复我诸父。　　　　　　回到我的诸父那里。

537

穀

略似楮，叶深裂而粗。雄花如穗，雌花如球。果实呈红色。皮粗，可制桑皮纸。

我行其野

题 解

　　因为所持的立场和判断的角度不同，古今学者对《我行其野》一诗做出了不同的解读。《毛诗序》言本诗"刺宣王也"，郑玄进一步阐释说："刺其不正嫁取之数而有荒政，多淫昏之俗。"现代学者则多从个体生命角度出发，认为这是一首弃妇诗。

　　本诗共分三章，每章六句。除末章后四句外皆用叠章手法。各章皆以"我行其野"采摘某种植物起兴，此后首、次二章交代了自己不为夫家所恤，只好返回本家的残酷事实，而末章则点明对方"不思旧姻"的原因是"求尔新特"，并说明背后深层次的原因是"亦祇以异"，这种思考直至今日仍然是掷地有声、振聋发聩。

我行其野， 蔽芾其樗。 _{chū}	我行走在郊野中， 樗树枝叶方幼嫩。
昏姻之故， 言就尔居。	因为你我结婚姻， 才去和你同居住。
尔不我畜， 复我邦家。	你不将我养活好， 我就回到我国家。

我行其野，
言采其蓫。

我行走在郊野中，
前去采摘羊蹄菜。

昏姻之故，
言就尔宿。

因为你我结婚姻，
才去和你住一起。

尔不我畜，
言归斯复。

你不将我养活好，
我就返回归乡去。

我行其野，
言采其葍。

我行走在郊野中，
前去采摘小旋花。

不思旧姻，
求尔新特。

不念你我旧姻缘，
却去寻求你新偶。

成不以富，
亦祇以异。

诚然并非因她富，
只是因你变心意。

斯

干

题 解

　　《斯干》这首诗，一般认为是对周王宫室落成的祝辞和赞歌。《毛诗序》认为本诗所写是"宣王考室也"，此外还有"武王营镐""成王营洛"诸说。朱熹的《诗集传》和方玉润的《诗经原始》的观点则更具一般性，认为此诗是"公族考室也""此筑室既成，而燕饮以落之，因歌其事"。

　　本诗共分九章，第一、六、八、九章各七句，第二、三、四、五、七章各五句，末两章部分运用叠咏句式。第一章写宫室优越的地理位置和环境，以及兄弟之间的和睦友爱；二、三章写营建宫室及完工居住的整个过程；四、五章是对庭院宫室的赞美之辞；六、七、八、九四章则写占梦知生男女，及对男女婴儿不同的养育方式，表达了对宫室主人的歌颂和祝福，也体现了周时浓重的宗庙文化和后嗣观念。

秩秩斯干，	涧水汩汩流淌，
幽幽南山。	南山幽远深邃。
如竹苞矣，	如竹树之繁盛，
如松茂矣。	如松树之茂密。
兄及弟矣，	哥哥还有弟弟，
式相好矣，	亲睦而又友爱，
无相犹矣。	不要互生怀疑。

翚

即羽毛呈彩色的山雉。

似续妣祖，　　　　　　继承历代祖先，

筑室百堵，　　　　　　建筑房屋百堵，

西南其户。　　　　　　门户设在西南。

爰居爰处，　　　　　　在这里停留居住，

爰笑爰语。　　　　　　欢笑言语合家乐。

约之阁阁，　　　　　　捆扎牢固整齐，

zhuó　tuó
椓之橐橐。　　　　　　捣土橐橐作响。

风雨攸除，　　　　　　风雨得以消除，

鸟鼠攸去，　　　　　　鸟鼠得以离去，

君子攸芋。　　　　　　君子得以居住。

qì
如跂斯翼，　　　　　　如同踮脚张臂，

如矢斯棘，　　　　　　如同箭头棱角，

如鸟斯革，　　　　　　如同鸟儿双翼，

huī
如翚斯飞，　　　　　　如同锦鸡飞腾，

君子攸跻。　　　　　　君子登入房室。

殖殖其庭，　　　　　　庭院宽广平正，

有觉其楹。　　　　　　楹柱高耸直立。

kuài
哙哙其正，　　　　　　阳处宽敞明亮，

huì
哕哕其冥，　　　　　　阴地幽邃深暗，

君子攸宁。　　　　　　君子得以安宁。

543

莞

俗称席子草。水葱一类的植物,可用来编席。

544

下莞上簟，   下蒲席上竹席，

乃安斯寝。   睡觉就能安稳。

乃寝乃兴，   早点睡觉醒来，

乃占我梦。   于是占断我梦。

吉梦维何?   吉祥梦是什么?

维熊维罴，   是梦到熊和罴，

维虺维蛇。   是梦到虺和蛇。

大人占之，   太卜占断梦境，

维熊维罴，   如果是熊或罴，

男子之祥。   就是生男祥兆。

维虺维蛇，   如果是虺或蛇，

女子之祥。   就是生女祥兆。

乃生男子，   如果生了男孩，

载寝之床，   让他睡在床上，

载衣之裳，   穿上整套衣裳，

载弄之璋。   玩弄璋石玉器。

其泣喤喤，   啼哭声音洪亮，

朱芾斯皇，   朱红蔽膝辉煌，

室家君王。   乃是家中君王。

乃生女子，　　　　　　如果生了女孩，

载寝之地，　　　　　　让她睡在地上，

载衣之裼，　　　　　　裹在褪裤之中，

载弄之瓦。　　　　　　玩弄陶制纺锤。

无非无仪，　　　　　　不犯错误过失，

唯酒食是议，　　　　　只是操持酒食，

无父母诒罹。　　　　　勿让父母忧虑。

无羊

题 解

　　《无羊》一诗通过歌咏牛羊繁盛，表达了牧人对丰收之年和家族兴旺的祷祝和希冀。《毛诗序》云此诗主旨是"宣王考牧也"，郑玄对此解释说："厉王之时，牧人之职废。宣王始兴而复之，至此而成，谓复先王牛羊之数。"

　　本诗共分四章，每章八句，皆用赋法写成。首章展示了山野间牛羊成群结队的浩大场面；二、三章则具体描绘了牛羊或动或静的各种姿态以及牧人披蓑戴笠、背着干粮"麾肱"放牧之事，还有他砍柴捕兽、准备祭祀牺牲等情景；末章则通过对牧人两个梦境的占断，表达了对农业丰收、人丁兴旺的至诚祷盼。

谁谓尔无羊？	谁说你没有羊？
三百维群。	三百只可以成群。
谁谓尔无牛？	谁说你没有牛？
九十其犉。	九十头七尺大牛。
尔羊来思，	你的羊群到来时，
其角濈濈。	羊角簇拥齐聚集。
尔牛来思，	你的牛群到来时，
其耳湿湿。	牛耳摇摇齐扇动。

牧事有成

或降于阿，	有的走下了山丘，
或饮于池，	有的在池边饮水，
或寝或讹。	有的睡着有的活动。
尔牧来思，	你到这里来放牧，
何蓑何笠，	穿上蓑衣戴斗笠，
或负其糇。	有时还背着干粮。
三十维物，	各色动物三十只，
尔牲则具。	你的祭牲已备齐。
尔牧来思，	你到这边来放牧，
以薪以蒸，	砍伐粗柴和细柴，
以雌以雄。	猎捕雌雄诸禽兽。
尔羊来思，	你的羊群到来时，
矜矜兢兢，	小心翼翼极谨慎，
不骞不崩。	不能亏失或损坏。
麾之以肱，	只要挥动那手臂，
毕来既升。	全都到来上山坡。
牧人乃梦，	放牧之人就做梦，
众维鱼矣，	有很多人在捕鱼，
旐维旟矣。	龟蛇旗与鸟隼旗。
大人占之，	太卜占察此梦境，

众维鱼矣， 　　　有很多人在捕鱼，

实维丰年。 　　　预兆丰年庆有余。

旐维旟矣， 　　　龟蛇旗与鸟隼旗，

室家溱溱。 　　　家族兴旺子嗣多。
　zhēn

牛

哺乳动物。体大，头长两角，草食反刍，力气大，能耕田或拉车。

节南山

题 解

　　《节南山》是一首讽刺周王和权臣治下的周代政治腐败、社会动荡的诗，然而历来学者对本诗创作背景的判定则说辞不一。《毛诗序》认为是大夫"家父刺幽王也"，此外还有三家诗的"宣王时"说，韦昭的"平王时"说和欧阳修的"桓王时"说，等等。兹取《毛诗序》之说。

　　全诗共有十章，前六章各八句，后四章各四句。首二章以南山的岩石和果实起兴，言师尹虽地位显赫，但其治下的国家命脉几绝，人民也怨声载道。三、四、五、六章揭示了太师尹氏失职的原因及后果，且对贤明具德的"君子"发出了殷切期望。七、八、九、十章诗人对国土狭仄感慨不已，且对周王及师尹不以自省、却怨他人的行为进行了批判，点明了此诗是家父所作，宗旨是"以究王讻"。末两句表露了诗人对在位者回心转意的希冀和对国家复兴、统领万邦的深切期盼。

节彼南山，	在那高峻的南山上，
维石岩岩。	岩石崔嵬而又耸立。
赫赫师尹，	太师尹氏光耀显赫，
民具尔瞻。	民众全都瞻望着你。
忧心如惔，^{tán}	忧心忡忡如同火烧，

不敢戏谈。　　　　　　　自然不敢戏论闲谈。

国既卒斩，　　　　　　　国家命脉终究已断，

何用不监?　　　　　　　为何平日未曾监察?

节彼南山，　　　　　　　在那高峻的南山上，

有实其猗。　　　　　　　长着果实丰硕美好。

赫赫师尹，　　　　　　　太师尹氏光耀显赫，

不平谓何?　　　　　　　执政不平是何原因?

天方荐瘥，　　　　　　　正值上天再降疾疫，
（cuó）

丧乱弘多。　　　　　　　死亡祸乱确实很多。

民言无嘉，　　　　　　　百姓言论都说不好，

憯莫惩嗟!　　　　　　　竟然还不做出惩戒!

尹氏大师，　　　　　　　尹氏担任我朝太师，

维周之氐。　　　　　　　可谓周代根本柱石。

秉国之均，　　　　　　　执掌国家公平大义，

四方是维。　　　　　　　四方诸侯得以维系。

天子是毗，　　　　　　　天子靠他辅佐协助，

俾民不迷。　　　　　　　使那民众不生迷惑。

不弔昊天，　　　　　　　不良不善是那上苍，

不宜空我师。　　　　　　不应陷民于困厄中。

552

弗躬弗亲，　　　　　处事既不躬亲而为，

庶民弗信。　　　　　万千人民不生信任。

弗问弗仕，　　　　　不去问政也不审查，

勿罔君子。　　　　　不要欺罔诸位君子。

式夷式已，　　　　　均平施政规范自己，

无小人殆。　　　　　不让小人引发危险。

琐琐姻亚，　　　　　众多裙带姻亲之人，

则无膴仕。　　　　　不要给予高官厚禄。
wǔ

昊天不傭，　　　　　上苍太不恩惠厚道，

降此鞠讻。　　　　　降下这些灾戾大祸。

昊天不惠，　　　　　上天你这样的不仁，

降此大戾。　　　　　竟降下如此大祸患。

君子如届，　　　　　君子如果能够到来，

俾民心阕。　　　　　能使民众忧心终尽。

君子如夷，　　　　　君子如能秉持公平，

恶怒是违。　　　　　凶恶恼怒自会远离。

不弔昊天，　　　　　不良不善是那上苍，

乱靡有定。　　　　　灾乱迭起不得安定。

式月斯生，　　　　　月月演变愈加恶化，

俾民不宁。　　　　　使得百姓不能安宁。

忧心如酲，　　　　　忧心不绝如同醉酒，
chéng

谁秉国成?　　　　　　是谁把持国政权柄?

不自为政,　　　　　　如果不去亲自为政,

卒劳百姓。　　　　　　最终就会劳碌百姓。

驾彼四牡,　　　　　　驾起四匹公马之车,

四牡项领。　　　　　　四匹公马脖颈肥大。

我瞻四方,　　　　　　当我举目瞻望四方,

_{cù}
蹙蹙靡所骋。　　　　　局促狭小无处驰骋。

方茂尔恶,　　　　　　正当劝你为恶之时,

相尔矛矣。　　　　　　将你看作长矛武器。

既夷既怿,　　　　　　既已平和而又安悦,

如相酬矣。　　　　　　如同主宾互相酬酢。

昊天不平,　　　　　　上苍不能安和平定,

我王不宁。　　　　　　我之君王不得康宁。

不惩其心,　　　　　　师尹不知惩戒自心,

覆怨其正。　　　　　　反而怨责他人规谏。

家父作诵,　　　　　　家父作诗诵读一番,

以究王讻。　　　　　　以究王室凶恶之源。

式讹尔心,　　　　　　以此感化你的心灵,

以畜万邦。　　　　　　以求长养化育万国。

554

正 月

题 解

　　根据诗中"赫赫宗周，褒姒灭之"一句，可以断定此诗写的是西周将亡之际腐败黑暗的政治和社会现实。自《毛诗序》提出本诗主题是"大夫刺幽王"以来，古今学者几乎没有异议。

　　全诗共分十三章，前八章各八句，后五章各六句。诗中以天暗指君王，指出百姓生活在水深火热之中，君王却不闻不问，"梦梦"昏昏，甚而有占梦问卜、宠幸奸佞、怠慢贤臣等昏庸之举。王朝的权臣不仅巧言令色、散布流言，而且结党营私、心如"虺蜴"，然而却有"旨酒嘉肴"相伴，还有高官厚禄之利，这恰与贤臣备受冷落、广大人民困苦不堪的现状形成鲜明对比。诗中反复渲染了民众的疾苦和诗人的哀愁，可与屈原的《离骚》并存为优秀的爱国忧国文学作品之列。

正月繁霜，	周历正月霜降浓重，
我心忧伤。	我的心中充满忧伤。
民之讹言，	民众所传谣言流语，
亦孔之将。	也会散布影响广泛。
念我独兮，	心想我一人多孤单，
忧心京京。	忧心忡忡难以断绝。

哀我小心，
瘋忧以痒。
shǔ

哀怜自己畏忌顾虑，
忧郁苦闷以致成疾。

父母生我，
胡俾我瘉？
yù
不自我先，
不自我后。
好言自口，
莠言自口。
忧心愈愈，
是以有侮。

父母既然生养了我，
为何使我遭逢灾殃？
既不在我生前出现，
也不在我身后出现。
美好话语从口说出，
丑恶之言也从口出。
忧愁之心更加严重，
因此遭受这番欺侮。

忧心惸惸，
念我无禄。
qióng
民之无辜，
并其臣仆。
哀我人斯，
于何从禄？
瞻乌爰止，
于谁之屋？

心中忧愁而又悲伤，
想到自己没有利禄。
平民百姓并无罪过，
却也全都成为奴仆。
哀悯我的国中之人，
要从哪里求得利禄？
瞻望乌鸦就要栖息，
会在谁家房屋之上？

瞻彼中林，
侯薪侯蒸。

瞻望那片树林之中，
树木可做粗细柴薪。

556

民今方殆，　　　　　　　　百姓如今正处危难，

视天梦梦。　　　　　　　　看那上天昏暗不明。

既克有定，　　　　　　　　上天之命既可确定，

靡人弗胜。　　　　　　　　就没有人不须禀受。

有皇上帝，　　　　　　　　天上有那君皇上帝，

伊谁云憎？　　　　　　　　所憎恨者又是谁人？

谓山盖卑，　　　　　　　　人说山丘地势低下，

为冈为陵。　　　　　　　　实为高冈以及峻岭。

民之讹言，　　　　　　　　民众所传谣言流语，

宁莫之惩？　　　　　　　　难道不去惩戒制止？

召彼故老，　　　　　　　　征召那些元老旧臣，

讯之占梦。　　　　　　　　询问请其占卜梦境。

具曰予圣，　　　　　　　　人人都说自己圣明，

谁知乌之雌雄？　　　　　　谁能知晓乌鸦雌雄？

谓天盖高，　　　　　　　　人说天空高旷辽远，

不敢不局。　　　　　　　　我却不敢不弯着腰。

谓地盖厚，　　　　　　　　人说大地深厚凝重，

不敢不蹐。　　　　　　　　我却不敢不踩碎步。

维号斯言，　　　　　　　　只有呼号所发之言，

有伦有脊。　　　　　　　　有条有理讲究原则。

哀今之人，　　　　　　哀叹如今世上众人，

胡为虺蜴！　　　　　　为何要像虺蛇蜥蜴！

瞻彼阪田，　　　　　　远望那方山坡田地，

有菀其特。　　　　　　独自长得兴盛丰茂。

天之扤我，　　　　　　上天动摇折磨于我，
　　　wù

如不我克。　　　　　　唯恐不能将我打倒。

彼求我则，　　　　　　当初他们请求用我，

如不我得。　　　　　　唯恐不能将我获得。

执我仇仇，　　　　　　留下我后怠慢无礼，

亦不我力。　　　　　　也不让我出力建功。

心之忧矣，　　　　　　心中感到忧愁伤悲，

如或结之。　　　　　　如同有物蕴结一起。

今兹之正，　　　　　　如今这些国家政事，

胡然厉矣？　　　　　　为何变得猛厉暴烈？

燎之方扬，　　　　　　大火燎燃正值旺盛，

宁或灭之？　　　　　　难道有人可以扑灭？

赫赫宗周，　　　　　　光辉显赫周之王朝，

褒姒灭之。　　　　　　正是褒姒将它毁灭。

终其永怀，　　　　　　终是长久忧愁悲伤，

558

又窘阴雨。 又遇阴雨穷困窘迫。

其车既载, 车内既已装载好物,

乃弃尔辅。 于是丢弃你的车辅。

载输尔载, 你的载物掉落下来,

将伯助予。 请求大伯帮助自己。

无弃尔辅, 不要丢弃你的车辅,

员于尔辐。 还要加固你的车辐。

屡顾尔仆, 频频回看你的车夫,

不输尔载。 不要失落你的载物。

终逾绝险, 终于度过大艰巨险,

曾是不意。 竟然还是无意之中。

鱼在于沼, 鱼儿正在池沼之中,

亦匪克乐。 也并非能得到快乐。

潜虽伏矣, 即使深潜藏伏其中,

亦孔之炤。 也能看得十分清楚。

忧心惨惨, 心中忧愁而又苦闷,

念国之为虐。 顾虑国家施行虐政。

彼有旨酒, 他有香醇美味之酒,

又有嘉肴。 又有精美上好菜肴,

洽比其邻, 邻友相处融洽和睦,

昏姻孔云。　　　　　　　婚姻裙带甚为亲近。

念我独兮，　　　　　　　心想自己真是孤单，

忧心殷殷。　　　　　　　忧愁之心深重殷切。

佌佌彼有屋，^{cǐ}　　　　卑贱之人拥有房屋，

蔌蔌方有谷。^{sù}　　　　鄙陋之徒享有俸禄。

民今之无禄，　　　　　　百姓如今没有利禄，

天夭是椓。　　　　　　　上天摧折而又伤害。

哿矣富人，^{gě}　　　　欢乐喜悦是那富人，

哀此惸独。　　　　　　　可怜这些茕独之人！

十月之交

  《十月之交》与《正月》一诗的主题类似，正如《毛诗序》所言"大夫刺幽王也"，本诗是通过一位周朝大夫之口，表达对西周末年君王昏庸、权臣当道、政治腐败的社会现实的谴责及对遭受深重苦难的底层百姓的同情怜悯。诗中记载的日食发生于周幽王六年夏历十月一日（公元前776年9月6日），是目前世界上最早的日食记录。

  全诗共分八章，每章八句，可大致分为三部分。前三章将日食、月食与地震联系在一起，暗示了王朝治政无方、任用奸佞之弊。中三章详述了幽王宠幸的七名佞臣及王后褒姒，尤其控诉了皇父违时劳役、拆屋毁田、搜刮民脂、迁都弃王等恶行。后两章写贤明之臣在谗毁纷纷、小人猖狂的背景下的艰难处境，再次抒发了诗人忧国忧民的情怀，是现实主义政治抒情诗中的杰作。

十月之交，	九月十月交会之时，
朔月辛卯。	十月初一为辛卯日。
日有食之，	天上出现日食之象，
亦孔之丑。	也会发生大恶之事。
彼月而微，	那时月亮亏缺不圆，
此日而微。	现在太阳亏缺不圆。

今此下民，　　　　　如今这些下层民众，
亦孔之哀。　　　　　也会变得非常哀伤。

日月告凶，　　　　　日月之象预告凶兆，
不用其行。　　　　　不能遵循运行规律。
四国无政，　　　　　四方诸侯没有仁政
不用其良。　　　　　不能任用贤良之士。
彼月而食，　　　　　那时月亮亏缺不圆，
则维其常。　　　　　尚且维持常道运行。
此日而食，　　　　　现在太阳亏缺不圆，
于何不臧？　　　　　为何却是不善之兆？

烨烨震电，　　　　　闪亮耀眼雷鸣电闪，
（yè）
不宁不令。　　　　　不能安宁也不祥和。
百川沸腾，　　　　　百条河流如同沸腾，
山冢崒崩。　　　　　山顶岩石破碎崩塌。
（zú）
高岸为谷，　　　　　高处堤岸变成深谷，
深谷为陵。　　　　　幽深山谷变为山陵。
哀今之人，　　　　　哀悯如今世上之人，
胡憯莫惩？　　　　　面对凶险竟不自警？
（cǎn）

皇父卿士，　　　　　皇父担任朝中卿士，
番维司徒。　　　　　番氏官职乃为司徒。

家伯维宰，　　　　　　家伯执掌冢宰之职，

仲允膳夫。　　　　　　仲允负责王室膳食。

聚子内史，（zōu）　　　姓聚之人官居内史，

蹶维趣马。（guì）　　　蹶氏掌管王室马匹。

楀维师氏，（jǔ）　　　楀氏之官乃是师氏，

艳妻煽方处。　　　　　艳妻势盛正居权位。

抑此皇父，　　　　　　哎呀这位名皇父者，

岂曰不时？　　　　　　难道说他不遵农时？

胡为我作，　　　　　　为何让我服那劳役，

不即我谋？　　　　　　却不来这和我商量？

彻我墙屋，　　　　　　拆毁我的墙壁房屋，

田卒污莱。　　　　　　田地最终成为荒芜。

曰予不戕，　　　　　　还说不是自己残害，

礼则然矣。　　　　　　王朝礼法就是这般。

皇父孔圣，　　　　　　皇父这人十分圣明，

作都于向。　　　　　　营建都城在那向邑。

择三有事，　　　　　　挑选三位有司卿士，

亶侯多藏。　　　　　　确实多行聚敛之事。

不憖遗一老，（yìn）　　不肯留下一位老臣，

俾守我王。　　　　　　使他守护我朝君王。

择有车马，　　　　　　　　选择拥有车马之人，
以居徂向。　　　　　　　　迁徙去往向邑居住。

亹勉从事，　　　　　　　　尽心尽力处理公事，
不敢告劳。　　　　　　　　不敢告知自己辛劳。
无罪无辜，　　　　　　　　没有罪责也无过错，
谗口嚣嚣。　　　　　　　　谗言诋毁喧嚣无穷。
下民之孽，　　　　　　　　下层民众所受灾孽，
匪降自天。　　　　　　　　并非是从天上降下。
^{zǔn}
噂沓背憎，　　　　　　　　议论纷纷背里相憎，
职竞由人。　　　　　　　　专事竞逐由人操控。

悠悠我里，　　　　　　　　我心悲伤悠悠不绝，
^{mèi}
亦孔之痗。　　　　　　　　忧思之甚终而成病。
四方有羡，　　　　　　　　四方之人丰足富余，
我独居忧。　　　　　　　　独我一人忧心难安。
民莫不逸，　　　　　　　　民众没有不安逸者，
我独不敢休。　　　　　　　独我一人不敢止息。
天命不彻，　　　　　　　　上天之命没有终尽，
我不敢效我友自逸。　　　　不敢效友自享安逸。

雨无正

题 解

　　《雨无正》一诗同前面几首诗主题相近，即《毛诗序》所谓"大夫刺幽王也"。诗中描写了风雨飘摇的西周王朝在即将覆亡之际出现的种种衰亡乱象，如君王昏庸腐败，大夫诸侯失职离散，忠良遭贬、奸佞得宠，战争饥荒频繁发生，等等，表达了对周王治政无能的讽刺和对百姓国破家亡的忧虑。

　　全诗共分七章，首二章各十句，中二章各八句，末三章各六句。前两章诗人借对昊天的叩问，暗示当前饥馑频作、罪罚颠倒、山河破碎、大夫叛离等周室败亡之象，实际上皆非天命，而是人祸所致。三、四两章则写周王不能听信正言，那些在位的"君子"也都明哲保身，不去劝谏，导致周王只能接受顺耳巧言，摒弃一切逆耳忠言。后三章进一步介绍了贤良"不能言"、而小人"巧言如流"坐享富贵之事，且流露出在此时局下出仕做官的艰难与不易，表达了对那些迁离王都、只求自利之人的不满与讽刺。

浩浩昊天，	浩瀚广大的苍天啊，
不骏其德。	不肯长养它的恩德。
降丧饥馑，	降下丧乱还有饥馑，
斩伐四国。	四方诸国征伐倾轧。
旻天疾威，	苍茫上天太过暴虐，

弗虑弗图。	不去思虑也无谋划。
舍彼有罪，	放掉那些有罪之人，
既伏其辜。	且又隐瞒犯罪之事。
若此无罪，	而像这些无罪之人，
沦胥以铺。	互相牵连陷入危难。
周宗既灭，	周室如今已经覆灭，
靡所止戾。	没有地方可以安定。
正大夫离居，	长官大夫迁居他处，
莫知我勚。	无人可知我之劳苦。
三事大夫，	太师太傅太保三公，
莫肯夙夜。	没有人肯日夜为公。
邦君诸侯，	封国君主各方诸侯，
莫肯朝夕。	没有人肯早晚奉事。
庶曰式臧，	本望天子推行善法，
覆出为恶。	反而出台恶劣政策。
如何昊天？	敢问苍天该怎么办？
辟言不信。	合法言论不能听信。
如彼行迈，	如同那些远行之人，
则靡所臻。	却没到达其目的地。
凡百君子，	朝中群臣诸位君子，

各敬尔身。　　　　　　　各自严谨敬慎其身。

胡不相畏，　　　　　　　为何上下不相敬畏，

不畏于天？　　　　　　　难道不会敬畏上天？

戎成不退，　　　　　　　战争发动无法消退，

饥成不遂。　　　　　　　饥馑发生不能终结。

曾我暬^{xiè}御，　　　竟连我这近侍小臣，

憯憯日瘁。　　　　　　　忧愁不已日渐憔悴。

凡百君子，　　　　　　　朝中群臣诸位君子，

莫肯用讯。　　　　　　　没有人肯禀告君王。

听言则答，　　　　　　　顺耳之言就会应答，

谮言则退。　　　　　　　规谏之辞就会摒退。

哀哉不能言，　　　　　　真悲哀啊不能进言，

匪舌是出，　　　　　　　言语不能从口讲出，

维躬是瘁^{cuì}。　　　因为身体忧郁成疾。

哿^{kě}矣能言，　　　那些能言善道之人，

巧言如流，　　　　　　　巧妙言辞如水奔流，

俾躬处休。　　　　　　　为使自身安享福禄。

维曰于仕，　　　　　　　要是说到出仕做官，

孔棘且殆。　　　　　　　十分紧迫却又危险。

云不可使，　　　　　　　若说不可受命差使，

得罪于天子。　　　　　就会得罪周之天子。

亦云可使，　　　　　　若说可以受命差使，

怨及朋友。　　　　　　就会遭到朋友埋怨。

谓尔迁于王都，　　　　劝说你们迁到王都，

曰予未有室家。　　　　却说自己没有居家。

鼠思泣血，　　　　　　忧郁成疾失声痛哭，

无言不疾。　　　　　　没有话语不遭憎恨。

昔尔出居，　　　　　　往昔你们迁居别处，

谁从作尔室?　　　　　谁跟你们去建房屋?

小旻

题 解

　　《小旻》承上诸篇，仍是一首政治刺怨诗。《毛诗序》言本诗乃"大夫刺幽王也"，郑玄在《笺注》中则订正说"亦当为刺厉王"。朱熹的《诗集传》仅泛言："大夫以王惑于邪谋，不能断以从善而作此诗。"本诗除了揭露周王昏庸无道、重用佞臣之举，以作警示，还特别对朝廷谋划无能、政策失败、违背古礼等事予以了辛辣讽刺。

　　全诗共分六章，前三章各八句，后三章各七句。首三章通过控诉旻天，揭示了朝廷中政治腐败的现状：良策不用，恶计采纳；小人朋比为奸，构陷异己；谋士众多，却难成事……四、五两章则直陈君王背离先贤之道，听取聚讼鄙薄之言，以致国中诸贤才难得其用。末章则通过"暴虎冯河"之例，告诫在位者不应有勇无谋、鲁莽冒险，而要"战战兢兢"、戒惧谨慎，如此才是治国安邦之要。其中"暴虎冯河"与"战战兢兢"三句，也已成为流传千古的成语。

旻天疾威，
(mín)

敷于下土。

谋犹回遹，
(yù)

何日斯沮？

谋臧不从，

上天的灾戾暴虐，

将灾难散布人间。

筹谋策划行邪僻，

不知何日才终止？

善谋良策不听从，

龟

爬行动物的一科。身体扁平,呈椭圆形,背部和腹部有甲壳,四肢短,趾有蹼。受到惊扰时,头、尾和四肢都能缩入甲壳内。一般栖息在水边。

不臧覆用。　　　　　　　不善之计反采用。

我视谋犹，　　　　　　　我看朝中筹谋事，

亦孔之邛^{qióng}。　　　　　　　极其劳民又致命。

潝潝訿訿^{xī zǐ}，　　　　　　　小人趋附谗异己，

亦孔之哀。　　　　　　　也是莫大之悲哀。

谋之其臧，　　　　　　　谋划若有善计策，

则具是违。　　　　　　　他们全都要违背。

谋之不臧，　　　　　　　谋划若有不善策，

则具是依。　　　　　　　他们全都会依从。

我视谋犹，　　　　　　　我看朝中筹谋事，

伊于胡底？　　　　　　　能够到达何地步？

我龟既厌，　　　　　　　我的灵龟已厌倦，

不我告犹。　　　　　　　不再告知我谋划。

谋夫孔多，　　　　　　　谋臣策士非常多，

是用不集。　　　　　　　却没有人可成事。

发言盈庭，　　　　　　　发言纷纷盈满庭，

谁敢执其咎？　　　　　　谁敢为错担过咎？

如匪行迈谋，　　　　　　如同不走谋远行，

是用不得于道。　　　　　道路之上无进度。

哀哉为犹，　　　　　　　政事筹谋真可悲，

匪先民是程，	不从先贤效典范，
匪大犹是经。	不以大道为纲常。
维迩言是听，	只听从那浅薄言，
维迩言是争。	只争论那粗鄙语。
如彼筑室于道谋，	如建房与行人谋，
是用不溃于成。	此事不能得成功。
国虽靡止，	国家虽然无礼法，
或圣或否。	有圣明者有恶人。
民虽靡膴^{hū}，	民众虽然不富裕，
或哲或谋，	有睿智者有谋士，
或肃或艾。	有谨肃者有治臣。
如彼泉流，	就如那奔流泉水，
无沦胥以败。	不要相率去败坏。
不敢暴虎，	不敢空手搏老虎，
不敢冯河^{píng}。	不敢徒步渡河水。
人知其一，	人们只知这一点，
莫知其他。	却不知道其他事。
战战兢兢，	战战兢兢来应对，
如临深渊，	如同面临那深渊，
如履薄冰。	如同脚踏那薄冰。

小宛

题 解

　　《小宛》这首诗的主题,《毛诗序》仍判定为"大夫刺幽王也",郑玄在《笺注》中也补充说"亦当为刺厉王"。朱熹在《诗集传》中提出了异议,认为此是"大夫遭时之乱,而兄弟相戒以免祸之诗"。综览全诗,诗人除了思怀父母先祖,对教诲子嗣、谨慎为人等事发出警戒,还由时局艰危、命途多舛的现状生发了无限的感喟嗟叹。

　　全诗共分六章,每章六句,诗中小人物的感怀之语恰是西周末年政局黑暗腐朽、社会动荡不安的真实写照。诗人虽然反复提到缅怀"先人"祖辈,并有"温克敬仪""教诲似之"等谆谆劝诫,希望不要辱没门庭、愧对先祖,然而却难以避免自己日夜远征的奔波劳碌和诉讼狱事缠身的磨难艰辛。所以末章诗人再次提出"温温""惴惴""战战兢兢"等警戒之辞,希望在此乱世中能得以保全一线生机,其情可悲,其意堪悯。

宛彼鸣鸠,	鸣叫鸠鸟身形微小,
翰飞戾天。	展翅高飞到天空中。
我心忧伤,	我的心中感到忧伤,
念昔先人。	怀念往昔历代先祖。
明发不寐,	黎明到来仍未入睡,

鸣鸠

即斑鸠。羽色灰褐，颈后有黄褐或白色的斑点。

有怀二人。　　　　　　　心中思怀父母二人。

人之齐圣，　　　　　　　人中明哲睿智之辈，

饮酒温克。　　　　　　　饮酒虽然醉但气温逊。

彼昏不知，　　　　　　　那些昏昧无知之徒，

壹醉日富。　　　　　　　一醉就说日益富有。

各敬尔仪，　　　　　　　各自敬慎你们仪态，

天命不又。　　　　　　　上天之命却不复返。

中原有菽，　　　　　　　原野之中生长豆类，

庶民采之。　　　　　　　黎民百姓前去采摘。

螟蛉有子，　　　　　　　螟蛉如果生下幼子，

guǒ luǒ
蜾蠃负之。　　　　　　　蜾蠃将其背负过来。

教诲尔子，　　　　　　　教导诲育你的子嗣，

式穀似之。　　　　　　　运用善道予以效法。

题彼脊令，　　　　　　　看那名叫鹡鸰的鸟，

载飞载鸣。　　　　　　　一边飞翔一边啼鸣。

我日斯迈，　　　　　　　日日我都远行在外，

而月斯征。　　　　　　　月月都要远征他乡。

夙兴夜寐，　　　　　　　清晨即起夜晚方睡，

毋忝尔所生。　　　　　　不要辱没父母之名。

交交桑扈，　　　　　青雀飞翔来来往往，
率场啄粟。　　　　　沿着场圃啄食粟谷。
哀我填寡，　　　　　哀悯自己贫苦无依，
宜岸宜狱。　　　　　却遇诉讼牢狱之事。
握粟出卜，　　　　　手握粟米进行占卜，
自何能谷？　　　　　从何时起才能吉利？

温温恭人，　　　　　温和谦恭的那些人，
如集于木。　　　　　如同栖集在树木上。
惴惴小心，　　　　　惴惴不安小心翼翼，
如临于谷。　　　　　如同面临幽深山谷。
战战兢兢，　　　　　战战兢兢戒惧谨慎，
如履薄冰。　　　　　如同踩在薄薄冰上。

蜾蠃

又名土蜂、蒲卢、细腰蜂等，寄生蜂的一种，体青黑色，长约半寸。

小弁

题 解

　　《小弁》是一首充满忧愤哀怨情绪的诗歌。《毛诗序》认为此诗为"大子之傅作焉"，旨在"刺幽王也"。此说暗含的史实是周幽王听信褒姒谗言，废黜申后与太子姬宜臼，二人因此逃奔他国。此外，还有观点认为此诗是姬宜臼所作的，以及《三家诗》提出的"伯奇作歌感父"之说，等等。

　　全诗共分八章，每章八句。本诗中多处运用了起兴手法，如"寒鸦归飞""周道茂草""恭敬桑梓""柳菀蜩鸣""鹿奔雉雊""先兔墐尸""山高泉浚"等，有的是兴中有比，用以说明类似的道理。诗中充满着对自己凄遭贬黜、枉担罪责的哀悯自怜，以及对君子"信馋""不惠""不舒究"的谴责怨恨，还有自顾不暇、何及身后的声声哀叹。

^{pán}弁彼鸒斯，	那些雅乌欢乐喜悦，
归飞提提。	飞翔归巢体态安舒。
民莫不穀，	百姓生活无不美好，
我独于罹。	唯独是我遭逢患难。
何辜于天，	我对上天有何过咎，
我罪伊何？	我的罪错又是什么？
心之忧矣，	心中感到忧愁哀伤，

云如之何?	对此又能做些什么?
^{dǐ} 踧踧周道,	平正坦荡是那大道,
^{jú} 鞫为茂草。	全都长满丰茂草丛。
我心忧伤,	心中感到忧愁哀伤,
^{nì} 惄焉如捣。	忧思伤痛如得心病。
假寐永叹,	和衣打盹长久叹息,
维忧用老。	忧虑可以使我老去。
心之忧矣,	心中感到忧愁哀伤,
^{chèn} 疢如疾首。	烦热苦闷如同头痛。
维桑与梓,	桑树梓树父母种,
必恭敬止。	定要对其恭敬相待。
靡瞻匪父,	无人不是瞻仰父亲,
靡依匪母。	无人不是依恃母亲。
不属于毛,	不与衣表皮毛连属,
不罹于里。	不与衣里互相依附。
天之生我,	上天既然将我生下,
我辰安在?	我的生辰又是何时?
^{yù} 菀彼柳斯,	那些柳树长势茂盛,
^{tiáo huì} 鸣蜩嘒嘒。	秋蝉鸣叫声音嘒嘒。

有潅者渊，
cuǐ

萑苇淠淠。
pèi

譬彼舟流，

不知所届。

心之忧矣，

不遑假寐。

有方潭渊积水深深，

萑苇生长茂密兴盛。

就像那只小舟漂流，

不知将要到达何方。

心中感到忧愁哀伤，

没有空暇和衣打盹。

鹿斯之奔，

维足伎伎。
qí

雉之朝雊，
gòu

尚求其雌。

譬彼坏木，

疾用无枝。

心之忧矣，

宁莫之知？

野鹿正当奔跑之时，

四蹄轻盈而又舒缓。

雄雉清晨发出鸣叫，

是为求得雌雉为偶。

正如那棵枯坏树木，

生病因而不出枝条。

心中感到忧愁哀伤，

难道无人可以知晓？

相彼投兔，

尚或先之。

行有死人，

尚或墐之。
jìn

君子秉心，

维其忍之。

看那罗网捕捉野兔，

有的尚且先行放走。

路上遇到已死之人，

有的尚且将其掩埋。

然而君子你的存心，

却是这般残忍无情。

580

心之忧矣，   心中感到忧愁哀伤，

涕既陨之。   涕泪也已流淌下来。

君子信谗，   君子听信谗邪之言，

如或酬之。   就像酬答他人劝酒。

君子不惠，   君子没有恩遇惠爱，

不舒究之。   不作宽缓长久谋划。

伐木掎矣，   砍伐树木需要牵引，

析薪扡矣。   砍劈柴火须顺纹理。
（chǐ）

舍彼有罪，   放过那些有罪之人，

予之佗矣。   罪责却是施加我身。

莫高匪山，   不高峻的不是山峦，

莫浚匪泉。   不深浚的不是泉水。

君子无易由言，   君子不要轻易发言，

耳属于垣。   有人耳朵贴在墙上。

无逝我梁，   不要去往我的鱼堰，

无发我笥。   不要打开我的鱼篓。

我躬不阅，   我的身尚且不被容，

遑恤我后？   怎能忧虑我之身后？

蜩

蝉的一种，亦称秋蝉。

巧言

题 解

　　《巧言》一诗，揭露了奸佞当道、谗言祸国的政治现状，抒发了对贤良遭难、国家危乱的痛惜和忧虑。正如《毛诗序》所言"大夫伤于谗，故作是诗也"，且再判此诗诗旨为"刺幽王也"。

　　本诗共分六章，每章八句。首二章诗人即以"昊天"起兴，以言自己本是清白却被构陷致罪，而君王听信谗言、纵容佞人之举也终究酿成大祸，且愈演愈烈。中二章进一步推进情节，指出君王"屡盟""信盗"，听任那些口蜜腹剑之辈，胡作非为，违背了古圣先贤所传的宗庙之法和治国大道，最终引发大患。末二章是对那些巧言令色、聚集党羽之徒的讽刺贬斥，其中"蛇蛇硕言""巧言如簧""颜之厚矣""无拳无勇"等词的描摹刻画，可谓活灵活现、入木三分。

<table>
<tr><td>悠悠昊天，</td><td>浩瀚悠远是上天，</td></tr>
<tr><td>曰父母且。</td><td>可谓人之父与母。</td></tr>
<tr><td>无罪无辜，</td><td>没有罪过无错咎，</td></tr>
<tr><td>乱如此幠。</td><td>祸乱竟然如此大。</td></tr>
<tr><td>昊天已威，</td><td>上天已经降暴虐，</td></tr>
<tr><td>予慎无罪。</td><td>但我确实没罪过。</td></tr>
<tr><td>昊天泰幠，
hū</td><td>上天广大无边际，</td></tr>
</table>

予慎无辜。　　　　　　　　但我确实没错咎。

乱之初生，　　　　　　　　祸乱刚刚发生时，
僭始既涵。　　　　　　　　过分言行就纵容。
乱之又生，　　　　　　　　祸乱再次发生后，
君子信谗。　　　　　　　　君子依然信谗言。
君子如怒，　　　　　　　　君子闻谗如怒斥，
乱庶遄_{chuán}沮。　　　　祸乱或可速平息。

乱庶遄沮。

君子如祉，　　　　　　　　君子见贤如赐福，
乱庶遄已。　　　　　　　　祸乱或可速终结。

君子屡盟，　　　　　　　　君子屡次结盟约，
乱是用长。　　　　　　　　祸乱因此得滋长。
君子信盗，　　　　　　　　君子亲信奸佞人，
乱是用暴。　　　　　　　　祸乱因此更暴烈。
盗言孔甘，　　　　　　　　奸佞小人话甜美，
乱是用餤_{tán}。　　　　祸乱因此愈增进。
匪其止共，　　　　　　　　不但中止忠心奉，
维王之邛。　　　　　　　　而且为王添忧劳。

奕奕寝庙，　　　　　　　　高大恢宏是宗庙，
君子作之。　　　　　　　　君子将它营建起。
秩秩大猷，　　　　　　　　众多有序治国道，

584

圣人莫之。 此是圣人谋划出。

他人有心, 他人有心要谗毁,

予忖度之。 我能揣测忖度到。

跃跃毚兔, 狡兔来去方跳跃,

遇犬获之。 遇到猎犬被捕获。

荏染柔木, 树木柔软而坚韧,

君子树之。 乃是君子栽种它。

往来行言, 往来散布之流言,

心焉数之。 心中思量又计度。

蛇蛇硕言, 浅薄自大之空话,

出自口矣。 也是从口而说出。

巧言如簧, 巧妙言语如鼓簧,

颜之厚矣。 颜面真是无比厚。

彼何人斯? 那究竟是什么人?

居河之麋。 居住在那河岸边。

无拳无勇, 没有力量无勇气,

职为乱阶。 专门制造祸乱根。

既微且尰, 小腿生疮脚变肿,

尔勇伊何? 你的勇气在哪里?

为犹将多, 谋虑策划那么多,

尔居徒几何? 你聚徒众有几人?

585

何人斯

题 解

　　《何人斯》这首诗的主旨存在争议。《毛诗序》认为是两位周臣绝交之作，即所谓"暴公为卿士而谮苏公焉，故苏公作是诗以绝之"。而朱熹在《诗集传》中则质疑旧说"无明文可考，未敢信其必然"，提出"此篇专责逸人耳"的观点。现代部分学者认为此诗写的是一位妇女遭遇丈夫薄幸冷遇之事。

　　全诗共分八章，每章六句。前四章中多次出现"彼何人"和"胡逝""胡不"的反诘句，营造出一种步步紧逼、层层推进的诘责效果。后四章中运用对比，渲染自己期盼对方到来的渴切心情，以及对方以"无暇"之名掩饰变心之实的现况。所以最后诗人以"伯仲奏乐""鬼蜮不得"一正一反两例和"三物盟诅"之举，向对方表露自己真纯不渝之心，也对对方不知不信、行为无则等事予以了辛辣的嘲讽。

彼何人斯？	那一位是什么人呢？
其心孔艰。	他的居心十分险恶。
胡逝我梁，	为何去往我的鱼堰，
不入我门？	却不进入我的房门？
伊谁云从？	有谁还会跟随于他？
维暴之云。	他之为人暴虐无道。

二人从行，　　　　　　　两人相随一同行走，

谁为此祸？　　　　　　　是谁造成这场灾祸？

胡逝我梁，　　　　　　　为何去往我的鱼堰，

不入唁我？　　　　　　　却不进来慰问于我？

始者不如今，　　　　　　当初情状不同今日，

云不我可。　　　　　　　却对我说不可这般。

彼何人斯？　　　　　　　那一位是什么人呢？

胡逝我陈？　　　　　　　为何去往我的堂路？

我闻其声，　　　　　　　我能听到他的声音，

不见其身。　　　　　　　却看不到他的身影。

不愧于人？　　　　　　　难道不会愧对于人？

不畏于天？　　　　　　　难道不会敬畏上天？

彼何人斯？　　　　　　　那一位是什么人呢？

其为飘风。　　　　　　　就像来去飘旋之风。

胡不自北？　　　　　　　为何不从北面而来？

胡不自南？　　　　　　　为何不从南面而来？

胡逝我梁？　　　　　　　为何去往我的鱼堰？

祇搅我心。　　　　　　　只是搅乱我的内心。

尔之安行，　　　　　　　你之出行安和徐缓，

587

亦不遑舍。 　　　却也无暇暂作止息。

尔之亟行， 　　　你之出行迫切急促，

遑脂尔车。 　　　却有空暇给车上油。

壹者之来， 　　　为了你这一次到来，

云何其盱！ 　　　多么仔细睁眼张望！

尔还而入， 　　　等你返回走进房门，

我心易也。 　　　我的心中和悦安乐。

还而不入， 　　　当你返回不入房门，

否难知也。 　　　其中缘由不难知晓。

壹者之来， 　　　为了你这一次到来，

俾我祇也。 　　　使我忧劳有如生病。

伯氏吹埙， 　　　长兄吹奏起那陶埙，

仲氏吹篪。 　　　二弟吹奏起那竹篪。

及尔如贯， 　　　我心与你相连相通，

谅不我知。 　　　而你确实不知我意。

出此三物， 　　　摆出三物即猪犬鸡，

以诅尔斯。 　　　向神盟誓你这件事。

为鬼为蜮， 　　　如果是鬼或是水蜮，

则不可得。 　　　行迹自然不可得知。

588

有覥面目，
　　　　tiǎn

视人罔极。

作此好歌，

以极反侧。

既然为人显露面目，

人前表现却无准则。

只好作下这首好歌，

穷尽辗转反侧之情。

蜮

传说中的一种水怪，可在暗中含沙射人。

巷
伯

题 解

　　《巷伯》这首诗的作者诗末已点明，是一位名叫孟子的宫廷内官。关于其主题，《毛诗序》认为是"寺人伤于谗，故作是诗"以"刺幽王也"。此说基本贴合诗意，诗中也反复对那些谗言惑君、构陷贤良的奸恶小人予以了严厉的谴责。

　　全诗共分七章，前四章各四句，第五章五句，第六章八句，第七章六句。前两章分别以"贝锦"和"南箕"，暗喻罗织谗言和口舌之讼。三、四两章以"缉缉翩翩""捷捷幡幡"二词，将小人相聚捏造谗言之态描摹得活灵活现、如在目前。五、六两章则通过"骄人"和"劳人"的对比，强调了现实的不公和黑暗，尤其是层层递进的"投弃谮人"，以夸张的手法将人对谮人的愤怒怨恨渲染得淋漓尽致。诗中反应的谄佞当道、贤良遭黜的政治现状，也从一定程度上反映出西周王朝之覆灭是自食其果，亦是历史之必然。

萋兮斐^{fěi}兮，　　　　　　色彩纹理交错相间，

成是贝锦。　　　　　　　　织绣成为贝纹锦缎。

彼谮人者，　　　　　　　　那些谗言诬陷人者，

亦已大甚。　　　　　　　　气焰实在太过嚣张。

哆^{chǐ}兮侈兮，　　　　　　离散拓延而又扩大，

成是南箕。 最后形成南箕星宿。

彼谮人者, 那些谗言诬陷人者,

谁适与谋? 是谁去和他们商谋?

缉缉翩翩, 附耳私语来去翩翩,

谋欲谮人。 谋虑想要构陷他人。

慎尔言也, 你们说话需要慎重,

谓尔不信。 不然会说你们无信。

捷捷幡幡, 花言巧语回还往来,

谋欲谮言。 谋虑想要编造谗言。

岂不尔受? 难道不会信受你话?

既其女迁。 往后却会远离于你。

骄人好好, 骄横小人欢欣喜悦,

劳人草草。 忧劳之人费心伤神。

苍天苍天, 苍茫上天苍茫上天,

视彼骄人, 请你审视那些骄人,

矜此劳人。 请你怜恤这些劳人。

彼谮人者, 那些谗言诬陷人者,

谁适与谋? 是谁去和他们商谋?

取彼谮人, 捉拿那些谗言奸人,

投畀豺虎。　　　将其投给豺狼老虎。

豺虎不食，　　　豺狼老虎不肯食用，

投畀有北。　　　就再投给荒凉北方。

有北不受，　　　荒凉北方不肯容受，

投畀有昊。　　　最后投给苍苍上天。
（bi）

杨园之道，　　　通往扬园那条道路，

猗于亩丘。　　　必定先经有垄山地。

寺人孟子，　　　宫中近侍叫孟子者，

作为此诗。　　　是他作出这首诗歌。

凡百君子，　　　但凡诸位仁人君子，

敬而听之。　　　还请恭敬聆听其言。

贝

泛指有介壳的软体动物，在古代主要指海贝。

谷风

题 解

　　《谷风》一诗的主旨，旧说大抵一致。《毛诗序》云"刺幽王也"，以"天下俗薄，朋友道绝焉"。朱熹《诗集传》亦云："此朋友相怨之诗。"今人高亨、程俊英等则将此诗与《邶风·谷风》比附，提出此为女子被夫遗弃之诗。

　　全诗共有三章，每章六句。各章皆以"习习谷风"起兴，继而以"风雨""风颓""山崔"层层推进，营造了一种凄冷肃杀的氛围。前两章以叠咏句式，运用对比手法，揭露对方实是可共患难却不可同安乐的无情无义之徒。末章以"草死木萎"暗喻人与人相处"小怨"乃不可避免，然而"忘德思怨"之举也未免太过失德。这首诗，其实就是"忘恩负义""以怨报德"等成语的最好注脚。

习习谷风，	温煦和顺的东风，
维风及雨。	风起还带着雨至。
将恐将惧，	正当恐慌惧怕时，
维予与女。	只有我和你二人。
将安将乐，	而当安宁和乐时，
女转弃予。	你却反而抛弃我。

习习谷风，　　　　　温煦和顺的东风，

维风及颓。　　　　　风起变成龙卷风。

将恐将惧，　　　　　正当恐慌惧怕时，

寘予于怀。　　　　　你能将我放心上。

将安将乐，　　　　　而当安宁和乐时，

弃予如遗。　　　　　你抛弃我如丢物。

习习谷风，　　　　　温煦和顺的东风，

维山崔嵬。^{wéi}　　　　　山峦高峻而巍峨。

无草不死，　　　　　没有草叶不死去，

无木不萎。　　　　　没有树木不枯萎。

忘我大德，　　　　　忘却我的大恩德，

思我小怨。　　　　　却想我的小嫌怨。

蓼莪

题 解

　　《蓼莪》一诗，抒发了诗人对父母生养之恩的无比感念，和不能终养父母以报其恩的痛切之心。《毛诗序》认为此诗主旨为"民人劳苦，孝子不得终养尔"。朱熹在《诗集传》中说："乃言父母生我之劬劳而重自哀伤也"，皆贴合诗意。

　　本诗共分六章，一、二、五、六章各四句，三、四章各八句，其中首二章和末二章各自形成复沓结构。首二章以"匪我蒿蔚"起兴，引出对父母"生我劬劳"的哀悯之情。中二章具体回顾父母生养我的艰辛和无微不至的关怀，"生""鞠""拊""畜""长""育""顾""复""腹"九个动词和九个"我"字，字字含情，如泣如诉，回环往复，正如姚际恒的《诗经通论》所评"勾人眼泪全在此无数'我'字"。末二章以"南山"和"飘风"起兴，通过"民"和"我"的对比，抒发不能终养父母的痛心和遗憾。

蓼蓼者莪， （lù）（é）	莪蒿长得高又大，
匪莪伊蒿。	其实非莪乃青蒿。
哀哀父母，	可哀可悯父与母，
生我劬劳。	生我艰辛又劳苦。
蓼蓼者莪，	莪蒿长得高又大，

蓼莪，昊天罔极

匪莪伊蔚。　　　　　　　其实非莪乃冷蒿。

哀哀父母，　　　　　　　可哀可悯父与母，

生我劳瘁。　　　　　　　生我辛苦又劳累。

缾之罄矣，　　　　　　　汲水瓶器如空尽，

维罍之耻。　　　　　　　则是罍器之耻辱。

鲜民之生，　　　　　　　穷苦无依人生活，

不如死之久矣。　　　　　不如早早就死去。

无父何怙？　　　　　　　没有父亲何依仗？

无母何恃？　　　　　　　没有母亲何凭恃？

出则衔恤，　　　　　　　出去就会心含忧，

入则靡至。　　　　　　　进来不知到何处。

父兮生我，　　　　　　　父亲啊你生养了我，

母兮鞠我。　　　　　　　母亲啊你保育了我。

拊我畜我，　　　　　　　抚养我啊化育我，

长我育我。　　　　　　　长养我啊培育我。

顾我复我，　　　　　　　顾念我啊反复看，

出入腹我。　　　　　　　出入都是厚爱我。

欲报之德，　　　　　　　想要报答此恩德，

昊天罔极。　　　　　　　上天苍苍无穷尽。

南山烈烈，　　　　　　　南山危耸而高峻，

598

飘风发发。 旋风刮起太迅疾。

民莫不穀, 民众无不享和乐,

我独何害? 为何只我遭此害?

南山律律, 南山巍峨而险峻,

飘风弗弗。 旋风刮起速极快。

民莫不穀, 民众无不享安乐,

我独不卒。 独我不能终养亲。

大东

题 解

    西周分封的诸侯国大多在其东方，所以以"大东""小东"分别指代距离周室远、近的诸侯国。周道，又称周行，是西周王室修筑的战略要道，用以和东方各诸侯国间运输军队、物资、贡赋等。本诗的主旨，《毛诗序》认为是讽刺时局之动乱，即所谓"东国困于役而伤于财，谭大夫作是诗以告病焉"。此说基本被古今学者所赞同。

    全诗共分七章，每章八句。前四章运用赋法写实，诗人通过"簋飧""周道""杼柚""葛屦""氿泉""获薪"等意象起兴，或兼有比，西周贵族豪华奢侈的生活和东国百姓劳苦贫贱的遭际形成巨大反差。后三章转移到天文星象上，诗人运用比拟、夸张等手法，以别具文化内涵的星象之理，与前文的"簋飧""棘匕""杼柚"等形成呼应之势，进一步深化了诗歌的主题。

有饛^{méng guǐ}簋飧，

有捄^{qiú}棘匕。

周道如砥，

其直如矢。

君子所履，

小人所视。

簋里盛满了饭食，

棘木匕匙长又弯。

大道平坦如砥石，

笔直如同箭一样。

君子走在此路上，

小人只是看一看。

睠言顾之，　　　　　　　转过头来在回望，
潸 焉出涕。　　　　　　涕泪潸然而流下。

小东大东，　　　　　　　东方近远诸侯国，
杼柚其空。　　　　　　　织布机上空荡荡。
纠纠葛屦，　　　　　　　纠缠交错葛藤鞋，
可以履霜。　　　　　　　可以踩在秋霜上。
佻佻公子，　　　　　　　独自行走公侯子，
行彼周行。　　　　　　　正走在那大道上。
既往既来，　　　　　　　既已去了又到来，
使我心疚。　　　　　　　使我心忧如生病。

有冽氿泉，　　　　　　　清冽泉水凉又冷，
无浸获薪。　　　　　　　柴薪砍下莫浸湿。
契契寤叹，　　　　　　　忧愁难寐发叹息，
哀我惮人。　　　　　　　哀怜我辈劳苦人。
薪是获薪，　　　　　　　砍下木薪作柴火，
尚可载也。　　　　　　　尚可将其运载回。
哀我惮人，　　　　　　　哀怜我辈劳苦人，
亦可息也。　　　　　　　也应休息把命延。

东人之子，　　　　　　　东方诸国人之子，
职劳不来。　　　　　　　专事劳务不能来。

601

熊

大型食肉类哺乳动物。头大, 尾巴短, 脚掌大, 能直立行走, 善爬树。种类非常多, 有黑熊、棕熊、白熊等。

西人之子，　　　　　西周京都人之子，

粲粲衣服。　　　　　衣服鲜艳又明洁。

舟人之子，　　　　　周朝贵族众公子，

熊罴是裘。　　　　　熊罴毛皮做裘衣。

私人之子，　　　　　贵族家臣之子孙，

百僚是试。　　　　　百官任其来运用。

或以其酒，　　　　　有人可以得酒喝，

不以其浆。　　　　　有人却无酸浆饮。

鞙鞙佩璲，　　　　　低低下垂璲玉佩，
<small>juān juān   suì</small>

不以其长。　　　　　并非其才本擅长。

维天有汉，　　　　　天空之中有银河，

监亦有光。　　　　　远望也见有光芒。

跂彼织女，　　　　　织女星宿成角状，

终日七襄。　　　　　整个白昼移七次。

虽则七襄，　　　　　虽然位移有七次，

不成报章。　　　　　不能织出文采章。

睆彼牵牛，　　　　　牵牛星宿熠熠亮，
<small>huǎn</small>

不以服箱。　　　　　不能驾车载车厢。

东有启明，　　　　　东方金星叫启明，

西有长庚。　　　　　西方金星叫长庚。

603

有捄天毕，　　　　　天毕星宿形状长，
载施之行。　　　　　也在廿八星宿列。

维南有箕，　　　　　天空之南有箕宿，
不可以簸扬。　　　　不能扬筛谷糠秕。
维北有斗，　　　　　天空之北有斗宿，
不可以挹酒浆。　　　不能舀取酒和浆。
维南有箕，　　　　　天空之南有箕宿，
载翕^{xì}其舌。　　　　口宽如同伸展舌。
维北有斗，　　　　　天空之北有斗宿，
西柄之揭。　　　　　斗柄在西高翘起。

四 月

题 解

　　《四月》一诗的主旨，诗末"君子作歌，维以告哀"二句已有透露，而综合诗意来看，确是一首在动乱时局下哀悯自身艰危苦难之诗。《毛诗序》认为此诗诗旨为"大夫刺幽王也"，因其"在位贪残，下国构祸，怨乱并兴焉"。

　　全诗共分八章，每章四句。前三章首句以夏、秋、冬的时序依次推进，从埋怨先祖缺乏庇佑，到盼望祸患早日终结，反映了主人公对个人凄惨遭际的不解和无奈。四、五、六三章则分别选取"嘉卉""泉水""江汉"起兴，谴责了为虐者惯于造恶、不知其尤的卑劣，反衬出自己鞠躬尽瘁却无所得的辛酸。末二章以"鹑鸢""鳣鲔"四句，暗喻混乱时代中骄暴者与贤良者的易位颠倒，进一步强化了主题，兼以交代了作诗之缘由。

四月维夏，	夏历四月乃立夏，
六月徂暑。	六月暑热要过去。
先祖匪人，	我的先祖不似人，
胡宁忍予？	为何忍心我受苦？
秋日凄凄，	秋天之日冷凄凄，
百卉具腓。	百种草卉都枯萎。

乱离瘼矣，
爰其适归？

冬日烈烈，
飘风发发。
民莫不穀，
我独何害？

山有嘉卉，
侯栗侯梅。
废为残贼，
莫知其尤。

相彼泉水，
载清载浊。
我日构祸，
曷云能穀？

滔滔江汉，
南国之纪。
尽瘁以仕，
宁莫我有。

祸乱令人忧成疾，
它会归去向何方？

冬季之日寒凛冽，
狂风飘旋太迅疾。
人们无不享安乐，
为何独我受此害？

山上长着好草木，
有那栗树和梅树。
为虐残害已成习，
却不知道其罪过。

看看那条山泉水，
也有清澈也有浊。
日日我都遭祸乱，
怎么能够享安乐？

长江汉水浪滔滔，
南方诸水之纲纪。
苦心劳力以处事，
我却竟然无所有。

匪鹑匪鸢，　　　　　　不是雕也不是鹰，

翰飞戾天。　　　　　　却能高飞到天上。

匪鳣匪鲔，　　　　　　不是鳣鱼和鲔鱼，

潜逃于渊。　　　　　　却可潜逃到深渊。

山有蕨薇，　　　　　　山上长着蕨和薇，
　　　　yí
隰有杞桋。　　　　　　湿沼长着杞和桋。

君子作歌，　　　　　　君子作出此诗歌，

维以告哀。　　　　　　只想倾诉其哀思。

蕨

多年生草本植物。山菜的一种，嫩叶可食用，根茎可制淀粉，纤维可制缆绳。

薇

多年生草本植物。山菜的一种，嫩茎和叶可食用。

鸢

老鹰，属猛禽。上喙尖锐弯曲，下喙较短，四趾具有锐利的钩爪。

北
山

题 解

　　《北山》这首诗，是一名士子对自己多劳而无功的遭遇发出了喟叹，对朝廷中事务分配不公的时局进行了讽刺。正如《毛诗序》所说，此诗为"大夫刺幽王也"，因为"役使不均，己劳于从事，而不得养其父母焉"。其实，全诗的诗眼正在"大夫不均，我从事独贤"一句。

　　本诗共有六章，前三章各六句，后三章各四句。前三章运用兴和赋，直陈自己作为"士子"的一员，为王事夙夜在公、殚精竭虑之实。然而即使有君王美言称许，也改变不了"大夫不均"的事实，所以后三章以六组排比句式，绘出了一幅官场百态图，尤使放逸游乐、夸夸其谈之徒和辛劳繁忙、戒惧谨慎之辈形成鲜明对照，使本诗的主题得到烘托和强化。

陟彼北山，	登上那座北山，
言采其杞。	前去采摘枸杞。
偕偕士子，	强壮的士子们，
朝夕从事。	朝夕都要办事。
王事靡盬，	君王之事不停息，
忧我父母。	使我父母心忧愁。
溥天之下，	广阔无边的天下，

王事鞅掌，北山诗

莫非王土。	无不是王的国土。
率土之滨，	沿着王土的边缘，
莫非王臣。	无不是王的臣下。
大夫不均，	大夫委任不公平，
我从事独贤。	独我办事多劳苦。
四牡彭彭，	四头公马身矫健，
王事傍傍。	君王之事奔波忙。
嘉我未老，	君王夸我年未老，
鲜我方将。	又称赞我体正壮。
旅力方刚，	体力正当刚健时，
经营四方。	规划治理国四方。
或燕燕居息，	有人和乐安居休憩，
或尽瘁事国。	有人竭力事奉国家。
或息偃在床，	有人休息仰卧床上，
或不已于行。	有人奔走不曾止息。
或不知叫号，	有人不知征召呼号，
或惨惨劬劳。	有人忧虑辛苦操劳。
或栖迟偃仰，	有人游玩逸豫安处，
或王事鞅掌。	有人忙碌王事纷繁。

或湛乐饮酒，　　　　　　有人喜悦快乐饮酒，

或惨惨畏咎。　　　　　　有人忧愁惧怕过咎。

或出入风议，　　　　　　有人出入恣意评议，

或靡事不为。　　　　　　有人无事不去操办。

杞

杞

图中所画为枸杞。多年生木本植物。叶片呈卵形，花色淡紫，果实为红色卵状浆果。果实、根皮可入药。

613

无将大车

题 解

　　《无将大车》一诗，抒发的是对动乱时局的感伤和自我排遣之情。历来对此诗的解读也分歧较多，如《毛诗序》认为此诗反映的是周幽王时"周大夫悔将小人"。朱熹的《诗集传》中则称"此亦行役劳苦而忧思者之作"。陈子展《诗经直解》又云："当是推挽大车者所作，此亦劳者歌其事之一例。"

　　全诗共分三章，每章四句，几乎全用叠章句法。各章皆以"无将大车"起句，继言原因为"自尘""冥冥""自重"，或兴或赋，甚或有比，因"无将……只"和"无思……维"的句式恰成类比，首尾呼应。各章"无思百忧"两句，正是诗人自我慰藉之语，也恰折射出其愁忧苦闷的心理现状。

无将大车，	不要去推那大车，
祇自尘兮。	只会自蔽于尘土。
无思百忧，	不要寻思百烦忧，
祇自疷^{qí}兮。	只会让自己生病。
无将大车，	不要去推那大车，
维尘冥冥。	只有尘土灰蒙蒙。

无思百忧，
不出于颎^{jiǒng}。

不要寻思百烦忧，
不能出于深惘怅。

无将大车，
维尘雝兮。

不要去推那大车，
只有尘土遮天日。

无思百忧，
祇自重兮。

不要寻思百烦忧，
只会让己被牵累。

小
明

题 解

　　《小明》这首诗,描写的是一位官吏长年行役在外,事务缠身,不能归还,因而心中充满愁忧嗟怨之事。《毛诗序》认为此诗反映的是幽王治下"大夫悔仕于乱世也"。此外,对诗中"共人"一词的解释分歧较多,主要有"僚友"说、"温恭之人"说、"古劳臣贤士"说、"妻子"说等,今暂取"僚友"一说。

　　全诗共分五章,前三章各十二句,后两章各六句,前三章与后三章各自形成复沓构式。前三章细致地描写了自己远役在外的艰辛劳苦和历时持久,表达了对"共人"的顾念之情和思归却有所畏的痛苦无奈之情。后两章皆以"嗟尔君子"的叹句发起,表达了对劳碌奔命的"君子"的怜悯,对他们敬慎其事、交结正直的愿望,以及神灵赐福的美好祝祷。

明明上天,	光明湛然之上天,
照临下土。	照耀鉴察人世间。
我征徂西,	我之远行向西方,
至于艽野。 _{qiú}	到达辽远荒野地。
二月初吉,	周历二月初一日,
载离寒暑。	历经严寒与酷暑。
心之忧矣,	心中充满忧伤情,

其毒大苦。　　　　　　苦难深重极痛苦。

念彼共人，　　　　　　想到恭谨诸同僚，

涕零如雨。　　　　　　涕泪零落如降雨。

岂不怀归？　　　　　　难道不会思归去？

畏此罪罟^{gǔ}。　　　　　　只是畏惧这罪网。

昔我往矣，　　　　　　往昔当我离开时，

日月方除。　　　　　　正临旧岁将终尽。

曷云其还？　　　　　　何时才能回家去？

岁聿云莫。　　　　　　一年又到落暮时。

念我独兮，　　　　　　顾念自己独一人，

我事孔庶。　　　　　　我之事务极繁多。

心之忧矣，　　　　　　心中充满忧伤情，

惮我不暇。　　　　　　劳苦成疾我无暇。

念彼共人，　　　　　　想到恭谨诸同僚，

睠睠怀顾。　　　　　　依恋眷顾心怀念。

岂不怀归？　　　　　　难道不会思归去？

畏此谴怒。　　　　　　畏惧谴责与恼怒。

昔我往矣，　　　　　　往昔当我离开时，

日月方奥。　　　　　　正值温暖之时节。

曷云其还？　　　　　　何时才能回家去？

政事愈蹙。　　　　　　政事愈加急又繁。

岁聿云莫，   正临旧岁将终尽，

采萧获菽。   采摘艾蒿收豆子。

心之忧矣，   心中充满忧伤情，

自诒伊戚。   忧愁乃是自己给。

念彼共人，   想到恭谨诸同僚，

兴言出宿。   出行居宿在外边。

岂不怀归？   难道不会思归去？

畏此反覆。   只是畏惧此祸乱。

嗟尔君子，   嗟叹你们诸君子，

无恒安处。   没有恒定安居处。

靖共尔位，   谦卑恭敬奉职事，

正直是与。   正直之人去结交。

神之听之，   天上神灵听察到，

式穀以女。   就将福庆赐给你。

嗟尔君子，   嗟叹你们诸君子，

无恒安息。   没有恒久安逸时。

靖共尔位，   谦卑恭敬奉职事，

好是正直。   亲近正直和贤良。

神之听之，   天上神灵听察到，

介尔景福。   助你成就大福报。

鼓

钟

题 解

　　《鼓钟》一诗，通过描写演奏乐舞之景，抒发对"淑人君子"的思怀和对国运时局的感伤。历来对此诗的具体诗旨议论颇多，且莫衷一是，以致朱熹在《诗集传》中也说"此诗之义有不可知者"。《毛诗序》则将此诗定为"刺幽王也"，认为"幽王用乐，不与德比"。

　　本诗共分四章，每章五句，前三章基本都用叠咏章法。前三章皆以"鼓钟"和"淮水"起兴，或兼为赋，引发了诗人无限的愁忧哀思，以及对有德的贤人君子的思怀之情。末章全是描绘乐舞之景，运用了钟、瑟、琴、笙、磬等多种乐器，演奏了雅、南、籥等各种乐舞，场面盛大铺排之极，然而却恰与前文所发情感形成鲜明比照，使全诗的主旨得到更深层次的凸显。

鼓钟将将，	敲钟锵锵作声，
淮水汤汤，	淮水浩淼广大，
忧心且伤。	忧心且又哀伤。
淑人君子，	善人以及君子，
怀允不忘。	的确思怀不忘。
鼓钟喈喈， jiē	敲钟喈喈作声，

淮水湝湝(jiē)，　　　　　淮水滔滔奔流，

忧心且悲。　　　　　　　忧心且又愁悲。

淑人君子，　　　　　　　善人以及君子，

其德不回。　　　　　　　德行不奸不邪。

鼓钟伐鼛(gāo)，　　　　敲钟击打大鼛，

淮有三洲，　　　　　　　淮水有三小洲，

忧心且妯。　　　　　　　忧心且又难安。

淑人君子，　　　　　　　善人以及君子，

其德不犹。　　　　　　　德行毫无过咎。

鼓钟钦钦，　　　　　　　敲钟钦钦作声，

鼓瑟鼓琴，　　　　　　　鼓瑟而又弹琴，

笙磬同音。　　　　　　　笙磬音调和谐。

以雅以南，　　　　　　　演奏雅乐南乐，

以籥(yuè)不僭。　　　　籥舞皆无差失。

楚
茨

题 解

  《楚茨》是一首详细记叙祭祀全过程的诗歌，从祭前准备到祭后宴乐皆巨细靡遗，全面展现了周朝宗庙祭祀的礼仪、制度和人文精神。《毛诗序》认为此诗主旨仍是讽刺幽王治下"政烦赋重，田莱多荒，饥馑降丧，民卒流亡，祭祀不飨"之景。朱熹在《诗集传》中则提出反对意见，认为本诗"辞气和平，称述详雅，无风刺之意"。

  全诗共分六章，每章十二句。前两章介绍了祭祀的前奏和序幕，从种植谷物、制作酒食，到杀羊宰牛以为祭品，一直到司祭举行仪式为主祭者祈求先祖赐福。中间两章浓墨重彩地描写了祭祀过程中的各种活动，包括陈列礼器、烧烤肉类、宴饮宾客、祭享神灵等，一切无不有礼有节、如理如法。末两章是祭祀的尾声，叙写了祭祀礼成的收束工作及祭后同姓亲族的私宴活动，且再次祈求神灵降赐福报，表达了对子孙后代承传祭礼、繁衍不息的美好期冀。

楚楚者茨，	蒺藜长得很茂密，
言抽其棘。	去除上面之棘刺。
自昔何为？	为何自古这样做？
我蓺黍稷。	我要种植黍和稷。
我黍与与，	我的黍子很繁多，

楚茨图

我稷翼翼。 我的稷谷很兴盛。

我仓既盈, 我的谷仓已装满,

我庾维亿。 我的庾仓粮无数。
yǔ

以为酒食, 做成美酒或饭食,

以享以祀。 用以祭祀享神灵。

以妥以侑, 使其安坐献酒食,
yòu

以介景福。 以助获得大福报。

济济跄跄, 庄重恭敬步有节,
qiāng

絜尔牛羊, 清洁祭品牛和羊,

以往烝尝。 拿去冬祭和秋祭。

或剥或亨, 有人剥解有人煮,

或肆或将。 有人陈列有人献。

祝祭于祊, 太祝祭于庙门内,
bēng

祀事孔明。 祭祀诸事甚分明。

先祖是皇, 先祖之德极光大,

神保是飨。 先祖之灵得祭飨。

孝孙有庆, 主祭孝孙有吉庆,

报以介福, 回报他们大福分,

万寿无疆。 寿长万年无疆际。

执爨踖踖, 掌炊事者恭而敏,
cuàn jí

为俎孔硕，　　　　　　盛肉之俎极硕大，

或燔或炙。　　　　　　有人烧肉有人烤。

君妇莫莫，　　　　　　君主夫人态恭肃，

为豆孔庶，　　　　　　盛肉之豆非常多，

为宾为客。　　　　　　有众嘉宾与贵客。

献酬交错，　　　　　　敬酒酬答多往来，

礼仪卒度，　　　　　　礼仪全都合法度，

笑语卒获。　　　　　　谈笑全都合时宜。

神保是格，　　　　　　先祖之灵已到来，

报以介福，　　　　　　回报子孙大福分，

万寿攸酢。　　　　　　酬赐寿命万年长。

我孔熯矣，　　　　　　我对祭祀极恭敬，

式礼莫愆。　　　　　　合法顺礼无过咎。

工祝致告，　　　　　　工祝代神告祭者，

徂赉孝孙。　　　　　　前去赏赐诸孝孙。

苾芬孝祀，　　　　　　祭享供品散馨香，

神嗜饮食。　　　　　　神灵喜好这饮食。

卜尔百福，　　　　　　赐予你们百福分，

如几如式。　　　　　　如期如法而到来。

既齐既稷，　　　　　　不仅庄敬且迅速，

既匡既敕。　　　　　　不仅中正且谨严。

624

永锡尔极，　　　　　长赐你们中和福，
时万时亿。　　　　　成万上亿无穷尽。

礼仪既备，　　　　　一切礼仪已完成，
钟鼓既戒。　　　　　钟鼓敲响宣告戒。
孝孙徂位，　　　　　孝孙去往西面位，
工祝致告。　　　　　工祝致辞而宣告。
神具醉止，　　　　　神灵饮酒都已醉，
皇尸载起。　　　　　皇尸起身便离位。
鼓钟送尸，　　　　　敲响钟鼓送皇尸，
神保聿归。　　　　　先祖之灵就归去。
诸宰君妇，　　　　　各位膳厨君主妇，
废彻不迟。　　　　　撤除祭品速极快。
诸父兄弟，　　　　　同姓父老与兄弟，
备言燕私。　　　　　一起参加私家宴。

乐具入奏，　　　　　乐器齐进来演奏，
以绥后禄。　　　　　以安日后诸福禄。
尔肴既将，　　　　　精美酒菜已呈上，
莫怨具庆。　　　　　全要庆祝莫生怨。
既醉既饱，　　　　　已经醉酒已吃饱，
小大稽首。　　　　　长幼众人稽首拜。

神嗜饮食，　　　　　神灵喜好这饮食，

使君寿考。　　　　　使您能得长寿报。

孔惠孔时，　　　　　十分顺礼又合时，

维其尽之。　　　　　只有此人全做到。

子子孙孙，　　　　　后世子子和孙孙，

勿替引之！　　　　　不要废止须继承！

626

信南山

题 解

    与《楚茨》一诗类似,《信南山》也是一首描写祭祀场面的诗。不同的是,本诗中对农事活动描写甚多,反映了祭祀与谷物的密切联系,也体现了周人以农立国的社会风貌。《毛诗序》仍判此诗的诗旨为讽刺幽王,云其"不能修成王之业,疆理天下,以奉禹功,故君子思古焉"。

    全诗共分六章,每章六句。前三章详细描写了在南山之野垦治田地、雨水滋润黍稷长成,以及收获谷物制作酒食之事,为后文的祭祀活动埋下伏笔。后三章详细描绘了农家祭祀之景——种瓜腌菜,宰杀牲畜,准备好祭品进献先祖神灵,并向其发出赐福寿于子孙的祝祷。整个祭祀过程不仅有条不紊,而且氛围庄重、肃穆、神圣。

信彼南山,	那座南山多延绵,
维禹甸之。	乃是大禹所整饬。
畇畇原隰, (yún)	平原湿沼垦平齐,
曾孙田之。	后代子孙去耕种。
我疆我理,	划定田界分垄亩,
南东其亩。	使其朝南或向东。

南东其亩

上天同云，　　　　　　天上云彩同一色，

雨雪雰雰。　　　　　　降下雪花在飘舞。

益之以霡霂，　　　　　以那小雨来助益，
<small>mài mù</small>

既优既渥。　　　　　　不仅充沛又湿润。

既沾既足，　　　　　　既已沾濡又丰足，

生我百谷。　　　　　　使我百谷得生发。

疆埸翼翼，　　　　　　田地边界很整齐，
<small>yì</small>

黍稷彧彧。　　　　　　黍稷作物极茂盛。
<small>yù</small>

曾孙之穑，　　　　　　后代子孙收谷物，

以为酒食。　　　　　　将其做成酒与食。

畀我尸宾，　　　　　　给我神尸和宾客，

寿考万年。　　　　　　祈祷长寿享万年。

中田有庐，　　　　　　田地中有小房屋，

疆埸有瓜。　　　　　　田界旁边种着瓜。

是剥是菹，　　　　　　剥皮做成腌菜后，
<small>zū</small>

献之皇祖。　　　　　　进献给我诸先祖。

曾孙寿考，　　　　　　后代子孙享长寿，

受天之祜。　　　　　　上天赐福保安宁。

祭以清酒，　　　　　　祭祀就用这清酒，

从以骍牡，　　　　　　　加上红色雄牲畜，

享于祖考。　　　　　　　作为祭品享先祖。

执其鸾刀，　　　　　　　手执挂铃之屠刀，

以启其毛，　　　　　　　剥开牲畜之皮毛，

取其血膋。　　　　　　　取出血液和油脂。

是烝是享，　　　　　　　以此进献作荐享，

苾苾芬芬，　　　　　　　香气浓郁又芬芳，

祀事孔明。　　　　　　　祭祀诸事甚分明。

先祖是皇，　　　　　　　先祖之德极光大，

报以介福，　　　　　　　赐予子孙以大福，

万寿无疆。　　　　　　　寿长万年无终尽。

甫 田

题 解

　　《甫田》是一首描写农人庆祝作物丰收并祭祀祝祷的诗。《毛诗序》认为此诗的诗旨为"刺幽王也",为"君子伤今思古"之作。朱熹在《诗集传》中则提出反对意见,认为"此诗述公卿有田禄者,力于农事,以奉方社田祖之祭"。从"食我农人""烝我髦士"及"曾孙"等句来看,此诗应以周王角度而作。

　　本诗共分四章,每章十句。首章写了农人辛勤耕作下的庄稼长势兴盛,丰收后以陈谷养农夫,以新谷奉俊才。次章写了准备物品祭祀社稷和四方之神以及奏乐迎神、祈求甘霖等祭祀活动。后二章写了"曾孙"携眷视察"南亩",以及他"千仓万箱"丰收谷物之实,最后仍以祈神赐予福寿而作结。

倬^{zhuō}彼甫田,	那片大田真宽广,
岁取十千。	每年能收万石粮。
我取其陈,	我取出其中陈谷,
食我农人。	给我的农夫去吃。
自古有年。	自古丰年就如此。
今适南亩,	现在去往农田中,
或耘或籽^{zǐ},	或者除草或陪土,
黍稷薿薿^{nǐ}。	黍稷长势很茂盛。

甫田 食农图

攸介攸止，　　　　　　谷物长大终成熟，

丞我髦士。　　　　　　进献给我俊杰士。
（máo）

以我齐明，　　　　　　以我所盛之黍稷，
（zī）

与我牺羊，　　　　　　以及我纯色之羊羔，

以社以方。　　　　　　祭祀社稷及四方。

我田既臧，　　　　　　我的田地已丰收，

农夫之庆。　　　　　　农夫欢欣来庆贺。

琴瑟击鼓，　　　　　　弹琴鼓瑟又击鼓，

以御田祖，　　　　　　迎来田祖神农氏，
（yà）

以祈甘雨，　　　　　　祈求上苍降甘霖，

以介我稷黍，　　　　　以此助长我黍稷，

以穀我士女。　　　　　以此养育我家人。

曾孙来止，　　　　　　后代子孙来到这，

以其妇子，　　　　　　带着妻子和儿女，

馌彼南亩，　　　　　　将饭送到那田中，
（yè）

田畯至喜。　　　　　　农官到来享酒食。

攘其左右，　　　　　　送给左右之农人，

尝其旨否。　　　　　　品尝味道甘美否。

禾易长亩，　　　　　　整片田地治庄稼，

终善且有。　　　　　　终究善好又丰有。

633

曾孙不怒，　　　　　　后代子孙无责怒，

农夫克敏。　　　　　　农夫干活更有劲。

曾孙之稼，　　　　　　后代子孙之庄稼，

如茨如梁。　　　　　　如同屋顶如大桥。

曾孙之庾，　　　　　　后代子孙之谷仓，

如坻如京。　　　　　　堆得如坡如山丘。
chí

乃求千斯仓，　　　　　于是求得千座仓，

乃求万斯箱。　　　　　于是求得万车箱。

黍稷稻粱，　　　　　　黍子稷米及稻粱，

农夫之庆。　　　　　　农夫欢欣来庆贺。

报以介福，　　　　　　但愿神灵报大福，

万寿无疆。　　　　　　寿长万年无疆际。

豳雅总图（一）迓田祖

豳雅总图（二）攘其左右

幽雅总图（三）斯仓斯箱 遗稚

大　田

题　解

　　《大田》一诗的主题与上篇《甫田》类似，皆是写农人耕作收获谷物、周王视察祭祀祈福之事，可以说是《甫田》的姊妹篇。《毛诗序》云此诗"刺幽王也，言矜寡不能自存焉"。而朱熹的《诗集传》则提出："此诗为农夫之辞，以颂美其上。"

　　全诗共分四章，前两章各八句，后两章各九句。前三章描绘了从农事准备到收获作物的全过程，包括选种、整治农具、播种、育苗、除虫、雨泽等，还提及收获谷物时"不获""不敛""遗滞"的情况。而将遗落谷物送给寡妇之举，也反映了上古农人的淳朴和仁厚之德。末章"曾孙"四句与上篇《甫田》中四句完全相同，描写了周王携眷视察及祭天祈福之事，反映了周代农业和祭祀的密切联系。

大田多稼，	宽广大田庄稼多，
既种既戒，	选好种子备农具，
既备乃事。	诸事完备就耕种。
以我覃耜，	用我锋利之耒耜，
俶载南亩，	开始干活在农田，
播厥百谷。	播种百种农谷物。

甲申仲春，高简画，大田图

既庭且硕，　　　　　　　　禾苗笔直又高大，

曾孙是若。　　　　　　　　后代子孙顺民情。

既方既皁，　　　　　　　　已生嫩壳已结籽，

既坚既好，　　　　　　　　结籽坚实又善好，

不稂不莠。　　　　　　　　没有稂莠诸杂草。

去其螟螣，　　　　　　　　除去螟虫和螣虫，

及其蟊贼，　　　　　　　　还有蟊虫和贼虫，

无害我田稚。　　　　　　　不要危害我幼苗。

田祖有神，　　　　　　　　田祖神农有神灵，

秉畀炎火。　　　　　　　　拿那大火给农人。

有渰萋萋，　　　　　　　　天空阴云布满天，

兴雨祈祈。　　　　　　　　缓缓降下雨水来。

雨我公田，　　　　　　　　雨水落在我公田，

遂及我私。　　　　　　　　也能落到我私田。

彼有不获稚，　　　　　　　那里嫩苗未收获，

此有不敛穧。　　　　　　　这里割谷未捆扎。

彼有遗秉，　　　　　　　　那里遗落有禾把，

此有滞穗，　　　　　　　　这里漏下些谷穗，

伊寡妇之利。　　　　　　　此是寡妇所得利。

640

曾孙来止，　　　　　后代子孙来到这，
以其妇子，　　　　　带着妻子和儿女，
馌彼南亩，　　　　　将饭送到那田中，
田畯至喜。　　　　　农官到来享酒食。
来方禋祀，　　　　　曾孙到来正祭天，
以其骍黑，　　　　　用红牛和黑猪羊，
与其黍稷。　　　　　还有黍稷诸谷物。
以享以祀，　　　　　荐享神灵又祭祀，
以介景福。　　　　　助人得到大福报。

蟓

吃禾心的害虫。

蟊

吃禾根的害虫。

螣

吃禾叶的青虫

贼

吃禾节的害虫。

瞻彼洛矣

题 解

　　《瞻彼洛矣》这首诗,《毛诗序》认为是借古讽今之作,所谓"刺幽王也""思古明王, 能爵命诸侯, 赏善罚恶焉"。朱熹《诗集传》则云:"此天子会诸侯于东都以讲武事, 而诸侯美天子之诗。言天子至此洛水之上, 御戎服而起六师也。"此说更合诗旨。

　　本诗共分三章, 每章六句, 基本都用复沓句式。各章皆以"泱泱"洛水起兴, 点明了天子会盟的地点, 营造了一种恢宏博大的气势。而后"君子"到来, 以"韎韐""鞸琫"自饰, 表明此来是为讲习武事、展现武功。"福禄"及"保其"二句是对"君子"即周王的赞叹和祝辞, 也暗含此次讲习武事的终极目标。

瞻彼洛矣,	瞻望那洛水啊,
维水泱泱。	水面浩渺无边。
君子至止,	君子来到这里,
福禄如茨。	福禄如同屋顶。
mèi gé 韎韐有奭,	皮蔽膝色赤黄,
以作六师。	统帅天子六师。

洛水讲武

瞻彼洛矣，　　　　　瞻望那洛水啊，

维水泱泱。　　　　　水面浩渺无边。

君子至止，　　　　　君子来到这里，

鞞琫有珌。　　　　　刀鞘上下饰物。
bǐ běng　　bì

君子万年，　　　　　君子万年之长，

保其家室。　　　　　保卫他的家室。

瞻彼洛矣，　　　　　瞻望那洛水啊，

维水泱泱。　　　　　水面浩渺无边。

君子至止，　　　　　君子来到这里，

福禄既同。　　　　　福禄已经聚集。

君子万年，　　　　　君子万年之长，

保其家邦。　　　　　保卫他的家国。

裳裳者华

题 解

这首《裳裳者华》，历代学者多赞同朱熹《诗集传》的观点，认为是周王赞美诸侯之诗。《毛诗序》却认为此诗旨在讽刺幽王，所谓"古之仕者世禄，小人在位，则谗谄并进，弃贤者之类，绝功臣之世焉"。清代的魏源则在《诗古微》中提出"亦诸侯嗣位初朝见之诗"。

全诗共分四章，每章六句，前三章前三句运用了叠咏手法，且前三章四、五句完全重叠，运用了顶真之修辞。前三章皆以"裳裳者华"起兴，而后引出我所见之人的不凡阵仗和我见他后心情畅快的状态。末章的"左之""右之"《毛诗》认为代表的分别是阳道朝祀和阴道丧戎之事，末两句则是对"君子"表里如一、承传祖德的赞美之辞。

裳裳者华，	鲜妍明媚的花朵，
其叶湑兮。 xǔ	叶子长得很繁盛。
我觏之子，	我遇见了那个人，
我心写兮。	我的心事得吐露。
我心写兮，	我的心事得吐露，
是以有誉处兮。	因此可以享安乐。

骆

鬣尾黑色的白马。

裳裳者华，　　　　　　　鲜妍明媚的花朵，

芸其黄矣。　　　　　　　黄花绚丽又盛美。

我觏之子，　　　　　　　我遇见的那个人，

维其有章矣。　　　　　　他有礼乐有法度。

维其有章矣，　　　　　　他有礼乐有法度，

是以有庆矣。　　　　　　因此可以享吉庆。

裳裳者华，　　　　　　　鲜妍明媚的花朵，

或黄或白。　　　　　　　有黄色也有白色。

我觏之子，　　　　　　　我遇见的那个人，

乘其四骆。　　　　　　　他乘四骆所拉车。

乘其四骆，　　　　　　　他乘四骆所拉车，

六辔沃若。　　　　　　　六根缰绳甚服帖。

左之左之，　　　　　　　从左走啊从左走，

君子宜之。　　　　　　　君子应对很合宜。

右之右之，　　　　　　　向右走啊向右走，

君子有之。　　　　　　　君子能够做到它。

维其有之，　　　　　　　君子能够做到它，

是以似之。　　　　　　　因此可以继先制。

桑扈

题 解

　　《桑扈》是一首周天子宴饮诸侯并宣扬周威之诗。《毛诗序》承袭前说，认为此诗也是"刺幽王也"，以其"君臣上下，动无礼文焉"。朱熹的《诗集传》认为"此亦天子燕诸侯之诗"，较合诗意。

　　全诗共分四章，每章四句，前两章运用了重章结构，皆以鸣叫的青雀起兴，引出和乐君子受天之福、堪为"万国之屏"的赞辞。后两章以觥筹交错的宴饮为背景，除了礼赞万邦归心、慑服效法的周王朝，还对具备"匪敖"之德的贤良给予了美好祝福。

交交桑扈，	青雀啾啾鸣叫，
有莺其羽。	身有华丽羽毛。
君子乐胥，	君子十分和乐，
受天之祜。	受到上天赐福。
交交桑扈，	青雀啾啾鸣叫，
有莺其领。	颈羽散射华光。
君子乐胥，	君子十分和乐，
万邦之屏。	成为万国屏障。

之屏之翰，　　　　　　屏障又是支柱，

百辟为宪。　　　　　　诸侯都来效法。

不戢不难，　　　　　　收敛而能畏服，

受福不那。　　　　　　得受许多福报。

兕觥其觩，　　　　　　酒器犄角上弯，

旨酒思柔。　　　　　　酒味甘美柔和。

彼交匪敖，　　　　　　交结并不傲慢，

万福来求。　　　　　　万福就会汇集。

桑扈

即青雀，又名窃脂。生活在山间树林里面，喜食粟米、稻谷等。

鸳
鸯

题 解

　　《鸳鸯》一诗的主旨，历来解家观点多有分歧。《毛诗序》云："刺幽王也。思古明王，交于万物有道，自奉养有节焉。"朱熹的《诗集传》则认为此诗是诸侯应答上篇《桑扈》之作。明代何楷、清代姚际恒等人认为此是一首祝贺新婚之诗。

　　本诗共分四章，每章四句。前两章和后两章各自叠咏。前两章皆以"鸳鸯"起兴，引出"君子万年，福禄相随"之祝辞；后两章皆以"乘马"起兴，引出"君子万年，福禄安养"之祝辞。从鸳鸯、在梁、秣马等词在《诗经》中通常暗含的文化意蕴来看，以此诗为男女成婚之祝辞或更妥帖。

鸳鸯于飞，	鸳鸯飞舞起来，
毕之罗之。	用毕罗网猎捕。
君子万年，	君子万年之长，
福禄宜之。	应得福禄随身。
鸳鸯在梁，	鸳鸯在鱼梁上，
戢其左翼。	收拢它的左翅，
君子万年，	君子万年长寿，

宜其遐福。	应得长久之福。
乘马在厩，	驾车马在棚里，
_{cuò} _{mò} 摧之秣之。	铡草用谷喂养。
君子万年，	君子万年之长，
福禄艾之。	福禄养育着他。
乘马在厩，	驾车马在棚里，
秣之摧之。	用谷铡草喂养。
君子万年，	君子万年之长，
福禄绥之。	福禄使他安和。

鸳鸯

又名匹鸟，因其雌雄不离，故名。鸳鸯体小于鸭，雄性羽毛华美，头顶有紫黑色的羽冠，羽翼上部呈黄褐色，雌性整个身体呈苍褐色，通常栖息于池沼，雄的叫鸳，雌的叫鸯。

頍
弁

题 解

　　《頍弁》一诗的主旨,《毛诗序》概括为"诸公刺幽王也",然而从字面来看,朱熹在《诗集传》中所说的"燕兄弟亲戚之诗"更贴合诗意。从"有頍者弁"来看,参加宴会的应是贵族。

　　全诗共分三章,每章十二句,除末章后六句外皆用叠章手法。各章皆以"有頍者弁"起兴,引出美酒佳肴的宴会主题,而后"岂伊异人",表明参加宴会者是"兄弟甥舅"的亲戚关系。前两章后六句皆以茑与女萝起兴,暗示亲人间相依并存的密切关系;"未见君子"和"既见君子"的对比,也进一步深化了这种情感。末章后六句则以降雪起兴,宣发了一种人生苦短、及时行乐的思想,这与宴会的热闹盛大恰形成鲜明对照,或许暗含的正是周王朝衰落倾颓的时代背景。

有頍者弁， (kuǐ bián)	鹿皮礼帽有固带，
实维伊何？	到底为何戴头上？
尔酒既旨，	你的酒浆既甘美，
尔肴既嘉。	你的肉肴又美味。
岂伊异人？	难道还是别的人？
兄弟匪他。	兄弟并非是外人。

茑（niǎo）与女萝，	茑萝还有那女萝，
施（yì）于松柏。	攀缘蔓延松柏上。
未见君子，	还没见到君子时，
忧心弈弈。	忧心忡忡难遏止。
既见君子，	已经见到君子后，
庶几说怿。	才有几分喜悦情。
有頍者弁，	鹿皮礼帽有固带，
实维何期？	到底为何戴头上？
尔酒既旨，	你的酒浆既甘美，
尔肴既时。	你的肉肴又嘉善。
岂伊异人？	难道还是别的人？
兄弟具来。	兄弟全都到这来。
茑与女萝，	茑萝还有那女萝，
施于松上。	攀缘蔓延松树上。
未见君子，	还没见到君子时，
忧心怲（bǐng）怲。	忧心忡忡无穷尽。
既见君子，	已经见到君子后，
庶几有臧。	没有忧愁喜洋洋。
有頍者弁，	鹿皮礼帽有固带，
实维在首。	端正戴在头上面。

尔酒既旨，　　　　　你的酒浆既甘美，

尔肴既阜。　　　　　你的肉肴又丰盛。

岂伊异人？　　　　　难道还是别的人？

兄弟甥舅。　　　　　兄弟外甥和舅父。

如彼雨雪，　　　　　如同天上降下雪，

先集维霰。　　　　　先聚而后结冰粒。
<small>xiàn</small>

死丧无日，　　　　　死亡不知哪一天，

无几相见。　　　　　无多时日可相见。

乐酒今夕，　　　　　今夜欢悦饮此酒，

君子维宴。　　　　　君子当尽宴乐情。

莴

落叶小乔木，茎常攀缘于桑、枫等树上，花色淡绿微红，果实球形，味酸。

女萝

即松萝。全体为无数细枝，状如线，长数尺，靠依附他物而生长。

车
辖

题 解

　　"靓尔新昏"一句,其实已透露出《车辖》一诗的主题与男女婚仪有关,即朱熹在《诗集传》中所谓的"此宴乐新昏之诗"。而《毛诗序》则提出"大夫刺幽王"说,认为幽王为褒姒所惑,昏庸误国,故有"周人思得贤女以配君子"。

　　全诗共分五章,每章六句。首章以行车声起兴,暗示此为前去迎亲的车队。男子思慕这位"娈季女"之甚,是为求其"德音",故而饥渴不觉;虽无好友,亦不碍燕然欣喜之情。二、三章具体描述了迎到女子及宴饮欢庆的场面,男子谦称自己"无德与女",是为渲染女子德美、堪为教益之实。四、五两章以登山劈柴、四马驾车等起兴,映衬出男子新婚时慰藉和悦的心绪,其中"高山仰止,景行行止"两句更是成为赞美人品德高尚的千古名言。

间关车之辖兮,　　　　　　车行辘辘车辖晃动,
思娈季女逝兮。　　　　　　美好少女思她出行。

匪饥匪渴,　　　　　　　　并不饥饿也不口渴,
德音来括。　　　　　　　　善言德教同来汇集。

虽无好友,　　　　　　　　虽然没有要好朋友,
式燕且喜。　　　　　　　　闲适安逸而又喜悦。

依彼平林，

有集维鷮。^{jiāo}

辰彼硕女，

令德来教。

式燕且誉，

好尔无射。^{yì}

虽无旨酒，

式饮庶几。

虽无嘉肴，

式食庶几。

虽无德与女，

式歌且舞。

陟彼高冈，

析其柞薪。^{zuò}

析其柞薪，

其叶湑兮。

鲜我觏尔，^{gòu}

我心写兮。

高山仰止，

景行行止。

平原林木长势茂盛，

有群野鷮栖集树上。

那位女子善好高大，

以其美德来相教益。

闲适安逸而又豫乐，

对她喜欢没有厌倦。

即使没有美味好酒，

希望姑且饮用一些。

即使没有上好菜肴，

希望姑且品尝一些。

虽然德行难匹配你，

且去歌咏而又起舞。

登上那座高高山冈，

劈下柞木当作柴薪。

劈下柞木当作柴薪，

它的枝叶非常茂盛。

因为我能与你相见，

我的忧心倾尽无余。

山峦高峻需要仰观，

德行高尚需要效法。

四牡騑騑，
六辔如琴。
觏尔新昏，
以慰我心。

四匹公马奔驰不止，
六根缰绳如同琴弦。
新婚之时与你相见，
以此慰藉我的内心。

鵗

野鸡的一种，尾巴长，可用作装饰品，常边走边叫，性勇健，善斗。

青蝇

题 解

　　苍蝇是一种逐臭食腐、散播病菌的有害昆虫，以之比喻趋炎附势、巧言令色的奸佞之徒可谓恰如其分。《青蝇》就是一首讽刺谗言为祸的诗，《毛诗序》认为本诗的诗旨是"大夫刺幽王也"，《三家诗》则更提出"幽王信褒姒之谗而害忠贤"的观点。

　　本诗共分三章，每章四句，除首章后两句外皆用复沓章法。各章皆以"营营"飞舞的青蝇栖止某处起兴，暗喻奸佞之人四处散播谗言之举。首章是对"君子""无信谗言"的劝诫，而后二章则层层递进，表明进献谗言之人气焰嚣张，不但挑拨祸乱四方诸国，而且构陷离间"你我"二人，字里行间流露出诗人对馋人"欲除之而后快"的愤恨不平之心。

营营青蝇，　　　　　　嗡嗡乱飞的苍蝇，

止于樊。　　　　　　　停落在篱笆上面。

岂弟君子，　　　　　　和乐平易的君子，

无信谗言。　　　　　　不要听信那谗言。

营营青蝇，　　　　　　嗡嗡乱飞的苍蝇，

止于棘。　　　　　　　停落在棘树之上。

谗人罔极，　　　　　　谗佞之人无准则，

交乱四国。　　　　　　　交相祸乱四方国。

营营青蝇，　　　　　　　嗡嗡乱飞的苍蝇，
止于榛。　　　　　　　　停落在榛树之上。
谗人罔极，　　　　　　　谗佞之人无准则，
构我二人。　　　　　　　为祸陷害我二人。

苍蝇

种类非常多，通常指家蝇，一般在肮脏腐臭的东西上产卵。幼虫称作"蛆"，成虫会传染
霍乱、伤寒等疾病。

宾之初筵

题 解

  《宾之初筵》是一首劝诫人饮酒适度、莫失礼仪的诗。《毛诗序》认为此诗反映的是"幽王荒废,媟近小人,饮酒无度,天下化之"的现实,故"武公既入,而作是诗也"。朱熹在《诗集传》中却提出"必武公自悔之作"。方玉润在《诗经原始》中则说:"(武公)见其非礼,未敢直谏,只好作悔过,用以自警,使王闻之,或以稍正其失。"此说融通前二说,于诗意最为通达。

  全诗共分五章,每章十四句。诗中不仅对宴会的豪华盛大进行了反复铺排,而且对射箭竞技、祭祀烈祖等活动进行了描写,尤其对宾客饮酒的场面刻画可谓惟妙惟肖、出神入化。宾客未醉时的温逊谦恭、威严庄重和醉酒后的轻薄无礼、手舞足蹈形成鲜明对比,借以引出对饮酒无度以致丑态百出的嘲讽,和对遵从礼法适度饮酒的提倡,体现出周朝以礼治国的人文风貌。

宾之初筵,	宾客初入筵席之时,
左右秩秩。	左右席位井然有序。
笾豆有楚,	笾豆礼器整齐陈列,
肴核维旅。	肉食水果各自盛好。
酒既和旨,	酒浆调和而又甘美,
饮酒孔偕。	饮酒有礼齐同一致。

钟鼓既设，　　　　　钟鼓既然已经陈设，

举酬逸逸。　　　　　举杯酬答往来有序。

大侯既抗，　　　　　最大箭靶已经举起，

弓矢斯张。　　　　　弓箭张引等待发出。

射夫既同，　　　　　参赛射手已经会集，

献尔发功。　　　　　展现各自射箭技艺。

发彼有的，　　　　　出箭之后击中靶心，

以祈尔爵。　　　　　以求罚你饮这爵酒。

籥舞笙鼓，　　　　　执籥起舞吹笙相伴，

乐既和奏。　　　　　音乐演奏自然和谐。

^{zhēng}
烝 衎烈祖，　　　　　进献乐舞于诸烈祖，

以洽百礼。　　　　　以此契合种种礼节。

百礼既至，　　　　　种种礼节已经做到，

有壬有林。　　　　　盛大庄严而又繁多。

^{gǔ}
锡尔纯嘏，　　　　　愿神赐你洪大福报，

子孙其湛。　　　　　子孙长享安和快乐。

其湛曰乐，　　　　　安和快乐就是喜悦，

各奏尔能。　　　　　各自展现才艺本领。

宾载手仇，　　　　　宾客选择各自对手，

室人入又。　　　　　主人一起参加进来。

酌彼康爵，　　　　　斟满那些空的酒器，

以奏尔时。　　　　　献给你们射中的人。

宾之初筵，　　　　　　宾客初入筵席之时，

温温其恭。　　　　　　温和儒雅而又谦恭。

其未醉止，　　　　　　他们饮酒还未醉时，

威仪反反。　　　　　　威仪赫然慎重和善。

曰既醉止，　　　　　　等到他们酒醉之后，

威仪幡幡。　　　　　　威仪已失变得轻率。

舍其坐迁，　　　　　　离开席位走到别处，

屡舞仙仙。　　　　　　屡屡起舞轻盈翩跹。

其未醉止，　　　　　　他们饮酒还未醉时，

威仪抑抑。　　　　　　威仪赫然审慎谦谨。

曰既醉止，　　　　　　等到他们酒醉之后，

威仪怭怭。　　　　　　威仪尽失变得轻薄。
bì

是曰既醉，　　　　　　正是由于已经醉酒，

不知其秩。　　　　　　全然不知常时礼仪。

宾既醉止，　　　　　　宾客既然已经醉酒，

载号载呶。　　　　　　又是叫喊又是喧哗。
náo

乱我笾豆，　　　　　　弄乱我的笾豆礼器，

屡舞僛僛。　　　　　　屡次起舞歪倾倒斜。
qī

是曰既醉，　　　　　　正是由于已经醉酒，

不知其邮。　　　　　　全然不知所犯过失。

侧弁之俄，　　　　　　头戴皮弁歪斜一边，

666

屡舞傞傞^{suō}。　　　　屡次起舞失礼失态。

既醉而出，　　　　已经醉酒就要离席，

并受其福。　　　　主客一同受其福德。

醉而不出，　　　　已经醉酒却不离席，

是谓伐德。　　　　这就叫作损害品德。

饮酒孔嘉，　　　　饮酒本是嘉美之事，

维其令仪。　　　　只要仪容端庄美好。

凡此饮酒，　　　　但凡宴会饮酒之时，

或醉或否。　　　　有人已醉有人未醉。

既立之监，　　　　已经设立酒监监督，

或佐之史。　　　　有时再有酒史佐助。

彼醉不臧，　　　　那些醉者固然不好，

不醉反耻。　　　　若人不醉反以为耻。

式勿从谓，　　　　不要殷勤劝人饮酒，

无俾大怠。　　　　莫使人醉太过轻慢。

匪言勿言，　　　　不该说的不要去说，

匪由勿语。　　　　不合法度不要去谈。

由醉之言，　　　　酒醉使人所说之话，

俾出童羖^{gǔ}。　　　　荒诞犹如无角公羊。

三爵不识，　　　　不知饮礼不过三爵，

矧敢多又？　　　　怎能屡次劝其饮酒？

鱼

藻

题 解

　　《鱼藻》是一首赞美周王贤明、民众和乐的小诗。《毛诗序》则认为此诗旨在"刺幽王也"，因"万物失其性，王居镐京，将不能以自乐，故君子思古之武王焉"。

　　全诗共有三章，每章四句，几乎全用叠咏句式。各章皆以两组问答构成，第一组问答以"鱼在在藻"起兴，分别描摹其"颁首""莘尾"和"依蒲"之态，充满安乐自在的意趣和情调。第二组问答则描摹了在镐京的周王欢悦饮酒、宴然安居之状，与前一组问答互相呼应，使君民同乐、各得其所的主题得到烘托。

鱼在在藻， 有颁其首。_{fén}	鱼在水藻间， 脑袋硕大。
王在在镐， 岂乐饮酒。	王在镐京， 欢然饮酒。
鱼在在藻， 有莘其尾。_{shēn}	鱼在水藻间， 尾巴修长。
王在在镐，	王在镐京，

饮酒乐岂。　　　　快乐饮酒。

鱼在在藻，　　　　鱼在水藻间，
依于其蒲。　　　　贴附香蒲。
王在在镐，　　　　王在镐京，
有那其居。　　　　安闲居处。

采菽

题 解

　　《采菽》一诗通过描绘诸侯朝见周天子之景，对周王的威仪、美德和文治武功予以了热切称颂。《毛诗序》认为此诗旨在"刺幽王也"，以其"侮慢诸侯……而无信义，君子见微而思古焉"。

　　全诗共分五章，每章八句。首两章分别以"采菽""采芹"起兴，旋而展开了对诸侯来朝的场面描写。天子威德所加，赐予诸侯辂车、乘马、玄衮等厚礼，且邀请他们检阅"旂旗鸾铃"的仪仗队。后三章主要写了天子对诸侯的赏赐授命，对镇守国邦、"天子葵之"的诸侯予以赞美和祝福，实际上是借赞美诸侯之口颂扬周王的丰功美德。

采菽采菽，（shū）	采摘豆荚采豆荚，
筐之筥之。（jǔ）	用筐或筥来盛装。
君子来朝，	君子前来朝觐王，
何锡与之？	要拿什么赐给他？
虽无予之，	即使无物可赐予，
路车乘马。	也赐辂车与四马。
又何予之？	还有什么赐给他？
玄衮及黼。（gǔn）（fǔ）	黑色衮服带黼纹。

觱^{bì}沸槛泉，　　　　　泉水喷涌四面流，

言采其芹。　　　　　　前去采摘水芹菜。

君子来朝，　　　　　　君子前来朝觐王，

言观其旂。　　　　　　观望旂旗在飘扬。

其旂淠淠，^{pèi}　　　　　旂旗随风而飘舞，

鸾声哕哕。^{huì}　　　　　鸾铃声音哕哕响。

载骖载驷，　　　　　　三马四马驾一车，

君子所届。　　　　　　君子已经到此地。

赤芾在股，^{fú}　　　　　红色蔽膝在大腿，

邪幅在下。　　　　　　缠裹布条在小腿。

彼交匪纾，　　　　　　与人交往不迟缓，

天子所予。　　　　　　天子以物赐予他。

乐只君子，　　　　　　和乐怡悦那君子，

天子命之。　　　　　　天子策命颁给他。

乐只君子，　　　　　　和乐怡悦那君子，

福禄申之。　　　　　　福气利禄嘉奖他。

维柞之枝，　　　　　　柞树生长之枝条，

其叶蓬蓬。　　　　　　叶子繁茂又蓬勃。

乐只君子，　　　　　　和乐怡悦那君子，

殿天子之邦。　　　　　镇守天子之国邦。

乐只君子，　　　　　　和乐怡悦那君子，
万福攸同。　　　　　　万千福分齐汇聚。
平平左右，　　　　　　毗邻诸国皆平定，
亦是率从。　　　　　　各国也都顺从他。

汎汎杨舟，　　　　　　杨木小舟泛水上，
_{fú lí}
绋纚维之。　　　　　　绳索线缆来维系。
乐只君子，　　　　　　和乐怡悦那君子，
天子葵之。　　　　　　天子揆度而审量。
乐只君子，　　　　　　和乐怡悦那君子，
_{pí}
福禄脾之。　　　　　　福气利禄厚赐他。
优哉游哉，　　　　　　悠闲自得而从容，
亦是戾矣。　　　　　　生活安定又和乐。

柞

常绿灌木或小乔木。有棘刺。叶呈卵形，边缘有锯齿。初秋开黄白色的小花。浆果呈黑色。

角弓

题 解

　　《角弓》是一首讽刺和劝诫之诗。《毛诗序》认为此诗乃"父兄刺幽王也"，因其"不亲九族，而好谗佞，骨肉相怨，故作是诗也"，此说较可采信。诗中多次以"兄弟"之名行劝诫之实，也反映出周朝社会以宗族亲缘为纽带的特点。

　　全诗共分八章，每章四句。本诗一大特色就是运用了大量新奇的譬喻以阐明道理，如以调校好的弓弦反转，暗喻兄弟姻亲的疏远；以老马反当作马驹而"不顾其后"，暗讽小人侮慢老人日后必受其报；以吃饭饱足、饮酒适量比喻孝养老人之正道；以莫教猱爬树、如泥附物，比喻小人恶习坚固，不能使之滋长。诗中多有一反一正交相论证，使得劝诫的力度得以强化，也凸显出周朝讲道德、敦礼仪、厚亲伦的人文色彩。

^{xīn} 骍骍角弓，	兽角饰弓调好弦，
翩其反矣。	张弦就会反面转。
兄弟昏姻，	兄弟姻亲一家人，
无胥远矣。	不要相互去疏远。
尔之远矣，	若你兄弟有疏远，

民胥然矣。　　　　　　　百姓就都这样做。

尔之教矣，　　　　　　　你是如何去教导，

民胥效矣。　　　　　　　百姓如何去效法。

此令兄弟，　　　　　　　这些亲睦好兄弟，

绰绰有裕。　　　　　　　生活绰绰有宽裕。

不令兄弟，　　　　　　　没有亲睦之兄弟，

交相为瘉。　　　　　　　相互致病成祸患。
（yù）

民之无良，　　　　　　　有的百姓不善良，

相怨一方。　　　　　　　互相怨怼在一方。

受爵不让，　　　　　　　接受爵禄不辞让，

至于己斯亡。　　　　　　轮到自己道理忘。

老马反为驹，　　　　　　老马反而当马驹，

不顾其后。　　　　　　　不去顾念将来日。

如食宜饇，　　　　　　　如要吃饭应吃饱，
（yù）

如酌孔取。　　　　　　　如要斟酒要适量。

毋教猱升木，　　　　　　别让猿猴爬上树，
（náo）

如涂涂附。　　　　　　　如同泥土附着物。

君子有徽猷，　　　　　　君子有美善之道，

小人与属。　　　　　　　小人能依从归附。

675

雨雪瀌瀌^{biāobiāo}，
见晛曰消。
莫肯下遗，
式居娄骄。

雨雪浮浮，
见晛曰流。^{xiàn}
如蛮如髦，
我是用忧。

落雪纷纷很盛大，
一见日光就消融。
不肯谦恭而卑下，
收敛骄慢以自居。

落雪纷纷甚浩大，
一见日光化水流。
如那南蛮和夷髦，
我心因此而担忧。

676

猴

灵长类哺乳动物。种类非常多。常群居山林，以野果、野菜为食。

菀柳

题 解

　　《菀柳》这首诗是对帝王暴虐无常、任意罪罚的指斥和诘责。《毛诗序》认为此为讽刺幽王之诗，因其"暴虐无亲，而刑罚不中，诸侯皆不欲朝"。而魏源在《诗古微》中也通过对比分析，力证此为讽刺厉王之诗。

　　本诗共分三章，每章六句，前两章运用了叠咏手法。前两章皆以柳树茂盛而无人依之栖息之事起兴，实则暗喻周王"甚蹈"无道，臣属皆畏祸患而不愿亲附之实。末章以鸟高飞亦至天起兴，揭示帝王之心喜怒无常、人皆叵测，兼以自己为国尽忠却遭凶险的凄惨命运，对王者的无德无义发出了声声控诉。

有菀^{yù}者柳，	柳树长势很茂盛，
不尚息焉。	不愿依之而休息。
上帝甚蹈，	帝王变动甚繁复，
无自瘵焉。	自己莫与他亲近。
俾予靖之，	帝王派我去治事，
后予极焉。	后来却又惩罚我。
有菀者柳，	柳树长势很茂盛，
不尚愒^{qì}焉。	不愿依之而休憩。

678

上帝甚蹈， 帝王喜怒太无常，
无自瘵焉。 自己莫招病与祸。
俾予靖之， 帝王派我去治事，
后予迈焉。 后来却又放逐我。

有鸟高飞， 鸟儿高高飞翔起，
亦傅于天。 也要到那天空中。
彼人之心， 然而那个人的心，
于何其臻？ 将会达到何程度？
曷予靖之， 为何让我去治事，
居以凶矜？ 却处凶危境地中？

都人士

题 解

　　《都人士》是一首吊古伤今、感时怀事之作。《毛诗序》认为此诗主旨为
"周人刺衣服无常"，故云"伤今不复见古人也"。朱熹在《诗集传》中则说：
"乱离之后，人不复见昔日都邑之盛，人物仪容之美，而作此诗以叹惜之也。"
此"乱离"当指西周覆亡、平王东迁之事。

　　全诗共分五章，每章六句，大部分应用了复沓结构。各章前四句主要描写
了旧时京都士人和贵族女子穿戴、装饰、仪容，展现了其雍容自得的风度和万
民景仰的美德。然而昔日盛景如今皆已不见，今昔的鲜明对比使诗人发出了
无限的感喟忧叹。

彼都人士，	那些都城的名流，
狐裘黄黄。	身穿狐裘很漂亮。
其容不改，	仪容风度无变化，
出言有章。	说出话来自成章。
行归于周，	行为规范合周礼，
万民所望。	万兆黎民可瞻望。
彼都人士，	那些都城的名流，

臺笠缁撮。

穿戴蓑笠缁布冠。

彼君子女，

那些贵族的女子，

绸直如发。

头发稠密又笔直。

我不见兮，

如今我都看不到，

我心不说。

心里感到不高兴。

彼都人士，

那些都城的名流，

充耳琇实。

冠垂琇石以充耳。

xiù

彼君子女，

那些贵族的女子，

谓之尹吉。

称呼她们尹吉氏。

我不见兮，

如今我都看不到，

我心菀结。

心中忧愁已郁结。

彼都人士，

那些都城的名流，

垂带而厉。

衣带自然垂下来。

彼君子女，

那些贵族的女子，

卷发如虿。

头发卷起如虿蝎。

我不见兮，

如今我都看不到，

言从之迈。

想随他们同远行。

匪伊垂之，

不是有意要垂带，

带则有余。

而是衣带长有余。

匪伊卷之，　　　　　不是有意要卷发，
发则有旟。　　　　　头发本来向上扬。

yú

我不见兮，　　　　　如今我都看不到，
云何盱矣！　　　　　心情怎能不忧伤！

虿

古说像蝎子的一种毒虫。

采 绿

题 解

　　《采绿》一诗的主旨，是妇女思念出门在外的丈夫，正如《毛诗序》所云"刺怨旷也"，并指出"怨旷者，君子行役过时之所由也"。

　　全诗共分四章，每章四句。前两章为实写，诗人分别以采摘绿和蓝二草起兴，说自己头发蓬乱卷曲需要清洗，充满了颓唐忧郁的情调，而其原因正是所等待之人逾期未来。后二章为虚写，女子回忆起往昔和丈夫一起狩猎、钓鱼的情景，二人各司其职、亲密无间，恰与如今的孤独落寞形成鲜明对比，使得女子的一腔幽怨更显得如泣如诉，憾人肺腑。

终朝采绿，	整个早晨采绿草，
不盈一匊（jū）。	还没采满一大捧。
予发曲局，	我的头发变卷曲，
薄言归沐。	赶快回家去清洗。
终朝采蓝，	整个早晨采蓝草，
不盈一襜（chān）。	还没采满一围裙。
五日为期，	本以五天为定日，
六日不詹。	过了六天还没来。

蓝

蓼科一年生草本，叶可加工为靛青，作为染料。

之子于狩,
言韔（chàng）其弓。
之子于钓,
言纶之绳。

其钓维何?
维鲂及鱮（xù）。
维鲂及鱮,
薄言观者。

这人外出去狩猎,
为他收弓入弓袋。
这人外出去钓鱼,
为他整理钓丝绳。

他钓到的是什么?
有鲂鱼也有鲢鱼。
有鲂鱼也有鲢鱼,
所钓数量如此多。

黍
苗

题 解

　　《黍苗》这首诗旨在赞美召伯（召穆公）营治谢邑的功绩。《毛诗序》认为此诗是借古贤德之事，讽刺幽王"不能膏润天下，卿士不能行召伯之职焉"。朱熹在《诗序辨说》中则反驳说："此宣王时美召穆公之诗，非刺幽王也。"

　　全诗共分五章，每章四句。首章以雨润黍苗起兴，交代了众人南行千里去谢邑行役，及召伯对大家予以慰劳之事。二、三两章细致生动地描摹了众人营建谢邑的忙碌和辛劳场景，且召伯在事成之后即让众人归乡，并未耽留。四、五章展现了召伯治下的谢邑"肃肃"严正、地平水清之貌，赞颂了召伯辅佐周宣王治理一方的赫赫功勋。

péng
芃芃黍苗，　　　　　　黍苗生长很茂盛，
阴雨膏之。　　　　　　阴雨降下润泽它。
悠悠南行，　　　　　　路途迢迢向南行，
召伯劳之。　　　　　　召伯慰劳这众人。

我任我辇，　　　　　　你挑物来我挽车，
我车我牛。　　　　　　你驾车来我牵牛。

我行既集，　　　　　　　　我之出行既完成，
盖云归哉！　　　　　　　　召伯宣布令归去。

我徒我御，　　　　　　　　你步行来我御车，
我师我旅。　　　　　　　　你在师中我在旅。
我行既集，　　　　　　　　我之出行既完成，
盖云归处！　　　　　　　　召伯宣布命返回。

肃肃谢功，　　　　　　　　治理谢邑功严正，
召伯营之。　　　　　　　　此是召伯所经营。
烈烈征师，　　　　　　　　远征军队真威武，
召伯成之。　　　　　　　　召伯助其获成功。

原隰既平，　　　　　　　　原野湿沼已平坦，
泉流既清。　　　　　　　　泉水涌流已清澈。
召伯有成，　　　　　　　　召伯治事有成就，
王心则宁。　　　　　　　　周王心中则安宁。

隰
桑

题 解

　　《隰桑》一诗的主旨，《毛诗序》认为是讽刺幽王，由"小人在位，君子在野，思见君子，尽心以事之"。朱熹、姚际恒等人则提出此为"喜见君子之诗"。近人主要有"臣子报君"说、"女子恋情"说等。

　　全诗共分四章，每章四句，前三章运用叠章手法，皆以隰中桑树之叶起兴，抒发"既见君子"后的喜悦心情，并对君子的德音善言予以赞美。末章写诗人爱意深重却难以言表，蕴结心中而难以排遣，将委婉缠绵的情感表现得淋漓尽致。

隰桑有阿，	湿沼桑树很柔美，
其叶有难。 nuó	叶子长得很茂盛。
既见君子，	已经见到那君子，
其乐如何？	心中快乐是怎样？
隰桑有阿，	湿沼桑树很柔美，
其叶有沃。	叶子显得很润泽。
既见君子，	已经见到那君子，
云何不乐？	为何心中不快乐？

隰桑有阿，　　　　　湿沼桑树很柔美，

其叶有幽。　　　　　叶子颜色泛青黑。

既见君子，　　　　　已经见到那君子，

德音孔胶。　　　　　善言嘉语难说尽。

心乎爱矣，　　　　　心中对他有爱意，

遐不谓矣？　　　　　为何不去说出来？

中心藏之，　　　　　心中怀藏而蕴结，

何日忘之？　　　　　要到哪天才忘记？

白华

题 解

　　《白华》一诗之旨，《毛诗序》认为是"周人刺幽后也"，涉及的正是幽王为褒姒所惑而废黜申后这一段史实。朱熹在《诗序辨说》中亦支持此说，称"此事有据，《序》盖得之"。依此观点，则此诗是以申后口吻而作的弃妇诗。

　　全诗共分八章，每章四句。各章前两句，诗人选取菅茅、白云、流水、桑薪、钟鼓、鹙鹤、鸳鸯、扁石等多重意象进行起兴，构思奇巧，暗合诗情。各章后两句，诗人倾诉出"之子"的远离，使我孤独无依；"之子"的"无良"，使我忧劳成疾，对天命、时运的嗟叹，为此诗蒙上了一层幽抑哀怨的光影，也暗含对"之子"无德的谴责。

白华菅^{jiān}兮，	开着白花的菅草，
白茅束兮。	白茅将其捆束起。
之子之远，	这个人去了远方，
俾我独兮。	使我独自成一人。
英英白云，	轻盈鲜明的白云，
露彼菅茅。	给那菅茅降甘露。
天步艰难，	时运艰辛而困难，

之子不犹。

这个人其德不善。

biāo
滮池北流，

滮池水向北流去，

浸彼稻田。

浸润了那片稻田。

啸歌伤怀，

长啸高歌伤心怀，

念彼硕人。

心中思念那良人。

樵彼桑薪，

砍下桑枝做柴薪，

shén
卬烘于煁。

我用煁灶来焚烧。

维彼硕人，

正是那位贤良人，

实劳我心。

实在使我心忧劳。

鼓钟于宫，

敲响钟鼓在宫中，

声闻于外。

外边可以听到声。

cǎo
念子懆懆，

想念那人心忧愁，

视我迈迈。

他却轻慢看待我。

qiū
有鹙在梁，

秃鹙在那鱼堰上，

有鹤在林。

仙鹤在那树林中。

维彼硕人，

正是那位贤良人，

实劳我心。

实在使我心忧劳。

鸳鸯在梁，

鸳鸯在那鱼堰上，

戢其左翼。　　　　　　收拢起它的左翅。

之子无良，　　　　　　那个人没有良心，

二三其德。　　　　　　转眼就把我忘记。

有扁斯石，　　　　　　有块石头扁又平，

履之卑兮。　　　　　　踩在上面还很低。

之子之远，　　　　　　这个人离我远去，

俾我疧兮。　　　　　　使我心忧而致病。

鹫

秃鹫，水鸟名，头颈无毛，食鱼、蛇、鸟雏等。

绵
蛮

题 解

　　《绵蛮》这首诗借远役出行的场景抒发哀愁感伤之情。《毛诗序》指出此诗乃"微臣刺乱也",以"大臣不用仁心,遗忘微贱,不肯饮食教载之,故作是诗也"。这一说法,基本得到古今学者的一致认同。

　　本诗共分三章,各章八句,三章除个别字句外,在结构上高度重叠,形成了回环往复、咏叹不绝的抒情效果。各章皆以栖止在山中的黄鸟起兴,继言自己正在远行路途中,且一路风尘仆仆、奔波劳顿。各章后四句完全相同,或为诗人幻想自己受到在位者礼遇的情景。正如陈子展在《诗经直解》中所诠释的:"饮之食之,望其周恤也;教之诲之,望其指示也;谓之载之,望其提携也。"

绵蛮黄鸟,	那只小小黄鸟,
止于丘阿。	栖止在山坳中。
道之云远,	路途十分遥远,
我劳如何!	我有多么辛劳!
饮之食之,	让他饮水吃饭,
教之诲之。	对他教导诲育。
命彼后车,	命令副车车夫,

谓之载之。　　　　　　　告以载他上车。

绵蛮黄鸟，　　　　　　　那只小小黄鸟，

止于丘隅。　　　　　　　栖止在山弯中。

岂敢惮行？　　　　　　　怎会不敢徒步？

畏不能趋。　　　　　　　畏惧不能快行。

饮之食之，　　　　　　　让他饮水吃饭，

教之诲之。　　　　　　　对他教导诲育。

命彼后车，　　　　　　　命令副车车夫，

谓之载之。　　　　　　　告以载他上车。

绵蛮黄鸟，　　　　　　　那只小小黄鸟，

止于丘侧。　　　　　　　栖止在山坡上。

岂敢惮行，　　　　　　　怎会不敢徒步？

畏不能极。　　　　　　　畏惧不能到达。

饮之食之，　　　　　　　让他饮水吃饭，

教之诲之。　　　　　　　对他教导诲育。

命彼后车，　　　　　　　命令副车车夫，

谓之载之。　　　　　　　告以载他上车。

瓠

叶

题 解

　　《瓠叶》是一首展现宴会欢情的诗歌。《毛诗序》言此诗乃"大夫刺幽王也"，以"上弃礼而不能行，虽有牲牢饔饩，不肯用也。故思古之人，不以微薄废礼焉"。

　　全诗共分四章，每章四句，除首二句外皆用叠咏句式。诗中内容十分简单，即以烧烤兔肉和酬酢美酒来款待宾客。据《礼记·内则》记载，在正式宴请的场合，肉食应具备"六牲"，即马、牛、羊、豕、犬、鸡。此诗中仅言以兔为肴，虽然略显简约单薄，但是在诗人精心的燔炮炙烤和殷勤的酌酒相劝之中，一片深情厚意自然流露无遗。

幡幡瓠叶，　　　　翻动着的瓠瓜叶，

采之亨之。　　　　采摘下来去烹煮。

君子有酒，　　　　君子拥有香醇酒，

酌言尝之。　　　　斟在杯中来品尝。

有兔斯首，　　　　兔肉嫩滑又鲜美，

炮之燔之。　　　　裹上烂泥来烧烤。
 fán

君子有酒，　　　　君子拥有香醇酒，

酌言献之。　　　　　　　斟在杯中献宾客。

有兔斯首，　　　　　　　兔肉嫩滑又鲜美，

燔之炙之。　　　　　　　用火焚烧及炙烤。

君子有酒，　　　　　　　君子拥有香醇酒，

酌言酢之。　　　　　　　斟在杯中来回敬。
　zuò

有兔斯首，　　　　　　　兔肉嫩滑又鲜美，

燔之炮之。　　　　　　　烧烤需要裹烂泥。

君子有酒，　　　　　　　君子拥有香醇酒，

酌言酬之。　　　　　　　斟在杯中以酬答。

渐渐之石

题 解

　　《渐渐之石》是一首反映出兵征戍的诗。《毛诗序》认为此诗是"下国刺幽王也"，因"戎狄叛之，荆舒不至，乃命将率东征，役久病于外，故作是诗也"。朱熹在《诗集传》中说："将帅出征，经历险远，不堪劳苦而作此诗也"，则更具一般性。

　　全诗共分三章，每章六句，除末章前四句外皆用复沓结构。诗中描写山石高峻、山川悠远之景，就是为凸出东征兵士奔波劳苦、无暇别事的状况。值得说明的是，末章中"白蹢""涉波"和"月离于毕"分别为大气和天文现象（亦有说前者为实事），都是大雨将至的征兆。

渐渐之石，	陡峭的山石，
维其高矣。	实在是高耸。
山川悠远，	山水路迢迢，
维其劳矣。	实在是劳苦。
武人东征，	领兵去东征，
不皇朝矣。	无暇可朝见。

渐渐之石，　　　　　　　陡峭的山石，
维其卒矣。　　　　　　　实在是险峻。
山川悠远，　　　　　　　山水路迢迢，
曷其没矣。　　　　　　　何处是尽头。
武人东征，　　　　　　　领兵去东征，
不皇出矣。　　　　　　　无暇可出离。

　　　　dí
有豕白蹢，　　　　　　　有猪白色蹄，
烝涉波矣。　　　　　　　成群涉水波。
月离于毕，　　　　　　　月亮近毕宿，
俾滂沱矣。　　　　　　　大雨将滂沱。
武人东征，　　　　　　　领兵去东征，
不皇他矣。　　　　　　　无暇可他顾。

苕之华

题 解

  《苕之华》一诗反映的是饥馑之年百姓困苦无食、愁忧交加的残酷现实。《毛诗序》指此诗为"君子闵周室之将亡，伤己逢之，故作是诗也"。《齐诗》则云："羊瘠首，君子不饱。年饥孔荒，士民危殆。"较合文本原义。

  全诗共分三章，每章四句。前两章起兴句以互文手法见义，通过写凌霄花朵枯黄而叶青青之态，引出无限的悲哀忧伤，痛心疾首之至，甚至发出"不如无生"的哀叹。末章以母羊大首和三星映罶起兴，言人虽有食物却少能饱腹，点明了诗旨，也深化了诗情，读来令人感同身受，扼腕不已。

苕之华，   凌霄的花朵，

芸其黄矣。   枯萎而变黄。

心之忧矣，   心中多忧愁，

维其伤矣！   充满伤与悲！

苕之华，   凌霄的花朵，

其叶青青。   叶子正青青。

知我如此，   早知我如此，

不如无生！   不如不出生！

茗华草黄图

zāng
牂羊坟首，　　　母羊头很大，
liǔ
三星在罶。　　　三星映竹罶。

人可以食，　　　人虽可吃食，

鲜可以饱。　　　少有人能饱！

苕

落叶藤本植物，羽状复叶，花鲜红色，可入药。

何草不黄

题 解

　　《何草不黄》是一首典型的征戍行役诗，诗中接连不断地叩问反诘充斥着哀怨愁苦之情。《毛诗序》言此诗主旨为"下国刺幽王也"，创作背景是"四夷交侵，中国背叛，用兵不息，视民如禽兽"，而有"君子忧之，故作是诗也"。

　　全诗共分四章，每章四句。前两章数问，以草之玄黄喻人无休止的远役出征，奔赴四方劳苦营治，却致无人不鳏，且受到"匪民"的恶劣待遇。后两章以兽行草野起兴，引出征夫栈车奔驰、朝夕无暇的生存状态。诗中对征戍无度、劳役百姓之举进行了控诉，也对由此造成的无数个体生命幸福感的缺失表达了关切和怜悯。

何草不黄？	什么草不会枯黄？
何日不行？	哪一日可不出行？
何人不将，	什么人不从将领，
经营四方？	东西南北奔四方？
何草不玄？	什么草不会发黑？
何人不矜？	什么人不成鳏夫？

哀我征夫，　　　　　　哀怜我辈远征者，
独为匪民。　　　　　　唯独不被当人看。

匪兕匪虎，　　　　　　不是犀牛不是虎，
率彼旷野。　　　　　　沿着旷野而行走。
哀我征夫，　　　　　　哀怜我辈远征者，
朝夕不暇。　　　　　　从朝至夕无闲暇。

有芃者狐，　　　　　　狐狸皮毛很蓬松，
率彼幽草。　　　　　　循着幽草而行走。
有栈之车，　　　　　　竹木编成的役车，
行彼周道。　　　　　　驰行在那大道上。

大雅

文王

题 解

　　《文王》是《大雅》的第一首诗，歌颂的是周王朝的奠基者文王姬昌。周文王是中国历史上著名的明君，更是被孔子誉为"三代之英"而受到后世儒家的广泛推崇。《毛诗序》指出此诗之旨为"文王受命作周也"。朱熹在《诗集传》中说："周人追述文王之德，明国家所以受命而代殷者，皆由于此，以戒成王。"

　　本诗共分七章，每章八句。前两章言文王兴周、子孙百代乃天命所归。第三章言周有众多贤才辅弼，可平定绥靖天下。四、五两章言大量殷商后裔归服于周，助周王参加祭礼，显周之强盛慑服四方。六、七章以"天命无常"之理，劝诫周王借鉴商朝覆亡之教训，也再次对周朝和文王予以了赞美和祝福，称文王之德堪为万国之典范，使得全诗主旨得到升华。

文王在上，	文王尊位在上方，
^{wū} 於昭于天。	光明昭彰在天上。
周虽旧邦，	西周虽是旧邦国，
其命维新。	承受新兴之天命。
有周不显，	周朝荣显势赫赫，
帝命不时。	秉承上天之意旨。

文王陟降，　　　　　　文王上升或下降，

在帝左右。　　　　　　随从天帝之左右。

_{wěi}
亹亹文王，　　　　　　勤勉不倦那文王，

令闻不已。　　　　　　美好声名无穷已。

陈锡哉周，　　　　　　上天惠赐建周邦，

侯文王孙子。　　　　　文王子孙久绵延。

文王孙子，　　　　　　文王子孙及后裔，

本支百世。　　　　　　本宗支子传百代。

凡周之士，　　　　　　但凡周朝之士卿，

不显亦世。　　　　　　光荣显赫累世享。

世之不显，　　　　　　世代得享荣显报，

厥犹翼翼。　　　　　　谋略计议甚恭谨。

思皇多士，　　　　　　上天众多才杰士，

生此王国。　　　　　　降生于此周王国。

王国克生，　　　　　　王国能生此贤才，

维周之桢。　　　　　　乃是周朝之栋梁。

济济多士　　　　　　　才杰济济数极多，

文王以宁。　　　　　　文王可享天下宁。

穆穆文王，　　　　　　庄穆和美那文王，

於缉熙敬止。　　　　　德行光明堪敬仰。

假哉天命，　　　　　　　　上天之命真坚固，

有商孙子。　　　　　　　　殷商子孙来归顺。

商之孙子，　　　　　　　　殷商子孙及后裔，

其丽不亿。　　　　　　　　数目上亿人众多。

上帝既命，　　　　　　　　天帝既已下诰命，

侯于周服。　　　　　　　　让其归服于西周。

侯服于周，　　　　　　　　于是归服于周朝，

天命靡常。　　　　　　　　上天之命也无常。

殷士肤敏，　　　　　　　　殷臣优美而敏捷，

祼 将于京。　　　　　　　　京师助王行祼礼。
^{guàn}

厥作祼将，　　　　　　　　于是助王行祼礼，

常服黼冔。　　　　　　　　黼服冔冠皆旧制。
^{fǔ xǔ}

王之荩臣，　　　　　　　　周王进用之臣属，
^{jìn}

无念尔祖。　　　　　　　　应当感念你先祖。

无念尔祖，　　　　　　　　感念先祖永不忘，

聿修厥德。　　　　　　　　才能修养好德行。

永言配命，　　　　　　　　常久应合天之命，

自求多福。　　　　　　　　才能自求有多福。

殷之未丧师，　　　　　　　殷商未失民心时，

克配上帝。　　　　　　　　其德可以配天帝。

宜鉴于殷，　　　　　　　　应当以殷为镜鉴，

骏命不易。　　　　　　　　上天大命会改变。

命之不易，　　　　　　　　上天之命会改变，

无遏尔躬。　　　　　　　　你之躬行莫停歇。

宣昭义问，　　　　　　　　美名佳誉广宣扬，

有虞殷自天。　　　　　　　审度依从于天命。

上天之载，　　　　　　　　上天之事有大道，

无声无臭。　　　　　　　　没有声音无气味。

仪刑文王，　　　　　　　　文王堪作良典范，

万邦作孚。　　　　　　　　万国信任而顺服。

大明

　　《大明》是一首描写周朝开国创基、歌颂周王丰功伟绩的诗歌，与《大雅》中的《文王》《生民》《公刘》《绵》《皇矣》诸篇一脉相承，堪为一组开国史诗。《毛诗序》言此诗之旨为"文王有明德，故天复命武王也"。朱熹《诗集传》则云："此亦周公戒成王之诗。"

　　全诗从殷纣无道、天下离心写起，依次介绍了太任嫁予王季生下文王、文王贤德以致四方来朝、文王迎娶太姒为妻生下武王、武王于牧野誓师伐商、姜太公辅佐武王创国等重大史实。全诗以"天命所佑"为核心，是为论证创立周朝的合法性，也反映出当时社会流行的哲学观念和人文色彩。

明明在下，	光明辉映临下界，
赫赫在上。	赫赫朗耀在天上。
天难忱斯， chén	上天之意难可信，
不易维王。	无有变易唯帝王。
天位殷適，	天子之位帝辛居，
使不挟四方。	不能挟制四方国。
挚仲氏任，	挚国次女乃姓任，

自彼殷商。   来自殷商之畿内。

来嫁于周,   出嫁来到此周地,

曰嫔于京。   在那京都为王妃。

乃及王季,   于是偕同那王季,

维德之行。   依循道德而行事。

大任有身,   等到太任有身孕,

生此文王。   生下这位周文王。

维此文王,   这位名为文王者,

小心翼翼。   小心谨慎又谦恭。

昭事上帝,   勤勉奉事那天地,

聿怀多福。   于是招来许多福。

厥德不回,   他有美德不邪僻,

以受方国。   接受诸国来归附。

天监在下,   上天监察于下界,

有命既集。   上天之命已依从。

文王初载,   在那文王早年时,

天作之合。   上天为他结姻缘。

在洽之阳,   在那洽水之北面,

在渭之涘。   在那渭水之涯际。

文王嘉止,   文王爱慕那新娘,

鹰

通常指鹰属各种鸟。喙尖锐弯曲，两爪尖锐有力，视力强，飞行快，性凶猛，食肉。

大邦有子。　　　　　　大国中有这女子。

大邦有子,　　　　　　大国中有这女子,
qiàn
倪天之妹。　　　　　　好比天帝之妹妹。

文定厥祥,　　　　　　卜辞断定很吉祥,

亲迎于渭。　　　　　　迎亲来到渭水边。

造舟为梁,　　　　　　造船相连作桥梁,

不显其光。　　　　　　昭显周国之荣光。

有命自天,　　　　　　天命降临自天帝,

命此文王。　　　　　　诏命给那周文王。

于周于京,　　　　　　周国京都君天下,
zuǎn
缵女维莘。　　　　　　承续之女在莘国。

长子维行,　　　　　　莘国长女依德行,

笃生武王。　　　　　　生下西周之武王。

保右命尔,　　　　　　上天保佑下诏命,
xiè
燮伐大商。　　　　　　协同征伐大商朝。

殷商之旅,　　　　　　殷商所遣之军队,

其会如林。　　　　　　会聚集合多如林。

矢于牧野,　　　　　　武王誓师于牧野,

维于侯兴。　　　　　　只有我周能兴盛。

上帝临女,　　　　　　天帝降临视尔辈,

无贰尔心。　　　　　　专一其志莫二心。

牧野洋洋，　　　　　　牧野之地很辽阔，

檀车煌煌，　　　　　　檀木战车色鲜明，

^{yuán}
驷骥彭彭。　　　　　　四骥驾车体雄健。

维师尚父，　　　　　　太师名为姜子牙，

时维鹰扬，　　　　　　威猛如鹰高飞扬，

凉彼武王。　　　　　　辅弼佐助那武王。

肆伐大商，　　　　　　疾速征伐大商朝，

会朝清明。　　　　　　一朝天下皆清明。

714

绵

题 解

　　《绵》是一首歌颂周文王祖父古公亶父事迹的诗，诗中记叙了他从豳地迁往岐山之后，以其贤明之德使部族不断发展壮大，从而为开创周代大业奠定了深厚的根基。《毛诗序》亦云："文王之兴，本由大王也。"

　　全诗共分九章，每章六句。此诗展现了周太王古公亶父兴周的诸多史实，包括迁徙部族到达岐山、大兴土木营建宫室、建造宗庙设立祭坛、兴修水利发展农业、抗击狄戎保家卫国、平定虞芮土地之讼等。其中尤其对兴修宫室有较大篇幅的铺排，渲染了古公亶父贤良、有礼、勇武、睿智等美德，也是通过追述周代先祖事迹，对周王朝之立国予以肯定和称美。

绵绵瓜瓞^{dié}。	小瓜生长不断绝。
民之初生，	周民最初之繁衍，
自土沮漆。	从杜迁到漆水边。
古公亶父，	名为古公亶父者，
陶复陶穴，	凿壁挖地造窑洞，
未有家室。	没有房室可居住。
古公亶父，	名为古公亶父者，
来朝走马。	清晨骑马疾奔驰。
率西水浒，	沿着西面之水畔，

幽居图

至于岐下。　　　　　　来到岐山山脚下。

爰及姜女，　　　　　　于是和那姜氏女，

聿来胥宇。　　　　　　前来考察建屋宅。

周原膴膴，　　　　　　周城原野真肥沃，

堇荼如饴。　　　　　　堇荼野菜甘如饴。

爰始爰谋，　　　　　　于是着手行谋划，

爰契我龟。　　　　　　于是刻纹在龟甲。

曰止曰时，　　　　　　卜辞安止于此时，

筑室于兹。　　　　　　可以筑室在此地。

乃慰乃止，　　　　　　于是安定而栖止，

乃左乃右。　　　　　　于是左右整土地。

乃疆乃理，　　　　　　于是定界划区域，

乃宣乃亩。　　　　　　于是通渠垦田地。

自西徂东，　　　　　　自从西面到东方，

周爰执事。　　　　　　都来从事此劳役。

乃召司空，　　　　　　于是召来那司空，

乃召司徒，　　　　　　于是召来那司徒，

俾立室家。　　　　　　使其帮助造宫室。

其绳则直，　　　　　　拉紧绳墨画直线，

缩版以载，　　　　　　收束墙板以承载，

作庙翼翼。　　　　　　建造宗庙极庄严。

捄之陾陾，　　　　　　盛装铲土非常多，
度之薨薨。　　　　　　填充起土轰轰响。
筑之登登，　　　　　　夯实捣土登登响，
削屡冯冯。　　　　　　削平隆处冯冯响。
百堵皆兴，　　　　　　上百堵墙都筑起，
鼛鼓弗胜。　　　　　　鼛鼓敲响听不见。

乃立皋门，　　　　　　于是树立那皋门，
皋门有伉。　　　　　　皋门雄伟又高大。
乃立应门，　　　　　　于是树立那应门，
应门将将。　　　　　　应门严正又高大。
乃立冢土，　　　　　　于是设立那大社，
戎丑攸行。　　　　　　大众才可得出行。

肆不殄厥愠，　　　　　因此不绝其愤怒，
亦不陨厥问。　　　　　也不陨落其声名。
柞棫拔矣，　　　　　　柞树棫树抽嫩枝，
行道兑矣。　　　　　　行道之人心喜悦。
混夷駾矣，　　　　　　犬戎之马惊奔走，
维其喙矣。　　　　　　因为疲困而喘息。

718

虞芮质厥成，
文王蹶(guì)厥生。

予曰有疏附，

予曰有先后，

予曰有奔奏，

予曰有御侮。

虞芮争讼评断完，

文王着手生民事。

我周有那疏附臣，

我周有那先后臣，

我周有那奔走臣，

我周有那御侮臣。

堇

堇菜属，多年生或一年生草本，多指紫花地丁或梨头草。味苦，全草可入药。

古公迁岐图

闲田　虞芮质成图

棫
朴

题 解

　　《棫朴》同前诸篇，也是一首赞美周王的诗歌。由于诗中出现"周王寿考"一句，因此传说周文王寿长九十七岁，故历来学者大多认为此诗称颂的是周文王。《毛诗序》云此诗之旨为"文王能官人也"，即文王选拔人才、知人善任。

　　本诗共有五章，每章四句。除第二章外，各章前两句皆为起兴句，诗人以薪樵棫朴、泾水泛舟、云汉为章、雕琢金玉诸事对文王进行称颂。文王之德，可使左右臣属趋附，可使贤良俊才奉璋，可使天子六师随征，故有诗人劝以寿考之年造就人才之建议，兼以勤勉奉公、统理天下之溢美。

芃芃棫朴， （yù）	茂盛的棫树和朴树，
薪之槱之。 （yóu）	砍柴堆积焚烧以祭。
济济辟王，	周之君王庄重恭敬，
左右趣之。	左右大臣随从趋附。
济济辟王，	周之君王庄重恭敬，
左右奉璋。	左右大臣恭捧璋瓒。
奉璋峨峨，	恭捧璋瓒华美盛大，

髦士攸宜。 俊杰之士应该如此。

^{pì}
淠彼泾舟， 舟船行驶在泾水上，

烝徒楫之。 众人一同持桨划水。

周王于迈， 周之君王就要远征，

六师及之。 天子六师一同跟随。

^{zhuō}
倬彼云汉， 辽阔无垠是那银河，

为章于天。 夜空美丽而又灿烂。

周王寿考， 周之君王年高寿长，

遐不作人？ 为何不去造就人才？

追琢其章， 宝物之上雕琢文采，

金玉其相。 因其质和金玉一样。

勉勉我王， 力行不倦是我周王，

纲纪四方。 经营治理天下四方。

旱麓

题 解

　　《旱麓》一诗的主旨,《毛诗序》认为是"周之先祖, 世修后稷、公刘之业, 大王、王季, 申以百福干禄焉"。朱熹在《诗集传》中则提出"咏歌文王之德"。魏源在《诗古微》中提出"祭祖受福"之说。

　　全诗共分六章, 每章四句。除了第四章纯以赋法描写祭祀求福之事外, 其余各章均以前两句起兴, 后两句咏叹。起兴句以奇巧构思选用旱麓榛楛、玉瓒秬鬯、鸢飞鱼跃、燎燃柞棫、葛藟蔓延等意象, 与后文祭祷神灵赐福给"岂弟君子"及倡导其培育人才之说, 恰能融为一体, 凸显本诗主题。

瞻彼旱麓,　　　　　　　　瞻望那旱山脚下,
zhēn hù
榛楛济济。　　　　　　　　榛楛树十分众多。

岂弟君子,　　　　　　　　和乐平易之君子,

干禄岂弟。　　　　　　　　求福以和乐平易。

zàn
瑟彼玉瓒,　　　　　　　　鲜明洁净那圭瓒,

黄流在中。　　　　　　　　黄色秬鬯在其中。

岂弟君子,　　　　　　　　和乐平易之君子,

福禄攸降。　　　　　　　　福禄降临至其身。

鸢飞戾天，　　　　　　老鹰飞到天空中，
鱼跃于渊。　　　　　　游鱼跳跃在潭渊。
岂弟君子，　　　　　　和乐平易之君子，
遐不作人？　　　　　　为何不去培英才？

清酒既载，　　　　　　清醇祭酒已斟上，
骍牡既备。　　　　　　红色公牛已备好。
以享以祀，　　　　　　以此祭享祀神明，
以介景福。　　　　　　祈求天降大福报。

瑟彼柞棫，　　　　　　柞树棫树很茂密，
zuò yù
民所燎矣。　　　　　　百姓燃烧以祭神。
岂弟君子，　　　　　　和乐平易之君子，
神所劳矣。　　　　　　神明会把你佑助。

莫莫葛藟，　　　　　　茂盛繁多千岁藟，
lěi
施于条枚。　　　　　　伸展蔓延其枝干。
岂弟君子，　　　　　　和乐平易之君子，
求福不回。　　　　　　求福正直不奸邪。

725

思齐

题 解

《思齐》也是一首赞美文王之德的诗，且诗中溯及著名的"周室三母"，即文王祖母太姜、文王母亲太任和文王之妻太姒，可以说文王的千秋功业离不开这三位贤德女性的佐助。《毛诗序》定此诗主旨为："文王所以圣也。"欧阳修在《诗本义》中则进一步说："文王所以圣者，世有贤妃之助。"

本诗共分五章，前两章每章六句，后三章每章四句。首章通过追溯"周朝三太"的贤德事迹，自然引入对文王的叙述。二、三章写文王在宗庙里敬事祖先，在家族中以身作则，使得家庭和恰、宗庙肃穆，且以谦恭、慎独、恒久之心修养自身。末两章介绍了文王善效良制、从谏如流和广纳贤才之德以及在他治下天下安定、士卿有德的康泰时局。

思齐大任，（zhāi）	庄重恭敬的太任，
文王之母。	她是文王的母亲。
思媚周姜，	贤淑美好的太姜，
京室之妇。	她是王室之妃嫔。
大姒嗣徽音，	太姒继承其美名，
则百斯男。	子孙繁盛王室兴。

惠于宗公，　　　　　　　恭顺奉事诸先公，

神罔时怨，　　　　　　　先公之灵无有怨，

神罔时恫。　　　　　　　先公之灵无有悲。
（tōng）

刑于寡妻，　　　　　　　为那嫡妻作典范，

至于兄弟，　　　　　　　又为兄弟树榜样，

以御于家邦。　　　　　　以此治理家与国。

雝雝在宫，　　　　　　　家庭之中颇和恰，

肃肃在庙。　　　　　　　宗庙之内极庄重。

不显亦临，　　　　　　　幽隐之处神临视，

无射亦保。　　　　　　　修身不倦常保持。

肆戎疾不殄，　　　　　　大灾大难自平息，

烈假不瑕。　　　　　　　害人疫病亦终止。

不闻亦式，　　　　　　　未闻之道亦效法，

不谏亦入。　　　　　　　无人进谏亦兼听。

肆成人有德，　　　　　　因此士卿有德行，

小子有造。　　　　　　　子弟得以有成就。

古之人无斁，　　　　　　古时之人不厌倦，
（máo）
誉髦斯士。　　　　　　　美誉才俊之士人。

727

皇
矣

题 解

　　《皇矣》也是一首以周朝开国创基为题材的史诗，从太王写到王季及文王，重点歌颂了文王伐密灭崇的赫赫武功。《毛诗序》云："天监代殷，莫若周；周世世修德，莫若文王。"朱熹在《诗集传》中说"此诗叙太王、太伯、王季之德，以及文王伐密伐崇之事也"，该说概括得比较全面。

　　全诗共分八章，每章十二句，叙事周详，内容宏大。前两章从古公亶父由豳地迁往岐山写起，展现了太王开地垦山、精勤创业的事迹。三、四两章写王季继承父业，以其贤明之德使周不断发展壮大，并将周之祖业传于文王。五、六、七、八四章以较多笔墨描写了文王伐密灭崇的战争过程，及四方诸国敬服归顺，对文王的武功予以了热切称颂。诗中贯穿着天命所归的思想，甚至将天帝人格化，折射出上古时期浓厚的天命哲学。

皇矣上帝，	崇高伟大是那天帝，
临下有赫。	照临下界光明显耀。
监观四方，	监察观照天下四方，
求民之莫。	以求百姓生活安定。
维此二国，	正是殷商这个国家，
其政不获。	治国理政不得民心。

维彼四国，　　　　　　　　念及天下四方之国，

爰究爰度。　　　　　　　　于是推究加以审度。

上帝耆之，　　　　　　　　天帝考察意在周国，

憎其式廓。　　　　　　　　还要加大其国疆土。

乃眷西顾，　　　　　　　　于是回头向西顾望，

此维与宅。　　　　　　　　此地堪可作为居处。

作之屏之，　　　　　　　　砍伐林木清除杂树，

其菑其翳_{zì}。　　　　　　　枯树或直或已倒地。

修之平之，　　　　　　　　修剪清理整治齐平，

其灌其栵_{lì}。　　　　　　　丛生灌木或大或小。

启之辟之，　　　　　　　　排开杂木辟除乱枝，

其柽其椐_{chēng jū}。　　　　　乃红柳树和灵寿树。

攘之剔之，　　　　　　　　去除杂枝剔掉乱叶，

其檿其柘_{yǎn zhè}。　　　　　是那山桑还有柘树。

帝迁明德，　　　　　　　　上帝迁附明君之德，

串夷载路。　　　　　　　　犬戎之族继而败退。

天立厥配，　　　　　　　　天帝立文王当君主，

受命既固。　　　　　　　　承受天命国家巩固。

帝省其山，　　　　　　　　天帝视察岐山一带，

柞棫斯拔，　　　　　　　　柞树棫树抽出新枝，

松柏斯兑。　　　　　　　松树柏树笔直耸立。

帝作邦作对，　　　　　　天帝建国划定疆界，

自大伯王季。　　　　　　就从太伯王季之时。

维此王季，　　　　　　　正是这位名王季者，

因心则友。　　　　　　　顺父心意而又友爱。

则友其兄，　　　　　　　友爱他的两位兄长，

则笃其庆。　　　　　　　而使福禄积累深厚。

载锡之光，　　　　　　　上帝赐他荣耀光辉，

受禄无丧，　　　　　　　承受福禄没有终尽，

奄有四方。　　　　　　　天下四方全都占有。

维此王季，　　　　　　　正是这位名王季者，

帝度其心，　　　　　　　天帝审视测度其心，

mò
貊其德音。　　　　　　　宣扬流布美好名声。

其德克明，　　　　　　　他的德行充满光明，

克明克类，　　　　　　　充满光明无比美善，

克长克君。　　　　　　　堪为尊长和那国君。

王此大邦，　　　　　　　称王统领如此大国，

克顺克比。　　　　　　　能使百姓归顺亲附。

比于文王，　　　　　　　等到周代文王之时，

其德靡悔。　　　　　　　他的德行毫无晦暗。

既受帝祉，　　　　　　　既已承受天帝之福，

施于孙子。　　　　　　　传承延续后代子孙。

帝谓文王，　　　　　　　天帝对那文王说道，

无然畔援，　　　　　　　不要暴戾或者跋扈，

无然歆羡，　　　　　　　不要羡慕而生贪婪，

诞先登于岸。　　　　　　应当渡河先登彼岸。

密人不恭，　　　　　　　密国之人没有恭敬，

敢距大邦，　　　　　　　胆敢对抗西周大国，

侵阮徂共。　　　　　　　侵略阮国去往共国。

王赫斯怒，　　　　　　　文王对此勃然大怒，

爰整其旅，　　　　　　　于是整顿他的军队，

以按徂旅，　　　　　　　遏止去往共国之军，

以笃于周祜，　　　　　　以使大周福祚深厚，

以对于天下。　　　　　　以使天下人心满足。

依其在京，　　　　　　　文王军队驻扎在京，

侵自阮疆，　　　　　　　此前息兵在那阮疆，

陟我高冈。　　　　　　　登上我国高峻山冈。

无矢我陵，　　　　　　　不要陈兵在我丘陵，

我陵我阿。　　　　　　　那是我的山陵大丘。

无饮我泉，　　　　　　　不要饮用我的泉水，

我泉我池。　　　　　　　那是我的山泉水池。

度其鲜原，　　　　　文王审度山巘平原，

居岐之阳，　　　　　占据岐山南面之所，

在渭之将。　　　　　处于渭水旁边之地。

万邦之方，　　　　　他是万国效法典范，

下民之王。　　　　　他是统领百姓之王。

帝谓文王，　　　　　上帝对那文王说道，

予怀明德。　　　　　你的美德我很赞赏。

不大声以色，　　　　语不大声给人脸色，

不长夏以革。　　　　历时弥久不改本制。

不识不知，　　　　　识得大道知晓至理，

顺帝之则。　　　　　顺应天帝所立法则。

帝谓文王，　　　　　上帝对那文王说道，

询尔仇方，　　　　　咨询友邦一起商讨，

同尔兄弟。　　　　　联合你的兄弟之国。

以尔钩援，　　　　　用你那些攀爬钩援，

与尔临冲，　　　　　和你那些临冲战车，

以伐崇墉。　　　　　讨伐攻破崇国城墙。

临冲闲闲，　　　　　临冲战车摇动前进，

崇墉言言。　　　　　崇国城墙高大屹然。

执讯连连，　　　　　讯问俘虏接连不断，

柘

又称山桑。落叶乔木，叶互生。木材坚韧，可做弓和车辕。内皮可制纸。

攸馘安安。

割取敌耳徐缓不迫。

是类是祃，

行军出征祭祀天神，

是致是附，

招降敌军安抚民众，

四方以无侮。

四方诸国不敢侮慢。

临冲茀茀，

临冲战车威风强盛，

崇墉仡仡。

崇国城墙宛然高耸。

是伐是肆，

出征讨伐快速攻破，

是绝是忽，

使之灭绝使之消亡，

四方以无拂。

四方诸国不敢悖逆。

灵　台

题 解

　　诗中的灵台和灵沼，在《孟子·梁惠王》中有一段简介，"文王以民力为台为沼，而民欢乐之，谓其台曰灵台，谓其沼曰灵沼，乐其有麋鹿鱼鳖。古之人与民偕乐，故能乐也。"《毛诗序》认为此诗展现的是民众归附文王之旨，"文王受命，而民乐其有灵德，以及鸟兽昆虫焉"。

　　全诗共分五章，每章四句。首章介绍修筑灵台的过程，二、三两章分别写文王游灵囿和灵沼的场景，其中对母鹿、白鸟、跃鱼的描摹极富情趣。四、五两章主要写了辟雍宫中敲鼓鸣钟、奏乐歌咏的场面，渲染了文王治下和恰、安宁的社会状况。

经始灵台，	开始修筑那灵台，
经之营之。	经纶而又营治之。
庶民攻之，	百姓出力来建造，
不日成之。	没过多久就完工。
经始勿亟，	开始修筑莫焦急，
庶民子来。	百姓如子皆到来。
王在灵囿，	君王在那灵囿中，

鼍

即扬子鳄。爬行动物。体长有丈余，背部、尾部皆有鳞甲。力大，贪睡，穴居江河岸边。皮可用来制鼓。

　　　　　yōu
　　麀鹿攸伏。　　　　　母鹿贴伏在地上。

　　麀鹿濯濯，　　　　　母鹿肥壮毛润泽，
　　　　hè
　　白鸟翯翯。　　　　　白鸟光泽又鲜洁。
　　王在灵沼，　　　　　君王在那灵沼边，
　　　rèn
　　於牣鱼跃。　　　　　池中满是游鱼跃。

　　　jù　　cōng
　　虡业维枞，　　　　　钟架横板有崇牙，
　　贲鼓维镛。　　　　　大鼓还有那大钟。
　　於论鼓钟，　　　　　敲起钟来有节奏，
　　於乐辟雍。　　　　　辟雍宫中尽欢乐。

　　於论鼓钟，　　　　　敲起钟来有节奏，
　　於乐辟雍。　　　　　辟雍宫中尽欢乐。
　　tuó
　　鼍鼓逢逢，　　　　　敲起鼍鼓声砰砰，
　　méngsǒu
　　矇瞍奏公。　　　　　乐官演奏又歌唱。

灵台图

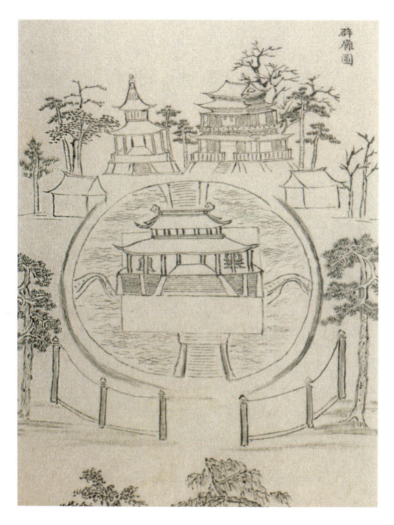

辟雍图

下 武

题 解

　　《下武》一诗赞颂的是周武王顺应天命，继承历代先祖创国奠基的意志、功业和贤明之德，最终使周实现问鼎天下、归服四夷的统一大业。《毛诗序》亦认为此诗反映的是"武王有圣德，复受天命，能昭先人之功焉"。

　　全诗共有六章，每章四句，其中二、三、六各章首句都与上章末句重复，运用了顶真的修辞手法。前两章写武王依天命、承"三后"居住在京都，世代积累德业，称王令人信服。中两章写武王弘扬孝道、修身培德，堪为世间典范。末两章是对武王千秋万代受天之福、四国来朝的祝祷，兼有贤人辅佐的希冀。继承祖业之旨贯穿全诗，为本诗诗眼。

下武维周，	后承先业乃大周，
世有哲王。	世代都有圣明王。
三后在天，	三位先王在天上，
王配于京。	武王应天在京都。
王配于京，	武王应天在京都，
世德作求。	世代德业皆汇聚，
永言配命，	长久顺应那天命，

成王之孚。　　　　　　　　成为君王人信服。

成王之孚，　　　　　　　　成为君王人信服，
下土之式。　　　　　　　　堪为人间之典范。
永言孝思，　　　　　　　　长久绵延孝亲思，
孝思维则。　　　　　　　　孝亲之思为准则。

媚兹一人，　　　　　　　　四海爱戴这一人，
应侯顺德。　　　　　　　　其身具备诸美德。
永言孝思，　　　　　　　　长久绵延孝亲思，
昭哉嗣服。　　　　　　　　承顺祖志显光明。

昭兹来许，　　　　　　　　光明显耀增善道，
绳其祖武。　　　　　　　　遵循先祖之足迹。
於万斯年，　　　　　　　　在那千载万年中，
受天之祜。　　　　　　　　常受上天之赐福。

受天之祜，　　　　　　　　常受上天之赐福，
四方来贺。　　　　　　　　四方诸国来庆贺。
於万斯年，　　　　　　　　在那千载万年中，
不遐有佐？　　　　　　　　怎会无人来辅佐？

文王有声

题 解

　　《文王有声》是一首歌颂周文王和周武王的诗。《毛诗序》概括此诗之旨为"武王能广文王之声,卒其伐功也"。方玉润在《诗经原始》中则认为此诗通过写文王迁丰、武王迁镐之事,使"文武对举,并言文之心即武之心,武之事实文之事",二王的文治武功恰与其号暗合,并相与为一,融成一体。

　　全诗共分八章,每章五句。前四章写文王,后四章写武王。诗人主要通过记叙文王讨伐崇国、兴建丰邑等事,称扬文王流布四方的美名和诸国归心的功勋。武王的事迹则主要以天下臣服、营建辟雍、定都镐京、延续家业等方面为主。各章末句以两两相叠的感叹句式,进一步强化了本诗的赞颂意味。

文王有声,	文王具有好名声,
遹骏有声, yù	大名鼎鼎广传扬。
遹求厥宁,	希求天下得安宁,
遹观厥成。	终于得见功业成。
文王烝哉!	文王之德真美好!
文王受命,	文王接受天之命,

有此武功，	建立这等大武功。
既伐于崇，	已经讨伐那崇国，
作邑于丰。	就在丰地建城邑。
文王烝哉！	文王之德真美好！

筑城伊淢，^{xù}

筑城伊淢，	修筑城墙通沟渠，
作丰伊匹。	营建丰邑正匹配。
匪棘其欲，	并非私欲很迫切，
遹追来孝。	追循先王之勤孝。
王后烝哉！	君王之德真美好！

王公伊濯，	文王事功极崇大，
维丰之垣。	建起丰邑之城墙。
四方攸同，	四方诸国同归心，
王后维翰。	君王是其主心骨。
王后烝哉！	君王之德真美好！

丰水东注，	丰水东流入渭水，
维禹之绩。	这是大禹之功绩。
四方攸同，	四方诸国同归心，
皇王维辟。	圣明君王是天子。
皇王烝哉！	圣明君王真美好！

镐京辟雍，　　　　　　镐京营建辟雍宫，

自西自东，　　　　　　从那西面到东面，

自南自北，　　　　　　从那南面到北面，

无思不服。　　　　　　无人不归服周朝。

皇王烝哉！　　　　　　圣明君王真美好！

考卜维王，　　　　　　君王考察又占卜，

宅是镐京。　　　　　　居住在这镐京中。

维龟正之，　　　　　　灵龟之甲下断言，

武王成之。　　　　　　武王依之而成功。

武王烝哉！　　　　　　武王之德真美好！

丰水有芑，　　　　　　丰水边上长芑草，

武王岂不仕？　　　　　武王岂不传事迹？

诒厥孙谋，　　　　　　留下谋略给子孙，

以燕翼子。　　　　　　使其安和而恭慎。

武王烝哉！　　　　　　武王之德真美好！

生 民

题 解

后稷，传说是周之始祖，也是我国农耕始祖，被后世尊称为"农神""稷神"。《生民》这首史诗性的作品，记叙了后稷极具传奇性的出生、成长过程以及他播种百谷、创设农祀等功德，毫无疑问这对后世的中华文明产生了深远影响。《毛诗序》定此诗诗旨为"尊祖也"。

全诗共分八章，一、三、五、七章各十句，二、四、六、八章各八句。前两章写姜嫄承天帝之命，平安顺利产下后稷之事。第三章写后稷屡遭遗弃却大难不死、平安成长的神奇经历。四、五、六三章写后稷长大后播种百谷、大获丰收之事，凸显了他卓越的治农才能。七、八章详细描写后稷祭祀天帝的整个过程，并说明绵延至今的农祀活动即源于后稷之时。

厥初生民，	初时先民之出生，
时维姜嫄。	正是因为那姜嫄。
生民如何？	先民出生是怎样？
克禋克祀，	举行禋祭等祭祀，
以弗无子。	以求避免无子嗣。
履帝武敏歆，	踩帝足迹速缩神，
攸介攸止。	天赐大福相依从。

载震载夙，	十月怀胎行端正，
载生载育，	生下婴孩以养育，
时维后稷。	此儿正是那后稷。
诞弥厥月，	等到妊娠月满后，
先生如达。	头胎分娩如产羔。
不坼不副，	产门不破未剖开，
无菑无害。	生儿无灾无祸害。
以赫厥灵，	光明显赫之神灵，
上帝不宁。	天帝降福使安宁。
不康禋祀，	因为禋祀祭天神，
居然生子。	安稳平顺生子嗣。
诞寘之隘巷，	丢弃婴孩在陋巷，
牛羊腓字之。	牛羊庇护又哺育。
诞寘之平林，	丢弃婴孩在原林，
会伐平林。	正值砍伐原上林。
诞寘之寒冰，	丢弃婴孩在寒冰，
鸟覆翼之。	鸟以羽翅覆盖它。
鸟乃去矣，	当那鸟儿飞走后，
后稷呱矣。	后稷呱呱而啼哭。
实覃实訏，	哭声既长又洪亮，

tán xǔ

746

荏菽

即大豆。一年生草本植物。茎粗壮，直立，密被褐色长硬毛。花萼披针形，花紫色、淡紫色或白色。种子可食，是中国重要的粮食作物之一。

厥声载路。   声音充斥遍道路。

诞实匍匐，   当他刚能匍匐行，
克岐克嶷，   就有感知能辨识，
以就口食。   靠近人口以取食。
蓺之荏菽，   长大种植那大豆，
荏菽旆旆，   大豆禾苗很茂盛，
禾役穟穟。   成行成列穗低垂。
麻麦幪幪，   所种麻麦很繁密，
瓜瓞唪唪。   大小瓜儿实累累。

诞后稷之穑，   后稷耕作收谷物，
有相之道。   相地之宜有方法。
茀厥丰草，   茂盛杂草都除去，
种之黄茂。   丰美谷物播种好。
实方实苞，   遍及田垄而丛生，
实种实褎。   渐渐循时而生长。
实发实秀，   枝叶生发抽谷穗，
实坚实好。   谷粒坚实又优良。
实颖实栗，   穗中谷粒皆饱满，
即有邰家室。   就在邰地有家宅。

748

诞降嘉种，　　　　　　　　天帝降下好种子，

维秬维秠，　　　　　　　　黑黍还有那秠黍，
（jù）

维穈维芑。　　　　　　　　穈谷以及白粱粟。

恒之秬秠，　　　　　　　　遍种黑黍和秠黍，
（pī）

是获是亩。　　　　　　　　收割堆垛在田中。

恒之穈芑，　　　　　　　　遍种穈谷白粱粟，
（mén qǐ）

是任是负，　　　　　　　　挑担或者用肩扛，

以归肇祀。　　　　　　　　回去用它来祭祀。

诞我祀如何？　　　　　　　祭祀场面什么样？

或舂或揄，　　　　　　　　舂捣谷物舀出来，
（yóu）

或簸或蹂。　　　　　　　　簸箕筛选搓谷皮。

释之叟叟，　　　　　　　　淘米之声嗖嗖响，

烝之浮浮。　　　　　　　　蒸煮水汽向上升。

载谋载惟，　　　　　　　　筹谋规划又思虑，

取萧祭脂，　　　　　　　　取来蒿草燃祭脂，

取羝以軷。　　　　　　　　拿那公羊以軷祀。
（dī）（bá）

载燔载烈，　　　　　　　　火中燃烧又烤灼，

以兴嗣岁。　　　　　　　　以求来年更兴盛。

卬盛于豆，　　　　　　　　祭品仰盛在碗中，

于豆于登。　　　　　　　　木制碗和瓦登器。

其香始升，　　　　　　香气刚刚升腾起，

上帝居歆。　　　　　　天帝得享这祭品。

胡臭亶时？　　　　　　为何香气确实好？

后稷肇祀。　　　　　　因为后稷始祭祀。

庶无罪悔，　　　　　　希望无罪无过失，

以迄于今。　　　　　　流传以至于今日。

行苇

题 解

  《行苇》这首诗展现了一场隆重盛大的宴饮活动。胡承珙的《毛诗后笺》等认为此诗写的是周王室与族人之宴。而《毛诗序》则从更具一般性的角度提出"忠厚说",认为"周家忠厚,仁及草木,故能内睦九族,外尊事黄耇,养老乞言,以成其福禄焉"。

  全诗共分八章,每章四句。首章皆是起兴,诗人以路边芦苇的茂密和柔润,暗示此次宴会的和恰氛围。二、三、四章具体展现宴会的盛大场面和各个环节,包括设筵授几、敬酒酬酢、进献嘉肴、歌乐以娱等。五、六章介绍的是以射箭技艺排定宾客位次的特殊宴会风俗。七、八章则以斟酒发出长寿多福的祝祷,也体现出中华文化孝亲尊老的特色。

敦彼行苇（tuán háng）,	那丛生的路边芦苇,
牛羊勿践履。	不要让那牛羊践踏。
方苞方体,	长势正盛刚刚成形,
维叶泥泥。	叶子柔嫩而又润泽。
戚戚兄弟,	亲和敦睦兄弟之间,
莫远具尔。	不要疏远欢聚一起。

台

通"鲐"。一说指鲭,又称油筒鱼、青花鱼;一说指河豚。

或肆之筵，
有人陈设竹制席位，

或授之几。
有人提供靠背坐具。

肆筵设席，
陈设竹席列好座位，

授几有缉御。
提供坐具轮番侍奉。

或献或酢，
有人敬酒有人酬酢，

洗爵奠斝。
清洗酒爵放下斝器。

醓醢以荐，
带汁肉酱进献宾客，

或燔或炙。
或烧或烤烹制而成。

嘉殽脾臄，
牛胃牛舌堪为嘉肴，

或歌或咢。
有人歌唱有人击鼓。

敦弓既坚，
雕饰之弓既已坚利，

四鍭既钧。
四箭轻重也都均同。

舍矢既均，
发出箭来射中靶心，

序宾以贤。
排列客位依照射技。

敦弓既句，
雕饰之弓既已弯曲，

既挟四鍭。
也已经带上四支箭。

四鍭如树，
四支箭笔直而挺立，

序宾以不侮。
排列客位没有轻慢。

曾孙维主，　　　　　后代子孙是那主人，

酒醴维醹。　　　　　酒味甘甜而又香醇。

酌以大斗，　　　　　用那大斗斟酌盈满，

以祈黄耇。　　　　　以此祈求高年长寿。

黄耇台背，　　　　　年老之人背有鲐纹，

以引以翼。　　　　　引导并且扶助他们。

寿考维祺，　　　　　长寿就是幸福吉祥，

以介景福。　　　　　以此佐助获得大福。

既

醉

题 解

    《既醉》是一首借宴饮醉酒抒发对王室祝祷祈福的诗。《毛诗序》认为此诗记叙的是"醉酒饱德，人有士君子之德焉"的太平时局。朱熹在《诗集传》中则言此诗乃"父兄所以答《行苇》之诗"。此外，部分现代学者认为此诗是周王祭祀祖先，祝官代表神主对主祭者周王发出的祝辞。

    全诗共分八章，每章四句。前两章写酒醉德饱、佳肴已呈之状，发出君子长享万年、天赐福德之祝祈。三、四两章则以公尸祭神之事，发出德增名扬的称誉，兼以朋友以威仪佐助之事。五、六两章写君子以孝道和齐家之道，故获得上天赐福和后嗣绵延之报。末两章以两个设问句，表明周王享万年之世乃天命所归，子孙兴旺亦是天命所加，透露出浓厚的"天命"思想。

既醉以酒，	既已饮酒而致醉，
既饱以德。	又对其德很满足。
君子万年，	君子安享万年长，
介尔景福。	助你获得大福报。
既醉以酒，	既已饮酒而致醉，
尔殽既将。	你的菜肴已呈上。

君子万年，
介尔昭明。

君子安享万年长，
助你德行如日明。

昭明有融，
高朗令终。
令终有俶，
公尸嘉告。

光明之德常增长，
崇高圣明尽美名。
终生美名有开端，
祭祀公尸善言告。

其告维何?
笾豆静嘉。
朋友攸摄，
摄以威仪。

他所宣告是什么?
笾豆洁净又美好。
得到朋友之佐助，
佐助是用那威仪。

威仪孔时，
君子有孝子。
孝子不匮，
永锡尔类。

威严仪容极美善，
君子有那孝子行。
孝子终究不匮乏，
长久赐予你族辈。

其类维何?
室家之壶。
君子万年，
永锡祚胤。

你之族辈怎么样?
齐家先从内室起。
君子安享万年长，
长久赐予福和嗣。

其胤维何?　　　　　　后嗣又是怎么样?

yīn

天被尔禄。　　　　　　上天覆荫赐你禄。

君子万年,　　　　　　君子安享万年长,

景命有仆。　　　　　　上天赐予妻和儿。

其仆维何?　　　　　　妻妾儿郎怎么样?

釐尔女士。　　　　　　赐你女子作新娘。

lí

釐尔女士,　　　　　　赐你女子作新娘,

从以孙子。　　　　　　子孙后代久绵延。

凫鹥

凫
鹥

题 解

　　《凫鹥》这首诗与祭祀和宴饮有关。《毛诗序》定此诗之旨为"守成"，认为"大平之君子，能持盈守成，神祇祖考安乐之也"。胡承珙在《毛诗后笺》中说"《既醉》为正祭后燕饮之诗，《凫鹥》为事尸日燕饮之诗"，展现了周代祭祀宴饮文化中的一种独特习俗。

　　全诗共分五章，每章六句，几乎全用叠章手法。各章皆以凫鹥在靠水某处起兴，引出公尸赴宴的主题。周代王室祭祀后次日，为答谢公尸会为其设宴。诗中展现了宴会的酒之美，肴之嘉，烤肉之香，营造了一种和悦欢乐的氛围，而且借公尸之名发出祈求福禄、远离后患的祝祷。

凫鹥在泾， （yī jīng）	野鸭沙鸥在泾水边，
公尸来燕来宁。	公尸来享燕乐安宁。
尔酒既清，	你的酒浆已经清澈，
尔殽既馨。	你的菜肴已发馨香。
公尸燕饮，	公尸参宴品饮美酒，
福禄来成。	福分利禄使你成就。
凫鹥在沙，	野鸭沙鸥在沙滩上，

鳧

即野鸭。形状似家鸭而略小，通常成群栖息于湖泽，善游泳，能飞。

公尸来燕来宜。　　公尸来享燕乐安和。

尔酒既多，　　你的酒浆已经很多，

尔殽既嘉。　　你的菜肴也很美好。

公尸燕饮，　　公尸参宴品饮美酒，

福禄来为。　　福分利禄为你相助。

凫鹥在渚，　　野鸭沙鸥在小洲上，

公尸来燕来处。　　公尸来享燕乐安处。

尔酒既湑，　　你的酒浆已经滤清，

尔殽伊脯。　　你的菜肴乃是干肉。
　fǔ

公尸燕饮，　　公尸参宴品饮美酒，

福禄来下。　　福分利禄降下给你。

　　zhōng
凫鹥在潀，　　野鸭沙鸥在水汇处，

公尸来燕来宗。　　公尸来享燕乐欢愉。

既燕于宗，　　已经宴饮享受欢愉，

福禄攸降。　　福分利禄全都降下。

公尸燕饮，　　公尸参宴品饮美酒，

福禄来崇。　　福分利禄厚加于你。

　　mén
凫鹥在亹，　　野鸭沙鸥在峡湾中，

公尸来止熏熏。　　公尸已经醉醺醺。

旨酒欣欣，　　　　饮用美酒令人喜乐，

燔炙芬芬。　　　　烧烤肉食气味香郁。

公尸燕饮，　　　　公尸参宴品饮美酒，

无有后艰。　　　　往后没有灾难祸患。

鹥

即鸥。种类繁多，形体大小各异，羽毛多为灰、白色，善飞翔。趾间有蹼，能游泳。常生活
在海洋、河湖边。常见的有海鸥、银鸥、燕鸥等。

假

乐

题 解

　　《假乐》一诗的主题，《毛诗序》概括为"嘉成王也"。魏源在《诗古微》中则认为此诗是"美宣王之德也"。此外还有一种观点，认为本诗是周王行冠礼的冠词。

　　全诗共分四章，每章六句。诗中介绍了周王所具备的种种美德，如秉承天命，善治百姓，堪为君王，不错不忘，遵循古制，威仪德音，依从贤臣、燕乐朋友等等。正是由于他具备了这些品性，才能感召上天降赐福禄、庇佑和子嗣兴盛之果，终而出现天下归服、群臣爱戴、百姓安宁的盛世之兆。

假乐君子，	上天称美喜爱君子，
显显令德。	他的美德显明昭著。
宜民宜人，	安定百姓领导人民，
受禄于天。	接受福禄上天赐定。
保右命之，	庇护保佑降下命令，
自天申之。	又从上天发出申敕。
干禄百福，	求取利禄百千福报，
子孙千亿。	子孙千亿无有穷尽。

穆穆皇皇，　　　　　　　　庄重肃穆光辉璀璨，

宜君宜王。　　　　　　　　堪为国君或者帝王。

不愆不忘，　　　　　　　　不犯过失不会遗忘，
qiān

率由旧章。　　　　　　　　遵循旧日典章制度。

威仪抑抑，　　　　　　　　他的仪态谦逊恭谨，

德音秩秩。　　　　　　　　他的言教有条不紊。

无怨无恶，　　　　　　　　没有仇怨没有凶恶，

率由群匹。　　　　　　　　遵从群臣贤明之人。

受福无疆，　　　　　　　　所受福报没有边际，

四方之纲。　　　　　　　　堪为四方诸国纲纪。

之纲之纪，　　　　　　　　堪为纲纪以及统帅，

燕及朋友。　　　　　　　　宴饮群臣众位朋友。

百辟卿士，　　　　　　　　畿内诸侯还有卿士，
bì

媚于天子。　　　　　　　　一同爱戴周之天子。

不解于位，　　　　　　　　身处其位没有懈怠，

民之攸塈。　　　　　　　　天下百姓得享太平。

公 刘

题　解

　　《公刘》这首诗歌颂了周文王先祖公刘率领部族由邰迁豳、开疆创业的事迹。这首诗上承《生民》，下继《绵》，构成周朝开国的一个史实系列。《毛诗序》则认为"成王将涖政"，召康公"戒以民事，美公刘之厚于民，而献是诗也"。

　　全诗共分六章，每章十句，各章均以"笃公刘"起句。首章写公刘为迁往豳地做了充分的准备，包括食物、兵器等方面。此后各章均是公刘在豳地治民、发展生产的具体描述，包括考察地形，建造旅馆，拓展疆土，探寻水源，垦治农田，开采砺石，等等，最终使民庶物丰，人民分布遍及皇、过二涧流域。其中，第四章主要写宴饮场面，以凸显公刘"君之宗之"的部族地位。

笃公刘，	公刘笃厚而信实，
匪居匪康，	无法安居得康宁，
乃埸乃疆。	于是划分田边界。
乃积乃仓，	谷物堆积装粮仓，
乃裹糇粮，	收集包裹些干粮，
于橐于囊。	放在橐袋和囊中。
思辑用光。	众人和睦而光显。

弓矢斯张，	将那弓箭张拉开，
干戈戚扬，	手执干戈和斧钺，
爰方启行。	这才启程始出发。
笃公刘，	公刘笃厚而信实，
于胥斯原，	考察那片平原地，
既庶既繁。	资源丰富而繁多。
既顺乃宣，	民众归顺心舒畅，
而无永叹。	不再发出长叹息。
陟则在巘^{yǎn}，	时而登上那山峦，
复降在原。	时而下到平原中。
何以舟之？	什么东西可佩戴？
维玉及瑶，	乃是琼瑶之美玉，
鞞^{bǐngběng}琫容刀。	容刀鞘上带饰物。
笃公刘，	公刘笃厚而信实，
逝彼百泉，	去往百千泉水边，
瞻彼溥原。	观望广袤之原野。
乃陟南冈，	于是登上南山冈，
乃觏于京。	于是看见高土丘。
京师之野，	高丘建邑在原野，
于时处处，	在这安止来定居，

于时庐旅，　　　　　　在这建房住旅客，

于时言言，　　　　　　在这说话真欢欣，

于时语语。　　　　　　在这谈论极快乐。

笃公刘，　　　　　　　公刘笃厚而信实，

于京斯依。　　　　　　依靠高丘营都邑。

跄跄济济，　　　　　　步履有节很庄恭，

俾筵俾几。　　　　　　使人陈设筵和几。

既登乃依，　　　　　　已经入席靠坐几，

乃造其曹。　　　　　　于是去往牲畜地。

执豕于牢，　　　　　　圈里抓猪做菜肴，

酌之用匏。　　　　　　斟酒就用瓢葫芦。
páo

食之饮之，　　　　　　让他吃菜饮酒水，

君之宗之。　　　　　　堪作君王受尊崇。

笃公刘，　　　　　　　公刘笃厚而信实，

既溥既长，　　　　　　拓展疆土宽又长，

既景乃冈。　　　　　　观察日影登高冈。

相其阴阳，　　　　　　考稽山北和山南，

观其流泉。　　　　　　看清泉流之源头。

其军三单。　　　　　　他的军队分三种。

度其隰原，　　　　　　估测低沼和平原，

彻田为粮。   垦治农田种粮食。

度其夕阳,   估测山丘之西面,

豳居允荒。   豳地的确很广阔。

笃公刘,   公刘笃厚而信实,

于豳斯馆。   就在豳地建馆舍。

涉渭为乱,   横流渡过那渭水,

取厉取锻。   取来砺石和碫石。

止基乃理,   选定地基分田亩,

爰众爰有。   于是民丰而物阜。

夹其皇涧,   皇涧夹岸有居民,

溯其过涧。   向上还有那过涧。

止旅遒密,   定居旅客变众多,

芮鞫之即。   水湾内外都遍布。

泂酌

题 解

　　《泂酌》一诗，是对"岂弟君子"的赞颂之辞，而对"岂弟君子"的身份，则有较多争议。《三家诗》认为是公刘，《毛诗序》认为是成王，亦有今人笼统言为周王或诸侯。此外，《毛诗序》认为本诗是"召康公戒成王也"。

　　全诗共分三章，每章五句，复沓程度颇高。各章均以舀水盛装、炊饭洗涤起兴，引出对恺悌君子的称扬。此君子必是贤明有德之人，才可堪为民之父母，统领一方；才可使民众归顺，生活安宁。

泂酌彼行潦, （lǎo）	远舀路上流水,
挹彼注兹,	舀来灌注器皿,
可以餴饎。 （fēn chì）	可以蒸煮谷物。
岂弟君子,	君子和乐平易,
民之父母。	堪为民众父母。
泂酌彼行潦,	远舀路上流水,
挹彼注兹,	舀来灌注器皿,
可以濯罍。 （léi）	可以清洗罍器。
岂弟君子,	君子和乐平易,

民之攸归。　　　　　民众归心依附。

泂酌彼行潦，　　　　远舀路上流水，

挹彼注兹，　　　　　舀来灌注器皿，

可以濯溉。　　　　　可以洗涤用具。

岂弟君子，　　　　　君子和乐平易，

民之攸暨。　　　　　民众安享太平。

卷
阿

题 解

　　《卷阿》一诗，含有对周王的劝诫之意，兼有誉美之辞。《毛诗序》指出此诗主旨是"召康公戒成王也，言求贤用吉士也"。朱熹在《诗集传》中说："（召康）公从成王游歌于卷阿之上，因王之歌而作此以为戒"，所言相近。

　　全诗共分十章，前六章各五句，后四章各六句。首章以"卷阿"和"飘风"起兴，引出恺悌君子"来游来歌"之景。二、三、四三章，诗人告诫周王要继承祖业、祭享神灵，才能获得天命所加、天赐大福。五六两章写周王有辅弼、具孝德、扬美名，使天下诸侯归服效法。七、八章以"凤皇于飞"起兴，赞颂周王有贤良臣属听命，上敬天子，下爱百姓。九、十章写凤凰啼鸣、梧桐生长、车多马壮之景，渲染了一幅和恰安宁、繁荣强盛的社会图景。

有卷^{quán}者阿，	有座山陵形弯曲，
飘风自南。	南方吹来飘旋风。
岂弟君子，	和乐平易之君子，
来游来歌，	到此遨游又歌唱，
以矢其音。	使其音声得传扬。
伴奂尔游矣，	闲逸自在任遨游，

卷阿矢音图

优游尔休矣。　　　　　从容洒脱暂休憩。

岂弟君子，　　　　　　和乐平易之君子，

俾尔弥尔性，　　　　　要终尽你之一生，

似先公酋矣。　　　　　继承先祖之功业。

尔土宇畇章，　　　　　土地房屋及疆域，

亦孔之厚矣。　　　　　幅员广阔而辽远。

岂弟君子，　　　　　　和乐平易之君子，

俾尔弥尔性，　　　　　要终尽你之一生，

百神尔主矣。　　　　　主祭荐享百神明。

尔受命长矣，　　　　　你受天命时长久，

茀禄尔康矣。　　　　　你享福禄与安康。

岂弟君子，　　　　　　和乐平易之君子，

俾尔弥尔性，　　　　　要终尽你之一生，

纯嘏尔常矣。　　　　　常受天赐之大福。

有冯有翼，　　　　　　依靠辅佐有贤才，

有孝有德，　　　　　　不仅孝顺且有德，

以引以翼。　　　　　　以此引导而扶助。

岂弟君子，　　　　　　和乐平易之君子，

四方为则。　　　　　　四方诸国之典范。

鳳凰于飛
傳鳳凰靈
鳥仁瑞也
雄曰鳳雌
曰凰

凤凰于飞

颙颙卬卬，
yóng

温和庄恭有气度，

如圭如璋，

如同玉圭如璋石，

令闻令望。

美名威望广传扬。

岂弟君子，

和乐平易之君子，

四方为纲。

四方诸国之统领。

凤皇于飞，

那凤凰飞舞之时，

翙翙其羽，
huì

振动羽翅翙翙响，

亦集爰止。

于是群集而栖止。

蔼蔼王多吉士，

周王贤士真众多，

维君子使，

听任君子之驱使，

媚于天子。

爱戴我朝之天子。

凤皇于飞，

那凤凰飞舞之时，

翙翙其羽，

振动羽翅翙翙响，

亦傅于天。

于是飞到天空中。

蔼蔼王多吉人，

周王贤士真众多，

维君子命，

领受君子之诏命，

媚于庶人。

爱惜天下之百姓。

凤皇鸣矣，

那凤凰发出鸣叫，

于彼高冈。

在那高高山冈上。

774

梧桐生矣，   有梧桐树正生长，

于彼朝阳。   在那山丘之西面。

菶菶萋萋，   枝叶繁茂又兴盛，

雝雝喈喈。   鸣啼之声颇和谐。

君子之车，   君子拥有众车辆，

既庶且多。   不可胜数量众多。

君子之马，   君子拥有众马匹，

既闲且驰。   技艺娴熟善驰骋。

矢诗不多，   所献之诗真不少，

维以遂歌。   于是配乐作此歌。

梧桐

梧桐

落叶乔木。叶柄长，呈掌状分裂，通常开黄绿色单性花。木质轻且坚韧，可制乐器等。种子可食，亦可榨油。

民

劳

题 解

　　《民劳》一诗的主旨，在末两句"王欲玉女，是用大谏"中已经点明，乃是臣下敬爱君王，故行规诫劝谏之事。《毛诗序》认为此诗是"召穆公刺厉王也"，因为当时"赋敛重数，繇役烦多，人民劳苦，轻为奸宄，彊陵弱，众暴寡，作寇害"的社会现实。

　　全诗共分五章，每章十句，几乎全用叠章手法。各章首四句言民众历经辛劳才换来"小康""小安"的时局，天子抚恤王畿使四方安定、百姓繁庶，凸显出如此现状实属得来不易，为后文的进谏劝诫做好了铺垫。此后诗人以"无（不要）……式（要）"的句式，劝诫周王惩奸佞、除暴虐、平纷争、近贤德等，以使周王功绩宏伟，国家政治清明，社会安定太平。

民亦劳止，　　　　　　百姓实在太辛劳，

汔可小康。　　　　　　基本可以稍安康。
qì

惠此中国，　　　　　　抚爱这片王畿地，

以绥四方。　　　　　　安定四方天下邦。

无纵诡随，　　　　　　不要放纵诡诈者，

以谨无良。　　　　　　谨防不善不良人。

式遏寇虐，　　　　　　遏止侵害暴虐事，

憯不畏明。　　　　　　怎不敬畏圣明法。
cǎn

民劳

柔远能迩，　　　　　　　安抚远地使亲附，
以定我王。　　　　　　　周王之心才安定。

民亦劳止，　　　　　　　百姓实在太辛劳，
汔可小休。　　　　　　　基本可以稍休息。
惠此中国，　　　　　　　抚爱这片王畿地，
以为民逑。　　　　　　　使那百姓齐聚集。
无纵诡随，　　　　　　　不要放纵诡诈者，
以谨惛怓。　　　　　　　谨防喧闹起纷争。
　hūnnáo
式遏寇虐，　　　　　　　遏止侵害暴虐事，
无俾民忧。　　　　　　　不使百姓生担忧。
无弃尔劳，　　　　　　　不要抛弃你功劳，
以为王休。　　　　　　　以使王室享吉庆。

民亦劳止，　　　　　　　百姓实在太辛劳，
汔可小息。　　　　　　　基本可以稍止息。
惠此京师，　　　　　　　抚爱这片京师地，
以绥四国。　　　　　　　安定四方诸侯国。
无纵诡随，　　　　　　　不要放纵诡诈者，
以谨罔极。　　　　　　　谨防不正无准则。
式遏寇虐，　　　　　　　遏止侵害暴虐事，
无俾作慝。　　　　　　　不要使人去作恶。
　　tè
敬慎威仪，　　　　　　　恭敬谨慎有威仪，

以近有德。　　　　　　　　亲近贤良有德者。

民亦劳止，　　　　　　　　百姓实在太辛劳，
汔可小愒。　　　　　　　　基本可以稍休憩。
  qì
惠此中国，　　　　　　　　抚爱这片王畿地，
俾民忧泄。　　　　　　　　使那百姓泄忧愁。
无纵诡随，　　　　　　　　不要放纵诡诈者，
以谨丑厉。　　　　　　　　谨防众多灾与祸。
式遏寇虐，　　　　　　　　遏止侵害暴虐事，
无俾正败。　　　　　　　　不让国政被败坏。
戎虽小子，　　　　　　　　你虽然年龄不大，
而式弘大。　　　　　　　　作为却要极弘大。

民亦劳止，　　　　　　　　百姓实在太辛劳，
汔可小安。　　　　　　　　基本可以稍安宁。
惠此中国，　　　　　　　　抚爱这片王畿地，
国无有残。　　　　　　　　国中没有残害事。
无纵诡随，　　　　　　　　不要放纵诡诈者，
以谨缱绻。　　　　　　　　谨防反复作恶者。
式遏寇虐，　　　　　　　　遏止侵害暴虐事，
无俾正反。　　　　　　　　不让国政被颠覆。
王欲玉女，　　　　　　　　大王我想珍爱您，
是用大谏。　　　　　　　　因此竭力以规谏。

板

题 解

　　与前《卷阿》《民劳》二诗类似,《板》也是一首劝谏君王之诗。《毛诗序》认定此诗旨为"凡伯刺厉王也"。郑玄在《笺注》中则补充说凡伯是周公后裔,担任周王室卿士。本诗对周厉王之昏庸无道予以深切的谴责和警诫。

　　全诗共分八章,每章八句,诗中运用了大量叠词来凸显主题。周厉王治国,既无言出必行之诚信,又无深谋远虑之胆识,在国家动荡祸乱、百姓苦难深重之时,仍然恣情纵意、逸乐无度,连老臣殷切进谏也轻慢傲视、不予采纳。在此情形下,诗人借上天之名对厉王发出严正告诫,希望他能使贤臣良士、国家宗族各自发挥其用,他自身也能敬慎持身、精勤治国。

上帝板板,　　　　　　　帝王乖戾又反常,

下民卒瘅。^{dān}　　　人民劳苦而致疾。

出话不然,　　　　　　　所说不能照着做,

为犹不远。　　　　　　　图谋规划不长远。

靡圣管管,　　　　　　　不循圣道多纵意,

不实于亶。　　　　　　　不够笃实无诚信。

犹之未远,　　　　　　　谋划方略不长远,

是用大谏。　　　　　　　因此竭力以规谏。

天之方难,　　　　　　　正值上天降危难,

无然宪宪。	不要这样享欢乐。
天之方蹶^{guì}，	正值上天降动乱，
无然泄泄。	不要这样常懈怠。
辞之辑矣，	政令教化语调和，
民之洽矣。	民众和恰又敦睦。
辞之怿^{yì}矣，	政令教化使民悦，
民之莫矣。	民众安定又太平。

天之方蹶，正值上天降动乱，

我虽异事，	我之职事虽不同，
及尔同僚。	但却和你是同僚。
我即尔谋，	我去和你共商谋，
听我嚣嚣。	不听我言太傲慢。
我言维服，	我所言都是要事，
勿以为笑。	不要以为是笑谈。
先民有言，	上古先民有格言，
询于刍荛^{ráo}。	草民樵夫多请教。

天之方虐，	上天正把灾难降，
无然谑谑。	不要这样纵喜乐。
老夫灌灌，	老夫一心情恳切，
小子蹻蹻^{jué}。	你却骄慢太轻狂。
匪我言耄，	非我年老而昏聩，

尔用忧谑。　　　　　　　　你却轻薄多戏谑。

多将熇熇（hè），　　　　　多行不义愈炽盛，

不可救药。　　　　　　　　病入膏肓无药救。

天之方懠，　　　　　　　　上天震怒降灾难，

无为夸毗。　　　　　　　　不要阿谀以逢迎。

威仪卒迷，　　　　　　　　威严礼仪尽迷乱，

善人载尸。　　　　　　　　贤善之人如神尸。

民之方殿屎（xǐ），　　　　民众正在苦呻吟，

则莫我敢葵。　　　　　　　我都不敢去揣度。

丧乱蔑资，　　　　　　　　死丧祸乱无财产，

曾莫惠我师。　　　　　　　竟不恩惠我百姓。

天之牖民，　　　　　　　　上天引导于百姓，

如埙如篪（chí），　　　　　如同陶埙如竹篪，

如璋如圭，　　　　　　　　如同璋石如圭玉，

如取如携。　　　　　　　　如同取物如携物。

携无曰益，　　　　　　　　携物没有遇阻隘，

牖民孔易。　　　　　　　　因势利导很容易。

民之多辟，　　　　　　　　现今法律已太多，

无自立辟。　　　　　　　　不要再立新法律。

^{jiè}
价人维藩，　　　　　　　善人如同那藩篱，

大师维垣，　　　　　　　太师如同那墙垣，

大邦维屏，　　　　　　　大国如同那屏障，

大宗维翰，　　　　　　　嫡宗如同那栋梁，

怀德维宁，　　　　　　　怀有美德可安宁，

宗子维城。　　　　　　　宗子如同那城邑。

无俾城坏，　　　　　　　莫使城邑被败坏，

无独斯畏。　　　　　　　不要独自生畏惧。

敬天之怒，　　　　　　　敬畏上天之愤怒，

无敢戏豫。　　　　　　　不敢嬉戏又逸乐。

敬天之渝，　　　　　　　敬畏上天之变动，

无敢驰驱。　　　　　　　不敢随意而驱驰。

昊天曰明，　　　　　　　上苍光明乃昭彰，

及尔出王。　　　　　　　与你一同外出行。

昊天曰旦，　　　　　　　上苍光耀如日出，

及尔游衍。　　　　　　　与你一同去遨游。

荡

题 解

　　《荡》也是一首讽刺周厉王无道的诗，《毛诗序》言此诗主旨乃"召穆公伤周室大坏也"。这首诗同《板》一诗，不仅题材相近，而且风格类似，因此后世往往连用"板荡"以指代朝政黑暗、社会动荡的时局，如李世民《赐萧瑀》诗中就有"疾风知劲草，板荡识诚臣"之句。

　　本诗共分八章，每章八句。除首章外，各章皆以"文王曰咨，咨汝殷商"起句，以文王的口吻对周王发出劝谏。诗中一一列举了殷商灭国的种种先兆、乱象，分析阐释其原因，来警醒周王以之为鉴，切莫重蹈覆辙。此外，诗中引用的"人言"以"树倒根拔、枝叶暂好"为譬喻，颇有治政经国的哲理性和启发性。

荡荡上帝，	恣纵无度的帝王，
下民之辟(bì)。	他是百姓的君主。
疾威上帝，	暴虐威厉的帝王，
其命多辟(pì)。	他的诏命太邪僻。
天生烝民，	上天生养众百姓，
其命匪谌。	君王诏命无诚信。
靡不有初，	处事注重其开端，
鲜克有终。	但却极少能善终。

板荡

文王曰咨，　　　　　　　　文王发出嗟叹声，

咨女殷商。　　　　　　　　嗟叹你们殷商朝。

曾是强御，　　　　　　　　竟是豪强恃淫威，

曾是掊克。　　　　　　　　竟是贪官广聚敛，
(póu)

曾是在位，　　　　　　　　竟是小人居高位，

曾是在服。　　　　　　　　竟是奸佞主职事。

天降滔德，　　　　　　　　天降君王性傲慢，

女兴是力。　　　　　　　　你之群臣助恶行。

文王曰咨，　　　　　　　　文王发出嗟叹声，

咨女殷商。　　　　　　　　嗟叹你们殷商朝。

而秉义类，　　　　　　　　本应任用贤善人，

强御多怼。　　　　　　　　却用豪强遭众怨。
(duì)

流言以对，　　　　　　　　进献谗言对君王，

寇攘式内。　　　　　　　　劫掠侵夺在内廷。

侯作侯祝，　　　　　　　　祈求神明降诅咒，

靡届靡究。　　　　　　　　没有穷极无止尽。

文王曰咨，　　　　　　　　文王发出嗟叹声，

咨女殷商。　　　　　　　　嗟叹你们殷商朝。

女炰烋于中国，　　　　　　你在国中太跋扈，
(páoxiāo)

敛怨以为德。　　　　　　　聚敛怨徒当贤德。

787

不明尔德，　　　　　不去昭明你德行，

时无背无侧。　　　　不辨背叛与倾侧。

尔德不明，　　　　　你的德行不昭明，

以无陪无卿。　　　　没有辅弼无士卿。

文王曰咨，　　　　　文王发出嗟叹声，

咨女殷商。　　　　　嗟叹你们殷商朝。

天不湎尔以酒，　　　上天未让你耽酒，

不义从式。　　　　　不应依从而效法。

既愆尔止，　　　　　你之所行已有错，

靡明靡晦。　　　　　不分光明与黑暗。

式号式呼，　　　　　狂呼且又大声叫，

俾昼作夜。　　　　　让那白昼作黑夜。

文王曰咨，　　　　　文王发出嗟叹声，

咨女殷商。　　　　　嗟叹你们殷商朝。

如蜩如螗，　　　　　如同蜩螗二种蝉，

如沸如羹。　　　　　如同水沸如羹熟。

小大近丧，　　　　　小大诸事几败亡，

人尚乎由行。　　　　人民尚且去遵行。

内奰于中国，　　　　国中百姓生怨怒，

覃及鬼方。　　　　　怒火蔓延到四方。

788

文王曰咨，　　　　　　　文王发出嗟叹声，

咨女殷商。　　　　　　　嗟叹你们殷商朝。

匪上帝不时，　　　　　　并非上天不善良，

殷不用旧。　　　　　　　殷商不用旧章法。

虽无老成人，　　　　　　即无年高有德者，

尚有典刑。　　　　　　　尚有前代之典章。

曾是莫听，　　　　　　　竟然不听此劝诫，

大命以倾。　　　　　　　国家命脉将倾覆。

文王曰咨。　　　　　　　文王发出嗟叹声，

咨女殷商。　　　　　　　嗟叹你们殷商朝。

人亦有言，　　　　　　　人们也有格言说，

颠沛之揭，　　　　　　　树木倒伏树根拔，

枝叶未有害，　　　　　　枝叶暂时无损害，

本实先拨。　　　　　　　树根确实先断绝。

殷鉴不远，　　　　　　　殷商教训不久远，

在夏后之世。　　　　　　就在夏后之时代。

抑

题 解

同《板》《荡》等诗类似，《抑》也是一首对君王的规劝谏诤之诗，可以说这些诗开创了后世政谏文学的先河。《毛诗序》提出此诗是"卫武公刺厉王，亦以自警也"。朱熹在《诗集传》中则认为："卫武公作此诗，使人日诵于其侧以自警。"

全诗共分十二章，前三章各八句，后九章各十句。全诗以一位忠实老臣的口吻，对一位年轻的君王进行规劝和告诫。诗中既有对君王昏庸无德的指斥，又有对利弊危亡的分析，还有对修身进德的嘉勉，等等。所言思维缜密清晰，论证正反配合，理念融通连贯，再加上俗言古语的引用，充分凸显出老臣的一片赤胆忠心。此外，"投桃报李"和"耳提面命"两个成语即源自本诗。

抑抑威仪，	谨慎谦逊有威仪，
维德之隅。	为人品德很端正。
人亦有言，	人们也有俗话说，
靡哲不愚。	没有智者不愚钝。
庶人之愚，	一般之人若愚钝，
亦职维疾。	那是缺点很正常。
哲人之愚，	睿智之人若愚钝，
亦维斯戾。	这种情况很反常。

无竞维人，　　　　　国家强盛在人才，

四方其训之。　　　　天下四方蒙教化。

有觉德行，　　　　　若有正直之德行，

四国顺之。　　　　　四方诸国来归顺。

訏谟定命，　　　　　远大谋略定政令，
xū

远犹辰告。　　　　　长久策划按时告。

敬慎威仪，　　　　　恭敬谨慎重威仪，

维民之则。　　　　　天下百姓之典范。

其在于今，　　　　　等到如今之时局，

兴迷乱于政。　　　　国兴小人政迷乱。

颠覆厥德，　　　　　倾覆败坏其品德，

荒湛于酒。　　　　　荒淫耽湎于饮酒。

女虽湛乐从，　　　　你既纵酒耽嬉乐，

弗念厥绍。　　　　　不念继承先祖业。

罔敷求先王，　　　　不去广求先王道，

克共明刑?　　　　　怎能持守圣明法?

肆皇天弗尚，　　　　因此上天不助佑，

如彼泉流，　　　　　如同泉水之奔流，

无沦胥以亡。　　　　不要相率以覆亡。

夙兴夜寐，　　　　　早早起床晚入睡，

洒扫庭内，	洒水扫地庭院内，
维民之章。	才是百姓之表率。
修尔车马，	修理你的车和马，
弓矢戎兵。	弓箭军服与兵器。
用戒戎作，	戒备战争之发动，
用逷蛮方。	驱除南方之蛮族。

质尔人民，	平治安定你人民，
谨尔侯度，	谨慎守持你法度，
用戒不虞。	意外事故之发生。
慎尔出话，	你之出言须审慎，
敬尔威仪，	你之威仪须敬重，
无不柔嘉。	无不柔顺而嘉美。
白圭之玷，	白色圭玉有污点，
尚可磨也。	尚可打磨而去除。
斯言之玷，	人之言语有污点，
不可为也。	没有办法可挽回。

无易由言，	莫改言语与教令，
无曰苟矣。	莫说苟且暂如此。
莫扪朕舌，	无人按住我口舌，
言不可逝矣。	言教不可轻传布。

无言不雠，　　　　　　没有出言不应答，

无德不报。　　　　　　没有恩德不回报。

惠于朋友，　　　　　　要友善对待朋友，

庶民小子。　　　　　　遍及平民和子弟。

子孙绳绳，＾mǐn　　　　子孙戒惧而谨慎，

万民靡不承。　　　　　万民无人不顺服。

视尔友君子，　　　　　看你结交诸君子，

辑柔尔颜，　　　　　　脸色温煦而和柔，

不遐有愆。　　　　　　不会犯下诸过失。

相在尔室，　　　　　　看你独处在室中，

尚不愧于屋漏。　　　　尚且不愧于神明。

无曰不显，　　　　　　莫说室内不明亮，

莫予云觏。　　　　　　无人能把我看见。

神之格思，　　　　　　天上神明随时来，

不可度思，　　　　　　不可揣度或思量，

矧可射思？＾shěn　　　怎能再生厌倦心？

辟尔为德，　　　　　　君王你须修德行，

俾臧俾嘉。　　　　　　使之美好又良善。

淑慎尔止，　　　　　　举止贤明又谨慎，

不愆于仪。　　　　　　仪容端庄无过咎。

不僭不贼，　　　　　不越本分不残害，

鲜不为则。　　　　　少有人会不效仿。

投我以桃，　　　　　有人给我投桃子，

报之以李。　　　　　我用李子来回报。

彼童而角，　　　　　扎着鬏角小顽童，

实虹小子。　　　　　头脑昏沉不明理。

荏染柔木，　　　　　幼小柔嫩之树木，

言缗之丝。　　　　　可以制成弓弦装。

温温恭人，　　　　　温润谦恭有德者，

维德之基。　　　　　德行修养有根基。

其维哲人，　　　　　若是贤明睿智者，

告之话言，　　　　　告以美善之言辞，

顺德之行。　　　　　就能顺德而践行。

其维愚人，　　　　　若是愚钝无知者，

覆谓我僭，　　　　　反倒说我越本分，

民各有心。　　　　　人人各自有异心。

於乎小子，　　　　　哎呀小儿太年轻，

未知臧否。　　　　　不知善恶与好坏。

匪手携之，　　　　　不但携手以相牵，

言示之事。　　　　　而且指示诸事理。

匪面命之，	不但当面去教导，
言提其耳。	而且提耳使铭记。
借曰未知，	假如说你不知事，
亦既抱子。	也已抱子为人父。
民之靡盈，	人应谦虚不骄傲，
谁夙知而莫成?	有谁早知却晚成?

昊天孔昭，	上天光明极昭彰，
我生靡乐。	我之存世无欢乐。
视尔梦梦，	看你昏庸不明智，
我心惨惨。	我心忧愁又苦闷。
诲尔谆谆，	真诚恳切教导你，
听我藐藐。	对我言语多轻蔑。
匪用为教，	不用我言行教令，
覆用为虐。	反而施行暴虐事。
借曰未知，	假如说你不知事，
亦聿既耄。 mào	我也年高成老耄。

於乎小子，	哎呀小儿太年轻，
告尔旧止。	告知给你旧法道。
听用我谋，	听取采纳我计谋，
庶无大悔。	希望可免大悔恨。

天方艰难，　　　　　　正值上天降灾难，

曰丧厥国。　　　　　　国家覆亡在旦夕。

取譬不远，　　　　　　为你就近取譬喻，

昊天不忒。　　　　　　上天赏罚无差错。
  ᵗᵉ

回遹其德，　　　　　　如果品性仍邪曲，

俾民大棘。　　　　　　会让百姓陷危急。

桑柔

题 解

　　《桑柔》也是一首劝谏君王之诗,《毛诗序》云此诗乃"芮伯刺厉王也"。芮伯, 姬姓, 字良夫, 是芮国国君, 周朝卿士。周厉王暴虐无道, 亲近奸佞荣夷公, 芮伯屡次上谏, 厉王拒不听从, 使得民怨沸腾, 最终酿成"国人暴动"的大祸。

　　全诗共分十六章, 前八章各八句, 后八章各六句。从内容与风格上看, 本诗与前面《板》《荡》《抑》等诗都比较接近。诗中对厉王治政昏庸、为人无德等方方面面予以了批评诘责, 特别提到他是非不分、善恶不明、亲小人远贤良。此外, 诗人也对在位者"上行不正, 下以效之"的恶劣政教影响予以了谴责, 堪为后世讽谏诗的典范之作。

菀彼桑柔, wǎn	桑树嫩叶很茂盛,
其下侯旬。	树下浓荫广延覆。
捋采其刘,	采摘桑叶使稀疏,
瘼此下民。 mò	让那百姓多疾苦。
不殄心忧, tiǎn	心中忧愁无止尽,
仓兄填兮。	悲怆失意久萦缠。
倬彼昊天, zhuō	光明伟大那上苍,

797

宁不我矜？　　　　　怎不怜悯抚恤我？

四牡骙骙，　　　　　四匹公马体雄健，
旗旐有翩。　　　　　旗旐旌旗随风舞。
乱生不夷，　　　　　祸乱发生不平定，
靡国不泯。　　　　　没有国家不覆亡。
民靡有黎，　　　　　人口减少民不多，
具祸以烬。　　　　　尽受灾祸尽死光。
於乎有哀，　　　　　长叹心中含悲哀，
国步斯频。　　　　　国家命运太危急。

国步蔑资，　　　　　国运危机无资财，
天不我将。　　　　　上天不来扶助我。
靡所止疑，　　　　　无处可以得安居，
云徂何往？　　　　　不知能去往何处？
君子实维，　　　　　君子确实是这样，
秉心无竞。　　　　　存心淡泊无纷争。
谁生厉阶？　　　　　是谁肇始此祸端？
至今为梗。　　　　　至今残害成大患。

忧心慇慇，　　　　　心中忧愁极深重，
念我土宇。　　　　　念我土地和屋宅。

我生不辰，　　　　　我之出生不逢时，
逢天僤_{dàn}怒。　　　　正遇上天降大怒。

自西徂东，　　　　　从那西边到东边，
靡所定处。　　　　　没有地方可定居。
多我觏痻_{mín}，　　　我眼多见民疾苦，
孔棘我圉_{yǔ}。　　　我国边境正告急。

为谋为毖，　　　　　小心谨慎来谋划，
乱况斯削。　　　　　混乱状况得减少。
告尔忧恤，　　　　　告诫你要多矜恤，
诲尔序爵。　　　　　教诲你要授爵位。
谁能执热，　　　　　谁能手执灼热物，
逝不以濯？　　　　　却不用水来冲洗？
其何能淑？　　　　　如此怎能是贤善？
载胥及溺。　　　　　众人交相陷祸患。

如彼溯风，　　　　　如同迎着逆向风，
亦孔之僾_{ài}。　　　也会让人难呼吸。
民有肃心，　　　　　民众本有行善心，
荓_{pīng}云不逮。　　　君王不能去运用。
好是稼穑，　　　　　重视农业耕作事，
力民代食。　　　　　勤民奉养有功臣。

稼穑维宝，　　　　　　　　农业生产是珍宝，
代食维好。　　　　　　　　奉养功臣是好事。

天降丧乱，　　　　　　　　天降死丧与祸乱，
灭我立王。　　　　　　　　要灭我们所立王。
降此蟊贼，　　　　　　　　降下蟊贼等害虫，
稼穑卒痒。　　　　　　　　农田庄稼都生病。
哀恫中国，　　　　　　　　哀痛伤怀我国中，
具赘卒荒。　　　　　　　　灾难牵连尽荒芜。
靡有旅力，　　　　　　　　没有人能出大力，
以念穹苍。　　　　　　　　以此感念那上苍。

维此惠君，　　　　　　　　正是贤德之君王，
民人所瞻。　　　　　　　　民众才会瞻仰他。
秉心宣犹，　　　　　　　　居心明达善谋划，
考慎其相。　　　　　　　　审慎考察选卿相。
维彼不顺，　　　　　　　　不顺正道之君王，
自独俾臧。　　　　　　　　独以己意为嘉美。
自有肺肠，　　　　　　　　自己私欲恣意行，
俾民卒狂。　　　　　　　　使那百姓皆迷狂。

瞻彼中林，　　　　　　　　瞻望那片茂密林，

800

shēn 甡 甡其鹿。	有群野鹿数颇多。
zèn 朋友已譖，	同僚朋友既背离，
不胥以榖。	不能相交以善道。
人亦有言，	人们也有俗话说，
进退维谷。	进退都入困窘境。
维此圣人，	只有这些圣贤人，
瞻言百里。	目光远大瞻百里。
维彼愚人，	只有那些愚鲁者，
复狂以喜。	反以狂妄而自喜。
匪言不能，	并非不能说此话，
胡斯畏忌?	为何惧怕又顾忌?
维此良人，	国有这些贤良人，
弗求弗迪。	王不索求不进用。
维彼忍心，	但对那些残忍者，
是顾是复。	眷顾有加多任命。
民之贪乱，	人们贪婪而暴乱，
宁为荼毒。	竟如荼毒相为虐。
大风有隧，	大风到来有通道，
有空大谷。	就从空旷大谷中。

维此良人，　　　　只有这些贤良人，

作为式榖。　　　　所作所为皆善好。

维彼不顺，　　　　只有不顺正道者，

征以中垢。　　　　行事鬼祟又污秽。

大风有隧，　　　　大风到来有通道，

贪人败类。　　　　贪婪之人是败类。

听言则对，　　　　顺心之话则应答，

诵言如醉。　　　　听到正理如酒醉。

匪用其良，　　　　不去推行贤良法，

复俾我悖。　　　　却使我等效悖逆。

嗟尔朋友，　　　　嗟叹你友与同僚，

予岂不知而作？　　我怎不知你所为？

如彼飞虫，　　　　就如空中之飞鸟，

时亦弋获。　　　　有时也被射猎到。

既之阴女，　　　　原本覆荫庇护你，

反予来赫。　　　　你却反对我怒斥。

民之罔极，　　　　百姓不遵中正道，

职凉善背。　　　　只因官吏善欺骗。

为民不利，　　　　残害侵损众百姓，

如云不克。　　　　　　　　不害好人心不安。

民之回遹，　　　　　　　　百姓品性变邪曲，

职竞用力。　　　　　　　　多因执政太暴虐。

民之未戾，　　　　　　　　百姓生活不安定，

职盗为寇。　　　　　　　　多因执政为贼寇。

凉曰不可，　　　　　　　　真诚劝谏不采纳，

覆背善詈。　　　　　　　　反而违背多斥骂。

虽曰匪予，　　　　　　　　即使遭受你责难，

既作尔歌。　　　　　　　　还要为你作诗歌。

云 汉

题 解

　　《云汉》这首诗，一般认为是以周宣王的视角，描写了西周时的一场大旱及由此带来的饥馑和种种负面社会效应，抒发了宣王对灾难的忧虑和痛切之心。《毛诗序》则认为此诗是"仍叔美宣王也"，因其"承厉王之烈，内有拨乱之志，遇灾而惧，侧身修行，欲销去之"。

　　全诗共分八章，每章十句。除首末两章外，各章皆以"旱既大甚"起句，详细描写了旱灾的广泛深重及百姓饥饿致死的残酷现状，还写了周王率众臣多词祈福祭祀的场面，体现了当时"天命所主"的传统观念。周王多次对上天进行叩问和自省，其敬畏恳切之心显露无疑。

倬彼云汉，	明亮广阔那银河，
昭回于天。	光耀回转在空中。
王曰於乎，	周王发出嗟叹声，
何辜今之人？	如今之人有何罪？
天降丧乱，	天降死丧和霍乱，
饥馑荐臻。	饥馑灾荒频到来。
靡神不举，	没有神明未祭祀，
靡爱斯牲。	进献牺牲无吝惜。

圭璧既卒，　　　　　　　　圭璋璧玉已用完，
宁莫我听。　　　　　　　　神明不肯听我言。

旱既大甚，　　　　　　　　旱情已经很严重，
蕴隆虫虫。　　　　　　　　暑气蕴盛极灼热。
不殄禋祀，　　　　　　　　不断举行那禋祀，
自郊徂宫。　　　　　　　　从郊野直到宗庙。
上下奠瘞，　　　　　　　　献祭埋物祭天地，
靡神不宗。　　　　　　　　没有神明不尊敬。
后稷不克，　　　　　　　　始祖后稷不能助，
上帝不临。　　　　　　　　天上仙帝不降临。
耗^{dù}斁下土，　　　　　　　　侵损败坏世间人，
宁丁我躬。　　　　　　　　我竟亲身逢此难。

旱既大甚，　　　　　　　　旱情已经很严重，
则不可推。　　　　　　　　想要去除无可能。
兢兢业业，　　　　　　　　兢兢业业多戒惧，
如霆如雷。　　　　　　　　如同头顶那雷霆。
周余黎民，　　　　　　　　周朝剩余之百姓，
靡有孑遗。　　　　　　　　没有多少尚残存。
昊天上帝，　　　　　　　　渺渺上苍之天帝，
则不我遗。　　　　　　　　却不对我降惠赐。

胡不相畏?　　　　　　　心中怎能不畏惧?

先祖于摧。　　　　　　　先祖之业遭摧折。

旱既大甚，　　　　　　　旱情已经很严重，

则不可沮。　　　　　　　没有办法可终止。

赫赫炎炎，　　　　　　　烈日赫赫而炎炎，

云我无所。　　　　　　　我无处所可安居。

大命近止，　　　　　　　百姓多数已命绝，

靡瞻靡顾。　　　　　　　仍不前瞻或后顾。

群公先正，　　　　　　　前代诸侯与公卿，

则不我助。　　　　　　　却不对我行帮助。

父母先祖，　　　　　　　已逝父母与先祖，

胡宁忍予?　　　　　　　怎能忍心看我苦?

旱既大甚，　　　　　　　旱情已经很严重，

涤涤山川。　　　　　　　山峦光秃水枯竭。

旱魃为虐，　　　　　　　旱魃凶恶广为虐，

如惔如焚。　　　　　　　如同火烧如焚燃。

我心惮暑，　　　　　　　我心惧怕此暑热，

忧心如熏。　　　　　　　心中忧愁如熏烤。

群公先正，　　　　　　　前代诸侯与公卿，

则不我闻。　　　　　　　却没听到我哀情。

昊天上帝，　　　　　渺渺上苍之天帝，

宁俾我遯？　　　　　难道迫使我出离？

旱既太甚，　　　　　旱情已经很严重，

黾勉畏去。　　　　　勤勉祷求望畏离。

胡宁瘨我以旱？　　　为何害我降旱灾？

（diān）

憯不知其故。　　　　竟然不知其缘故。

祈年孔夙，　　　　　祈祷丰年时很早，

方社不莫。　　　　　方社祭祀皆不晚。

昊天上帝，　　　　　渺渺上苍之天帝，

则不我虞。　　　　　却不体察我苦难。

敬恭明神，　　　　　恭敬事奉诸神明，

宜无悔怒。　　　　　应该没有愤恨心。

旱既大甚，　　　　　旱情已经很严重，

散无友纪。　　　　　朝政散漫无纲纪。

鞠哉庶正，　　　　　众官之长多穷困，

（jū）

疚哉冢宰。　　　　　六卿之首多苦厄。

趣马师氏，　　　　　掌管马匹是师氏，

膳夫左右。　　　　　司厨之官左右随。

靡人不周，　　　　　没人不愿行周济，

无不能止。　　　　　没人止息不去做。

瞻印昊天，　　　　　　　瞻仰浩渺之上苍，

云如何里？　　　　　　　心中多少伤与悲？

瞻印昊天，　　　　　　　瞻仰浩渺之上苍，

有嘒其星。　　　　　　　星光微小而闪烁。
（huì）

大夫君子，　　　　　　　诸位大夫和长官，

昭假无赢。　　　　　　　我召你们来商议。

大命近止，　　　　　　　百姓多数已命绝，

无弃尔成。　　　　　　　不弃前功不怕难。

何求为我？　　　　　　　祈求难道是为我？

以戾庶正。　　　　　　　只为安定众官长。

瞻印昊天，　　　　　　　瞻仰浩渺之上苍，

曷惠其宁？　　　　　　　何时惠赐使安宁？

崧
高

题 解

　　西周末期, 周王室陵夷, 南方各国时有割据作乱之事。《崧高》一诗就是在此背景下, 以周宣王贤臣尹吉甫的口吻, 作以赞颂申伯安绥南方的卓著功勋。《毛诗序》认为本诗主旨是 "尹吉甫美宣王也", 因其 "天下复平, 能建国, 亲诸侯, 褒赏申伯焉"。

　　全诗共分八章, 每章八句。首章给申伯的降生和受命赋予了 "天命神授" 的色彩, 强调了他在周王朝中的重要政治地位。其后各章则以周王之命为线索, 详细记述了申伯至谢地营建城邑, 召伯代理申伯原有事业, 周王厚赐申伯并命其安居南方等事件, 赞美了申伯勇武、正直、柔惠的美德及他平定南国、天下归服的赫赫功绩。

^{sōng}崧 高维岳,	山势巍峨是四岳,
骏极于天。	高高耸立入云天。
维岳降神,	神灵降在四岳间,
生甫及申。	生下申甫两贤人。
维申及甫,	正是申伯和甫侯,
维周之翰。	乃是周朝之支柱。
四国于蕃,	四国以之为屏障,

嶽降圖
戴嶧寫

崧高維嶽 寫嵩嶽之高峻下有二人指高山而相視光景

岳降图

四方于宣。　　　　　　天下以之为墙垣。

亹亹申伯，　　　　　　申伯勤勉而不倦，

王缵之事。　　　　　　周王传继以事业。

于邑于谢，　　　　　　就在谢地筑城邑，

南国是式。　　　　　　南方各国皆效法。

王命召伯，　　　　　　周王下令给召伯，

定申伯之宅。　　　　　确定申伯之屋宅。

登是南邦，　　　　　　进入南国做长官，

世执其功。　　　　　　世代保有其功业。

王命申伯，　　　　　　周王下令给申伯，

式是南邦。　　　　　　要树表率给南国。

因是谢人，　　　　　　依靠谢邑众百姓，

以作尔庸。　　　　　　修建你之新城墙。

王命召伯，　　　　　　周王下令给召伯，

彻申伯土田。　　　　　治理申伯之田地。

王命傅御，　　　　　　周王下令给傅御，

迁其私人。　　　　　　和其家臣同迁出。

申伯之功，　　　　　　申伯原有之事功，

召伯是营。　　　　　　召伯代其来营理。

有俶其城，城邑终于营建好，

寝庙既成，宗庙也已修筑成，

既成藐藐。建筑盛大又华美。

王锡申伯，周王赏赐给申伯，

四牡蹻蹻，四匹公马体雄健，

钩膺濯濯。胸上饰带色鲜明。

王遣申伯，周王以礼遣申伯，

路车乘马。送他辂车和四马。

我图尔居，我已思量你居住，

莫如南土。不如南方最适合。

锡尔介圭，赐你大圭之玉器，

以作尔宝。以此作为你国宝。

往迈王舅，周王舅父请前往，

南土是保。南方国土得保全。

申伯信迈，申伯决定要出行，

王饯于郿。周王饯行在郿地。

申伯还南，申伯返还至南国，

谢于诚归。确实又回到谢邑。

王命召伯，周王下令给召伯，

彻申伯土疆。治理申伯之国土。

以峙其粻,　　　　　　米粮谷物储备好,

式遄其行。　　　　　　动身出行要快速。

申伯番番,　　　　　　申伯勇武而英豪,

既入于谢。　　　　　　已经进入谢邑内。

徒御啴啴,　　　　　　挽车御马态安闲,

周邦咸喜。　　　　　　周国人民皆欢喜。

戎有良翰,　　　　　　你有贤良之辅弼,

不显申伯。　　　　　　光明显赫之申伯。

王之元舅,　　　　　　他是周王之长舅,

文武是宪。　　　　　　文治武功为榜样。

申伯之德,　　　　　　申伯所具之美德,

柔惠且直。　　　　　　温顺柔和且正直。

揉此万邦,　　　　　　安抚万国使归服,

闻于四国。　　　　　　声名闻达于各国。

吉甫作诵,　　　　　　吉甫作出此诗歌,

其诗孔硕。　　　　　　他的诗歌真伟大。

其风肆好,　　　　　　风格气度太美好,

以赠申伯。　　　　　　以此为礼赠申伯。

813

烝 民

题 解

　　《烝民》一诗，与上篇《崧高》同为尹吉甫所作，此诗是对樊侯仲山甫的赞颂。《毛诗序》言此诗乃"尹吉甫美宣王也"，以其"任贤使能，周室中兴焉"。而朱熹在《诗集传》中则提出"宣王命樊侯仲山甫筑城于齐，而尹吉甫作诗送之"。相较之下，此说更贴合诗意。

　　全诗共分八章，每章八句。诗中用大量笔墨介绍了仲山甫所具有的种种美德，如温和、严谨、忠心、贤明等，还以两句俗语之喻，反衬出仲山甫刚柔并济的处事风格，扶弱惩强的侠义气概和无与伦比的崇高品行。诗末写仲山甫赴齐众人盼其早归，还有尹吉甫专门为其作诗之事，体现出仲山甫深受周人的爱戴和尊崇。

天生烝民，	上天降生众百姓，
有物有则。	有物象也有法则。
民之秉彝^{yí}，	人民秉持返常道，
好是懿德。	喜好善美之品德。
天监有周，	上天监察此周朝，
昭假于下。	光明之德至天下。
保兹天子，	保佑这位周天子，

814

吉甫作诵

生仲山甫。　　　　　　　　降生贤臣仲山甫。

仲山甫之德，　　　　　　　山甫具有善德行，
柔嘉维则。　　　　　　　　柔和嘉美为典范。
令仪令色，　　　　　　　　仪容美好色和悦，
小心翼翼。　　　　　　　　小心翼翼来处事。
古训是式，　　　　　　　　古代训诫皆遵从，
威仪是力。　　　　　　　　勤勉有加保威仪。
天子是若，　　　　　　　　顺从周朝之天子，
明命使赋。　　　　　　　　天子命他制政策，

王命仲山甫，　　　　　　　周王命令仲山甫，
式是百辟。　　　　　　　　要做诸侯之表率。
缵戎祖考，　　　　　　　　继承你之先祖业，
王躬是保。　　　　　　　　保全辅弼天子身。
出纳王命，　　　　　　　　传达王命馈社情，
王之喉舌。　　　　　　　　乃是君王之喉舌。
赋政于外，　　　　　　　　传布政教于畿外，
四方爰发。　　　　　　　　四方各国则施行。

肃肃王命，　　　　　　　　严肃恭敬王之命，
仲山甫将之。　　　　　　　仲山甫能奉行它。

邦国若否，　　　　　　　国家和顺或败坏，

仲山甫明之。　　　　　　仲山甫能明辨之。

既明且哲，　　　　　　　不仅贤明且睿智，

以保其身。　　　　　　　以此保全好名声。

夙夜匪懈，　　　　　　　朝朝暮暮不懈怠，

以事一人。　　　　　　　忠心事奉一个人。

人亦有言，　　　　　　　人们也有俗话讲，

柔则茹之，　　　　　　　食物柔软可吃下，

刚则吐之。　　　　　　　若是坚硬就吐出。

维仲山甫，　　　　　　　只有那位仲山甫，

柔亦不茹，　　　　　　　柔软之物也不吃，

刚亦不吐。　　　　　　　坚硬之物也不吐。

不侮矜寡，　　　　　　　不去欺侮鳏寡者，

不畏强御。　　　　　　　也不畏惧豪强人。

人亦有言，　　　　　　　人们也有俗话讲，

德輶如毛，　　　　　　　德行轻微如毛发，
  yóu

民鲜克举之。　　　　　　少有人能举起来。

我仪图之，　　　　　　　我来揣度细思量，

维仲山甫举之，　　　　　唯仲山甫能举起，

爱莫助之。　　　　　　　别人爱他亦难助。

衮职有阙，   天子职事有欠缺，

维仲山甫补之。   唯仲山甫能补全。

仲山甫出祖，   仲山甫出行祭路，

四牡业业。   四匹公马貌高大。

征夫捷捷，^{qiè}   远行众人速度快，

每怀靡及。   每生思情不可得。

四牡彭彭，   四匹公马体强壮，

八鸾锵锵。   八只鸾铃锵锵响。

王命仲山甫，   周王命令仲山甫，

城彼东方。   去往东方筑城邑。

四牡骙骙，   四匹公马体雄健，

八鸾喈喈。^{jié}   八只鸾铃喈喈响。

仲山甫徂齐，   仲山甫去往齐国，

式遄其归。   望他疾速可归来。

吉甫作诵，   吉甫作出此诗歌，

穆如清风。   温雅和美如清风。

仲山甫永怀，   山甫在外思故乡，

以慰其心。   以此慰藉他内心。

韩

奕

题 解

　　《韩奕》是《大雅》中的名篇之一，主要表达的是对韩国侯的誉美之意。《毛诗序》言此诗主旨是"尹吉甫美宣王也，能锡命诸侯"。朱熹《诗集传》则云"韩侯初立来朝，始受王命而归，诗人作此以送之"，此说较合诗意。

　　全诗共分六章，每章十二句。前两章写韩侯接受周王册命和勉励，依礼觐见周王并获得厚赐。第三章写韩侯离京，众臣设宴盛情款待，为他饯行。四、五两章写韩侯迎娶韩姞的隆重场面，兼写韩姞在韩国安乐的生活。末章写韩国平定边夷、发展农业，并向周王室进贡珍贵物品，进一步体现了韩侯的贤明之德和治国之才。

奕奕梁山，	高大巍峨的梁山，
维禹甸之，	大禹曾经垦治它，
有倬其道。	其道广大又光明。
韩侯受命，	韩国之侯来受命，
王亲命之。	周王亲自颁策命。
缵戎祖考，	继承你的先祖业，
无废朕命。	不要中止我诏命。
夙夜匪解，	从朝至暮莫懈怠，
虔共尔位。	虔诚恭敬以供职。

笋

即竹的嫩芽，可以食用。

朕命不易，　　　　　我的诏命莫变更，

gàn
榦不庭方，　　　　　匡正不朝之诸国，

以佐戎辟。　　　　　以此辅佐你君王。

四牡奕奕，　　　　　四匹公马真高大，

孔修且张。　　　　　体态雄健极修长。

韩侯入觐，　　　　　韩国之侯来朝觐，

以其介圭，　　　　　手执大圭之玉器，

入觐于王。　　　　　入朝觐见于周王。

王锡韩侯，　　　　　周王赏赐给韩侯，

淑旂绥章，　　　　　蛟龙明旗采羽装，

簟茀错衡。　　　　　车窗蔽席彩衡木。

玄衮赤舄，　　　　　黑色衮服红木鞋，

yáng
钩膺镂钖。　　　　　马身饰物镂金属。

kuòhòng miè
鞹鞃浅幭，　　　　　车轼包裹浅毛皮，

鞗革金厄。　　　　　马络垂饰金车轭。

韩侯出祖，　　　　　韩侯出行祭路神，

出宿于屠。　　　　　在外留宿于屠地。

显父饯之，　　　　　显父为他来饯行，

清酒百壶。　　　　　清甜美酒百余壶。

其殽维何？　　　　　他的肉食有哪些？

炰鳖鲜鱼。　　　　　蒸煮水鳖和鲜鱼。

821

其蔌维何？　　　　　　　他的蔬菜有哪些？

维笋及蒲。　　　　　　　竹笋还有那香蒲。

其赠维何？　　　　　　　他的赠物有哪些？

乘马路车。　　　　　　　四匹马驾一辂车。

笾豆有且，　　　　　　　笾豆礼器数量多，
<small>biān jū</small>

侯氏燕胥。　　　　　　　诸侯同来赴宴会。

韩侯取妻，　　　　　　　韩国之侯所娶妻，

汾王之甥，　　　　　　　乃是大王之甥女，

蹶父之子。　　　　　　　乃是蹶父之女儿。

韩侯迎止，　　　　　　　韩国之侯去迎亲，

于蹶之里。　　　　　　　去往蹶国之城邑。

百两彭彭，　　　　　　　百辆马车真盛大，

八鸾锵锵，　　　　　　　八只鸾铃锵锵响，

不显其光。　　　　　　　荣耀光明尽显露。

诸娣从之，　　　　　　　各位妹妹皆随嫁，

祈祈如云。　　　　　　　人数众多如云霞。

韩侯顾之，　　　　　　　韩侯乃行曲顾礼，

烂其盈门。　　　　　　　满门璀璨生光辉。

蹶父孔武，　　　　　　　蹶父为人很勇武，

靡国不到。　　　　　　　没有国家未曾到。

为韩姞相攸，   他为韩姞择归宿，

莫如韩乐。   无如韩国最安乐。

孔乐韩土，   无比安乐是韩国，

川泽訏訏。   川流水泽极广阔。

鲂鱮甫甫，   鳊鱼鲢鱼数众多，

麀鹿噳噳。^{yǔ yǔ}   母鹿成群而聚集。

有熊有罴，   这里有熊还有罴，

有猫有虎。   这里有猫也有虎。

庆既令居，   已有吉祥好居处，

韩姞燕誉。   韩姞安和而怡悦。

溥彼韩城，   韩国城邑真广大，

燕师所完。   安乐民众所筑成。

以先祖受命，   依循先祖而受命，

因时百蛮。   据以管辖百蛮族。

王锡韩侯，   周王赐给韩国侯，

其追其貊。   追地还有那貊地。

奄受北国，   全部收受北方国，

因以其伯。   于是成为其统领。

实墉实壑，   筑起城墙挖沟壑，

实亩实藉。   划分田地征赋税。

献其貔皮，   进献貔兽之皮毛，

赤豹黄罴。   还有红豹和黄罴。

江

汉

题 解

  《江汉》这首诗，同传世的青铜器召伯虎簋上的铭文一样，宣扬了召穆公平定淮夷的赫赫功绩，亦通过召穆公之口，表达了对周王恩德的感念和对周室大业的祝祷。《毛诗序》言此诗主题为"尹吉甫美宣王也"，以其"能兴衰拨乱，命召公平淮夷"。还有部分学者认为此诗为召虎所作。

  全诗共分六章，每章八句。前三章皆以长江和汉水起兴，描写召虎领兵平定淮夷之乱，不断拓展国家疆土的武功。后三章则写召虎接受宣王册命和嘉勉的礼仪，以及召虎对天子谢恩、歌颂和祝福等事，充分体现了周代以"礼"治国的精神。

江汉浮浮，	长江汉水浪滔天，
武夫滔滔。	出征将士遍四方。
匪安匪游，	不求安逸不游乐，
淮夷来求。	要对淮夷行讨伐。
既出我车，	已经出动我兵车，
既设我旟。	已经竖起我旗旗。
匪安匪舒，	不求安逸和舒宁，
淮夷来铺。	淮夷作乱生危害。

江汉 汤 汤，
shāngshāng

武夫 洸 洸。
guāng

经营四方，

告成于王。

四方既平，

王国庶定。

时靡有争，

王心载宁。

江汉之浒，

王命召虎：

"式辟四方，

彻我疆土。

匪疚匪棘，

王国来极。"

于疆于理，

至于南海。

王命召虎：

"来旬来宣。

文武受命，

召公维翰。

长江汉水势浩荡，

出征将士真威武。

经纶营治四方国，

获得成功告君王。

四方天下已太平，

王国几乎可安定。

此时没有诸纷争，

君王之心很安宁。

长江汉水之边畔，

君王下令给召虎：

"开辟四方拓国土，

管理我国之疆域。

不要为害莫急躁，

遵循王国中正道。"

划定地界分农田，

领土直到南海边。

君王下令给召虎：

"巡视南方宣政教。

文王武王受天命，

召公乃是骨干臣。

825

无曰予小子，　　　　　莫说自己是小儿，

召公是似。　　　　　　应当继承召公志。

肇敏戎公，　　　　　　迅速图谋大事业，

用锡尔祉。"　　　　　赏赐给你众福禄。"

"釐尔圭瓒，　　　　　"赐你圭瓒之酒器，
_{zàn}

秬鬯一卣。　　　　　　秬鬯美酒满一卣。
_{jù chàng yǒu}

告于文人，　　　　　　上告文德之先祖，

锡山土田。　　　　　　赐予山川及田地。

于周受命，　　　　　　就在岐周受册命，

自召祖命。"　　　　　依循召公受命礼。"

虎拜稽首，　　　　　　召虎跪拜而叩首，

"天子万年。"　　　　　"祝祷天子享万年。"

虎拜稽首，　　　　　　召虎跪拜而叩首，

"对扬王休。　　　　　"答谢颂扬王美意。

作召公考，　　　　　　写出纪念召公文，

天子万寿。"　　　　　祝祷天子寿万年。"

明明天子，　　　　　　光明显耀之天子，

令闻不已。　　　　　　美好声名无止尽。

矢其文德，　　　　　　宣扬流布其文德，

洽此四国。　　　　　　四方诸国则和恰。

常武

题 解

　　《常武》这首诗，记叙了周宣王率兵亲征徐国，使徐国臣服归顺之事，表现了周宣王的卓越武功和周王朝的强盛国势。《毛诗序》认为此诗是"召穆公美宣王也""有常德以立武事，因以为戒然"。

　　全诗共分六章，每章八句。本诗全面展现了这场战争的整个过程，从周王委任将帅、修缮军备、部署作战计划的战前准备，到指挥行军路线、观察敌情、整装出发、威震敌国的作战预备，再到周王和将士精神振奋、勇猛克敌的战中场面，最后到敌国臣服、朝觐王庭、王师班朝的圆满结局，无一不囊括其中，可谓战争诗中的经典之作。

赫赫明明，	光明璀璨极昭彰，
王命卿士。	周王下命给卿士。
南仲大祖，	南仲事奉太祖庙，
大师皇父。	皇父担任太师职。
整我六师，	整饬训练我六军，
以脩我戎。	以此完善我军队。
既敬既戒，	心存警惕和戒备，
惠此南国。	惠爱南方诸国家。

王谓尹氏，　　　　　　周王对那尹氏说，

命程伯休父。　　　　　下令给程伯休父。

左右陈行，　　　　　　士兵左右列成行，

戒我师旅。　　　　　　戒敕下达我全军。

率彼淮浦，　　　　　　沿淮水边而前行，

省此徐土。　　　　　　察看徐国之国土。

不留不处，　　　　　　不居留也不久处，

三事就绪。　　　　　　三事大夫从本业。

赫赫业业，　　　　　　光明显赫又崇高，

有严天子。　　　　　　仪容威严是天子。

王舒保作，　　　　　　周王安舒而出行，

匪绍匪游。　　　　　　并非优柔以遨游。

徐方绎骚，　　　　　　徐国扰动多骚乱，
（yì）

震惊徐方。　　　　　　王师震惊全徐国。

如雷如霆，　　　　　　如同闪电和雷霆，

徐方震惊。　　　　　　整个徐国皆震惊。

王奋厥武，　　　　　　周王奋勇展英武，

如震如怒。　　　　　　如同震动和大怒。

进厥虎臣，　　　　　　勇武将士向前进，

阚如虓虎。　　　　　　吼叫如同猛虎啸。
（hǎn）

828

铺敦淮濆，　　　　　　　陈兵屯驻淮水岸，

仍执丑虏。　　　　　　　擒获敌人为俘虏。

截彼淮浦，　　　　　　　切断淮水沿岸路，

王师之所。　　　　　　　王师占据在此处。

王旅啴啴，　　　　　　　周王军队人众多，

如飞如翰，　　　　　　　如鸟高飞至空中，

如江如汉，　　　　　　　如同长江和汉水，

如山之苞，　　　　　　　如同山峦之根基，

如川之流。　　　　　　　如同江河之水流。

緜緜翼翼，　　　　　　　绵绵不绝队齐整，

不测不克，　　　　　　　行迹难以估测到，

濯征徐国。　　　　　　　大力征伐那徐国。

王犹允塞，　　　　　　　周王谋划颇符实，

徐方既来。　　　　　　　徐国终究来顺服。

徐方既同，　　　　　　　徐国既已来朝觐，

天子之功。　　　　　　　这是天子之功勋。

四方既平，　　　　　　　四方各国已平定，

徐方来庭。　　　　　　　徐国朝见来王庭。

徐方不回，　　　　　　　徐国不再行悖逆，

王曰还归。　　　　　　　周王班师而回归。

瞻卬

题 解

  《瞻卬》是一首讽刺周幽王乱政灭国的诗。《毛诗序》言此诗是"凡伯刺幽王大坏也",凡伯是凡国君主,时任周室卿士。朱熹《诗集传》则云"此刺幽王任用小人以致饥馑侵削之诗也",二者语意接近。

  全诗前两章写国内祸患四起、生灵涂炭却无法平息的社会现状。三、四两章通过"哲夫"和"哲妇"的对比,警诫女人谗言惑君、搬弄是非可使君王昏庸失德。五、六、七三章则揭示君王之无道、无威仪使贤良远离、国家陵夷,人皆忧心忡忡、苦痛难申,而末四句却有对君王的期冀和勉励之意。

瞻卬昊天,	瞻视仰望那上天,
则不我惠。	上天不对我惠爱。
孔填^{chén}不宁,	极其长久不安宁,
降此大厉。	降下这般大灾戾。
邦靡有定,	国家没有安定时,
士民其瘵。	士人庶民多疾苦。
蟊贼蟊疾,	蟊贼害虫毁庄稼,
靡有夷届。	没有安宁止息时。
罪罟不收,	罪恶法网不收伏,

蚕

鳞翅目蚕蛾科昆虫的幼虫。由栖息于桑树的原始蚕驯化而来。中国是世界上最早饲养家
蚕,用其巢丝织绸的国家。

靡有夷瘳。 chōu

没有安宁恢复日。

人有土田，
女反有之。
人有民人，
女覆夺之。
此宜无罪，
女反收之。
彼宜有罪，
女覆说之。

别人拥有之田地，
你却反而去占据。
别人拥有之人民，
你却反而去夺取。
这人本来没有罪，
你却反而收押他。
那人本来有罪过，
你却反而赦免他。

哲夫成城，
哲妇倾城。
懿厥哲妇，
为枭为鸱。
妇有长舌，
维厉之阶。
乱匪降自天，
生自妇人。
匪教匪诲，
时维妇寺。

明智男子兴城池，
明智女子覆城池。
哎呀明智之女子，
如同枭鸟和鸱鹰。
妇女长舌多话语，
这是灾患之根由。
祸乱并非从天降，
而是产生自妇女。
非由教导或诲育，
而是亲近妇女故。

鞫人忮忒，
谮始竟背。
岂曰不极？
伊胡为慝？
如贾三倍，
君子是识。
妇无公事，
休其蚕织。

咄咄逼人多变化，
开始谗言终矛盾。
难道说这不极端？
什么才是恶毒呢？
如商人得三倍利，
君子却能识此事。
妇女没有公事做，
却要废止蚕织功。

天何以刺？
何神不富？
舍尔介狄，
维予胥忌。
不弔不祥，
威仪不类。
人之云亡，
邦国殄瘁。

上天为何而责难？
神明为何不赐福？
与你分离太遥远，
却还与我相忌恨。
不嘉善也不吉祥，
威仪缺失不美好。
贤良之人皆逃亡，
国家困急陷危难。

天之降罔，
维其优矣。
人之云亡，
心之忧矣。

上天所降之法网，
也很优渥很宽大。
贤良之人皆逃亡，
心中忧苦又愁闷。

天之降罔，　　　　　　上天所降之法网，
维其几矣。　　　　　　危险几乎已在前。
人之云亡，　　　　　　贤良之人皆逃亡，
心之悲矣。　　　　　　心中悲伤而忧郁。

bì
觱沸槛泉，　　　　　　泉水涌动而流溢，
维其深矣。　　　　　　清澈深幽源头深。
心之忧矣，　　　　　　心中忧愁而苦闷，
宁自今矣？　　　　　　难道就从今日始？
不自我先，　　　　　　灾难不在我生前，
不自我后。　　　　　　也不在我此生后。
藐藐昊天，　　　　　　苍茫浩渺之上天，
无不克巩。　　　　　　一切无不可巩固。
无忝皇祖，　　　　　　不要辱没诸先祖，
式救尔后。　　　　　　拯救危亡济子孙。

召旻

题 解

《召旻》也是一首讽谏君王昏庸无道的诗，这是《大雅》的最后一篇。《毛诗序》概括此诗主旨为"凡伯刺幽王大坏也"，与前篇《瞻卬》完全相同，这在一定程度上也折射出二者在内容、风格上的类似性。

全诗共分七章，前五章各五句，后两章各七句。前两章借上天之名，总言国家灾祸四起而民多流亡，小人当道而败坏国家的社会现实。三、四两章揭露了奸佞骄横又跋扈、贤臣竭力而位卑的黑暗政治，又言干旱之岁使国家危难雪上加霜。末三章通过池、泉的譬喻和今昔的对比，谴责幽王败坏祖业、祸乱国家，抒发了对家国人民的悲忧之情。

旻天疾威，　　　　　　　　上苍残酷施暴虐，

天笃降丧。　　　　　　　　天上降下大丧亡。

<small>diān</small>
瘨我饥馑，　　　　　　　　我国患害遭饥馑，

民卒流亡。　　　　　　　　人民尽皆去流亡。

我居圉卒荒。　　　　　　　我处边陲都荒芜。

天降罪罟，　　　　　　　　天上降下罗罪网，

蟊贼内讧。　　　　　　　　蟊贼纷争起内讧。

昏椓靡共，
宦官不可与共事，

溃溃回遹，
败坏政务多邪曲，

实靖夷我邦。
实际图谋灭我国。

皋皋訿訿，
愚顽懈怠不称职，

曾不知其玷。
却不自知有污点。

兢兢业业，
兢兢业业来处事，

孔填不宁，
长久以来不苟安，

我位孔贬。
我之职位很卑微。

如彼岁旱，
如同遇到干旱年，

草不溃茂，
草木生长不繁茂，

如彼栖苴。
如同水面浮枯草。

我相此邦，
以我观察此国家，

无不溃止。
无不倾颓而溃败。

维昔之富不如时，
昔日多福不比今，

维今之疚不如兹。
今日多祸不如昔。

彼疏斯粺，
人吃粗粮他吃米，

胡不自替？
为何还不自废退？

职兄斯引。
祸乱越来越严重。

池之竭矣，
池水如果要枯竭，

836

不云自频？   难道不是从边缘？

泉之竭矣，   泉水如果要枯竭，

不云自中？   难道不是从中间？

溥斯害矣，   危难祸害很广泛，

职兄斯弘，   灾情还要再扩展，

不灾我躬？   难道不会害我身？

昔先王受命，   昔日先王受天命，

有如召公。   拥有辅臣如召公。

日辟国百里，   日辟国土百余里，

今也日蹙国百里。   如今日损百余里。

於乎哀哉！   呜呼真是太悲哀！

维今之人，   正是如今世上人，

不尚有旧。   不再尊崇元老臣。

周颂

清庙图

清　庙

题　解

　　《清庙》是《颂》的首章诗, 这首诗记叙了周王室的宗庙祭祀活动。《毛诗序》认为诗中所写的是"祀文王也", 乃"周公既成洛邑, 朝诸侯, 率以祀文王焉"。《鲁诗》亦云："周公咏文王之德而作《清庙》, 建为颂首。"本诗仅一章八句, 诗句中充斥着王族祭祀庄严肃穆的氛围和虔诚自勉的意味。

於穆清庙,	庄严肃穆的太庙中,
肃雍显相。	助祭诸公雍容光耀。
济济多士,	众多士人济济一堂,
秉文之德。	共同秉持礼乐之德。
对越在天,	答谢颂扬天上先祖,
骏奔走在庙。	迅速奔走在宗庙中。
不显不承,	荣显其德承顺其志,
无射于人斯。	不会为人厌倦抛弃。

维天之命

题 解

  《维天之命》是一首颂扬文王之德的短诗。《毛诗序》言此诗是"大平告文王也"。朱熹《诗集传》亦云:"此亦祭文王之诗。"全诗仅一章八句,前四句借天命之名溢美文王光显纯正的德行,后四句则借文王庇荫之辞表达后世子孙遵从效法文王圣道的决心。全诗言简意赅,语意精粹。

维天之命,	来自上天之诏命,
於穆不已。	庄严肃穆无止尽。
於乎不显,	呜呼光明又荣显,
文王之德之纯。	文王美德极纯正。
假以溢我,	嘉美之道以戒慎,
我其收之。	我将其意皆收纳。
骏惠我文王,	极力遵循文王道,
曾孙笃之。	后代子孙笃实行。

维清

题 解

　　《维清》是一首歌咏文王之道的诗歌。《毛诗序》解读此诗主旨为"奏《象舞》也"，郑玄在《笺注》中则补充说"《象舞》，象用兵时刺伐之舞，武王制焉"。这一说法将此诗与武王征伐之制联系在一起。全诗仅有一章五句，诗中对文王创制的国家法典制度既有直接称颂，也有通过后代子孙运用有成的实践效果进行的间接礼赞。

维清缉熙，	清朗而又光明，
文王之典。	是文王的法典。
肇禋[yīn]，	开始祭天禋祀，
迄用有成，	迄今运用有成，
维周之祯。	这是周朝之吉。

843

烈
文

题 解

　　《烈文》是一首对周代先王功德事业的颂歌。《毛诗序》判定此诗之旨为"成王即政，诸侯助祭也"。根据周礼，在武王征伐过程中助战的诸侯，不仅可受到周王的分封，也可享有在王室宗庙祭祀活动中助祭的特权。此诗以周王的口吻，对助周平定天下、安抚一方的有德诸侯予以了褒扬和嘉勉，也追述了周朝历代先王的文治武功，含有警诫自勉之意。

烈文辟公， （bì）	诸侯光明有文德，
锡兹祉福。	赐予这些福和禄。
惠我无疆，	对我惠爱无疆际，
子孙保之。	子孙后代享安宁。
无封靡于尔邦，	对你国邦莫大害，
维王其崇之。	仅将周王来尊崇。
念兹戎功，	周王念此大功勋，
继序其皇之。	诏令承袭善祖业。
无竞维人，	莫与他人起纷争，
四方其训之。	四方各国承训导。

不显维德，　　　　　　　德行崇高极显耀，

百辟其刑之。　　　　　　诸侯群集来效法。

于乎前王不忘。　　　　　呜呼先王永不忘。

天作

题 解

　　《国语·周语》中有言："周之兴也，鸑鷟鸣于岐山。"对于周人来说，岐山可谓是其兴起的一方圣地。《天作》这首短颂描写的正是周太王古公亶父率领部族从豳地迁往岐山周原，筑城建营，定居生活，发展成周国，这一段史实。诗中以太王"荒"高山和文王通"夷行"，寥寥数笔勾勒出二人对周王朝创立的奠基性作用。

天作高山，	上天创造高山，
大王荒之。	太王开拓垦治。
彼作矣，	他经营治理后，
文王康之。	文王使之安定。
彼徂矣， （cú）	他去往岐山地，
岐有夷之行，	岐有平坦道路，
子孙保之。	子孙长久居此。

昊天有成命

  《昊天有成命》一诗赞颂了周成王上继文武二王之基业，以宽厚仁静之德勤勉治国之事。《毛诗序》由于认定《周颂》无成王之后的作品，故称此诗旨为"郊祀天地也"。朱熹在《诗集传》中则言"此诗多道成王之德，疑祀成王诗也"，此"祭祀成王"说也得到姚际恒、方玉润等学者的赞同，成为后世对此诗主要的解说观点。

昊天有成命，	上天有既定之命，
二后受之。	文武二王接受它。
成王不敢康，	成王不敢图康宁，
夙夜基命宥密。	朝夕信天存仁心，
於缉熙，	哎呀德行多光明，
单厥心，	他的心力都竭尽，
肆其靖之。	天下太平民安定。

847

我 将

题 解

  《大武》是歌咏武王伐纣功绩的军阵乐舞，原作于武王伐殷成功后祭告宗庙之时，当时只有三成，这首《我将》即是其中一成。此诗表现的是周武王以文王为号令，在盟津与八百多诸侯会集誓师之事。《毛诗序》称此诗为"祀文王于明堂也"，即武王在出发前祭祀文王。本诗共一章十句，寥寥数笔凸显出武王上承文王之志而奋发图强的坚定决心。

我将我享，	我所供奉进献祭品，
维羊维牛，	不但有羊还有那牛，
维天其右之。	以此祈求上天保佑。
仪式刑文王之典，	善用效法文王法度，
日靖四方。	日渐平定天下四方。
伊嘏文王，	文王之德崇高伟大，
既右飨之。	敬请享祭赐予佑助。
我其夙夜，	我们日夜十分努力，
畏天之威，	敬畏上天威严之德，
于时保之。	以求能够庇佑于我。

时迈

题 解

这首《时迈》的主旨,《毛诗序》概括为"巡守告祭柴望也",郑玄在《笺注》中进一步解释说"巡守告祭者,天子巡行邦国,至于方岳之下而封禅也"。这首诗纯用赋法,描写了周武王上承天命成为天子,以威德慑服四国的武功,还包括大功告成后祭祀百神、封禅山川、任用贤良、平息干戈的文治,末三句则以礼乐之名表达对周王保有祖业、培养善德的美好祝福。

时迈其邦,	按时巡行其国家,
昊天其子之。	上天以他为己子。
实右序有周,	实能佑助理周事,
薄言震之,	声势威震于四海,
莫不震叠。	没有人能不慑服。
怀柔百神,	招致安抚百神灵,
及河乔岳。	祭祀黄河与高山。
允王维后。	诚然周王是君主。
明昭有周,	光明昭彰此周朝,
式序在位。	合理安排贤者位。

载戢干戈，　　　　收藏盾牌和长戈，
载櫜弓矢。　　　　弓箭收纳入袋中。
　gāo
我求懿德，　　　　我求美好之品德，
肆于时夏。　　　　遍施中国各地方。
允王保之。　　　　诚然周王能保持。

执
竞

题 解

　　《执竞》是一首表现宴享祭祀周代先王的诗歌，所涉及的祭祀对象不仅有武王，还有成、康二王。《毛诗序》言此诗乃"祀武王也"，此说得到欧阳修、朱熹等人的补充完善，即诗意实为合祭三王。全诗共一章十四句，诗人从赞颂武王强国有方起句，继写成康二王继承并光显祖业，使得周朝得到上天赐福而能繁荣安定。诗中对钟鼓、磬筦等乐器演奏的场面进行了描写，从侧面烘托了当时雍容和乐的祭享氛围。

执竞武王，	武王执持强国道，
无竞维烈。	国家强盛建功勋。
不显成康，	光显成康二王业，
上帝是皇。	上天赐予嘉美福。
自彼成康，	从那成康二王起，
奄有四方，	四方天下尽拥有，
斤斤其明。	明察诸事显贤德。
钟鼓喤(huáng)喤，	钟鼓敲击声和谐，
磬筦将将，	磬筦演奏乐齐鸣，
降福穰(ráng)穰。	上天降福真丰足。

降福简简，　　　　　上天降福极盛大，

威仪反反。　　　　　威仪慎重而和善。

既醉既饱，　　　　　既已醉酒已饱食，

福禄来反。　　　　　福分利禄全到来。

思文

题 解

　　《思文》是一首祭祀赞颂后稷的诗章，《毛诗序》亦以"后稷配天"四字概括此诗主旨。后稷是周人的始祖，也因其发明耕种之法而被后世尊为"农神"，在《大雅·生民》一诗中曾对他的事迹功德有过详细描述。这首诗仅一章八句，诗人深情地追思了后稷创造农耕、养育万民的文德功业，"无此疆尔界"一句也体现了周朝"溥天之下，莫非王土"的大一统思想。

思文后稷，	追思后稷之文德，
克配彼天。	堪能匹配那上天。
立我烝民，	养我万千之子民，
莫匪尔极。	无人不受你恩赐。
贻我来牟， móu	小麦大麦留给我，
帝命率育。	天命遵循育民道。
无此疆尔界，	土地不必分界限，
陈常于时夏。	遍及中国皆推广。

牟

即大麦。一年生草本植物。麦粒可食用。麦芽可用来作饴糖和啤酒。

来

即小麦。一年生或二年生草本植物。籽实可以用来磨面粉,亦可用以制糖、酿酒,是重要的粮食作物。

臣 工

题 解

  《臣工》是一首农业祭祀诗。《毛诗序》言此诗为"诸侯助祭遣于庙也",朱熹《诗集传》又云"此戒农官之诗",合此二说而观,可得本诗大意。全诗一章十五句,前四句训勉臣工敬慎奉公,研究谋划农业生产之大计。次四句写周王调遣车右督促农民按时耕作、垦治田地之事。其后四句是对天帝的祝颂,酬谢其赐予谷物丰饶之福。末三句是周王对农人储备、检查农具的敕令,反映了周王对农业生产的高度重视和周朝以农为本的国家政策。

嗟嗟臣工,	哎呀群臣及百官,
敬尔在公。	恭敬谨慎对公事。
王釐尔成,	君王奖赏你功劳,
来咨来茹。	还要商谋并审度。
嗟嗟保介,	哎呀车右之武士,
维莫之春。	正值暮春之时节。
亦又何求?	还有何事要谋求?
如何新畲^{yú}?	如何垦治新畲田?
於皇来牟,	小麦大麦真盛多,
将受厥明。	秋季将有大丰收。

明昭上帝，　　　　　　　　光明昭彰之天帝，

迄用康年。　　　　　　　　迄今惠赐予丰年。

命我众人，　　　　　　　　命令那些农人们，

zhì　　jiǎn bó
庤乃钱镈，　　　　　　　　备好钱镈诸农具。

zhì yì
奄观铚艾。　　　　　　　　全面察看铚和艾。

噫嘻

题 解

　　《噫嘻》一诗描写的是周成王祭祀祝祷神灵，以求发展农业、增强国力的诗。《毛诗序》总结此诗主旨为"春夏祈谷于上帝也"。而根据《国语·周语》等记载，周王每逢立春时节，都会举行"藉田之礼"，即以香酒灌地而告神祈谷，然后率百官农夫至周王藉田行礼，象征性地训示农官并劝勉农夫耕作。此外，此诗还写到在井田制下国家大力发展私田，这体现了成王的开明及其恤民之心。

噫嘻成王，	良可赞叹乃成王，
既昭假尔。	已祭祷神表诚心。
率时农夫，	率领这些务农者，
播厥百谷。	播撒百种谷物种。
骏发尔私，	大力开垦你私田，
终三十里。	极目所望三十里。
亦服尔耕，	从事耕作须仔细，
十千维耦^{ǒu}。	上万之人成对耕。

振鹭

题 解

  《振鹭》一诗的主题,《毛诗序》认为是"二王之后来助祭也",郑玄在《笺注》中又进一步解释说:"二王,夏、殷也;其后,杞也,宋也。"周武王灭商建周之后,封夏禹后裔东楼公于杞地,封纣王之子武庚于殷地。成王初年武庚叛乱被诛,又改封纣王庶兄微子于宋地,是为殷之后。本诗仅一章八句,以群鹭飞翔起兴,引出前来助祭的宾客,诗人对他们的仪容、品德和美名进行了称赞,体现了周人对前朝贵族的怀柔政策。

振鹭于飞,	群鹭振翅而飞,
于彼西雝。	在那西边池沼。
我客戾止,	我有客人到来,
亦有斯容。	也有这般仪容。
在彼无恶,	身居此地无人怨,
在此无斁。	处于此地受赞赏。
庶几夙夜,	希望朝朝暮暮,
以永终誉。	长保隆盛美誉。

858

丰 年

题 解

　　《丰年》是一首庆祝和祭祀丰年的诗。我国古代是农业社会，农业的发展直接影响到人民的存亡和政权的兴衰，所以历来统治者都极其重视农业生产。古人为了获得谷物丰收，常常会向神灵祭祀祈祷，如"社稷"一词代表的就是农人常祭的土地神和谷神。此诗共一章八句，诗中写丰收之年的酿酒祭祀、庆祝祈祷活动，洋溢着欢快喜乐的氛围。

丰年多黍多稌^{tú}，　　　　　　丰年多黍多稻，

亦有高廪^{lǐn}，　　　　　　　也有高高粮仓，

万亿及秭^{zǐ}。　　　　　　　　粮食上万上亿。

为酒为醴，　　　　　　　　酿成清甜好酒，

烝畀祖妣^{bì}，　　　　　　　献给先祖品尝，

以洽百礼，　　　　　　　　以使百礼和恰，

降福孔皆。　　　　　　　　遍降福禄多吉祥。

稌

即稻子。特制糯稻，一年生草本。米有黏性，可用来作糕及酿酒。

有
瞽

题 解

　　周朝的文化常常被称作礼乐文化，执政者往往借助音乐，融礼于乐，以推行其道德教化与主流价值观念。《有瞽》就是一首反映周王室奏乐场面的诗歌，《毛诗序》云此诗为"始作乐而合乎祖也"。由于周代多选用盲人担任乐官，所以"瞽"也成为乐官的代称。本诗共一章十三句，诗中细腻地描写了众多乐器及相关设备，也渲染了庄严雍容、和乐安谐的奏乐氛围。

有瞽有瞽（gǔ），	乐师啊乐师，
在周之庭。	在周的王庭。
设业设虡（jù），	陈设钟架和鼓架，
崇牙树羽。	崇牙装饰五彩羽。
应田县鼓，	小鞞大鼓皆悬挂，
鞉磬柷圉（táo）（zhù）。	鞉磬柷圉都具备。
既备乃奏，	一切就绪乃演奏，
箫管备举。	排箫大管齐举起。
喤喤厥声（huáng），	乐声洪亮而和谐，
肃雍和鸣，	鸣奏庄严而和雍，
先祖是听。	历代先祖皆聆听。

我客戾止，　　　　　　我之宾客亦到来，

永观厥成。　　　　　　长久欣赏至乐终。

潜

据《史记·周本纪》记载，周文王先祖公刘自漆、沮二水渡过渭河，发展
壮大部族，"周道之兴自此始"，故有学者认为这首《潜》是周人祭祀公刘之
诗。本诗仅一章六句，描写的是专以各种鱼类作为祭品，荐享先祖神灵，以求
获赐庇佑和福禄。《毛诗序》提出"季冬荐鱼，春献鲔也"之说，体现了周人祭
祀礼仪的特色。

猗与漆沮，　　　　　　啊呀漆水和沮水中，

潜有多鱼。　　　　　　积柴之上有很多鱼。

有鳣有鲔，　　　　　　既有鳣鱼也有鲔鱼，

鲦鲿鰋鲤。　　　　　　还有鲦鲿鲇鲤等鱼。

以享以祀，　　　　　　捕来荐享祭祀神明，

以介景福。　　　　　　以求佑助得大福报。

鯈

即白鯈鱼。一种小型经济鱼类。身体小，呈条状，生活在淡水中。性活泼，善跳跃，常在水
面结群往来，迅速游动。

雍

题 解

　　《雍》这首诗描写的是周天子率领诸侯祭祀周朝历代先祖之事。《毛诗序》概括此诗之旨为"禘大祖也"。禘是大祭的统称，规格高于四时之祭，却低于祫祭。全诗共一章十六句，前四句写前来助祭的诸侯及周天子肃穆庄恭的仪容，次二句写诸侯辅助周王陈设祭品准备祭祀，其后数句则是对周朝先祖文德武功的赞颂以及祈请先祖之灵降赐福寿、庇佑周嗣之辞。

有来雍雍，	路上行走雍容和恰，
至止肃肃。	到达此地虔诚谦恭。
相维辟公，	各国诸侯前来助祭，
天子穆穆。	周朝天子庄敬和美。
於荐广牡^{wū}，	进献大只雄性牲畜，
相予肆祀。	辅助周王陈列祭品。
假哉皇考，	先父先祖德行嘉美，
绥予孝子。	使我孝子得享安宁。
宣哲维人，	天下之人聪明有智，
文武维后。	正因文武二代君王。
燕及皇天，	先祖之德可安上天，
克昌厥后。	能让后代昌盛兴隆。

绥我眉寿，　　　　　　　赐我长寿使我安宁，
介以繁祉。　　　　　　　助我获得众多福报。
既右烈考，　　　　　　　既有显赫先父保佑，
亦右文母。　　　　　　　又有文德先母保佑。

载

见

题 解

　　同《雍》一诗类似，《载见》也是一首描写诸侯助祭的诗。按照周朝庙制，太祖居中，文王居右，武王居左，称为左昭右穆。故《毛诗序》概括此诗之旨云"诸侯始见乎武王庙也"，历来学者也多认为诗中"昭考"指周武王，而助祭诸侯的朝见是在周成王即位之时。全诗共一章十四句，诗人对诸侯和天子盛大的仪仗进行了铺排，继而抒发祭祀先祖、祈求福寿之意。

载见辟王， （bì）	诸侯朝见君王，
曰求厥章。	请赐礼仪法度。
龙旂阳阳，	龙旗随风飘扬，
和铃央央。	和铃声音和谐。
鞗革有鸧， （qiāng）	马缰装饰金属，
休有烈光。	闪耀美好荣光。
率见昭考，	率众祭祀先父，
以孝以享，	行孝荐享祭品，
以介眉寿。	以助获得长寿。
永言保之，	长久保佑不变，
思皇多祜。	上天赐予多福。

烈文辟公，　　　　　　　诸侯文采显赫，

绥以多福，　　　　　　　多福使之安宁，

俾缉熙于纯嘏^{gǔ}。　　　　使事业永辉煌。

有
客

题 解

    《有客》一诗描写的是宋国微子朝觐周王，离别时周王设宴饯行的场面。《毛诗序》亦云此诗主题为："微子来见祖庙也。"微子，子姓，名启，是纣王庶兄，周王之子武庚在"三监之乱"中被诛，成王封微子于宋，成为殷后。殷后在祭祀、朝见等仪礼活动中可以保留前朝礼制，故有诗中微子乘白马之辞，白色正是商代崇尚之色。全诗一章十二句，诗中表现了微子作为周宾朝见周王的恭敬审慎之心，也流露出周人对微子的盛情款待和殷勤挽留，以及对这次朝见活动的美好祝祷。

有客有客，	有宾客啊有宾客，
亦白其马。	他的马匹是白色。
有萋有且（jū），	威仪恭敬又谨慎，
敦琢（duī）其旅。	认真选择随行者。
有客宿宿，	宾客已经住一宿，
有客信信。	多住几宿也无妨。
言授之絷（zhí），	给人绊马之绳索，
以絷其马。	拴系牵绊其马蹄。
薄言追之，	宾客离开来饯行，

左右绥之。　　　　　左右相随令安乐。

既有淫威，　　　　　已有盛大之礼节，

降福孔夷。　　　　　上天降福极和易。

武

题 解

　　《武》与《我将》一诗，同为武王灭商开国所创乐舞《大武》的一部分，《武》是其二成诗歌。《毛诗序》亦云本诗乃"奏《大武》也"。本诗共一章七句，诗歌虽然主要赞颂武王克殷建周、止杀平治的赫赫功业，但溯及其源，追思了文王的美好文德和其对周朝做出的奠基性贡献。

<table>
<tr><td>於皇武王，</td><td>哎呀武王真崇高，</td></tr>
<tr><td>无竟维烈。</td><td>强大有力建功业。</td></tr>
<tr><td>允文文王，</td><td>文王的确有文德，</td></tr>
<tr><td>克开厥后。</td><td>能开后代之基业。</td></tr>
<tr><td>嗣武受之，</td><td>武王继承受其命，</td></tr>
<tr><td>胜殷遏刘，</td><td>战胜殷商止杀戮，</td></tr>
<tr><td>zhǐ
耆定尔功。</td><td>你之功勋可论定。</td></tr>
</table>

闵予小子

题 解

  《闵予小子》同后面《访落》《敬之》《小毖》三诗皆以"小子"或"予"指称年幼的周成王，形成一组表现成王执政能力成长的史诗。《毛诗序》概括此诗主旨为"嗣王朝于庙也"，表明此诗是周王在宗庙祭祀告神之作。全诗共一章十一句，前三句写成王年幼即位所面临的困苦艰险处境，联系史实可知，武王去世后朝政一度动荡不安，乃至爆发了三监之乱。后数句是成王对文、武等周朝历代先祖的追思和赞颂之辞，表达了自己精勤谨慎继承祖业的决心和意志。

闵予小子，	我这小儿多忧患，
遭家不造，	遭逢家中不幸事，
嬛嬛在疚。	孤独无依真苦痛。
於乎皇考，	呜呼伟大之先父，
永世克孝。	终其一身行孝道。
念兹皇祖，	感念伟大之先祖，
陟降庭止。	上升下降皆正直。
维予小子，	我这小儿方年幼，

（嬛 qióng）

夙夜敬止。　　　　　　朝朝夕夕勤理政。

於乎皇王，　　　　　　呜呼伟大之先王，

继序思不忘。　　　　　继承遗志永不忘。

访 落

题 解

　　周武王在灭殷二年后即去世，年幼的成王难以稳定周室大局，故由武王之弟周公摄政辅弼。周公在辅政过程中不仅要处理朝政，而且要凝聚人心，树立新天子的权威，《访落》一诗就体现了周公在政治上的努力。全诗共一章十二句，前八句写成王即位与大臣共商国事，虽欲谨遵先王之道，却因时远难继和成王缺乏执政经验，而使政局不稳、人心涣散，因此方有诗人有"多难"之叹。后四句是成王在宗庙祭祀诸祖的祝辞，用以表达对自己效法先王进德修业的勉励之意。

访予落止，	与我开始商谋国事，
率时昭考。	遵循光明先父之道。
於乎悠哉，	呜呼其道相去太远，
朕未有艾。	我还没有丰富阅历。
将予就之，	纵有臣助效法而行，
继犹判涣。	仍会涣散而无成效。
维予小子，	只有我这羸弱小儿，
未堪家多难。	不堪家国多灾多难。
绍庭上下，	继承上下正直之道，

陟降厥家。　　　　　擢升贬退群臣百官。

休矣皇考，　　　　　伟大先父美好有德，

以保明其身。　　　　保佑我身使我明德。

敬
之

题 解

　　在《敬之》这首诗中, 成王已经从一位幼小孱弱的新王逐步成长为成熟稳重的执政者。《毛诗序》云此诗乃:"群臣进戒嗣王也。"全诗共一章十二句, 诗中反映了成王对天命的尊崇和奉行, 也体现了他善于自省、勤勉求学和修身进德的贤良风范, 再加上群臣的归心辅弼, 可见成王执政已取得基本的自信和权威。

敬之敬之,	恭敬啊恭敬啊,
天维显思,	上天光明显赫,
命不易哉!	天命常存不变!
无曰高高在上,	天帝高高在上,
陟降厥士,	或升或降庶士,
日监在兹。	日日在此监察。
维予小子,	我这年幼小儿,
不聪敬止。	既聪明又警惕。
日就月将,	日月行持有成,
学有缉熙于光明。	学问大放光明。
佛^{bì}时仔肩,	助我担负责任,
示我显德行。	示我显耀德行。

小毖

题 解

　　《小毖》的诗题中"毖"字含有谨慎之意,因此这首诗应是周王自勉自警之辞。《毛诗序》概括此诗主旨为"嗣王求助也",郑玄在《笺注》中则进一步阐释说:"成王求忠臣早辅助已为政,以救患难。"全诗共一章八句,前两句为"惩前毖后"之意,其后四句又运用比喻手法,选取荓、蜂、桃虫、飞鸟等意象,生动地描绘了成王即位之初所遇的谗言、欺诳、背叛等逆境。虽然诗中慨叹不堪"家多难",但仍然透露出他戒惧谨慎的态度和坚定果敢的气质。

予其惩,	我要警戒而敬畏,
而毖后患。	谨慎避免诸后患。
莫予荓蜂^{píng},	莫当我是荓和蜂,
自求辛螫。	自招毒刺狠蜇咬。
肇允彼桃虫,	开始确是小鹪鹩,
拼飞维鸟^{fān}。	翻飞而起成大鸟。
未堪家多难,	不堪家中多灾难,
予又集于蓼。	我又陷入困境中。

载
芟

题 解

　　《载芟》是一首周王在丰收之年庆祝收成、祭祀宗庙的乐歌。《毛诗序》云此诗乃"春籍田而祈社稷也"，籍田之礼在《噫嘻》一诗中已做简略介绍。全诗共一章三十一句，诗中不仅描写了耕田碎土、结耦锄草等具体的农业劳作过程，而且介绍了男女长幼各色人等广泛参与，甚至在田间共同进食的场面。此外对谷物的生长乃至丰收，酿酒进献先祖等仪礼也进行了详尽的描述，对于研究西周的农业生产和人文风貌有重要的史料参考价值。

载芟载柞，（shān）	铲除杂草砍杂木，
其耕泽泽。	田间耕作土变细。
千耦其耘，	千人成对来锄草，
徂隰徂畛。（cú xí zhěn）	去往水田与畛界。
侯主侯伯，	家长还有其长子，
侯亚侯旅，	伯仲兄弟及子弟，
侯彊侯以。	强壮劳力和雇工。
有嗿其馌，（tǎn yè）	田间送饭众人食，
思媚其妇，	不仅爱护众妇女，
有依其士。	也要爱护众男子。

士媚妇依图

有略其耜，　　　　　翻土耒耜真锋利，

俶载南亩。　　　　　开始劳作在农田。

播厥百谷，　　　　　百谷种子广播撒，

实函斯活。　　　　　种子蕴含生命力。

驿驿其达，　　　　　破土发出小嫩芽，

有厌其杰。　　　　　禾苗高大极丰茂。

厌厌其苗，　　　　　庄稼繁多而兴盛，

绵绵其麃。　　　　　周遍细密来锄草。

载获济济，　　　　　收获谷物量很多，

有实其积，　　　　　谷实堆积在一起，

万亿及秭。　　　　　成万上亿到万亿。

为酒为醴，　　　　　酿成清甜之美酒，

烝畀祖妣，　　　　　进献男女诸先祖，

以洽百礼。　　　　　以使百礼可和恰。

有飶其香，　　　　　祭品散发那芳香，

邦家之光。　　　　　是我家国很兴旺。

有椒其馨，　　　　　花椒散发其馨香，

胡考之宁。　　　　　年高之人得康宁。

匪且有且，　　　　　未料如此却如此，

匪今斯今，　　　　　未想今日得今日，

振古如兹。　　　　　远古以来都这般。

良耜

题 解

　　《良耜》的前四句在《载芟》一诗中也曾出现，只不过略变数字。而二诗不论在内容还是风格上都比较接近，堪称描写农事活动的姊妹篇。《毛诗序》认为本诗之旨为"秋报社稷也"，恰与前《载芟》诗的"春籍田"之说形成呼应。全诗共一章二十三句，详细描写了从耕作锄草到秋日收获的整个过程，最后还提到要传承先民留下的农祀仪式，展现了周时农业生产与祭祀活动的密切联系。

畟畟良耜，　　　　　上好耒耜真锋利，

俶载南亩。　　　　　开始劳作在农田。

播厥百谷，　　　　　百谷种子广播撒，

实函斯活。　　　　　种子蕴含生命力。

或来瞻女，　　　　　有人前来看望你，

载筐及筥，　　　　　担着方筐和圆筐，

其饟伊黍。　　　　　盛装饭食是黍米。

其笠伊纠，　　　　　斗笠交错编织成，

其镈斯赵，　　　　　锄草农具刺入地，

以薅荼蓼。　　　　　除去荼蓼诸野草。

荼蓼朽止，　　　　　　荼蓼野草做肥料，

黍稷茂止。　　　　　　黍稷谷物长势旺。

获之挃挃，^{zhì}　　　　　　收获庄稼割声响，

积之栗栗。　　　　　　粮食堆积量众多。

其崇如墉，^{yōng}　　　　　　高大如同那城墙，

其比如栉，^{zhì}　　　　　　排列整齐如梳齿，

以开百室。　　　　　　纳入同族百户家。

百室盈止，　　　　　　百户人家盈满粮，

妇子宁止。　　　　　　妇人孩子得安宁。

杀时犉牡，^{rún}　　　　　　宰杀黑唇黄公牛，

有捄其角。^{qiú}　　　　　　头上长着弯弯角。

以似以续，　　　　　　祭祀之礼要继承，

续古之人。　　　　　　延续古人之传统。

蓼

一年生或多年生草本植物。叶子披针形。花小，呈淡红色或白色。果实三角形或两面凸起。种类非常多，有水蓼、蓼蓝、红蓼等。

丝衣

题 解

  《毛诗序》指《丝衣》的主旨为"绎宾尸也","绎"和"宾尸"都为祭祀名。按照周礼，卿大夫参加之祭称宾尸，与正祭同日；天子诸侯参加的次日之祭则称绎。本诗共一章九句，诗人从祭祀所着的衣冠写起，继而写到祭祀的场所和准备的牺牲。此后诗人还写到盛装熟牲的鼎鼐和斟满美酒的酒器，并发出不喧哗傲慢的告诫和福寿绵延的祝祈，展现了完满顺利的宗庙祭祀流程。

丝衣其紑，   祭服色泽很鲜明，

载弁俅俅。   头戴弁冠显恭顺。

自堂徂基，   从那厅堂去门塾，

自羊徂牛。   从那羊圈到牛圈。

鼐鼎及鼒，   大鼎小鼎食物满，

兕觥其觩，   弯角酒杯全摆定，

旨酒思柔。   美酒口味很柔和。

不吴不敖，   不喧哗也不傲慢，

胡考之休。   寿命长久享安康。

酌

题 解

  《酌》是《大武》五成的歌诗。《毛诗序》云："《酌》，告成《大武》也。言能酌先祖之道，以养天下也。"郑玄在《笺注》中也补充说，周公摄政六年，制礼作乐，归政于成王后方在宗庙祭祀中演奏。全诗共一章八句，诗中对周天子率领的军队进行了歌咏，表达了周人辅弼君王、光大祖业的意志。

於铄王师，   辉煌的天子之军，

遵养时晦。   率领攻克此昏君。

时纯熙矣，   真是伟大又光明，

是用大介。   因此便获大佐助。

我龙受之，   我承恩宠而领受，

蹻蹻王之造。   勇武之士投武王。

载用有嗣，   武王借此去伐商，

实维尔公允师。   战功赫赫美名扬。

桓

题 解

　　《桓》一诗展现了武王讨伐殷商、平定天下的赫赫武功，是一首军事祭祀仪式上演奏的乐歌。《毛诗序》认为此诗乃"讲武类祃也"，类和祃都是军队出征所行祭祀之礼。全诗共一章九句，展现了在武王威德之下万国太平、丰年迭出的喜庆景象，也呈现出武王统领臣属、安定家邦的执政才能，对他以周代商之行尤予以了肯定和褒扬。

绥万邦，	安定万国，
娄丰年，	屡获丰年，
天命匪解。	遵从天命不懈怠。
桓桓武王，	威武骁勇那武王，
保有厥士，	拥有士子为辅弼，
于以四方，	平治四方有天下，
克定厥家。	能够安定周王室。
于昭于天，	德行光耀于上天，
皇以间之。	英明伟大代殷商。

赉

题 解

　　《赉 (lài)》是周朝大型乐舞《大武》的三成歌诗。《毛诗序》云此诗乃"大封于庙也"，郑玄在《笺注》中解释说："大封，武王伐纣时，封诸臣有功者。"全诗共一章六句，展现了武王上承文王之德励精图治、平定天下的治政才能，兼有武王对诸侯臣属的勉励和训诫之意。

文王既勤止，	文王已很勤勉，
我应受之。	我应继承其道。
敷时绎思，	广泛陈述思考，
我徂维求定。	我去只求安定。
时周之命，	这是周朝大命，
於绎思！	应该陈述思考！

般

题 解

  《般》这首诗,也有近现代学者认为是《大武》乐曲中的一章,此诗也是祭祀四方之神的一曲乐歌,如《毛诗序》所云:"巡守而祀四岳河海也。"全诗共一章七句,诗中对周朝王业予以了歌颂,还对天下高山大川的神明进行了祭祷,以彰显周朝上承"天命"的正统地位。

於皇时周,	辉煌伟大此周朝,
陟其高山。 zhì	登上高峻之山峦。
隋山乔岳, duò	山岳狭长或巍峨,
允犹翕河。	沈沈洽等诸河流。
敷天之下,	遍及天下一切处,
裒时之对, póu	众多神灵皆配祭,
时周之命。	此是周朝之天命。

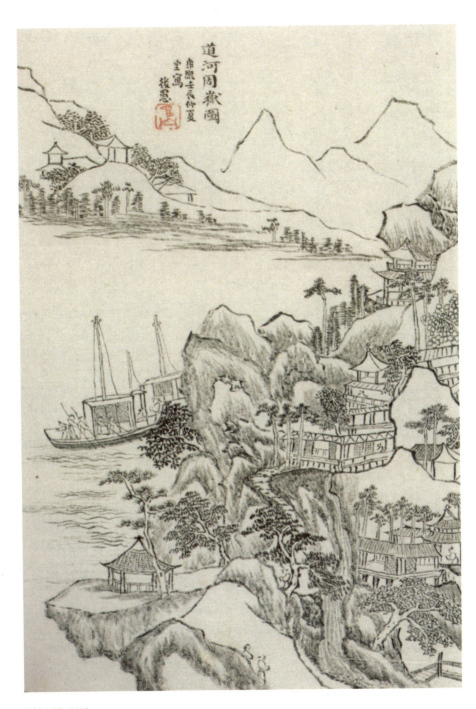

道河周岳图

鲁颂

駉

题 解

　　《駉》一诗是鲁国人对其国君注重牧业、发展国力的赞颂之歌。《毛诗序》认为此诗是鲁国正卿季孙行父请命于周，由鲁国史官史克所作以歌颂鲁僖公的颂辞。全诗共分四章，每章八句。全诗纯用赋法写成，且章章皆是以"駉駉牡马，在坰之野"起句的复沓构式。诗中浓墨重彩地呈现了各种类型、毛色的众多马匹，体现出鲁君治下的鲁国安定康宁的局面。

^{jiōng} 駉駉牡马，	高大肥壮之公马，
在坰之野。	在那远处郊野中。
薄言駉者，	那些肥壮之马儿，
有骄有皇^{yù}，	有骄马也有騜马，
有骊有黄，	有骊马也有黄马，
以车彭彭。	驾车强壮而有力。
思无疆，	跑起路来远又长，
思马斯臧。	所养马匹真美好。
駉駉牡马，	高大肥壮之公马，
在坰之野。	在那远处郊野中。
薄言駉者，	那些肥壮之马儿，

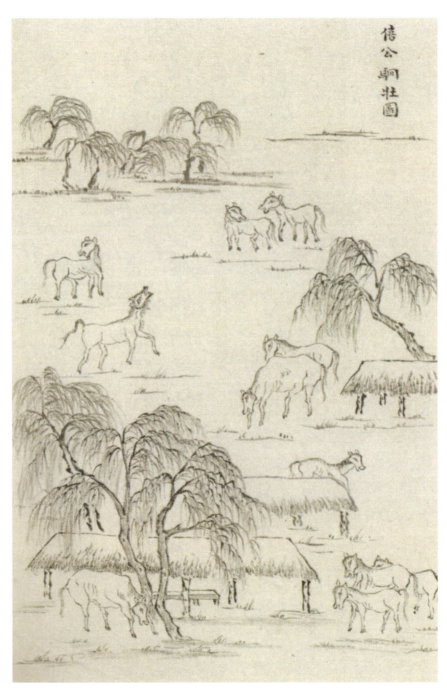

僖公駉牡图

有骓有駓，　　　　　　有骓马也有駓马，
有骍有骐，　　　　　　有骍马也有骐马，
以车伾伾。　　　　　　驾车疾行颇有力。
思无期，　　　　　　　雄壮有力难估量，
思马斯才。　　　　　　所养马匹皆成材。

駉駉牡马，　　　　　　高大肥壮之公马，
在坰之野。　　　　　　在那远处郊野中。
薄言駉者，　　　　　　那些肥壮之马儿，
有驒有骆，　　　　　　有驒马也有骆马，
有骝有雒，　　　　　　有骝马也有雒马，
以车绎绎。　　　　　　驾车行驶善奔驰。
思无斁，　　　　　　　精力无穷不限量，
思马斯作。　　　　　　所养马匹可驾车。

駉駉牡马，　　　　　　高大肥壮之公马，
在坰之野。　　　　　　在那远处郊野中。
薄言駉者，　　　　　　那些肥壮之马儿，
有骃有騢，　　　　　　有骃马也有騢马，
有驔有鱼，　　　　　　有驔马也有鱼马，
以车祛祛。　　　　　　驾车驰骋身矫健。
思无邪，　　　　　　　沿道中正无偏斜，
思马斯徂。　　　　　　所养马匹可奔驰。

有駜

题 解

　　《有駜》展现的是一场鲁国君臣欢快喜悦的饮宴活动。《毛诗序》总结此诗之旨说：“颂僖公君臣之有道也。”全诗共分三章，每章九句，皆用叠咏结构。各章皆以肥壮的马匹起兴，暗示鲁国国力强盛。继而又言大臣勤勉奉公之事，正因其能恪尽职守，所以才能和后文的宴饮欢娱之事相配。诗中以鹭羽舞和击鼓乐，以众人酒醉起舞之态，渲染出整场宴会热闹欢乐的气氛。

有駜有駜， （bì）	肥壮啊肥壮啊，
駜彼乘黄。	四匹黄马真肥壮。
夙夜在公，	从早到晚奉公事，
在公明明。	身居公署很勤勉。
振振鹭，	一群白鹭齐振翅，
鹭于下。	向下飞落而栖止。
鼓咽咽，	鼓声矗矗有节奏，
醉言舞。	饮酒已醉乃起舞。
于胥乐兮！	哎呀全都很欢乐！
有駜有駜，	肥壮啊肥壮啊，

駜彼乘牡。 四匹公马真肥壮。

夙夜在公， 从早到晚奉公事，

在公饮酒。 身居公署来饮酒。

振振鹭， 一群白鹭齐振翅，

鹭于飞。 天空之中任翱翔。

鼓咽咽， 鼓声矗矗有节奏，

醉言归。 饮酒既醉乃归去。

于胥乐兮！ 哎呀全都很欢乐！

有駜有駜， 肥壮啊肥壮啊，

駜彼乘騵(xuān)。 四匹騵马真肥壮。

夙夜在公， 从早到晚奉公事，

在公载燕。 身居公署享宴乐。

自今以始， 从今开始之时日，

岁其有。 每年都有好收成。

君子有穀， 君子美善之福庆，

诒孙子。 留给后世之子孙。

于胥乐兮！ 哎呀全都很欢乐！

896

<h1 style="text-align:center">泮
水</h1>

题 解

　　泮宫与周天子的辟雍类似,是诸侯举行祭祀、庆功、宣扬教化等多种礼乐活动的场所。辟雍中央为高台建筑,四面环水,而泮宫等级逊于辟雍,仅有三面环水,所环之水即为泮水。《泮水》一诗展现的是鲁侯在泮宫行受俘之礼,宣扬平定淮夷的殊胜武功。《毛诗序》则称此诗“颂僖公能修泮宫也”。

　　全诗共八章,每章各八句。前三章皆以泮水边采摘植物起兴,引出鲁侯观旂、驾马和饮酒等事。此后三章则主要对鲁侯和贤臣的威仪、功德等进行称颂,表明在泮宫举行战争胜利的庆功仪式。末两章则以兵器、战车、兵卒等事物重现了征战场面,并写出淮夷臣服后远道而来所朝贡的众多珍贵物品,凸显出鲁国的赫赫武功和强盛国力。

<table>
<tr><td>

思乐泮水,
（pàn）

薄采其芹。

鲁侯戾止,

言观其旂。

其旂茷茷,
（pèi）

鸾声哕哕,
（huì）

无小无大,
</td><td>

泮水令人生喜乐,

去那采摘水芹菜。

鲁国之侯来到这,

观瞻绘龙之旂旗。

旂旗严整有法度,

鸾铃声音很和谐。

群臣不分贵或贱,
</td></tr>
</table>

頖(泮)水图

从公于迈。 都随鲁公而出行。

思乐泮水， 泮水令人生喜乐，

薄采其藻。 去那采摘水中藻。

鲁侯戾止， 鲁国之侯来到这，

其马蹻蹻。 他的马儿真健壮。

其马蹻蹻， 他的马儿真健壮，

其音昭昭。 他的声音很洪亮。

载色载笑， 脸色和柔带欢笑，

匪怒伊教。 没有怒气宣教化。

思乐泮水， 泮水令人生喜乐，

薄采其茆^{mǎo}。 去那采摘野莼菜。

鲁侯戾止， 鲁国之侯来到这，

在泮饮酒。 在泮水边饮美酒。

既饮旨酒， 已经饮用美味酒，

永锡难老。 长赐高寿难变老。

顺彼长道， 顺着这条长长道，

屈此群丑。 征服那些作乱者。

穆穆鲁侯， 庄严和美之鲁侯，

敬明其德。 德行诚敬又光明。

敬慎威仪，　　　　　　恭敬慎重其威仪，

维民之则。　　　　　　堪作百姓之表率。

允文允武，　　　　　　确有文德和武功，

昭假烈祖。　　　　　　祭祷建功之先祖。

靡有不孝，　　　　　　没有不知孝道者，

自求伊祜。　　　　　　自己可以求福报。

明明鲁侯，　　　　　　勤勉力行之鲁侯，

克明其德。　　　　　　使其德行放光明。

既作泮宫，　　　　　　已经建筑好泮宫，

淮夷攸服。　　　　　　淮水夷族皆归服。

矫矫虎臣，　　　　　　勇猛武臣真矫健，

在泮献馘。　　　　　　泮宫进献敌左耳。
　　　guó

淑问如皋陶，　　　　　善于讯问如皋陶，

在泮献囚。　　　　　　泮宫进献众敌囚。

济济多士，　　　　　　众多贤士齐汇集，

克广德心。　　　　　　能够弘扬有德心。

桓桓于征，　　　　　　威武军队又出征，

狄彼东南。　　　　　　消除东南之患乱。

烝烝皇皇，　　　　　　气势恢宏显荣光，

不吴不扬。　　　　　　却不喧哗不扬声。

不告于讻，
在泮献功。

不因争讼而告官，
泮宫之中献其功。

角弓其觩，
束矢其搜。
戎车孔博，
徒御无斁。
既克淮夷，
孔淑不逆。
式固尔犹，
淮夷卒获。

兽角饰弓状弯曲，
一束箭矢数目多。
作战兵车极宽大，
徒步驾车不再忙。
既已攻克淮夷族，
十分和善不叛逆。
因为坚持你计谋，
终究战胜淮夷族。

翩彼飞鸮，
集于泮林。
食我桑黮，
怀我好音。
憬彼淮夷，
来献其琛。
元龟象齿，
大赂南金。

鸮鸟翩然而飞翔，
群集泮水之林中。
吃下我的桑葚果，
回报我以好声音。
远方到来之淮夷，
进献我国诸珍宝。
大龟还有那象牙，
大璐以及南方铜。

901

茆

即莼菜，又名凫葵。多年生水草。叶片椭圆形，浮于水面。花呈暗红色，嫩叶可食。

閟宫

题 解

　　閟宫是指常常紧闭、环境清幽的神庙,它是一国祭祀祖先神灵的重要场所,在此诗中专指后稷之母姜嫄的宗庙。据《礼记》记载,周朝各诸侯国祭祀之礼的规格都低于王室,只有鲁国因周公的卓著功勋而被成王命祀以天子之礼乐。这首诗就是通过閟宫祭祀之礼,歌颂鲁僖公以及历代先祖的文德武功,表明了诗人对恢复鲁国诸侯之长地位和昔日荣光的强烈愿望。

　　全诗共分九章,前三章和第五章各十七句,第四章十六句,六、七章各八句,八、九章各十句。此诗从周人始祖后稷出生开始追思,细数了后稷创立农业、周太王迁居岐阳、文武王剪灭殷商、成王册封鲁公、僖公贤德治国等史实,尤其对僖公治下的隆重祭祀、征服蛮邦、拓展疆土等功绩进行了详细展现,兼有祝福祈祷之辞,可以说是鲁国史诗中的代表之作。

閟宫有侐,	神庙紧闭真清静,
实实枚枚。	殿堂广大又致密。
赫赫姜嫄,	光明显赫是姜嫄,
其德不回。	她的品德无邪曲。
上帝是依,	依顺天上之大帝,
无灾无害。	没有灾难无祸害。

弥月不迟，　　　　　　怀胎满月无迟延，

是生后稷。　　　　　　所生之人为后稷。

降之百福，　　　　　　上天降下百福禄，

黍稷重穋，　　　　　　黍稷穜穋诸作物，

植稚菽麦。　　　　　　还有植稚和豆麦。

奄有下国，　　　　　　天下邦国尽拥有，

俾民稼穑。　　　　　　使民耕种有收获。

有稷有黍，　　　　　　收获稷谷和黍米，

有稻有秬。　　　　　　还有水稻和黑黍。

奄有下土，　　　　　　天下土地尽拥有，

缵禹之绪。　　　　　　承继大禹之遗业。

后稷之孙，　　　　　　始祖后稷之子孙，

实维大王。　　　　　　正是周朝之太王。

居岐之阳，　　　　　　迁居岐山之南面，

实始翦商。　　　　　　实际开始灭殷商。

至于文武，　　　　　　等到文武二王时，

缵大王之绪。　　　　　继承太王之遗业。

致天之届，　　　　　　招来上天之诛罚，

于牧之野。　　　　　　殷郊牧野行讨伐。

无贰无虞，　　　　　　没有二心无过错，

上帝临女。　　　　　　天帝降临你身侧。

敦商之旅，　　　　　　　整治殷商之军队，

克咸厥功。　　　　　　　建立功勋同先祖。

王曰叔父，　　　　　　　成王对其叔父说，

建尔元子，　　　　　　　我要册命你长子，

俾侯于鲁。　　　　　　　将他封为鲁国侯。

大启尔宇，　　　　　　　兴建你国之房屋，

为周室辅。　　　　　　　成为周室之辅弼。

乃命鲁公，　　　　　　　成王于是立鲁公，

俾侯于东。　　　　　　　使他成侯在东方。

锡之山川，　　　　　　　赐予山峦与河流，

土田附庸。　　　　　　　土地农田附属国。

周公之孙，　　　　　　　周公后裔是僖公，

庄公之子。　　　　　　　他是鲁庄公之子。

龙旂承祀，　　　　　　　龙旂仪仗主祭祀，

六辔耳耳。　　　　　　　六根缰绳数量多。

春秋匪解，　　　　　　　春秋祭祀无懈怠，

享祀不忒。　　　　　　　荐享祭祀无变更。

皇皇后帝，　　　　　　　伟大辉煌之天帝，

皇祖后稷，　　　　　　　伟大先祖为后稷，

享以骍牺，　　　　　　　进献红色纯色牲，

是飨是宜。　　　　　　　祈请享用得其宜。

降福既多，　　　　　　　　神明降福已很多，

周公皇祖，　　　　　　　　伟大先祖为周公，

亦其福女。　　　　　　　　也会降福保佑你。

秋而载尝，　　　　　　　　秋天祭祀称为尝，

夏而楅衡。　　　　　　　　夏天给牛设横栏。
（bì）

白牡骍刚，　　　　　　　　白色红色之公牛，

牺尊将将。　　　　　　　　牺尊酒器显盛美。

毛炰胾羹，　　　　　　　　去毛炙烤肉羹汤，
（zì）

笾豆大房。　　　　　　　　笾豆大房为礼器。

万舞洋洋，　　　　　　　　万舞阵容很盛大，

孝孙有庆。　　　　　　　　孝顺子孙有吉庆。

俾尔炽而昌，　　　　　　　使你兴旺而昌盛，

俾尔寿而臧。　　　　　　　使你长寿而安好。

保彼东方，　　　　　　　　保卫王朝东方土，

鲁邦是常。　　　　　　　　鲁国国运常而久。

不亏不崩，　　　　　　　　没有亏损不崩坏，

不震不腾。　　　　　　　　不会震动无侵凌。

三寿作朋，　　　　　　　　三寿与它是同类，

如冈如陵。　　　　　　　　如同山冈如丘陵。

公车千乘，　　　　　　　　鲁公战车有千乘，

906

朱英绿縢， _{téng}	红色缨饰和绿绳，
二矛重弓。	长短二矛及二弓。
公徒三万，	鲁公步兵有三万，
贝胄朱綅， _{qīn}	头盔镶贝红线缀，
烝徒增增。	众人声势极浩大。
戎狄是膺，	讨伐打击狄戎族，
荆舒是惩，	惩戒楚国与舒国，
则莫我敢承。	无人胆敢御我军。
俾尔昌而炽，	使你昌盛而兴旺，
俾尔寿而富。	使你长寿而富裕。
黄发台背，	白发变黄背鲐纹，
寿胥与试。	寿壮堪与比气力。
俾尔昌而大，	使你昌盛而强大，
俾尔耆而艾。	使你年高享长寿。
万有千岁，	万年再加一千岁，
眉寿无有害。	寿命长久无患害。
泰山岩岩，	泰山高峻而巍峨，
鲁邦所詹。	鲁人对其很尊崇。
奄有龟蒙，	龟山蒙山全拥有，
遂荒大东。	便占广大东方地。
至于海邦，	国境直至濒海邦，

淮夷来同。　　　　　　　淮夷之族来结盟。

莫不率从，　　　　　　　无不相率而依从，

鲁侯之功。　　　　　　　此是鲁侯之功绩。

保有凫绎，　　　　　　　拥有凫山和绎山，

遂荒徐宅。　　　　　　　于是占据徐国地。

至于海邦，　　　　　　　一直到那濒海国，

淮夷蛮貊。　　　　　　　淮夷以及蛮貊族。

及彼南夷，　　　　　　　还有南方诸夷族，

莫不率从。　　　　　　　无不相率而依从。

莫敢不诺，　　　　　　　无人敢于不应诺，

鲁侯是若。　　　　　　　归顺于此鲁国侯。

天锡公纯嘏，　　　　　　天赐鲁公大福报，

眉寿保鲁。　　　　　　　高年长寿保鲁国。

居常与许，　　　　　　　居于常许二城邑，

复周公之宇。　　　　　　恢复周公之故居。

鲁侯燕喜，　　　　　　　鲁侯宴饮多喜乐，

令妻寿母。　　　　　　　妻子贤淑母高寿。

宜大夫庶士，　　　　　　大夫卿士得其宜，

邦国是有。　　　　　　　国家封地皆保有。

既多受祉，　　　　　　　已经得受很多福，

黄发儿齿。　　　　　　　　白发变黄生新齿。

徂徕之松，　　　　　　　　徂徕山上之青松，
新甫之柏，　　　　　　　　新甫山上之翠柏，
是断是度，　　　　　　　　劈开砍断来度量，
是寻是尺。　　　　　　　　要用寻尺为单位。
松桷有舄，　　　　　　　　松木方椽真粗大，
路寝孔硕。　　　　　　　　鲁公宫室极宽敞。
新庙奕奕，　　　　　　　　新建宗庙颇美观，
奚斯所作。　　　　　　　　这是奚斯所修筑。
孔曼且硕，　　　　　　　　十分高耸又广阔，
万民是若。　　　　　　　　万千黎民皆归顺。

松

松科植物的统称。种类非常多，多数为常绿乔木，树皮通常为鳞片状，叶针形，结球果，种子可食或榨油。

商颂

那

题　解

　　《那》是《商颂》的第一篇，《商颂》皆是殷商后代祭祀其先祖的乐歌。这首诗是通过对盛大铺排的乐舞场面进行描写，来对殷商历代先祖进行歌颂传扬的。《毛诗序》认为此诗是"祀成汤也"，且说"微子至于戴公，其间礼乐废坏"，《商颂》乃是由大夫正考甫整理而成。

　　全诗共一章二十二句。诗中多运用象声词，描绘了各种乐器合奏的声音，渲染了宏大、庄严、雍容、和雅的奏乐氛围，且说明礼乐文化传承有自，源远流长，体现了当时礼乐、祭祀、政教融为一体的文化特色。

猗与那与，	不仅优美且盛大，
置我鞉鼓。	设置好我的鞉鼓。
奏鼓简简，	奏鼓和谐又宏大，
衎我烈祖。	使我烈祖很欢心。
汤孙奏假，	商汤子孙奏大乐，
绥我思成。	使我安宁有所成。
鞉鼓渊渊，	鞉鼓之声渊渊响，
嘒嘒管声。	管乐之声嘒嘒响。
既和且平，	曲调和谐且清平，
依我磬声。	与我磬声相和合。

於赫汤孙，　　　　　　　　汤之子孙真显赫，

穆穆厥声。　　　　　　　　乐声庄严又和美。

庸鼓有斁，　　　　　　　　大钟及鼓场面大，

万舞有奕。　　　　　　　　上演万舞真美观。

我有嘉客，　　　　　　　　我有善好之宾客，

亦不夷怿。　　　　　　　　也很和乐很愉悦。

自古在昔，　　　　　　　　从那古时往昔日，

先民有作。　　　　　　　　先民即有此礼乐。

温恭朝夕，　　　　　　　　温和恭敬朝与夕，

执事有恪。　　　　　　　　处事待物皆恭谨。

顾予烝尝，　　　　　　　　顾念我之冬秋祭，

汤孙之将。　　　　　　　　汤之子孙得扶助。

烈

祖

题 解

　　《烈祖》和上篇《那》的主题、内容比较类似，都是典型的宫廷祭祀乐歌，其中二诗的末两句完全相同。《毛诗序》概括此诗之旨为"祀中宗"，中宗即商王太戊，他是太甲之孙、成汤之玄孙。现代学者则多认为此是祭祀成汤之诗。全诗共一章二十二句，诗中殷切追思了商朝烈祖的恩德，展现了祭祀隆重而肃穆的场面，表达了希求先祖庇佑商朝、赐福无量的愿望。

嗟嗟烈祖，	赞叹先祖功无量，
有秩斯祜。	常久享有天下福。
申锡无疆，	上天厚赐无止境，
及尔斯所。	直到如今你所在。
既载清酤，	既已斟上那清酒，
赉我思成。 lài	上天赐我有所成。
亦有和羹，	也有五味调和羹，
既戒既平。	恭谨平和以祭祀。
鬷假无言， zōng	总集大众静无言，
时靡有争。	此时没有诸纷争。
绥我眉寿，	使我安宁得长寿，

914

黄耇无疆。　　　　　黄发年高福无疆。

约軝错衡，　　　　　皮饰车毂彩车衡，
^{qí}

八鸾鸧鸧。　　　　　八只鸾铃锵锵响。
^{qiāng}

以假以享，　　　　　登上朝堂献贡品，
^{gé}

我受命溥将。　　　　受命我王多助祭。
^{pǔ}

自天降康，　　　　　从那上天降安康，

丰年穰穰。　　　　　丰收之年谷穰穰。

来假来饗，　　　　　神明到来享祭品，
^{xiǎng}

降福无疆。　　　　　降下福泽无疆际。

顾予烝尝，　　　　　顾念我之冬秋祭，

汤孙之将。　　　　　汤之子孙得扶助。

玄鸟

题 解

商人是以玄鸟为图腾的民族，"天命玄鸟，降而生商"即是关于其起源的一则神话。《玄鸟》一诗应是商人祭祀高宗武丁的颂歌，正如《毛诗序》所云"祀高宗也"。武丁，子姓，名昭，商王小乙之子，商朝第二十三任君主。他在位期间勤于政事，广用贤臣，励精图治，使商朝出现了"武丁盛世"的局面。

全诗共一章二十二句，使人从"玄鸟生商"的传说写起，继而写到商朝开国君王成汤平定天下的卓越功绩。成汤后裔武丁不但能继承祖业，还能在此基础上进一步发展，终于取得国富民强、四海来归的成就，因此诗人对殷商予以了"百禄是何"的赞颂和祝福。

天命玄鸟，	天帝下令给玄鸟，
降而生商，	降于人间生商祖，
宅殷土芒芒。	所居殷地很辽阔。
古帝命武汤，	古时天帝命成汤，
正域彼四方。	长久拥有四方国。
方命厥后，	普遍诏告于诸侯，
奄有九有。	九州大地尽占有。
商之先后，	商朝历代先王中，

受命不殆，　　　　　　　接受天命无懈怠，

在武丁孙子。　　　　　　正是子孙名武丁。

武丁孙子，　　　　　　　商之子孙武丁者，

武王靡不胜。　　　　　　成汤遗业无不承。

龙旂十乘，　　　　　　　绘龙旂旗车十乘，

大糦是承。　　　　　　　大量黍稷来祭享。
_{chì}

邦畿千里，　　　　　　　王畿方圆有千里，

维民所止，　　　　　　　正是百姓安居处，

肇域彼四海。　　　　　　由此开始有四海。

四海来假，　　　　　　　四海各国来朝觐，
_{gé}

来假祈祈。　　　　　　　前来朝觐人众多。

景员维河，　　　　　　　景山外环有河流，

殷受命咸宜，　　　　　　殷受天命皆合宜，

百禄是何。　　　　　　　百般福禄全承受。

长 发

题 解

　　《长发》一诗，是商人祭祀成汤、相土等商朝历代先王，兼以歌咏贤相伊尹的宗庙乐歌。《毛诗序》概括此诗主旨称"大禘也"，禘是一种祭天之礼，为五年一次的大祭，与祫祭并称为"殷祭"。这首诗在内容、风格等方面与《周颂》中赞美周朝及其先祖的篇章比较近似。

　　全诗共分七章，第一章八句，第二章到第五章各七句，第六章九句，第七章六句。诗中贯穿着"天命神授"的观念，从大禹治水的事迹引入，追述了商人始祖契的出生，成汤、相土等贤明商王的文治武功，及他们为商朝基业所做出的巨大贡献。诗人多以四海诸国归服于商并行商之教令，反衬出商朝的强盛国力和无上权威。本诗还特别将商朝元老伊尹同历代商王一起进行歌咏，这种罕见的做法凸显了商人对伊尹的推崇和尊敬。

濬哲维商，　　　　　　智慧深邃是商祖，
_{jùn}

长发其祥。　　　　　　长久发展现吉祥。

洪水芒芒，　　　　　　洪水茫茫浪滔天，

禹敷下土方。　　　　　大禹平治四方地。

外大国是疆，　　　　　畿外大国定疆界，

幅陨既长。　　　　　　幅员辽阔边界长。

有娀方将，   有娀氏女刚长大，

帝立子生商。   天命生子建商朝。

玄王桓拨，   玄王商契成大治，

受小国是达，   小国通达其教令，

受大国是达。   大国通达其教令。

率履不越，   遵循礼法不逾越，

遂视既发。   于是巡视行教化。

相土烈烈，   相土威严而显赫，

海外有截。   四海之外皆有序。

帝命不违，   天帝之命不违逆，

至于汤齐。   等到成汤齐天心。

汤降不迟，   成汤降生并不迟，

圣敬日跻。   圣明诚敬日渐至。

昭假迟迟，   从容舒缓祈神明，

上帝是祗，   恭敬事奉那天帝，

帝命式于九围。   天帝下命统九州。

受小球大球，   接受美玉小大球，

为下国缀旒。   成为诸国之表率。

何天之休，   承受上天之吉庆，

不竞不絿，　　　　不起纷争不急躁，

不刚不柔。　　　　不过刚烈不柔弱。

敷政优优，　　　　温和宽厚施政教，

百禄是遒。　　　　百种福禄齐聚集。

受小共大共，　　　接受上天大小法，

为下国骏厖。　　　对待各国诚笃厚，

何天之龙，　　　　承受上天之恩宠。

敷奏其勇，　　　　陈述奏告其英勇，

不震不动，　　　　不震栗也不摇动，

不戁不竦。　　　　不惊恐也不惧怕，

百禄是总。　　　　百般福禄皆汇集。

武王载旆，　　　　成汤高举那旌旗，

有虔秉钺，　　　　强力执持那斧钺，

如火烈烈，　　　　如同火焰烈烈燃，

则莫我敢曷。　　　无人敢将我侵害。

苞有三蘖，　　　　树根长出三新枝，

莫遂莫达。　　　　不能再生新嫩芽。

九有有截，　　　　九州整齐而有序，

韦顾既伐，　　　　韦顾二国已讨伐，

昆吾夏桀。　　　　再征昆吾和夏桀。

昔在中叶，　　　　　往昔商族之中世，

有震且业。　　　　　威震四海建功业。

允也天子，　　　　　商王诚然是天子，

降予卿士。　　　　　上天降下诸卿士。

实维阿衡，　　　　　正是伊尹名阿衡，

实左右商王。　　　　辅佐商王立伟业。

殷

武

题 解

  《殷武》是《颂》的最后一篇,《毛诗序》定此诗的主旨为"祀高宗也",即此诗是祭祀商高宗武丁的宗庙乐歌。《三家诗》及魏源等人提出此诗为宋襄公作以称颂其父桓公之辞,经方玉润等人考辨可知并不可取。

  此诗共六章, 第一、四、五章各六句, 第二、六章各七句, 第三章五句。诗中主要赞颂了武丁讨伐荆楚并使各个部族臣服归顺的功绩以及他在天下封邦建国、实行朝觐制度的举措,还有其平治天下、宣扬政教的文德,表达了希求其庇佑殷商后裔的愿望。末章则点明此诗是为武丁正寝落成的典礼而作。

挞彼殷武,	商王武丁行迅速,
奋伐荆楚。	兴师讨伐荆楚族。
罙入其阻,	深入地方险阻处,
裒^{póu}荆之旅。	俘获荆楚之军队。
有截其所,	所在整齐又有序,
汤孙之绪。	成汤子孙承遗业。
维女荆楚,	你们荆楚之部族,
居国南乡。	国家处在那南方。

商诗末，景山松柏图

昔有成汤,	往昔商王成汤时,
自彼氐羌,	那些氐羌诸民族,
莫敢不来享,	无人敢不来进贡,
莫敢不来王,	无人敢不来朝王,
曰商是常。	殷商乃是各国长。
天命多辟,	天帝下命于诸侯,
设都于禹之绩。	大禹先迹设都邑。
岁事来辟,	每年按时来朝觐,
勿予祸适,	不受祸患与贬斥,
稼穑匪懈。	农耕生产不懈怠。
天命降监,	天帝降临而监察,
下民有严。	天下百姓皆恭敬。
不僭不滥,	不越礼法不肆意,
不敢怠遑。	不敢懈怠享闲暇。
命于下国,	商王下令给诸地,
封建厥福。	封邦建国享福泽。
商邑翼翼,	商朝京师真庄严,
四方之极。	四方天下之典范。
赫赫厥声,	宣扬政教极显赫,

濯濯厥灵。　　　　　祖先之灵放光明。

寿考且宁，　　　　　不仅长寿且康宁，

以保我后生。　　　　保佑我王之后代。

陟彼景山，　　　　　攀登而上那景山，

松柏丸丸。　　　　　松柏高大而挺拔。

是断是迁，　　　　　砍伐树木运回去，

方斫是虔。　　　　　方正砍斫又切削。

松桷有梴，　　　　　松木方椽真修长，
chān

旅楹有闲，　　　　　陈设楹柱极高大，

寝成孔安。　　　　　寝庙建成神安享。